表达

你的

发现

天津市重点出版扶持项目

散文 2018 精选集

天津出版传媒集团
百花文艺出版社

图书在版编目（CIP）数据

散文 2018 精选集 /《散文》编辑部编选. -- 天津 : 百花文艺出版社, 2019.1(2020.3 重印)
ISBN 978-7-5306-7580-9

Ⅰ. ①散… Ⅱ. ①散… Ⅲ. ①散文集-中国-当代 Ⅳ. ①I267

中国版本图书馆 CIP 数据核字(2018)第 261404 号

散文 2018 精选集
SANWEN2018JINGXUANJI
《散文》编辑部编选

统筹策划：汪惠仁　　**封面设计：**王欣
责任编辑：鲍伯霞　沙爽　田静
出版发行：百花文艺出版社（天津）有限公司
地址：天津市和平区西康路 35 号　**邮编：**300051
电话传真：+86-22-23332651（发行部）
+86-22-23332656（总编室）
+86-22-23332478（邮购部）
主页：http://www.baihuawenyi.com
印刷：山东临沂新华印刷物流集团有限责任公司
开本：787×1092 毫米　1/16
字数：330 千字
印张：20.5
版次：2019 年 1 月第 1 版
印次：2020 年 3 月第 4 次印刷
定价：54.80元

如有印装质量问题，请与山东临沂新华印刷物流集团有限责任公司联系调换
地址：山东省临沂市高新技术产业开发区新华路 1 号
电话：(0539)2925659　邮编：276017

写在前面

汪惠仁

一

苏轼这样描述自己的写作才能：

> 吾文如万斛泉源，不择地而出，在平地滔滔汩汩，虽一日千里无难。

庄子行文，叙议汪洋，恣肆成奇观，其无端崖之辞更是非天才莫办。

能说会道。这是常人对作家的认识。宋濂有另外的看法，他说：

> 文不贵乎能言，而贵于不能不言。

他解释道，你看那日月星辰，发着光，它们不是在炫耀自己有发光的本事，而是不得不明亮着；你再看那江河与草木，它们流动着，茂盛地生长着，它们也是不得不如此。宋濂感叹道，这才是天地间的极致文章啊。

宋濂的本意并非推翻常人说法，而是为常人说法补足精神性的背景，为表象的世界点出隐秘之天理大道。当你了解了宋濂的心意，再读苏轼与庄子时，也许你的感觉就不会仅仅局限于"能说会道"了。

事情就是这样，要学会整合，在整合中渐渐明理。理论批评也好，写作趣味也好，本没有那么多必须要掐架的理由。世界在那儿，亿万斯年就在那儿，它按着一个大的道理在那里运行——这才是我们不得不言说的理由。

很多的江湖架是真的没有必要掐的。科幻文学有个"硬科幻"的趣味方向，它真的与"软科幻"水火不容么？新技术曾经赐福给文学，我们亦想藉此最大程度地以物理的方式去面对玄学问题，这大概就是“硬科幻”吧——它抛弃基于人文主义的柔软情怀了吗？我看不出。

阅读、写作，最后都是识理。

二

2018年是百花文艺出版社建社六十周年。

就中国散文之出版而言，百花文艺出版社做了很多事。二十世纪六十年代到九十年代，三十年间，百花文艺出版社陆续出品名家散文“小开本”，种类浩繁，巧思迭出，至今仍是当代书籍收藏的热门；1980年，百花文艺出版社推出了中国第一本专载散文的刊物；然后是一个更为庞大的散文出版工程“百花散文书系”——它由“古代卷”“近现代卷”“当代卷”“外国卷”几个部分共同构成，每一部分精选五十位作家。“当代卷”在实施中越出了原来的出版计划，成为一个开放的出版系统，每一个为当代散文写作提供了独特审美价值与思想价值的作家都可能入选。

这就是百花文艺出版社的“散文之路”。

在“小开本”的印行、在《散文》的肇造上，我看见了及时性介入的锐气与活力。

在“百花散文书系”的宏大构想及几代编辑接力实践中，我又看见了另一种品质，它在安静地洞察，它在谨慎地构筑知识谱系，它不急于抢占市场上那个最好的摊位，它要为中国散文提供内在力量。

“活力”与“经典”，哪个我们也不偏废。

就这样一路走来，并继续努力走下去。

目录

【卷壹】

【卷贰】

【卷叁】

【卷肆】

卷壹

表达 你的 发现

四时佳兴

SEASONS
IN
THOSE
YEARS

散文

2018

精选集

李汉荣　水边的智者

水边的智者

老子是在水边沉思、吟哦的智者，老子的智慧，也可以说是水的智慧。他那时，世界还没有被垃圾和文化污染，大地与天空都很清洁，天下的流水都是清澈如镜，人的灵性和智慧，也都清澈如镜。他坐于水边，以天真看天真，就看见了生命的本体；以清澈看清澈，就看见了宇宙的究竟；用镜子照镜子，就照见了存在的真理。

不仅老子，孔子、庄子、孟子、王羲之、张载、王阳明等古圣先贤，都是从清澈、浩渺的春水秋波里获得启迪，得了大道。我国几千年的诗性文化，正是得益于遍地清流的灌溉，才氤氲出那样悠远、空灵的意境。我国古典文化是水的文化，我国古典智慧是水的智慧。若是没有那样的好水，中国文化会是另一个样子。

如今的我们，到哪里找那好水呢？而没了好水，我们还能创造出有着清澈美感、高深意境的文化吗？我很怀疑。

比如我吧，我总想着随时随地能“临清流以洗心，对碧潭而静思”，但是，如今哪里有清流、碧潭呢？好不容易找到一个勉强还有点涟漪的水洼或河沟，但是，你蹲下来看了好久，既看不见“日月之行，若出其中；星汉灿烂，若出其里”，也看不到“落霞与孤鹜齐飞，秋水共长天一色”，看不到“在水一方”的伊人，也看不到“可惜一溪风月，莫教踏碎琼瑶”的月华流水。你多么希望随时面对那能够洗耳洗心的一泓好水啊，那样的好水是能够润灵府、养慧根、开天眼的。你耐着性子坐下来，在这很不好的水边，将就着，继续等，继续看，因为你知道家里的水龙头和洗脸盆里，是无法看见“乾坤日夜浮”和“江清月近人”的，这里好歹还算是一条河嘛。结果呢，看了许久，别的没看到，却看见浑浊难闻的水里浮出塑料、破鞋、死鸟的遗体，以及层出不穷的污物残渣，而那边，从隐蔽的秘密管道里溜出来的工业，正气咻咻地，向这条曾灌溉了《诗经》,后来又为唐诗润过色、为宋词押过韵的河流,大口大口吐着唾沫和脏话。你只好捂着鼻子,叹息着,转身,走进一本古书,追着公元前老子的背影,向他老人家打听:亲爱的先生,你那时的上善若水、无边清流、遍地涌泉,都到哪去了呢?

我常常想,老子能在公元前那苍茫天空下,不拉帮结伙凑个什么团队,也不申请套取什么课题研究经费,也不为加入什么协会弄个啥子主席、理事,更不为争夺什么大奖,他老人家纯粹就为穷宇宙之理,解生命之惑,独自坐于幽谷山涧,行于河边泽畔,一心一意,全神贯注,仰观俯察,静思默悟,终于,他窥见了深不可测、高不可问的"天道"和"玄机"。

仅靠个体之沉思,一人之智慧,悟得了那样高深博大的真理,影响人类数千年而至今依然光华四射,此中有什么奥秘?

只有清澈的心灵,才能发现真理和智慧

我们可以想象,老子的那颗心,是多么的清澈,多么的纯真,又是多么的深邃。当心灵不带任何杂念和杂质,清澈到透亮的时候,心灵才可能完全澄明,完全敞开,达到表里俱清澈、肝胆皆冰雪的赤子状态。而单纯到极致就是丰富,透明到极致就是幽深。这时候,心灵就像清澈的秋水,心灵不仅显现出心灵自身的秘密,也映照出整个宇宙的倒影和幻象。这时候,人不是用肉眼和俗眼,而是用心灵的眼睛,用宇宙赐予人的那双没有任何污染的"灵眼""法眼""慧眼""天眼",去看,去打量,去发现。于是他看见了宇宙万象都在向他诉说,存在的深意都在向他默默呈现;整个宇宙,都在向他泄露那深不可测的"玄机",和那高不可问的"天意"。于是,那未曾被领悟的真理,被一颗澄明的心蓦然领悟。无限的宇宙,在这一刻之后,就显得不仅可以被仰望,而且可以被人类高贵的心灵所认领。因为有人目击了天道和真理,这纷乱的人世,从今而后,就有可能按照"天道"的暗示,运行出它自己的秩序。老子出,天地清!是因为我们的老子,他有一颗清澈的心,他有一双赤子的眼啊。

只有这样明澈的心魂和明澈的眼睛,才可能邂逅智慧,看见天意,发现真理。

作为造山者、造矿者的老子和作为挖矿者、消费者的我们

我们在反观现代人的精神、道德和智慧境界的时候,难免要与古人尤其要与古圣先贤作比较,我们会得出人心不古的结论,甚至在情操和智慧方面,后人有不断矮化、俗化、实用化、浅陋化、扁平化的倾向。所以不断有人发问:在现代,真正能与古典的思想和精神巨人交相辉映、遥相呼应的现代心灵圣人、智慧巨人何以很难出现呢?

对此,我的理解是:远古时代是人类智慧和精神的开天辟地时代,类似于原始地球上的造山造海运动。那时,人群中的先知和天才,是第一批仰望星空、叩问天道、求索真理的人。他们怀着巨大的好奇与震惊,向苍茫宇宙敞开自己苍茫的内心,他们既是天真的小孩,同时又是无比真诚的对天发问的大智大哲。“精诚所至,金石为开”,苍茫的人心和苍茫的宇宙之心相遇了,彼此互相惊讶、互相辨认、互相首肯、互相交融,于是弥漫于天地间的真理的巨流,与人的心魂贯通了,于是,那“天意从来高难问”的天意,被那些赤子之心顿悟并认领了。

有人说,人类有史以来经历了三个时代:巫术时代(即远古神话、传说、占卜的时代),艺术时代(即中古和近古注重诗歌、审美、情操的漫长农耕文明的时代),技术时代(即近现代膜拜科技、消费、娱乐的去魅、渎神和非诗的时代)。

可以看出,在这三个阶段里,人类越来越远地离开宇宙和精神的本源,越来越近地趋向自身的福祉和物化的文明。一方面是人类福祉的增加和文明的进化,另一方面是人与神性的日渐远离和由此导致的人的精神创造力和想象力的退化。

而那些光照千古的心灵圣人和智慧巨人,大多都诞生在巫术时代(即神的时代)的后期,他们身上有着崇高的神性,又怀着对生命和宇宙之谜的绝对的虔诚和无与伦比的热忱,所以他们才能像盘古开天辟地那样,发现了天道和人心的奥秘,开辟了真理的星空,继而开启了诗歌、审美、情操的广阔天地,将人类带进文明的征程。

这也就是德国大哲学家雅斯贝尔斯指出的人类精神史上的“轴心时代”——大致在公元前八世纪到公元前二世纪,人类各宗教、各哲学中的伟大先驱几乎全部同时出现,西方的柏拉图、亚里士多德,东方的释迦牟尼、老子、孔子、庄子等等,他们开创的思想和哲学,至今仍然烛照着人类社会。雅斯贝尔斯认为,我们今天仍然处在轴心时代的辐射范围。

回到前面的话题,何以现代不出心灵和智慧巨人呢?

有学者认为,古典社会是“信仰冲动力”占主导地位的社会,由信仰引导而产生了人的崇高的精神创造和心灵激情,而现代社会由资本引领,“经济冲动力”支配了所有人群和个人,对利益最大化的追求和对欲望的填充,几乎成了每一个人的日常事务和中心工作。“信仰冲动力”被科技和经济耗尽了能量，科技成了人们迷信的现代宗教，物质成了人们的精神图腾。文化却成了商业和消费的附着物，变成了没有灵魂和伟大关切的消费文化、娱乐文化、大众文化、快餐文化、泡沫文化。“工商业时代的琐碎平庸的现实主义文学、实用主义的哲学和科技理性割断了宗教信仰的超验纽带”，人们对宇宙万物不再有神秘感和神圣感，对生命的终极意义不再有追问的好奇和热情，“活着就好”“活在当下” 的活命哲学成了几乎为所有人奉行的普适性的最高哲学。在精神生活上，人们仅仅靠一些由传统文化的零星碎片勾兑炮制的所谓“心灵鸡汤”，来打点精神的匮乏，敷衍灵魂的饥渴。具有深邃心灵和终极关切的伟大哲学家、思想家、文学家几乎已经绝迹。

如果说“轴心时代”是人类精神和智慧的造山造矿运动，大量的宝贵矿藏是在那开天辟地的时刻生成和蓄积的，那么，我们这些现代人则只是吃矿者，我们享用着远古的矿藏和先人的遗存，我们享用着他们留下的智慧的煤炭、精神的天然气和心灵的页岩层。古人是创造者，是造山者造矿者，我们只是消费者；而我们时代的那些勉强还算不错的所谓思想家、哲学家，也顶多只能算是找矿者、挖矿者。由于他们也置身于这个没有信仰之神引领的技术和消费时代，在被科技笼罩的天空下和被经济学主宰的世界上，他们也很难有真正的原创的智慧发现和精神创造，他们的许多似乎不错的著述和言说，也只是对古圣先贤伟大学说的转述、阐释和解读。

伟大的老子，就是轴心时代的智慧巨星，是人类精神世界的伟大造山者和造矿者。

生存空间、人口密度与智慧高度

我曾在一篇文章里写道：“如果我们老老实实化验自己的灵魂，会发现置身人群的时候，灵魂的透明度较低，精神含量较低，而欲望的成分较高，征服的冲动较高，生存的算计较多。一颗神性的灵魂、超越的灵魂、智慧的灵魂、丰富而高远的灵魂，不大容易在人群里挤压、发酵出来。在人堆里能挤对出聪明和狡猾，很难提炼出真正的智慧。我们会发现，在人口密度高的地方，多的是小聪明，绝少大智慧。在人群之外，我们还需要一种高度、一种空旷、一种虚静，去与天地对话、与万物对话、与永恒对话。伟大的灵魂、伟大的精神创造就是这样产生的。”

后来我读到一本书，里面讲到一位法国历史学家布罗代尔做的研究，他说：“人类历史上，文化创造最快、境界最高、最灿烂的时候，人口密度是每平方公里三十个人”。每平方公里住三十个人，每个人的生存空间很宽阔，一点也不拥挤，基本的生存供给也很充足，人的视野辽阔，心胸宽广，人与人比较亲善，较少竞争、算计和摩擦，他就有可能把心智投入到对生命、万物和宇宙的深度追问、沉思之中，从而有深刻的发现和精神的创造。

而现代人的生存空间越来越拥挤和狭窄，可供支配的资源也越来越少，有的地方一个小小县城就拥挤着十几万人，每平方公里人口密度达一万人以上，这几乎与蚂蚁窝的拥挤程度相类似了。在这样逼仄的生存环境里，人们不得不把心智主要投入到生存竞争和劳碌之中，哪会有真正的哲学沉思和超验冥想？流行的所谓成功学和励志学，无非是一些指导人们如何在蚂蚁窝里寻找生存出路的技巧和方法，说到底还是人口太多、空间太窄、生存太难逼出的谋生之术，与真正的生命智慧和心灵觉悟则毫无关系。

许多本来从事精神创造的人也丧失了精神本身的内在驱动，而谋取名利倒成了他们从事所谓精神活动的真实目的，这实际上是一种与真正的精神创造南辕北辙的反精神活动，怀着谋利动机而制造的所谓“精神产品”，能有多少精神含量，可想而知。

连精神活动都成了丧失了精神内核的谋利行为，更不用提别的行当，那就更是无利不起早的商业行为。在功利主义、消费主义主导的文化里，现代人已经很少有虔诚追求真理、探索奥秘的纯粹精神活动，无论干什么事，都伴随着投入与产出的功利算计。

这既与现代人丧失精神信仰有关，也与人口密度太大、生存竞争激烈有关，导致人们无暇顾及心灵的扩展和精神的升华，遑论生命的超越和智慧的创造。

从这个意义上讲，我们每个人所置身的拥挤狭窄的生存空间，它所呈现的真相是什么呢？若撕去那一层薄薄的貌似温情的面纱，它主要还是一个市场、商业场、生存场、利益场、竞争场，不能说其间没有一点精神元素，但精神元素不多，层次也不高。人们在被污染了的自然界的大气层之下呼吸着稀薄的氧气用以维持生存，心灵的天空也变得低矮而黯淡，已经丧失了更为广袤的心灵晴空和精神的大气层，我们主要是与周围的鸡毛蒜皮和狭隘的利益关联物构成的生存雾霾进行生理层面、生存层面和利益层面的浅呼吸和小呼吸，我们很少与那个无穷的精神大气层建立深刻的联系并时时进行心灵的深呼吸和大呼吸。我们心灵的吞吐量越来越弱越来越小。

仅仅为了在人堆里折腾、挣扎得像个人，就耗尽了我们一生的时光；仅仅为了安顿好这一百来斤的身体，我们丧失了无限的心灵宇宙

我们可以想象，前述的那个精神巨人群星般涌现的轴心时代，那时候的人口密度大约就是每平方公里三十个人，这使得世上总有一些人沉迷于穷究天地之奥秘、为人类面对的终极问题去进行深刻的求索和思考成为可能。

那时候，天地苍茫，人烟稀少，宇宙清澈，星空浩瀚灿烂如神奇的葡萄园，等待好奇的孩子伸手采摘。于是，西边的柏拉图、亚里士多德们去采摘了，东边的释迦牟尼、老子们去采摘了，接着，孔子去采摘了，屈原去采摘了。

相比于我们置身的这个市场、商业场、生存场、利益场、竞争场，老子置身的是什么场呢?

老子的身、心、灵是置于苍茫神秘的宇宙大气场里，那是一个无边无界的生命场、精神场、性灵场，可谓“真气弥漫，万象在旁”。他的心灵通透、精微而高远，有着无限量的广博和深邃，他精骛八极，神游万方，他心灵的规模和宇宙的规模达到了对称和互映，宇宙有多旷远有多丰富有多幽深，他的心灵就有多旷远多丰富多幽深。因此，他的所观所感所思所悟，就达到了与宇宙对等的幽深、精妙和广袤。

假若老子活在当下，他要在人堆里奋斗、折腾和挣扎，他要为职称谋、为位子谋、为房子谋、为车子谋、为孩子谋，他要考虑市场的需求和受众的口味去写作畅销书赚钱，他要上电视讲坛，不得不为迎合收视率做媚俗或媚雅的煽情讲演，等等，等等。虽然，“道可道，非常道”，然而，没人爱听那“常道”（即永恒之道），那就不想、不写也不讲那个不赚钱的“常道”，那就想那出人头地之道，写那升官发财之道，讲那赢者通吃之道——这下完了，求道之赤子沦为谋利之人精，真理之恒星沦为功利之流星，老子死，天地暗，众生迷。

好在，老子活在天地敞开、群星飞升的轴心时代，那个时代生成了老子，老子也照亮了那个时代，并注定要照亮无数个时代。

于是，在苍穹之下、大野之上、清流之畔，一个穿透千古的声音徐徐响起：“道可道，非常道……”

朱以撒　**秘境【外一篇】**

《暗算》剧中，有一个小孩把701研究所关于密码演算的纸片偷出来折纸飞机玩了——当然，是他的父亲违反了单位纪律把这些纸片带回家里的。于是动用了许多人手，漫山遍野地找，有的被风吹到树杈上了，有的则落入荆莽中，最后还是有两架纸飞机不明去向。作为院长的安在天担心死了，只能祈盼一场大雨，或者一起山火，将这两架纸飞机化为乌有。

有了飞行器、潜水器，又有了人造卫星、宇宙飞船，人们对于空间还是很无奈。空间无限广大，有些物质遗落其间就难以寻觅，他们都是一些无方向感的人，不知如何回到熟悉的家园，于是寻找的工作就开始了。如同策划一场活动，有步骤、有秩序地展开，直到绝望方才谢幕。旧时代的寻人启事上那个"人"字是倒着写的，如同一个人倒栽葱，脑袋已落入黑暗里，处于非常危急时刻，使阅读者顿生怜悯之心，萌生帮他寻人的责任。相信每一个人在日常生活中，总是有些时间用来寻人、寻物，失落的也许只是一个人、一个物品，可寻找的却是一个大的数字。丢失总是让人紧张，丢失是无意的、偶然的，而寻找则是有意的、必然的，这就构成一种不对称的关系——丢是不动声色的，而寻找却动静大得很。譬如丢了一个包，里面各种证件、各种卡、几部手机，主人五内俱焚，失魂落魄地找，又登悬赏，还是无功而返。接下来就有一段时间要为自己的疏忽付出烦恼的代价了。物质在空间里，短期内肯定不会变动的，如果没有外力的话，甚至一粒遗失的种子都会扎下根，生出芽鞘来。如果这样，失物者往往可以宽心。道不拾遗——韩非子如此说，也就是不动遗失之物，它与自己是无干的。可是想动它的人多了，也就改变了它的落脚点，把它带到不明之处，它再也回不到主人身边。寻找的心态永远是急如星火的，面对的是损失，精神的、物质的，但空间之大，在人和失物之间横着许多不测。由此，我们经常会看到失主一脸无奈，摊开双手说——天啊，找不到。

很早就有失物的记载——有人丢了一把斧子，疑心邻居所盗，邻居的眉目神情太像贼坯子了。后来找到了，再看邻居，又绝然是忠厚老实之人。失物使人生出变化，苦恼、惋惜、自责，已非平常心态，想法多了起来。在《诗经》里我们看到满屋子的农具，还有为数不多的羊牛，日子粗糙而简单。越往后日子越发精致，精致使人关注任何细节，任何一个部分都不与粗糙为伍，细细打磨，镂金错采，就是对待一枚指甲，也有美化的义务。细软——顾名思义就是小巧，禁不起碰撞、挤压之物。精密的时代，许多物品由大而小，由粗而细，这也造成了遗失率的提高。一部座机，在案台上，丢失的可能性是很小的。一部手机，那么扁平光泽，悄悄地就从裤兜里溜了出来，离主人而去。而那些金银珠宝饰品，在拥挤的人流中，是如何脱离自己的脖颈、指腕的，无从得知。如此说，古人的遗失完全是一个可以忽略之数。每个人都有找到的喜悦和找不到的沮丧，结果如此不同，只能说有的人与失物真的是缘分尽了。

几年前，马航 MH370 载着两百三十九名乘员，脱离人的控制，消失在沉沉的夜色里。许多国家都参与了搜寻，许多空间被进入。只能说比人的力量更强大的是空间的无边无际，把人的力量轻易消解，尽管搜寻的手段、设备如此非常。如今，这种寻找已经更多地转化为情感上的寻找，对于空间，尤其是幽深浩渺的海域，不是一个失踪者的家属所能深入的。一个重大的丢失事件，和一个重大的寻找过程，时空和空间都交叉于一时，还是找不到。有时海面上会漂来一些机体残骸，使人觉得离失踪者未远，应该继续寻找。事实上，投放在这方面的力度越来越弱，已经不具备所谓的寻找意义了。人群丢失的事在秦时就有，徐福带了几千人去寻长生不老药，走水路，没有回来交差。谁也不愿意说他们死了，只能根据物质不灭的定理，认为他们在我们未知的空间，由于空间不同，维度不一，无从寻问往来而已。让人回味的是临行前有六位乘客更变了行程，上了另一架飞机，他们平安地着陆了。是什么使他们改变航班，不搭马航 MH370 而远离了丢失，远离了被人寻找？他们又回到熟悉的空间，沿着自己熟悉的辙迹展开以后的日子，真是值得庆幸——每个人还是乐意在这个空间里，我们所运用的“失联”“失踪”“人间蒸发”这些词汇，都意味着他们在一个未知的空间，我们难以跨越。

明人吴宽有一段话我一直很欣赏，每每诵读之：“盖隐者忘情于朝市之上，甘心于山林之下，日以耕钓为生，琴书为务，陶然以醉，翛然以游，不知冠冕为何制，钟鼎为何物，且有浮云富贵之意，又何穷云？”隐者有真伪之别，真隐则人在江湖山野心远魏阙，伪隐则不时弄出点动静来，让人注意，最好请他出山。诸葛亮自称卧龙岗上散淡的人，也经不起刘玄德三顾，不能持守，成为御用。三国鼎立孰是孰非无所定，看得见的就是滥打滥杀。由隐者成为一个指挥杀戮的显者，气味全然改变。隐者意味着自愿藏敛，以此为乐。即便大才，也如石中玉蚌中珠，不显于外，不贪恋大羹玄酒廊庙声色，嗜于蔬笋气蕨味香，渐渐在人的视界之外了。《太古正音琴谱》称：“青山绿水也，足盘桓，人情几变翻，好似梦里那邯郸。樵山呵，渔水呵，乐事更多般。醒眼看，将相王侯，那里肯换。”没有人知道隐者的名姓，只知人在云深处，与草木融在一块，更毋须寻找。偏偏是那些伪隐者，费了心机让人去寻他，寻一次还不行，再寻，三寻，扭捏一番，心中暗喜——京华近了，呵呵。真隐者在我们的经验之外，有如一茎草、一抹雪，无声响地生，无声响地行。

我参加第一次寻人是十六岁。有个知青送来一张纸条，上头写道：“同志们，永别了。”这是一个叫邱尧坤的人写的。在这个沉沉的夜色里，他去了哪里？村子里山高林密，地气阴沉，本地人也曾走失过，于是全村人都去找，山涧崖谷寻不遇，便回来请高人指路。高人踏罡布斗，指了一个方向，众人便循此行，果然见到这个不回家的人。我们不信此道，很快集合起来，冒着刺骨寒风分头去找，水塘、废弃房舍，惊飞宿鸟。天色幽暗，每个人跌跌撞撞，呼唤着他的名字，一直走到十里外的公社所在地。公社干部一脸诧异，说邱此时在招待所里呼呼大睡呢。兴许好玩，邱又如此炮制了几回，大家听说他要永别了，就都笑了，埋头做自己的事。寻找是一件力气活，花费精神且奋力行走，它是本着对生命的敬畏才如此为的，同时还有对自己道德品质的考量，才可能从温暖的床上起来，让肌肤去应对旷野上的冰冷黑暗。这个过程充满焦虑，还有许多不测的念头闪过。还好抱团而寻，力量聚于其中，就像集体祷告会更有力量产生出来，传达出去。如邱尧坤这样的人，一会儿失踪了，一会儿又出现了，人们渐渐觉得那个夜晚的热情纯属多余。许多方面可以进行试验，通过试验推进成功的进程，唯情感禁不起试验，像一枚青花磕碰不得——后来，知青点的人再也没有见到邱尧坤，直到如今。

我新近居住在一个叫淮安的小区里。此前是古郡怀安，我一直觉得“怀安”二字远远优于“淮安”，何人不怀安呢？春日来了，怀安滋润，无数的燕子从遥远处来溯旧踪，居然能找到已经被风雨摧残的旧巢，又一次衔泥加工，闪电般的俯冲和掠起。研究者说北京雨燕不足一两重，却能穿越十八个国家，从非洲南部起飞，飞三个多月，凭借边飞边睡的能力，到达古都颐和园的建筑群上。总是那个熟悉的空间使人心事安妥。就像磨墨，人磨墨，墨磨人，彼此辛苦，就得给墨条做一张精致的墨床，让墨安睡其内。那些非常态丢失的人、物，都使人牵挂不已，用找这个动作弥补。《一代宗师》展示着晚间的情调，叶问没有回来，太太一定要点亮门口的灯，照亮前面的路，坐着等他。旧日家庭里，最后一个人回来，母亲才真正合上两扇咿咿呀呀的木门，插闩，觉得这个空间齐全了，不缺啥了。每一个人都不是孤立存在的，是一张大网万千孔眼里的一个眼，靠近他周围的孔眼们关系会紧密一些，彼此更有勾连，就像一个人失踪了，远近亲疏的关系也使人感觉不一，很紧张的，无动于衷的，看热闹的。1966 年 9 月，文人储安平留下一张字条走了，上边写道："如苍，我走了。"早年的储安平面庞白皙，身材修长，仪态有雅致，是个美男子。1930 年春天，他在水光潋滟的西子湖畔，装了一袋灿若云霞的桃花，寄给北平的徐志摩。浪漫如此的储安平去了哪里？空间如此之大，李如苍只能选择什刹海，守了七天七夜，毫无收获。寻找常常是没有定论的，而每个人对于失踪的缘由、方法却大可猜度，放开自己的想象、联想之翅，任意无端。寻找是对空间的挑战，在挑战的过程中，我们看到了人类无力触及的那些部分。

物趣

我住在一个叫淮安的傍山小区里，但我写完一幅字，还是在落款处写上"书于古郡怀安"。怀安，多么好的名字，以前的人连取名都显示出情怀、向往，就像一个人抚碑，会有一种温暖的手感。是何时改为淮安的呢，有古风的人会觉得滋味真是寡淡得很。怀安的土著都搬到别处了，旧日水汪汪的井眼被泥土覆盖，建起别墅，残余的橄榄树，随着主人的离去，开始了不结果的时代。当年来来往往的接官道，延伸到水面的石头路面，已经长出了很厚实的荒草，几处有飞檐的旧迹，由于残破而显得峥嵘，让人在心里还原曾经的气派。时光的流逝并没有影响这里的地气，依旧潮润、幽静，暮色下来时，有几分清冷和枯寂，不多的人融在无边的山色里。

整个老历三月，院子里的柚花都在盛开、盛开，香透了鼻子，它和其他花树不同的特点就是香气的柔和和婉约，好像还有一缕竹林里晨露般的幽清。这段时间来找我的人都会沉醉在这样的气息里，心情怡悦地言说，边看着覆雪一般的柚树。这棵树是开发商种下的，这一溜的院子都有树，当时只是商家的一种随意，这棵树就落实在这里了。我只能说很巧，因为我转了一圈，柚树也就这么一棵——我乐意以巧来说偶然的事，某个人、某件事，都无刻意，无安排，在一个节点上相遇，便有一种暗喜。去年的柚树长得并不如意，主干被蛀虫蚀去好大一部分，蛀虫潜于主干内部，让人束手，只能在外面施之以药，试图达之于内。同时施之以肥，使之达其根部，余下的就是树之命运了。人与植物往往可以相通，都有向上的渴望，想着很顺利地发展而少有扰攘，能够常年被阳光照耀。于是到了第二年的暮春，有了特别充分的力量，尽其绽放。香气氤氲，覆盖了整个院子，随风飘过墙头的那一部分，为路过的人们所惊讶，停下来四处张望，不知香源何在。暮春是一个万物竞长的时段，这时一点也不见起色的植物，就不必寄太多希望了。记得有邻居的牡丹大开了，她就打电话给张三，给李四，请她们来赏花。我不愿有意为之，只喜欢此时碰巧有个人来，她的嗅觉没有准备，心理更没有预感，她们和这种纯洁的香气相逢，如此自然——在这个满目都是姹紫嫣红的暮春里，雪一般的色调，会使人对清洁和素淡更为倾心。

有着敦厚外形的物体往往使我生出好感，走几步还回头看它几眼，或者伸出手来，抚弄一番。草地上有几个硕大的卵石是我从野外移到这里的，不知多少时日雨水的浇淋，它们渐渐黝黑起来。所谓的包浆，我以为就是时间的一件外衣，或薄如纱，或厚如袄，都不是一日始成，而是日积月储积攒下来。草地上有几个敦厚的石头蹲在那儿，院子里就显得古朴厚实。那些圭角毕露、峥嵘突兀的形态固然提神，但它们使我在注视时感到不安——过日子是规避不安的，先要心安，才有指腕之安。如火的盛夏使黝黑的卵石显露出干渴的模样，我就会舀一瓢水，如同养紫砂壶那般浇下来，石面上顿时华滋苍润，黝黑里闪动着紫铜般的光泽，使人看到它坚硬之外的灵性，生动起来。天生之物总是贮存了一些野趣，伴随自然之力而落于僻郊荒野。很多时间过去了，草长得比它高。直到那个人来了，有一眼千年的喜爱，一言不发抱起来就放在车上，带它回家，让它在草地的这边，或者那边。有的像极了龟背，卧在那里缄默无声。主人不时会透过窗帘看到，尤其是多雨的季节，浑穆深沉，便觉得尽全身之力抱起它们到此是值得的。他指腕下笔笔中锋，也渐渐沉入，抵达纸背。

有一只鸟总是在暗夜里鸣叫，彻夜不歇，让人在暗夜中倾听它的声响，好像一个长夜不眠的僧人，在不停地敲打着木鱼。一个人不是鸟，自然无法猜度叫声中的忧愁和欢乐，只是黑夜的静寂被打破了，有人醒了，不停地翻身，琢磨一些非现实的问题。有一个凌晨，它居然停在我窗外的檐角上，有节奏地发出木鱼的声响，我只得起床，打开窗子看看究竟，一个全黑的影子拍打着翅羽飞向远处。草木繁盛，空气清新，鸟雀云集，嘤鸣无绝，人于其间，节奏就松了下来。宋人罗大经曾说到自己的山居日子，提到"门无剥啄"，意思是没有什么人来敲门。那么想一想，柴门遮掩于绿树丛中，人安于内，品茗、抚琴，作几首诗，写几幅字，要不就在躺椅上，悠悠地晃着。山居邻里皆习惯自我安守简于应酬，鸡犬之声相闻而不常往来，日子就悄悄地过去。我老家大抵还停留在任意剥啄的时代，事先全无联系，突然敲门，一看，外面站了四五个人，都闲来无事，聊聊。此时如果在精工地书写一幅小楷，也必须放下笔来，挤出笑容，呵呵，什么风把你们吹来了，欢迎欢迎。有的人长坐不起，到饭点了，保姆把饭菜都放上桌了，叫来客一起吃，来客不吃，也不走，只是说再坐坐。客人走了回到书房，写了一半的那幅字只好撕了，重起炉灶。有一篇文章谈到一位太太的客厅，只要她在，就会敲门声不断，只好大开着，许多男人来了，说个没完。男主人只好赔着笑脸，心中暗暗叫苦。倘一天都门庭清静，每个人会松弛许多，应和这个山居的气息，其中就包含了听听鸟鸣，看看山间气色、天际浮云。每一种鸟都有自己的语言，有自己表达的方法，声长声短，音高音低，未必能通，却都是天籁之声。《水浒传》的作者好像不太喜欢鸟鸣，总是以"聒噪"来表示心理上的不快，便去驱赶、去拔树，做一些不斯文的动作来。我向来笃信这种说法——这些在风雨里、草木中穿行的毛羽，比人更熟悉时序，预知险夷，由于飞翔的自由在自己的双翅里，随时张开，腾空而起。鸟声多的地方总是生态佳好的一种体现，鸟与人相同的是寻找没有危险的、适宜栖息的地方，如果有点诗意就更宜于情调的流露。"几处早莺争暖树"，暖树示意了一个方向，一种温度，还有不可缺少的高度。就像有人买宅院，生存环境是首先考量的，甚至让高人带个罗盘，看得细一些。孔夫子曾经提到危邦、乱邦，这样的地方鸟都不去，何况人乎？所谓怀安，它的世俗态，也就是坦然地坐着，心事全无，听几声鸟鸣。沈从文曾说清晨听到鸟的叫声，使自己不敢堕落。我弄不清二者如何搅在一起说道，只是觉得离奇—— 一个人在鸟鸣声中醒来，不忙着起床，而应该像孟浩然那般，数着高一声低一声的节拍，觉得各适其天，各全其性，最好。

眼前砉然开朗，这时就可以徐徐起来了。

一位朋友带了一位花工师傅和几百茉莉花枝，来做扦插。花了一个下午，绕圆形石坪扦插一圈。接下来是遵花工师傅嘱，按时浇水，静待生发。它们在扦插前的出处大抵相同，都来自活生生的茉莉花枝，裁切齐整，老嫩相当。一个月过去，有的开始绽芽，见出丁点绿意，有的则依旧沉睡，再往后的差别就更大了，有的抽枝散叶，花朵缀于枝头，暗香浮动，若往若来。有的则成枯枝，擦一支火柴就能烧了起来。同样地经过花工师傅之手，同样的地气、阳光、雨露，最终是两种结局，说起来是没有道理的。在生与死之间，一截枝条的内部藏匿着多少秘密？只能说命数不同，有的该死，有的该活。邻居送来一些菜苗、瓜苗，开始细小得很，一与土地接触，就张扬起来。热烈的阳光，充沛的雨水，特别伸张了瓜藤的野性，四处攀爬的卷须，一些草木被它抓住，就支持了它借力向上的要求，无视主人给它搭起的架子，因此要不断引导，看能不能回到辙轨上来——它超出了主人种着玩玩的心态，恣肆前行。两年前移来的香樟，由于年青，施一点肥，已唰唰地升高了一大节，满目新叶可以吹弹而破，乐观地联想它的根系已经和这里的土壤融在一起，开始新的历程。比它早来的朴树则没有这么幸运，从一位擅养鸽子的朋友那里弄了不少肥料，施了几次，却一直不见起色，张开的铁干虬枝，叶片稀疏，勉强挤出来一般，而到秋日，又匆匆地谢落。我判断朴树已经老迈了，几次迁移不断地受损，以至生机得不到转换，气势得不到伸张，那么，只能持守现状，或者渐渐向下滑去——我现在所能做的，就是阻挡它滑落的速度。

开门见山——如今真可以这般说道了。对于人来说，一座山永远都是安定不移的，我同意清人魏禧之说："山以不变为法。"所谓找靠山就是如此——很有分量的、有势力的、可以倚靠的。当然，这不是从政治背景来理解，视觉上、心理上对于一座山的认识，就是如此。一座山形成于久远，而后运动停止，草木及时蒙茏其上，若云兴霞蔚。乔木是向上伸张的，荆莽则伏于地。凡是适宜此处土壤的植物，都会寻之而来，一些野花适时地盛开了，细碎而小巧；一些黄叶相继落了下来，拂过肌肤的风就有了几许寒意。体型较大的鸟总是踞于枝头，而蓬间雀的穿梭，则在灌木的低处，相安自适。没有谁能透过青绿看到山体的内部，一直把它作为一个定数。定数使人心安，以不变去应接万变。和名山相比，它莫名；以雄秀分，它只能是秀者。这也是大多数人喜欢的一种特征，赏心的，不必紧张的，毋须提防的。每一座山都有自己的形象，丛林覆盖蔽日遮天的，土敞而草木不长的，柔软的，突兀的。我开门看到的是偏于柔软而秀丽，并徐缓地展开着。石蕴玉而山晖——这种说法对一座山提出了绝高的要求，峻岭千重，却没有几座山是玉蕴其中的。它们只是显示出层次来，使视觉仰望。许多山被夷平了，山中的景物失去影踪，世界变得平淡。近来我习惯于清晨沿着山路奔跑，自感比平地吃力极多。它在不断的向上延伸中加速消耗了人的体力，让人觉得向往高处是得付出代价的。登高是人类为自己设置的一项有寓意的运动，只有倚仗个人的力量到达高处，他说的话才有几分硬气。

留意于物往往成趣——这是苏东坡说的。和古人相比，我们言说生活的意义、价值、品位和范式要多得多，在大道理的灌输下人人都是哲人，适应于宏大的生活。不同的是，和生活相比，过日子显得世俗得多、屑小得多。过日子的不少趣味，往往来自那些不起眼的小场景。

刘丽丽　穿林而过

美若黎明

布谷鸟的叫声拉长了白天,这是树林最动听的时节。温暖晴朗的日子,树林深处传来布谷鸟的歌声,空旷辽远,似乎在讲述一个久远的故事。特殊的共鸣腔导致这种歌唱有了回声,在枝丫间回荡,触碰到人的耳中,带来初夏的清凉。这种调子的特点是悠长、缓慢,提醒着人们迎接节气的变化。随着天气逐渐变热,这样的歌唱也大多停留在清晨或者上午时分。有时候我会怀疑这个歌手过于勤奋,民谣中收割麦子时才开始的提醒它们提前完成了,所以当心情不快的时候,那些歌唱就显得唠叨。但庆幸的是,这种情况只是偶尔才出现。

午后,演唱舞台交给了另外一种鸟,它们比布谷鸟更神秘。它们藏身在树丛中,从高处看,树木高大壮丽,在阳光下,叶片闪烁出油脂般的光泽。那些已经在这片土地生长了许多年的树,其纹理的粗糙和新生叶子的娇嫩之间形成强烈的反差。这种鸟藏身最茂盛的树梢,偶尔亮出歌喉:嘀——哩,嘀——哩,那是露水洗过的声音,水波一样在燥热的空气中荡漾出涟漪。很多次,当我在厨房做饭时,总是试图寻找它们的身影,却一次也没有见到过。我对它们一无所知,姓名、籍贯、住址、它们的亲戚朋友,甚至想表达一下感谢的机会都没有,这多少让人遗憾。鸟类的世界跟人类世界有许多相通之处,鸟的世界里也有隐士,隐士住在清凉的终南山上,每天在流泉旁边读诗或者扛了一把锄头下田。摆脱开凡俗世界的彼此攀附,不用看他人的脸色,遇到异类就把头扭过去保持缄默。我有一个朋友曾经说过,在电梯里遇到讨厌的人,他就蹲下身来系鞋带,把屁股朝向那个人。讨厌的人离开了,电梯到达指定楼层,他怀着某种胜利的喜悦开始工作。听他讲这段话的时候,我的脑海里莫名出现了那午后啼鸣的鸟儿。现在,山林又恢复了生机,那隐士在树梢悠然啼鸣,怎么舒服就怎么叫，怎么舒服就怎么活，这是它教给人们的。

等到秋天和冬天，它们乘坐的电梯达到另外一个维度，树丛暂时保持沉默。

鸟声更多时候带给人一种清醒。我记下了第一次蝉鸣的日子，记下了第一朵牵牛花开放的日子，但我每天见到最多的是窗外那几株茂盛的紫叶李。每天做饭的时间，向窗外一望，就能看到它们。

春天繁花季，常有孩子在树下骑车，是那种三轮的童车，车把用来掌握方向，孩子弓着身子晃动车身，利用这种力量前行。骑车的小姑娘和我们住在一个单元，大约七八岁的样子，记得第一天来的时候她就瞪着一双好奇的大眼睛，看着我包里露出来的半截画报。应该是个爱读书的孩子，我问她的名字，“琪琪”，她大方地回答。

去小区附近的惠民市场买菜，林地旁边有个爸爸模样的人领着孩子在玩。绿化带里有一堆新掘的土，男孩一手拿铲子，手边还有一台大型的塑料挖掘机。孩子掘土很认真，大概想堆一个城堡。爸爸在一旁刷手机。那时，枝条上的叶芽刚刚冒出红色，树下一对沉默的父子各自忙碌着。我从旁边走过，当爸爸的抬头看了一眼，孩子继续往挖掘机铲斗里掘土。此情此景勾起记忆，想起儿子幼年时，何尝不是爱土如命。如果督促不严，每天傍晚都是滚成小土猴才肯回家。那时还没有集中供暖，单位里用了锅炉，九月份开始囤积煤炭。大卡车呜呜地拉好几天，堆成一座高大的煤山。烧锅炉的那几个月，院子里男孩的鞋子经常是黑的，喊都喊不住。

2017 年 5 月 27 日晚，我下楼，穿过小区里最茂盛的紫叶李树林去接年轻人回家。想起刚读过的阿德勒的《性格的塑造》一书，他指出：“孩子的母亲是孩子与外界发生接触的第一人。孩子一旦了解另外一个人在欣赏他时，他就已经开始了社会调适的过程。”为人母，除了给予物质上的温饱，让孩子掌握与这个世界和解的能力，还应该鼓励孩子发展自己的成长能力和适应能力。我常常回想起他蹒跚学步的慎重样子，白上衣蓝色裤子的少年缺了两颗门牙的笑容，坐在自行车后座上追问“凉”是什么的童声。在树木黝黑的剪影里，偶尔漏出几颗明亮的星星。春夜鸟语，唧的一声，是略微羞涩的吐口，很快，这种声音便消失于枝丫间。你放慢脚步，生怕再次惊扰了它们的平静生活，这里毕竟是它们的领地。空气中跳动着火热的粒子，你知道一个炎热的季节即将开始，有一件承载希望的大事即将揭晓。你知道“母亲”这个角色很不容易扮演，也很少有完美的演出，但你依然觉得这是一件很美妙的事。那时你不知道，道路的那头，年轻人正手捧着一束鲜花走来，那是迟来的母亲节的礼物。

中午他没有午休，专门跟班主任老师请假去花店定制的，为了防止花朵被烈日晒到，他还特意带了一把伞。

拜访田旋花

走近树林，首先感到一阵清凉的气息，尤其在炎热的夏季，从这个集合内部发散出一种独特的吸引力，让人不由自主地放慢脚步。树林在用这种方式传达出一种友善的、令人舒适的邀请。

2017年9月6日，白露节气的前一天，从清晨开始下了一场小雨，在这样的天气里我去拜访田旋花。昨夜的梦里，她的影子在我心头挥之不去，清晨，一种莫名的冲动牵引着脚步来到这里。在树林的边缘，灌木丛的叶子开始有了细微的色彩上的变化，从春天的嫩绿，到老绿，再到现在有些叶子已经略略转为黄色，它让人们见证了秋日不变的温暖与湿润、繁盛和衰退。曲曲菜拔出细长的茎，叶子变得舒展起来。我还记得春天刚刚到来的时候，它们从褐色的土地上钻出来的样子，暗红色的叶子聚拢在一起，更像一个集合体。而现在，这批秋天的野菜变得散淡了，很容易让人产生一些联想，想到白云缭绕处的一些人，他们身着道袍麻鞋，白天抚琴习武，夜晚朝拜星斗，见素抱朴，坐忘守一，更多地向着内心深处的世界攀缘。

来看田旋花是很早就有的一个心愿。田旋花的名字中有一个“田”字，透露出它的身世和来历。在某个清晨，当它扭开小小的花苞露出笑脸的时候，“砰”的一声轻响，还是被路过的植物学家捕捉到了。他辨认出这是一种旋花科的植物，它来自田地，植物谱系上从此有了“田旋花”这个名字。但是，在它的学名诞生之前，乡野中已经有了另外的称谓，那是另一个富有想象力的场景。在东风浩荡的春天，在莽莽草野，一个农民蹲下身来，打量着田埂上的这种植物，它的叶子瘦瘦长长，开着干净的花朵。稻、麦、菽、稷都有了各自的名字，这种秀气的小花，该叫它什么呢？摩挲着平滑的叶子，他皱眉思考，抬头望向远处，恰好有几只燕子贴着柳条儿飞过，他心头一喜：这叶子活脱就像燕子的尾巴，“燕子尾”的名字便脱口而出。另外还有一种叶片宽宽、形状像斧子的，人们称之为“斧子苗儿”。“燕子尾”和“斧子苗儿”，这是关于田旋花的方言，也是它们来到世间获得的亲切的乳名。

城市不断开发，一步步拉开了人类与土著草木之间的距离。外来物种逐渐占据了街道和街区的绿地，过于模板化的园艺设计，让甲地和乙地的绿化看起来没有太大的差别。看多了，让人心生厌倦，要想欣赏真正的风景，人的脚步只能走得越来越远。现在，我已经远离了热闹地带，进入一片宁静的区域。雨水让土地变得更加松软，白色的蜘蛛网架在两棵侧柏之间，吊床的主人却已经不知去向。就在昨天，附近的学校因为要迎接上级领导的检查，雇用了许多工人，凡是领导目力所及之处，野草野花荡然无存。沿着割草人踩出来的小径，向着纵深处行走，我还是幸运地发现了田旋花的踪迹。让人稍感欣慰的是，无论昨天晚上它们的邻居遭受了怎样的浩劫，它们还是按下心头的忧伤和恐惧，按时开放了。粉色的、粉白色的、玫红色的小花，开得很安静，安静之中似乎藏了一些心事。雨丝已经很小，花瓣上沾了雨水，花头显得沉重了不少。离我最近的草丛中，一棵藤蔓上居然同时绽开了四朵粉色的小花，它们依次排开，每一朵的喇叭口都朝向天空，如同四姐妹，情深义重，互相扶持。这样的景象，让人心中百感交集。

上午八点，蟋蟀们依然在草丛深处鸣叫，银铃一样的声音也保持了原来的水准，它们的琴声多少抚慰了内心的伤感。几年前，我所在的单位紧挨着一所学校的操场，操场上没有贴上塑胶跑道，没有围上铁栅栏，更没有装上铁丝网。附近的居民可以自由地走进操场去锻炼身体，或者推着孩子散散步。最神奇的，在跑道附近的草地上，每个清晨都会开放成片的田旋花。如同大草原上会有蘑菇圈一样，那是一片诞生田旋花的土地，非常纯粹，一簇簇粉红的花朵同时张开笑脸，让每一个在清晨路过它的人，睁开眼睛就能遇到美。它奇迹般的将一切净化、柔软，直至平静的日子变得如红酒一般芳醇。如果你不着急赶路，走过来蹲下身子，靠近土地仔细闻一闻，花朵的幽香不会让你失望。因此我常想，那个发布命令铲除一切，把这片地更改得面目全非的人，一定是不曾在这里生活过，他的眼睛不曾遇到过美，他不曾蹲下身来闻一闻花朵的幽香，这种人其实很好辨认，他们生活在城市中某一座虚空的楼阁里，在数据与数据之间疲于奔命，杀气腾腾的脸上寸草不生。

现在的人们似乎意识到了多年前犯过的这个过错，允许田旋花在这片树林旁边扎下根来。绿化带里也偶尔能见到它们的身影，这多少是一个弥补。童年时代，在麦田附近，如果不妨碍麦子的生长，农民们也都宽容地允许田旋花开花结果。一个农夫，清晨扛着铁锹下田，他的眼睛既能看得见青青麦苗，又能看到斑斓的野花，自然界的丰富广博，绝对是对一颗宽容的心的犒赏。

浆果

秋分之后，林地边缘的榆叶梅叶子逐渐失去了水分和光泽，枝丫间的果实踪迹皆无，从季节来讲，它已经进入这一季的暮年。但是我还记得春日昏黄的灯光下，第一次看到它们开花的景象。那天加班到很晚，迈着疲惫的脚步走进夜色，昏黄的灯光晕染出难得的温情。随意地一瞥，感觉林地边缘跟平时有一些不一样了。再走近细看，心中突然溢满惊讶。暗淡的枝条上，不知何时鼓起了成串的花苞，最下面的花苞已经绽开，暗的天光里，那些花朵上闪烁出老瓷一般的光晕。看形状，就是一朵朵冬日的梅花，但又多了一份温度在。疲惫的眼睛触碰到它们的笑脸，一汪清潭水，透出坚毅与从容，心在那一刻变得明亮起来。心想，这般景象应该配一点古筝的，听音符跌跌宕宕从枝头洒落下来；或者有一点苏州评弹，铮铮淙淙地缭绕在耳边。那个夜晚，一种莫名的喜悦充斥内心，身体的疲惫也被愉悦所取代。

林地和田野在秋风中变幻出更加丰富的色彩，让人联想起印象派笔下的天光云影。1872 年，莫奈在勒阿弗尔港口写生。他画了一幅日出的景象，在送往首届印象派画展时，画作没有标题。画布上，景物笼罩在稀薄的海雾之中，灰色调的背景，水中反射着天空和太阳的颜色。岸上景色隐隐约约，模模糊糊看不清，给人一种瞬间的感受。日出时，由于画家要捕捉瞬间的变化，在光线还没有变化前就要完成作品，因此画面不可能描绘得很仔细。所以学院派的画家们看到这幅作品时，认为很粗糙，过于随便。一名新闻记者讽刺莫奈的画是“对美与真实的否定，只能给人一种印象”。莫奈于是就给这幅画起了个题目——《日出·印象》。没想到，这些人挖苦的话，反而成全了这批画家，“印象派”随之诞生。

大师的出现都有深厚的背景作为铺垫，在莫奈的成长史上，布丹的一句话给了他很大的启示，他曾对莫奈说：“当场画下的任何东西，总是有一种以后在画室里所不可能取得的力量、真实感和笔法的生动性。”从此，年轻的莫奈开始注意画天空、大气和人物在大自然的光照中的复杂色彩，后来他走进海雾，渐渐学会表现藏在烟雾中的景物；他走进法国的乡野，走向对大自然、天空与江河的描绘之中。从寻常风景中挖掘魅力，细微观察。他对光线的变化感受十分敏锐，可以就同一处场景画出十几幅作品，如《睡莲》《草垛》等，仅此一点，其他画家就很难做到。这个沉默寡言的人，这个喜爱思索的人，这个印象派的先行者，当他不得不单枪匹马奋力前行的时候，笔端的兴奋与落寞、孤独与探索，都交给了画布。他的花园，他的睡莲，他的水塘和小桥，他的塞纳河的上上下下，占据了他画作的主题；同时，他也在画布上，一笔一画地交出一颗对大自然深挚热爱的心。

当我在林地周围徘徊的时候，脑海里时常涌现出大师们的画作以及他们的面容。对景物的打量，充满深深的敬意。眼前的秋日原野呈现出一种芜杂，黄色、黄绿色、老绿，以及偶尔夹杂的新绿，成为其中的主打色调。季节已经进入乐天知命的时候，褪去负累，自由自在成为当下的主题。藤蔓、灌木、乔木、野草，都处于一种无序生长的状态。就连平素苛刻的林地主人都变得格外宽容，允许草木的种子自由散落，允许藤蔓植物自由攀缘。我在当天的日记中写下一句话："世界在芜杂中期待新的秩序生成。"但是即便芜杂，造物主也没有丝毫降低造物的标准，依然精心地雕琢万物，从牛筋草抽出的雷达形状的花穗，到构树分生出的最年幼的孩子，一一加以关照，其细致和耐心足以成为人类的楷模。

最吸引人类的目光的，当属枝丫间各式各样的浆果。每年八月，榆叶梅枝丫间的果子成熟，眼看着一串串绿色的果子逐渐转为明黄，再增添上一些红色，格外明媚动人。榆叶梅的果实有两种，一种果核很大汁肉却很少，表面看起来光鲜靓丽，口感又酸又涩；另一种果实核很小但是汁肉多，吃起来有甜味。在九月份，金银木也将亮红色的浆果举出。每个枝丫间四粒，聚成一小簇，不多不少。秋阳下，每一颗果子的位置似乎都经过精心设计，确保了它们能最大程度接受阳光的照耀。浆果被举上枝头，茎叶自觉地形成环拱之势，自觉地把荣宠让给了新贵，体现出良好的奉献精神。

我曾经问过一位朋友，说到"浆果"你想到的是什么。他说"甜""多汁""好吃"，他的答案朴实，这属于味觉上的发现。这个答案和百度百科里给出的答案很相近，"浆果，是由子房或联合其他花器发育成柔软多汁的肉质果"，这里，强调了浆果质地的"柔软"。视觉上浆果的色泽由深到浅都有。它的动人之处全在于一种采摘的期待。悬挂在花叶之间，举在高处，简单而干净，是一种象征着快乐的果实。采下一粒浆果，就是亲手采摘了快乐。

童年时代的厨房，是我家最暗淡的地方，也是点燃灶火之后最明亮的地方，它的动人之处也在于一种期待。中秋节前后，西南风把水稻黄熟的味道吹送过来，同时吹送来的还有荷叶的气息，耳边有草木燃烧时发出的噼啪脆响。母亲坐在木墩上，火光把她的脸映照得红通通的。她忽然想起什么似的，从口袋里掏出一些东西给我，拳头舒开，是几簇野葡萄，装在口袋里的它们被母亲的体温暖热了。拿着这些浆果走进院子，心中充满幸福。月亮攀上了东墙，世界浸泡在凉凉的月光中，挑拣最大的一颗野葡萄在嘴里咀嚼，苦中甜，涩中甘，多少人生况味裹挟其中。

寒露的雨

人在雨雾中行走是一种奇妙的体验，既感到无限安全又无限危险。尤其在薄暮时分，天色逐渐昏暗下来，除非必须，很少有人愿意从舒适的家里走进湿漉漉的雨雾中，做这样一种刺激的尝试。

穿过积水的马路，路边千根草的叶子越发紧贴了地面，随着秋天的日益加深，它们茎叶的颜色会更深沉，变成深沉的赭石色，这是学习国画时经常用的一种色彩，用来画石头和假山，或者树木的枝干。手拿一管赭石色的颜料，会产生被允许进入神秘园林的感觉，除了喜欢，还有种油然而生的对于大自然的敬畏感。

雨后的蛙声类似于低音号，把号声拉长，加上雨雾带来的湿气，声音越发变得沉闷。它们在做一种最基本的音阶练习。当你脚步朝着灌木丛中的它们靠近，这种演奏慢慢停下，等你走远了，练习继续进行。这样的演奏方式让人听出许多漫不经心，似乎一个早就功成名就的演奏家，已经过上了闲适生活，但是为了保持自己的兴趣爱好，依然时常把乐器们拿到太阳光下检视一番。演奏者除了蛙类，还有一种秋虫，在雨雾里做着毫不怯场的歌唱，它们的调子比较嘹亮。一低一高，双声部的演奏给灌木丛增加了立体感。

在这样的演奏里，脑海中回闪着刚读过的《梵高家书》。梵高在给弟弟提奥的信里，提到了画家塞雷的故事。他这样评价："这样的人真是奇才。他一生历尽艰辛，最终创作出了哀婉动人的伟大作品。他就像一株黑山楂树，或者更像一株枝干扭曲的老苹果树，饱受摧残，终于开出了最娇美、最纯洁的花朵。"一个处于社会下层的天才，最终获得了巨大的荣誉，就像一株鲜花盛开的老树，的确令人感动。在此之前他饱受了严冬的巨大的痛苦，痛苦的程度并不是后来那些仰慕他、对他表示同情的人所能够想象得到、体验得到的。什么是画家、什么是画家的生活，一般人真是难以理解。它是那样的深奥——无比的深奥。

梵高评价塞雷的句子非常贴切，而后世在他对别人的评价中，自然联想到了他的遭际。三十七岁之前的日子，梵高颠沛漂泊，他的饥寒冻馁，他坚持过程中的绝望和失落，分明就是一株青年的苹果树。经历了抽枝展叶的新奇，也接受了风雨的锤打。尽管青春的气息已经在体内聚集，在寻找突破口，但是失败的天空总是那么令人绝望。

在纳南，文森特曾经跟他的一个做皮革工作的朋友说过这样一句话："我的绘画早晚会得到世人的承认。在我离开人世以后，一定会有许多文章来评论我的绘画。如果时间还来得及的话，我打算为此做好准备……"读这样的句子，在惆怅的阴霾中，总算透进了一丝阳光。这是一种对自我的相信，不是盲目的自信，而是带着穿透时间遮蔽的勇气和悲壮。稀有的植物往往生活在更加隐秘的地方，这一定是大自然更为精心的创造；而一个卓越的画家，在画出传世的作品之前，却深受生活的磨难，裹挟进深秋的雨雾之中，没有人告诉他还有多少日子才能迎来温暖和富足。

有一张画他感觉很满意，画的是在淡紫色并且略带金黄色的夜空下，农舍黑乎乎的轮廓。黑黑的白杨树耸立在农舍之上。注意这几个词：淡紫色、金黄色、黑色，黑乎乎，色彩的丰富，从另外一个侧面反映出人物内心世界的多彩。大自然对于众多物种，自有其合理的安排，如果一个人因为自己所遭遇的一些不公正而停滞不前，并不明智。所幸，梵高有弟弟提奥的支持，当时还算健康的身体扛住了所有现实的窘迫，积极的精神抵挡了厄运带来的打击，那是一段穷困但是幸福的时光。

黄河滩蒙蒙的雨不断飘落下来，林地在远处成了黑黝黝的一片。近旁的白色水洼中倒映出最后的天光，无形中阔大了想象，让这片土地有了汪洋大海般的气势。林地四周，雨点落进灌木丛，发出轻微的击打声。由于击打的介质不同，声音也有了不同的特色。雨点从树叶上滑过，飞快坠落到地上，落进泥土的声音，略显沉闷。滴落在柏油马路上的声音就变得清脆了许多。如果雨滴落进道路附近的排水管道，许多的水珠汇聚成溪流，有了集体行进的脚步声，让人听出来一种进行曲一般的昂扬和青春的豪迈。更多的雨滴在下水管道中奔流，流水击打着水泥地面，透过缝隙传到地上变成泠泠的脆响。我站在林地旁边倾听了好一会儿，心情无端激动，感觉内心某种沉寂的东西被这种声音所唤醒——它们互相召唤，向前向前，永不止步，一颗颗欢快的心，明亮着。一个人如果没有功利之心，他的奔流本身就是目的，美，就在这样没有预设目的的自足中完成。

夜晚的第一盏灯在雨雾中亮起来，我撑着伞，回转身，朝着光亮走去。

李万华　第十交响曲

一

戴着耳机，沿广场外侧慢走，一圈走完需要十五分钟；如果再慢一些，中间停下看看跳舞和对弈的人，或者草坪上的喜鹊和花灌木，则在二十分钟以上。听一支曲子，稍短的，走一圈便可听完；如果长一些，譬如勃拉姆斯的《德意志安魂曲》，则需要五圈。不停歇地走五圈，对我来说，有点难，因此很少听。我原本可以坐到槐树下的长凳上听，但当我落座时，纵千古横八荒地容易走神。其实这也是个借口，真正的原因是，连续听长达八十分钟的安魂曲，实在受不了——曲子中的悲伤和哀悼太多了，大海与群山一样将人淹没。时间中容易出现的某些东西，我早已混熟，再不会被它引诱，深陷其间。如果是三年前，我完全可以将莫扎特的《安魂曲》不厌其烦地听，走路听，坐车听，有时入睡前闭了眼睛听，但现在做不到。

三年与两年，或者一年，时间有时是连续的，但有时，时间如虫蛀的叶子一样破碎。我初读《红楼梦》时年龄小，世事不知，语文知识也没有多少，看上去捧着一本书读，其实大致的故事情节外，余者一概不明白。犹记芦雪庵即景联句一章，见湘云接岫烟一句"难堆破叶蕉"，虽不明其意，但觉得某种好，便将"叶蕉"一词拿来做名字。多年后，在网上见一句"芭蕉叶大能堆雪"，哑然失笑，原来芭蕉叶也可以这般蠢笨。时间自然还是完整点好。但科学家说，时间是有起点的，源自一种开始。它寄生在宇宙身上，当最初的一个奇点爆炸时，它也爆米花般散开来，然后膨胀，塌陷，复归为零。时间会像一枚果子那样结出，然后霉烂，消失不见，我不怎么相信。即便确实如此，我还是不信。我希望时间是《2001 太空漫游》中的那块黑石碑——它就在那里，蛮横，不讲理，得到或得不到启示，那都是你的事，它就要在那里悬浮着，挡住你的眼，让你着急。

如果时间果真冥顽不化、亘古长存，人大约才会放下心来，才会期求更好，而不会及时行乐。然而果真如此，似乎也不尽然，电影《时光尽头的恋人》中，因某次意外而不再衰老的阿戴琳，一脸青春的姣好，却依旧被问题困扰，不得不一次次离开熟悉的环境而隐姓埋名。可见很大程度上，困扰人的依旧是时间，而不是人本身设置的峰峦叠嶂。时间是所有花的根源，是所有雨的汇合处，是所有风的方向，也是所有梦与幻想的终结地。它集善良邪恶于一体，仿佛口袋内的黑白子，在不为人知处，机关算尽，但看上去依旧黑白分明，纯真无辜。

自然，如果一边走一边听贝多芬的《第九交响曲》，需要四圈。不管天气怎样，走四圈身体都会微微出汗，体内的气顺畅开来，仿佛鼓胀的袋子被戳开一个洞，瞬间明月清风。许久不听“贝九”了，大约是太熟悉的缘故，但这并不妨再去听一听。前几个乐章听得松散，可以走走神，但在《欢乐颂》部分，人一下被音乐攥紧，被吊起，仿佛风中的树木或旗帜。《欢乐颂》里面，始终有一个完美的贝多芬存在。他在现实中什么样无关紧要，红褐色的脸、灰色眼珠，还是土黄色脸、黑色眼珠，脾气暴躁，还是性格孤傲，都没关系。《欢乐颂》复活的，是一个皎洁明净、玉一般温润的贝多芬，在其身上，一切苦难不是苦难，一切深渊不是深渊。《欢乐颂》也将完美的人类形象高高托起，我必得仰头，再仰头，直到被我们自己的希望感动。

音乐就是这样：有时候，它会呈现作曲家自己的身影，如人对镜；有时候，它又如水面，倒映出黄冠草履、葛衣鼓琴的他人。

其实完整的贝多芬只有在他的晚期弦乐四重奏中才能看到。在那里，他已消瘦，他的额角隆起，他的黑发已白，并且如狂蛇乱舞。他奔跑在傍晚的暴雨和疾驰的风中，也踟蹰在无人的窄巷和幽暗的林中小径。他的眼睛依旧像大海上的月光，然而他的声音，已浸透冰凉。世界早已变成一张幕布，他伸出的手，可以将它抓破，但就是没有回声。

《第九交响曲》是贝多芬与这个世界的积极融入，而晚期的弦乐四重奏中，贝多芬已与世界渐渐剥离。

二

起先，我只关注广场外侧繁密的一道地锦。大约栽植时间已长，它们层层叠叠爬满黑铁栅栏，一边又探出卷须，伸向旁边一排槐树。槐树本不粗壮，地锦烂缠上去,仿佛一堆古代的衣裳。有些地锦长势旺盛,一路飙升,将叶柄搭到槐树枝梢上去,又从那里垂下,似乎是槐树长出的气根。夏天,地锦将槐树之间的空隙塞满,成为密不透风的绿色围墙,每次走过,都觉得一群龇牙咧嘴的小兽正隐伏其间。地锦逐渐变红的时候——它总是从悬挂在槐树高处的叶子开始,我试图拍下红叶在光线下的绚丽妖娆,但总是失败——要么叶子红成深渊,幽暗堆叠;要么光线过于强烈,耀眼一团,遮住天空。

这样,当我一次次仰头探看地锦的时候,不经意地,发现广场中间的几株白桦,已经黄得透亮。

白桦原是山间高士,长在广场,鹤立鸡群,我偶尔走近它们,探寻来自山野的气息。三月,它挂出棕色的葇荑花序,毛茸茸一树,我去摘一枚细看,却发现那是它的旧年种子。在杨树和榆树忙着挂满毛毛虫之际,白桦以假乱真,童趣十足。然而之后,如其他不事张扬的树木,白桦在花灌木和果树的喧嚣中失去声息:开不出绚丽之花,叶子也不大,并且长满黑斑,树皮虽然泛出白光,但终久被遮蔽在绿掌之下。以为一生将如此寥寂,以至老僧已死,坏壁无由,不料在花灌木和果树都处于青黄不接的尴尬之时,它突然摇身一变,仿佛莫扎特的一支小步舞曲,轻快而醒目。

秋天就应该这样,以为夏天尚未走远,花将一茬接过一茬,苔痕将碧绿,虫子将羽化,突然满树的叶子酱红橘黄,仿佛聚会时众人谈兴正浓,一人忽然起身,抱手作揖,说要走了。如此爽快利落,不留情面。

走过去,坐在离白桦不远的椅子上,本想坐得更近点,但白桦树下有人正在吹口琴。我小时候是见过口琴的,只是玩,从不知可以吹曲子。吹口琴的人面对草坪,将一个背影递给我,其实也在递给所有人:他弓着的腰,仿佛怕别人将他的口琴夺去。吸引我的是一曲《化蝶》,曲子我会背,便小声跟着唱,后来吹《草原上升起不落的太阳》,我猜那是一个生于二十世纪五六十年代的人,荒废的日子和激情的日子一样多,果然,之后又是一曲《边疆的泉水清又纯》。除去我,再没人注意他。离他不远的海棠树旁边,一群穿绿夹克、黑短裙的年轻女子跳某种快节奏的舞。更远处,广场的中央,一大圈人正在跳锅庄。看上去是一对夫妻在领舞,女子高挑纤细,黑色拖地藏式长裙,黑色窄檐小礼帽,系黑色刺花腰带,男子白色藏式皮袍,红色高筒靴。舞姿奔放,草原上一般。人们关注跳舞的人,或者蜷在椅子上假寐。吹口琴的人虽然背对人群,却将琴声用一只小音箱放出来。

他的背影和小音箱告诉我，他欲疏远，又欲亲近，他欲隐去，又欲复出。他是矛盾的人，不同的自己与自己对谈，尚未安宁。

围着木头椅子，来自牧区的男子喜欢走一种藏族围棋。我站在旁边围观过几盘，大致路数与走法虽不明白，但也算知道一些。比起围棋的老谋深算，黑白子的围追堵截更显直接。直截明了，这是我现在所习惯的，我已经将说话方式从早年的欲言又止变得简洁了当，我想我的行事风格也已发生变化，仿佛封闭在高墙杂木下的一株薄荷变身为高秆大花盘的向日葵。是啊，猜测与揣摩有何必要，担忧与不安又有何需，意思一旦明白，除去优雅与谦逊，除去善意与真诚，行事无需其他途径。我以前喜欢秋天，是因为它有智者的温和，而现在，更愿意看到它彻悟后的明亮与安静。

三

又一次跑去和格西说话。这位弟子遍及海内外的寺院堪钦，刚刚结束一次谈话，面容略呈疲倦地坐在西餐厅等我们。我的同伴总有着明确的见面目的，而我，这几年过来，格西已经知道，我除了提一些稀奇古怪的问题外，没有其他需求。我是一个更愿意以物理眼光看世界的人，每一个佛学问题都希望得到物理学的解答。有时候，这显得有点胡搅蛮缠；但有时候，能切中要害。

我也并不是因为对现实无能为力而另寻出路，我相信真实的世界只有一个，它似一颗冰清玉洁的水珠那样悬挂。我们眼睛习惯了的，不过是一部反复观看无数遍的影片，新意已失，套路与对白烂熟于心，如果不换欣赏角度，最终会感觉厌倦。科幻作品迷人的原因也在这里，它能肆无忌惮，将司空见惯的世界换个方向让我们看，让我们警觉，让我们怀疑，让我们不被过去和现在钳制。

但实际上，我们能与过去一刀两断吗？

我说，两年前，一位同学告诉我，我在某一个前世中曾执刀杀人，所以才招来此生这等横祸。我笑问格西，这到底应该是哪一世发生的事情。

其实，我和格西都明白，我不过以此事自嘲。格西微笑不语，但后来，格西还是说，智者应发菩提心，而且，要为过去忏悔。

我有无数过去，如同无数翻过去的白昼和黑夜。那些夜晚不可能一律风清月明，一如过去的白日，不可能全部艳阳高照。当我站在林木森森的谷地，或者岩石嶙峋的峰顶，我会明白，来路已经就此别过。回望有时是一种进步，如果在回望时，能看清被幽暗遮蔽的水面，或者被鲜花覆盖的墓碑。

坐在广场的椅子上，眼前有那么多的人在活动，有时，我会忍不住想象他们的过去。这是一件轻松愉快的事，因为只要凭借想象和一些观察即可做到。不过我也明白，除去大致情形，他们的过去对我来说依旧是一场空白，我可以揉搓一块橡皮泥那样，将他们的过去随意安置。也许没有一个细节可以吻合，没有一个场景可以重叠，我想象出的，不过是我曾经听闻或者路遇的片段。他们真实的过去，被沉淀在水草下面，没有声息。即便是现在，他们在这个卸掉灯光的舞台上，依旧像一些不肯发出声音的乐器。

我在学生时代喜欢二胡，希望毕业以后买一把来学。但毕业之后，我开始喜欢小提琴，原因是刚毕业时，二胡曲听得太多，以至于距离太近使美感尽失。然而小提琴也没喜欢太久，因为小提琴更容易走向极端，过于哀怨与过于华丽。之后，大提琴的沉稳敦厚，钢琴的轻盈与暴风骤雨，也都曾迷恋。然而过多的后来终于像一场初冬的雪，一点一点，将驳杂的色彩覆盖，并且使热度逐日下降，之后再没有一件乐器令我过于偏爱。

所以你不能以一件具体的乐器来衡量我，如同不能以一些虚无的红黄蓝翠来指代我。同样地，我明白我眼前的他们，每一个个体都不再是一件单独的乐器。他们的每一个自身，都是一个乐队奏出的曲目，小型的室内，大型的交响，丝竹或者管弦，而且交织了矛盾，交织了记忆，交织了幽暗与明亮。

记得一位有经验的音乐人说，一支古典的曲子听上去似乎毫无头绪，实际上，它是在一个基础的旋律上反复，然后加些花样。如同年轻的医生告诉我，治疗的方案固定不变，变化的，不过是药物搭配的剂量，或者辅助的东西。这就是说，飞跃不会轻易出现，存在的，不过是缓慢的抽丝剥茧。

四

我所说的广场，实际上有许多树木和花卉，有大片修整过的草坪，不如说是一个小型公园。十几年前，此处尚属郊区，多居菜农，有老人去山上放羊，后来这座被夹在两山之间的城市慢慢扩张，这里成为开发区。广场上几株旱柳和一小片沙枣林大约栽植于七十年前，旱柳树干粗壮，须要两人才能合抱，树根裸露出来，在草坪上如同一些褐色的爬行怪物。夏季，叶子伸展，树冠膨大似半空搭起的绿色帐篷，有时看见，不免想起《三体》中未来人居住在地下的房屋，那些房屋都建在高大树枝上，树木真正的叶子已经稀疏，大楼和别墅反而像发光的叶子挂满枝柯。沙枣有二十几株，因为年龄已长，树干爬满褐色菌类。树下草坪被低矮的白色栏杆围起。沙枣结果，大约需要休息，今年就没结出几颗，也许是太老了，但树梢上一直悬挂着旧年的沙枣，已经干瘪黑去，仿佛粒粒羊粪球。

后来栽植的树木，都带些人为气息。圆柏和雪松，还有云杉，各自为阵，割据广场四角。垂柳和国槐沿人行道而植，已经成荫。山梅花、锦带花、暴马丁香等花灌木和果树随意点缀，几株西府海棠幼小得惹人怜爱。树木结果时，我还发现一株山楂，孤零零地长在一边。据说初建这块广场时，曾栽植许多山楂树，但不知何故，后来这些山楂树被移栽到城西。我是和一位出租车司机聊天时听闻此事，我告诉司机，山楂树并没有移尽，还有一棵已结出果实，司机说，好，可以将那些山楂摘来泡水喝，山楂消食，以前常去摘。我一番好意，没想到司机心怀叵测，顿时后悔，为此几次专门跑去看那些山楂果有没有被他摘掉。

广场上还有一丛香荚蒾和一丛刺玫。香荚蒾是高原上最早开花的植物，人们从不叫它的学名，只以含有古意的“探春”称呼。香荚蒾开出花来，芬芳比丁香浓郁，嗅觉灵敏的人，很远就能辨别出来。刺玫丛中居住一群树麻雀，早春时节，喜欢聚在朝南的枝子上晒太阳，肚子饿了，便跳到刺玫树下找吃食。它们很少飞到广场外围去，也不到旁边的树木上嬉闹，看上去特别守规矩。我担心它们长此以往，将成为小国寡民，但在夏季的某一天，我去看它们时，发现只有刺玫花恣意绽放，它们已如楼兰古城消失不见。

我漫步其间，还看到一对喜鹊夫妇筑巢，一只白鹡鸰波浪式飞翔，看到结出的梨将枝子压低，看到草坪上的蒲公英由黄花变成白雾……这是一个混合起来的林木团体，集诸多元素于一体：看到旱柳会想起河谷，看到柏树会想起园林，看到雪松会想起山峰，看到沙枣会想起村庄，同时，看到刺玫会想起木门斑驳的老院，看到海棠会想起瓦当滴水的屋檐，看到垂柳，会想起执手相别的堤岸。你不能说，它属于什么而不属于什么，或者代表什么而不代表什么。它如大河，看上去缓缓流动，除去水和跃动的光斑，再无余物，但它曾流经草原和雪山，流经旷野与大漠，它载有岩石和泥土气息，有雷雨风霜的记忆，有夜半鸟鸣，有黎明时星辰的一缕寒气。它是草木和时空的一曲交响。

在它们身旁，我是一棵移动的树，我愿以此标榜。我曾在梦境中见过一棵树移动的模样，仿佛一个身穿暗色长袍的女子，面容模糊，眉目不清。她四周没有任何明亮之物，她在幽暗的背景上如同背景幽暗，但是她有别于背景的滞涩和干枯。她在地面缓慢平移，没有起伏，也没有怔忪似的忽然停顿，仿佛一缕有根的青烟，在做匀速运动。她不同于莎士比亚悲剧中那排向邓西嫩移动的勃南森林，也不似刘慈欣《三体》中那些夜行军一样快速向前的树木。她不借助任何外物，但看上去又与外物融为一体。

五

曾经想，1827 年 3 月 26 日，那个狂暴的风雨之时，贝多芬的眼睛并没有被他人的手阖上，而是在短暂昏迷后，再次睁开，雷雨之后的光明重新将他照亮。一切虽然都没有往更好的方向发展，卡尔没有回头，听力没有恢复，生活依然窘迫，但《第九交响曲》的成功，毕竟给维也纳的听众带去了震动。按照原来的计划，他在其后的几年或者十几年中，将继续写下《第十交响曲》《纪念巴赫的前奏曲》，为《奥德赛》谱曲，为《浮士德》谱曲……如若果真这般，那么他后来的音乐，什么样的思想或精神将成为主题？

罗曼·罗兰在《贝多芬传》中曾将音乐家的一生如此比喻："他的一生宛如雷雨的一天——先是一个明净如水的早晨，仅有几阵懒散的微风，但在精致的空气中，已经有隐隐的威胁和沉重的预感。然后，突然之间巨大的阴影卷过，悲壮的雷吼，一阵复一阵的狂风。然而白日的清纯之气尚未受到损害，欢乐依然是欢乐，悲哀保存着一缕希望。但自 1810 年之后，日光变得异样，最清楚的思想，看来也似水雾一般升华，所有的情操里都混合着一种热病，一种毒素。黄昏降临，雷雨也随着酝酿。随后是沉重的云，将夜染成乌黑，挟带着大雨。突然狂风暴雨之际，黑暗裂了缝，夜在天空被赶走，白日的清明又还给了我们。"

诚如所言，贝多芬的前几部交响曲，人生中该写的、该标记的部分，都已出现。英雄的气概，自由的向往，爱的甜美与回望，自然的静谧与和谐，成长与慌乱，狂放与激情，酒与歌，眼泪与玫瑰。按贝多芬最初的设想，《欢乐颂》应该在《第十交响曲》中等待。但因为某种原因，《欢乐颂》却出现在《第九交响曲》中。

欢乐来之不易，需要看见纯粹，需要对未来充满信心。欢乐如果出现得过于频繁，将没有多少意义，它将轻飘飘的，纱一样曼舞。贯穿始终的欢乐也不会出现，如同贯穿始终的痛苦不复存在。欢乐也无法作为终结，因为夏花之后，时间还将继续。

弦乐四重奏135号《F大调四重奏》是贝多芬的最后一首作品，第三乐章Lento，原稿上曾注明“甘美的休息之歌，或和平之歌”。赫里欧说，这是贝多芬精神的遗嘱。如同夜幕四合，山峦隐去身形，如同一个颠沛流离的故事趋于圆满，如同玩笑之后，真情流露。在这短短的乐句里，一切得以平复，清明如月光洒下，虔敬肃穆，却又单纯和平。

如果贝多芬的《第十交响曲》已经写出，如果我们在某个阳光明澈的午后，或者如水清凉的夜晚将此曲聆听，我们会听到什么，我们是否会如一棵移动的树融入森林般，在与世界的孤单相对中，重获甘美的自由与安宁……

韩浩月　给某某的信，兼致故乡

某某：

一

从郯城老家回来的第二天，就坐在了书房里，开始给你写这封信。一边写，一边喝着热水——那天爬马陵山的时候风太大，而我又盲目自信地只穿了衬衣和一件薄西装。

不过挺感谢那几天的风，把老家的天都吹蓝了，使她最美的一面展现在了朋友们的面前。

和以往不一样，这趟“故乡行”除了我之外还有五个人，他们是我在北京结识的朋友，有的认识近二十年，时间最短的也有十年以上。带我于北京认识的最好的朋友，来见我在老家最好的朋友，这是件奇妙的事情。

说真的，我有些忐忑，总担心自己的家乡不够美、不够好，没法给初次来的朋友留下深刻印象。但这种忐忑从一下飞机踏上故土之后，就彻底消失了。对于亲近的朋友来说，美与好，都是宽泛而言的，当你带着一定的情感浓度，去观察一片土地、一个乡村、一座城市以及一个人的时候，美与好的基调基本就奠定了。

算下来，离开老家成为一名“北漂”已经十八年多了。当初走的时候，还是一个在送行酒后趴在地上哭得死去活来的小年轻，现在已经是一个一半以上头发都变白的中年人。

而我的身份，也从一个家乡的“出走者”“背叛者”，变成了一个“回归者”。作为一个“不停寻找故乡的人”，这些年我一直在做无谓的努力，无论是精神的故乡，还是肉体的故乡，都无法找到安身立命之地。“麦兜”的故事里，幼儿园的园长爷爷说一口地道的山东话，他经常有一句口头禅，“回——老——家”，语速像《疯狂动物城》中的树懒说话一样慢。

故乡，真的是一个人最后的避难所吗？

二

故乡是旧的。不知道你是否认同这个说法。

帕慕克所写的《伊斯坦布尔》中，他的故乡是旧的，在这本书里，帕慕克把伊斯坦布尔变成了他一个人的城市，他在通过文字吟唱一个消失的故乡，如此便了解了，为何整本书中都弥漫着他所说的“呼愁”。

奥兹所写的《爱与黑暗的故事》，他笔下的耶路撒冷也是旧的，不但旧，而且散发着寒意。但正是这么一个城市，调动了他所有的温情，他试图以自己的体温，来让这个城市在记忆里变成暖色调。这么一位优秀的作家，也不愿直白地说出内心的隐伤，他铺洒文字来还原故乡的人、景物与记忆，来掩饰母亲去世带给他的伤痛。比如花费数页来描写一个男孩从树上摔下来的情形，如此普通的一个细节，也被他写得如此令人着迷。

中国的作家也喜欢写故乡，老一辈如沈从文写凤凰，老舍写北京，鲁迅写绍兴……当代作家如莫言写高密，贾平凹写商洛，刘震云写延津……

故乡主题在文学中正在消失。七〇后作家写故乡就少了，即便写，也多是评论体，带着批判与审视；八〇后们爱写诗与远方，九〇后则把重点转移到玄幻、穿越、架空写作中去，他们的故乡在互联网上；新世纪的〇〇后以及一〇后的孩子们，他们也许会好奇地问：“什么叫故乡？”

我来描绘故乡的话，脑海里会出现这样的场景：电影院门前还是最热闹的地方，街道地面上落着人们嚼甘蔗吐下的皮；老县医院斜对面的那几间平房，除了换过几片新瓦，看不出其他翻新的痕迹；路过护城河桥的时候，仿佛还能看到爷爷在那里摆书摊；往北看，一中放了学的学生骑着自行车潮水一样拥了过来，男生变着花样在女生面前炫耀车技，车铃铛声响彻整个街面；公园门前人迹罕见，只有一个卖糖葫芦的人莫名其妙地守在那里……

可是这次看到的老家，却是一个新的。公园成了一个新的公园，那尊被放在老汽车站的郯子塑像，在新公园这个“家”里，显得气派了许多。公园里的那截老城墙没了，记得刚工作时，我和老蒋、小马，以及我们三个人的女朋友，就曾爬上过这段老城墙，或倚或靠或站，散漫地聊着天，说着关于未来的事情，但显然那时并不明确未来是什么样子。

这次没有见到老蒋。你可记得二十年前我们参加他婚礼时的情形？时间比现在这个节点还要晚一些，都是五月份了，突然下起了冷雨。从他婚礼现场离开回县城的时候，坐了几个人的三轮车开始掉链子，每开几百米就要停下来，用手把布满油污的链条重新装上。当司机太冷了，我们轮流开车，为了保暖，头上罩着一个超市的购物袋，在袋子上掏了两个洞，以便能看清前面的路，每次交接这个很特殊的“头盔”的时候，便忍不住哈哈大笑。这些年轻时候的记忆，固执地霸占在我的脑海，不管后来装进多少东西，都没法把它完全覆盖。

新村的银杏古梅园也变成了新的。我们这次去的时候，园内园外都在装修。上一次来这里，差不多也是二十多年前了。我带刚认识不久的女朋友，来这里拜佛。进园子里的时候，把刚买来的一兜大约四五斤的苹果放在了一棵大树下，打算拜完佛回来取。你知道吧？那是我此生第一次，也是唯一一次在一尊佛像面前长久地跪拜……结果如你所想，再回来时，那棵树下已经空空如也。心里仿佛丢了一小块东西，但不是为了那兜苹果心疼。

重修中的古梅园，一样没法掩饰她的美。那棵两千多年的“老神树”依然是一副生命力极其旺盛的样子，每一片叶子都绿油油的，风吹过来，距离它一米左右的样子便停了，没有树叶彼此交谈造成的喧哗，因为寂静，让人心安。我们六个朋友，手拉手刚好环抱“老神树”躯干一周，据说这样的“仪式”能让人升官发财，那就让“老神树”保佑我们发财吧。

园内的广福寺，寺门关闭着，不像是有僧人的样子，打算离开的时候，厚重的院门居然被风吹开了一条缝，同行的朋友发现了，说既然向咱们发出了邀请，就一块儿进去看看吧。推开门后的景象，让我们有些吃惊，造型奇特的古树刚刚发出新芽，在蔚蓝的天空下，摆出了一个廊道的造型，这些树让人相信，它们就是一千年前栽下的。树也是有情感的，它们在一片新建的寺庙建筑中间，营造出了一种让人震撼的古意。这种古意中，带着威严，有些清冷，让人敬畏，也让人留恋。

三

对于老家，在很长一段时间里我有着复杂的情感。古人说“近乡情更怯”，这种情怯的感觉我体会了十多年。你不曾远离故土这么久,也许没有更深的体会。

之所以现在不再有情怯的感觉,是因为经过漫长的、痛苦的撕扯,我总算明白了自己与老家的真实关系,也寻找到了那些曾让我不安的源头,一切都是因为一个"故"字。

因为太眷恋"故"这个字,所以一直觉得,那些古老的、不变的事物,才是熟悉的、亲近的、安全的,每每回到老家,就会一头扎进那个由"故"组成的小圆圈里,体会着幸福,也体会着疼。

在故乡,有一个序列,在这个序列当中,有一个属于你的位置,不管你走多远,这个位置都会为你保留,只要回来,你就要填补进来,成为这个序列运转的一部分,发挥你的作用,承接你的责任。

可是,你知道的,这个时代变化迅速。故乡在变,离开故乡的人也在变,这两种变化交织在一起,就会构成一个巨大的、让人茫然的空间,那个固定的序列,也会遭到强烈的冲击,这个时候,想躲避疼,是不可能的。"故乡有时候像母亲推开儿子一样,会逼着你远行,让你带着疼想她。"

这么多年,每每回乡,总会感受到身份困惑。

比如这次回来大家一起吃饭,到了敬酒的环节,我就不知道该先以本地人的身份敬我带来的外地朋友,还是以"归乡客"的身份敬热情招待我们的朋友……外地朋友和本地朋友进行了短暂而热烈的讨论,那我就"先干为敬"吧。

必须要有新的办法,来重建与故乡的关系,找到自己的身份。这个办法我找到了,就是用最大的热情,来拥抱一个崭新的故乡,无视一切评价体系,像到任何一个自己喜欢的旅游目的地那样,充满好奇与喜悦地打量故乡。

一个新的城市,正在从老城脱胎出来。新的城市里,有沿河兴建的湿地公园,有跑道,有游乐场、书店、咖啡馆、闪着霓虹的商店……当你站在局部的角度去看的时候,会错觉这里是生活过的大城市。

我要承认,产生回乡度过余生的念头,真的是因为看到这些新的环境的产生。家乡新城的诞生,似乎为故乡人与漂泊者这两个身份,提供了一个黏合的机会。

导演贾樟柯 2017 年的时候决心逃离北京,回归故乡,他在位于山西汾阳的贾家庄,开了一家电影院,开了一家名为"山河故人"的饭馆。他喜欢这种生活:三五杯酒后,朋友们呼唤他的小名"赖赖",告诉他应该要个孩子,他们为他的老年担忧。贾樟柯说，"只有在老友前，我才可以也是一个弱者，他们不关心电影，电影跟他们没有关系，他们担心我的生活，我与他们有关。"

"很多人逃避自己来的一个路，来的一个方向，尽量地割断自己跟过去的联系，我自己就不喜欢这样。"贾樟柯写了一篇还乡文《我们真的能彼此不顾、各奔前程吗？》，文章里细细描写了他重访高中同学的故事，回忆了高中时在故乡的生活情境，他在文章里这样写，"我决定把今天的事情忘记，从此以柔软面对世界。是啊，少年无知的强硬，怎么也抵不过刀的锋利。"

写出过《周渔的火车》等著名小说的作家北村，也在2017年离开生活了十六年的北京，回到福建长汀的家乡，开网店售卖当地的原生态农产品，他用自己数部小说作品的名字，来命名他销售的各种禽蛋、农作物。

文史作家十年砍柴，老家是湖南新邵，他有两篇与故乡有关的文章读着令人动容，分别是怀念父亲与祭奠母亲的文章。为了满足父母的愿望，他回乡在老屋地基上新建了楼房，父母亲的离世，并没有切断他与故乡的联系，在人生进入下半场的时候，故乡的亲人，还有那片土地上的一切，都成为生命里的重中之重。

我想，我会追随他们的脚步。

四

这次"故乡行"有两站，离开郯城后我们去了临沂。在同来的朋友记忆里，临沂是个山沟沟里的城市，可一接近沂河大桥，他们就不断地发出感叹，"我们是到了深圳吗？""感觉像到了曼哈顿！""有点儿接近伦敦了！"……几乎所有紧邻大江大河的世界都市，被他们数了一遍。沂蒙山老区的城市新形象，彻底颠覆了他们的固有印象。

而这座城市里唯一的一所大学，四平方公里的占地面积，以及齐全的硬件设施，也让我们一行人感到不可思议——这就是快速变化的故乡，她建设的速度，远远超过我们的想象速度，需要多花一点时间，才能慢慢再次熟悉起来。

去参加晚宴的时候，穿过灯火辉煌的新城，逐渐进入老城，即丘路、金雀山路、银雀山路、小埠东、蓝天大厦……过去在这里生活的三年时光，全部浮现了出来。在朋友车里的时候，谈到我们一些共同的但却已经逝去的朋友，情绪有些黯然，谈到"什么才是最好的纪念"，答案是，唯有不遗忘才是最好的怀念，唯有被记得的才是有意义的，忘了，就一切都不存在了。

在临沂，印象最深刻的是去了今年七十二岁的作家王兆军先生归乡后开设的东夷书院。他为两个村庄撰写并出版村史，一本叫《黑墩屯》，一本叫《朱陈》。仿佛这样还不够，几年前的秋天，他与夫人一起离开生活多年的北京，回到山东老家的村庄，开设了被他称为是“当代中国最小的书院”。他实现了一个文化人的终极理想：归乡，隐居，办学，阅读，写作……对于多数抱有这种理想的人而言，这是种奢侈。

王兆军先生敲起了书院的钟声欢迎我们，那段小视频我看了十几遍，每次看心里都无比感动。在乡村办学，因为受交通、资金、观念等各方面的影响，遭遇的困难与压力是可想而知的，但老先生仍然坚持把书院办了下来，并且没有接受一些“可以把书院做得更大”的条件，他坚持哪怕是所乡村书院，也要把“平等、自由、沟通”的精神传递到所有学生那里。

五

信写到这里，应该可以结束了。但你知道，有些内容是不用写的。

年轻的时候，我以为，要逃就逃得远远的。当时我觉得北京最远，现在想想真是幼稚，不到七百公里，坐飞机，空姐发的矿泉水没喝几口就降落了。这几年，由往年的每年春节回乡，已经变成了周末回乡、假期回乡，多的时候，一年要回去五六次。

我很开心能用这次回乡时的精神与面貌来面对老家。不是我变得自信了，而是学会了接受一切，能够做到平静地看待事物的发生与变化。如同一位电影导演所说的那样，“让故事发生”，这简单的五个字，蕴含了太多的道理，也包含了最简单的解决办法。

我们都变得客气起来，也真实起来。客气是我在外面学到的，是因为有人在不断教我，哪怕面对最亲近的人，也要真诚地表达谢意，这不是推远距离，而是让对方感受到情感。真实，恐怕是我们各自成长过程中积累下来的。如果不能用“真实”来面对故乡，就会面临浅薄的虚荣、无用的虚伪、尴尬的躲避等等带来的折磨。

因为不真实，我曾一次次在故乡被打回原形。

这次好了，这是真正的原形，是你认识了快三十年的朋友。愿回故乡时还是少年，我争取做到，尽管胸腔里藏着的，是一颗逐渐变得迟钝起来的中年心脏。

存朴　断章:流水与落叶

二十世纪八十年代早期,在赣南山地一所乡村中学,每周六上午放学时,我总在回家与留校之间徘徊不已。

学校坐落在开阔的莲花地边,紧邻十余户人家的小村。不远处,一条河流穿过田野,流向南边另一个樟树掩映的大村。两个村子,相距半里,在这个空间维度里,河水滔滔,朝霞暮云,日升日落。读书声掩盖不住单调寂寞的时光,而曾经做过尼姑庵、红军后方医院的校园,简陋的天井式院落、黄泥教室,被我们当作过早埋葬青春的地方。当暮色向晚,大部分学生和本地教师离开后,仅余的几十位住校生和几位教师,就会陷入大片黑暗的环抱当中。逆反时代,父子如敌,与相对沉闷的父子关系比起来,留在冷清的教工楼里,与同样年轻的同事日夜相处,反倒成为自洽的选择。我们在阑珊灯光下备课、改作业、和学生谈话,偶尔翻阅一本皱巴巴的诗集,剩下的时间里下棋、发呆,借助星光凝望半里外村子与樟树的黑色剪影,临村人家几声狗吠,让寂静沉入更深处。

记不清多少个夜晚,沿着校园外的小路,静听风吹树梢,也记不起来散步时与同伴谈了些什么。回忆的碎片是这样的:每周一次徒步十五里山路回到小镇的家,在我和另一位同事小春看来,就像宋词里的婉约派——有多少未来希冀,就有多少现实不甘,有多少理想在怀,就有多少伤愁感触。两个性情相投的年轻人,一路踟蹰,校园与小镇之间,总是延宕出大半天的路程。

那年月,我们常想,如果有一辆自行车,或许我们的视线将延伸得远一些,或许我们身体内部将靠近更多的可能性。我们都很穷,贫乏的肉身,贫乏的精神。我们幻想一辆自行车在手,就能最为直接地找到自我,找到"明天"。毋庸讳言,年轻头脑中的激流在貌似平静的假象下,暗自汹涌。终于有一天,在不知多少次的念叨中,小春从邻居手中借到一辆半新不旧的自行车。当我们于某个星期天自小镇返校时，他信任地把自行车交到我手上。我单薄的身板和青涩的技术，无力驮负身高近一米八的年轻同事。上路没多远，自行车侧翻并擦过沙石地面，我们重重地摔在地上。皮开肉绽的疼痛与懊丧的情绪夹杂，让两人来不及擦净身上的血迹，匆忙中跑至小诊所包扎了一下，就像没有发生什么似的，羞于对人提及。

那种莫名其妙的羞惭与幼稚，真不知从何说起。包括，这不值一提的小事。

这是一个青丝渐白的中年人的必然发问，对于青春时代。

现在，路上与年轻的骑行身体擦肩而过时，那远年一幕总会重现眼前；而残存在右腿上的一道旧伤痕，像隐藏的秘密，通往过去，怀旧式的珍惜感就格外清晰起来，隐隐作痛，又痒痒不已。

在山冈与树木之间，道路像一条细流，曲折起伏。在这样的细流里，我常把自己看作一条无忌的小鱼，率性地游弋着。每天的骑行，有如“吾日三省吾身”，身心寄养在天地秩序的哺育中：春天给人冀望，夏天催生激情，秋天令人省察，冬天使人怀思。

在自我观照下，在自然万物生死镜像中，在无远弗届的精神宇宙里。

“大雪”时节，南方还处在深秋里。植物的长势不像夏天那样蓬勃，叶子依旧碧绿，该开的花，依旧开得猛烈。午后三点，骑车途经山谷，日光从对面山冈投射过来，视线里有种温煦的光芒。光芒之间，一丛芒花，摇曳出柔和而本色的弧线。芒草冬枯春发，至深秋，长缨悬空——其一生夺目之处，尽在此时。在芒花与日光的相遇中，隐匿着针尖与麦芒的对立与融合。

在一瓣三角梅的紫红里，怀藏天空与大地的秘密、流水的方向与时间的刻度，藏着清风与鸟鸣、阳光与露水，藏着断裂与融合、希冀与绝望、悲悯与宽容、局限与超脱、自由与约束。诸如此类。在一瓣三角梅的紫红里，具备双重定义：生命的底色与死亡的隐喻。

流水带走落叶。

不管有情无情，落叶离枝而遇流水，是偶然中的必然。

不管有意无意，流水所经历的落叶，是必然中的偶然。

电影《一代宗师》里，宫羽田说："念念不忘，必有回响。"叶问说："世间所有的相遇，都是久别重逢。"

那么多流水，无一时不在归途中；那么多叶子，无一片不是寻觅归宿地。所有的往事，都是此岸；所有的归途，都抵向彼岸。

可否看作，流水带走落叶，即是前世今生的久别重逢，此岸彼岸的再度握手。

微甘菊攀附在一株野麻黄枝头，开出米黄色细密花瓣。这种外来物种侵入速度极快，假以时日，遍地而生。微甘菊一生最失意与最得意的际遇就是：没有任何一次上升是依靠自我坚挺姿势完成的，没有任何一次开放不是仰赖自我超越完成的。微甘菊的一生，从卑贱开始，到超越而止。

水沟边。失去巢穴的蚁群，如同二战时期浩浩荡荡被赶往奥斯维辛集中营的犹太族裔。一群失却日常秩序四散逃逸的蚂蚁，如同陷入战争旋涡中的生民，而陷于动荡尘世的任何一个群体，其命运无异于家园被毁的蚂蚁，卑微，脆弱，了无归宿。在此末日危途一样的漫长跋涉里，跋涉，就是存在的意义，抑或存在的微光。既是宿命之途，也是解脱法门。

两棵枝丫相互缠绕。两棵枝丫相敬如宾。两棵枝丫相互对立。两棵枝丫相互衬托。两棵枝丫相互搭建。两棵枝丫相互解构。两棵枝丫互为戏剧。两棵枝丫互为观照。不止两棵枝丫，应是数不清的枝条、树叶。有的飘逸，如白衣卿相。有的粗拙，如渔夫樵人。有的居于云端，与尘埃渐行渐远。有的委身低处，卑微而质朴。有的占尽天时，饱饮雨露日光。有的身世曲折，尝尽风尘凉薄。远远地，那苍老而依然蓬勃的树冠，犹如涵纳着全部悲欣的世间。

——在一株古老的榕树下面，我所看见的镜像。

可不可以说：它们呈现出来的种种，就是我们时常提到的那个词——存在。"存在"，在时间中，在空间里，一念而生，一念而逝，一株理性与非理性交织的"永恒之树"。我倾向于相信，如克尔凯郭尔、卡夫卡，一定独自在某株枝叶繁茂的巨树下，站

的师父点头，我就跟您去吧，拉卜楞离我家也不远了，算是回家。嘉木样活佛便求得他师父的同意，带他回到了土门关外的拉卜楞寺。

那名叫旺秀的年轻画匠不负厚望，将拉卜楞寺经堂里的佛像画得跟雍和宫的一样精美。待壁画画完的时候，嘉木样活佛就付给他一笔可观的报酬，叮嘱道：任务完成了，你年纪也不小了，带着银子赶快成家立业去吧。临别时活佛还说，年轻人，以你的功德，将来肯定会有福报的。

于是旺秀找了个叫卓玛的当地女人，结婚生子。两个儿子长大的时候，旺秀就去世了，小儿子在拉卜楞寺当了僧人，大儿子名叫成子，开始学着经商做生意。那成子跟父亲一样也是个诚实厚道之人，有一年，有个西藏王爷扛着沉甸甸的牛皮袋来找他，说有急事去办，能不能将东西代为寄存，等他回来再取。成子自然点头答应，将皮袋推到床铺底下。可是到了第二年还没有人来拿，第三年也没来，小伙子就想，那袋子里是什么货物呢，时间长了会不会坏掉？于是打开来看，结果大吃一惊：满满一皮袋竟然全是银子。他原封未动，照样扎牢袋口，小心地藏到床下。就那样过了好多年，那个王爷才来取他的东西，成子从床下拽出皮袋，里面的银子一锭不少，完完整整交给王爷。王爷感激不已，硬是将半皮袋银子分给他作为答谢。

成子成家立业后，夫妇二人就辗转来到相距百十里地的旧城。旧城可是个好地方啊，天气比拉卜楞暖和，出产五谷杂粮，街头还能买到新鲜蔬菜，不必再像过去那样一天三顿都是酥油糌粑。

成子在城里买了一处庄窠，准备打理一下，建房修院过平安日子。嘉木样活佛说得没错，厚道之人终会得到福报的。就在那废弃的庄窠地下，成子意外发现了吐谷浑时期的地窖，使他一夜间成为富甲一方的万盛王。万盛王的儿子名叫王佐卿，藏名贡觉才让，生前写过一篇回忆文章，讲述了万盛王在旧城的兴衰过程，其中有这么一段描述：

> 阿爸、阿妈要落户哇寨，大约在光绪年间，就去哇寨买地方和房屋……又在西街买了一大片地基，准备盖房。正在这个时候，房子内的地基下陷了一个坑。阿爸想要找土填一下，看坑子很大，旁边还有空处。阿爸晚上点上灯笼下去看，脚踩下去土是松的，越踩越深，用手一摸摸出一个元宝，就赶紧出来。天亮了，找来木板把地盖上，把门从外面锁上，不让人进去。晚上又下去摸，越摸越

多，尽是元宝……原来这是曾在哇寨建都的吐谷浑王的一个银库。

成子夫妇便修了广厦深院，门口立了石狮和拴马桩。由于到了汉人地方，他们就取姓为王，可初来乍到缺少帮衬怎么办？那也不难，家中连日大办宴席，认城里所有王姓坐地户和城外四路八乡王姓人家为本家亲戚，又请城里师爷面授当地待人接物的礼仪，很快就在旧城立稳了脚跟。不久他们在旧城开了万盛商行，在相邻的岷县及成都、咸阳等地也陆续开了银庄商号。据说那时万盛王有上百万两银子的家当，地方上一时有这样的说法：河州有个马安良，洮州有个万盛王。河州马安良是独霸一方的军阀，而洮州万盛王的银钱多得数不过来。

到万盛王老了的时候，已是地方上德高望重的乡绅，据说他还养成了这样一个习惯：每天清晨洗漱完毕，他就坐在堂屋的八仙桌旁，端着白铜水烟壶，刮着景德镇盖碗，等待各色人等上门来访。他的身后竖着几个水缸一样的牛皮袋，满满盛着银圆和散碎银子。凡准备出门做生意的人，不管他熟不熟悉，只要前来开口，他都会如数供给本钱，赚了返还点利息他自然高兴，赔光了本金他也不会在意，若来开口继续鼎力资助。而面对一些过日子遇到难处的人，老人听完陈述，便伸手到后面抓一把银圆或者碎银子，数也不数就递过去，一边说：没啥没啥，总会好起来的，需要时再来哦。

后来遭逢乱世，万盛王的家业也就败了。

民国元年河南白朗造反，到了第三年的春夏之交，在内地连连失利的白朗大军转而西移，日渐逼近旧城。由于官府称其为狼匪，制造了许多恐怖舆论，地方民团和邻近杨土司的兵马便誓死抵抗。据说白朗大军有白狼、黑虎、铁蝎子三个首领，抵达旧城时，其前锋铁蝎子在军前策马喊叫：我们是过路的，不要打了！人们哪里信他，埋伏的民团一枪将他击落马下，割下头颅悬挂于南门。白朗将士便复仇雪恨，攻守双方激战一夜，第二日凌晨旧城陷落，万盛王及城内富商被劫掠一空，广厦深院毁于火海。更有甚者，不少人听到可怕的白狼已攻入城内，担心妻儿家眷遭其蹂躏，便放火烧房，一家人同归于尽。

五

边地烽烟时起，旧城屡遭劫难，不过流失的往往只是“浮财”。人们早就养成了深挖洞广积粮的习惯，越有钱财的人越是藏而不露，牛圈马厩下可能埋着万贯家财，出门仍是破衣烂衫，一副朝不保夕的模样。因而一到太平年月，他们又像路边被践踏的小草，渐渐抬头挺身，蓬蓬勃勃生长起来。后来战乱终结，硝烟散尽，旧城自是一派持久的繁盛景象了。

我在旧城读中学的时候，南门和西门各有一个行为怪异的男人，他们身上似乎折射出旧城人的某种特性。

住在南门阁楼上的那个中年男人，听说是个高级工程师，蒙冤遣返回来的。那人身材敦实面色黝黑，人们便叫他铸铁石。他每天坐在向阳的窗下手捧书卷，似乎已是个躲进小楼成一统的人了。专门去那阁楼上看过他的人说，阁楼板壁上挂着一幅幅图纸，画着许多齿轮和复杂的曲线，标着密密麻麻的英文字母。他可能受过什么严重刺激，突然间就会发起疯来，面对城墙大声嚷嚷，冲动地挥舞着胳膊，跟人吵架一样。除了那一阵歇斯底里，平时他总会安安静静待在那里，沉默不语。每月有一天他会走下楼来，沿南门大街走到通往西门的拐角处，步伐坚定目不斜视。他从那里的邮局会取出一笔钱来，买了各样的糖果兜在衣襟，回去时左一把右一把抛撒着。每月的那天便是孩子们的盛大节日，一大群淌鼻涕娃娃早已跟在他身后，仿佛他是个前来派发礼品的圣诞老人。

到我中学毕业的那年，铸铁石也突然消失了。据说他是被一辆军用吉普车接走的，还有两名军人前来护驾，面对他立正行礼，恭敬有加。

据守西门的人熊是个复员军人，高个子大背头，披一件破旧的军大衣，却是个刻章写字的能手。不知他那名字是怎么来的，估计还是人们送给他的外号。一般人刻章总要先布局描字，免得刻错了弄反了，他却不假思索直接动刀，哧哧哧一阵响，好了，在破纸上盖个样儿，字迹周正端庄，跟书上印的一样好看。那时流行在新买的钢笔上刻毛主席诗词，他接过笔捏在拇指和四指间，刻刀尖儿在上面疾速游走，一边面无表情地问：啥色？许多人自然会要红色。他便从盒子里许多粉笔头中拣半截红粉笔，在刻过的地方一擦，再用肥厚的手掌一抹，一幅龙飞凤舞的仿毛泽东手迹惟妙惟肖显现出来，就跟变戏法一样。

不过人熊是个心不在焉的闲散之人。他的刻字摊就是象棋摊，总有一大群棋迷围在那里，看他跟一个个高手轮番厮杀。需要刻章刻字的人守在身边，他不耐烦地挥挥手：别急撒，转一圈再来！求他的人当然也不急，转身去南门走上几个来回，又数遍了附近百货公司货架上的货物，回来再看，人熊还是埋首于棋盘，只是长发里多了些风吹过来的草屑。明天再来吧！直到天黑看不清棋子，落败的棋手们怏怏散去，人熊才对等他的人说，明天来，不收你的钱。

六

距离拉卜楞寺不远的草原上，有座奇形怪状的古城——通常的城郭可能只是四个角，而它有八个，爬上对面山坡回头去看，就像一个规整的空心十字，颇有纳斯卡线条一样的神秘色彩。李振翼先生告诉我，那座城的结构确实独特，在世界上也算独一无二，而且年代久远，旁边不远处还发现了汉代墓群。古人为何要将它弄成那个样子呢？他说在那个年代，那是一座易守难攻的城，因为城墙的每一面每一寸，都在防守者的视线和弓弩射击范围。

八角城四周山坡都能看出层层梯田的痕迹，如今覆盖着萋萋牧草，岁月之手早已将那一页翻了过去。只是很难想象，屯田驻守的将士需要克服怎样的困难，在那大半年风雪弥漫的荒原既要守卫边关，又要忙里偷闲开掘土地，在冰雪里种一把秕粮养活自己。

无论旧城还是新城，都算不上真正的城，只是名为城而已。置于那片辽阔荒原上的边城，风雪剥蚀的高墙下总回响着如雷的马蹄声和男人们充满血性的呐喊。可以说它们是烟熏火燎的城，也是多次涅槃又重生的城。而今那一切都已隐入历史深处，旧城和新城都还原为镇子的建制，八角城里几十户汉回藏人家只是个自然村。当年屯守者的后代也还原为普通百姓，它们和他们，都已功德圆满。如今再去旧城，我上学时看到的那些城墙残垣已消失不见，城里城外的房屋连为一片，历代守城者和攻城者的后裔互为邻里，他们在街巷里谈笑调侃，无论言语还是穿戴，都已分不出彼此了。

陈元武　在波来山的那一边

乌日那的马

这里应该是天堂——没有尘世的喧嚣，甚至没有人烟。这里的阳光格外纯净，透过阳光的涤滤，空气都显得如此空灵。像舞者的长发一样的马鬃，在空气中摩擦，发出低微的呼啸。草原一直延伸到视野的极限外，高低的峰峦，显得无足轻重，这一切，都抵不过草原的辽阔形成的空旷感。远处是隐约的波来山，乌日那的家在山的那一边。天空是更大的牧场，放牧着神灵们的云彩和雄鹰。远远的山顶，几乎擦着天边，飘着一团白云。我想，在这种高度，我们的心脏也似乎要蹦出胸口，呼吸不免短而急促，我还以为是自己的心情激动使然，乌日那说，这是高原，你们来自遥远的海边，不习惯这样的空气和环境。那种蓝是发自宇宙深处的光芒，没有云彩的地方，凝重的深蓝色，始终让人惊恐和压抑，因此，阳光的每一次撞击都让皮肤有刺痛感。在蒙古族的传说里，太阳是身披黄金羽毛的巴图鲁，那种羽毛的碎屑不断掉落，让大地燃起大火，也让草原披上绿色。呼伦贝尔大草原一直延伸到大兴安岭边，秋后的桦树林，像高举的火把一样。

那匹马是深枣红色的，黑色的长鬃，前额有一块菱形的白斑，足蹄及腿臀上，也有白色或者灰色的斑块。它一直喷着响鼻，似乎对我这个陌生人感到些许紧张。它的眼睛水汪汪的，湛黑似夜晚的天空，修长的脸和脖子，修长的腿，足蹄间有踏雪毫，它是传说中的神骏吗？我跟在马的一侧，乌日那在马的前边，紧紧揪着缰绳，怕马突然间惊神而伤到我。走了一阵子，马不那么紧张了，它不再喷响鼻，眼睛也稍稍眯缝了些，它的粉红色鼻子一直在动，像不安的小兔一样。女主人在它的耳边低声耳语了一番，马终于彻底松懈了紧张的神经。它开始有意无意地别过头，朝我身上闻了闻，似乎要熟悉我的气息。我也轻轻地摸了摸它的脖子，长长的鬃毛有些膻味儿，油亮油亮，像在油里浸过似的。在抖动的瞬间却并不粘连，水滑顺溜，轻轻地飘动。脖子边是一条粗大的动脉管，一乍一乍地跳着，马身上的毛有些硬，摸着有些扎手，手心痒酥酥的。这是我跟它的第一次亲密接触，但我不会骑马，于是，在马旁边走着，感觉那种纵马飞奔的快乐。乌日那还有个汉族名字叫刘玲，她父亲是汉族，母亲是蒙古族。父亲过世前在南部的蒙辽交界处跟人家合伙开过煤矿，家里只有母亲和一个弟弟，还有姥姥、姥爷一家子。蒙古骏马通常是枣红色，腿粗细均匀，稍短，骨架偏大，毛长鬃浓，所以通常脸部和眼睛被鬃毛所遮盖。乌日那的马是外来的，有俄罗斯的马血统。早先，克烈部的后代与达斡尔融汇后，成为呼伦贝尔蒙古族的主要子民，性情不仅有草原民族的剽悍和勇猛，还有擅长骑猎的习俗，半牧半猎，所以，需要更好的马和更好的骑术。北边大兴安岭的冬天漫长而寒冷，冬天的呼伦贝尔蒙古族有更多的时间用来狩猎，马拉雪橇和弓箭是必备的随身用品。过去，出猎时，常带着一只凶猛的猎鹰、若干干牛肉条、打火的火镰子和一壶烈酒，有时还需要几条勇敢的猎犬，乌日那的姥姥一家就是这样的蒙古族人，他们还会达斡尔语。庄子里没有专职的萨满，她的姥姥会跳大神。老太太身材壮实，红脸膛，虽然满头银发，那腮帮子像苹果一样，透着紫红，眯缝的眼睛里满是精气神儿。她每天还要赶着马车到集市去运鲜牛奶或者出售羊只，奶子酒能够喝一银碗，还能不用刀子，啃下一整只羊腿。老太太的烟瘾还挺重，腰里别着紫柳烟杆，白玉嘴儿。尖顶的羊毛毡帐篷现在不住人，平时只是用来聚会和宴请客人。里头攒尖是敞开的，直通天空，中间架着火吊子，一只大铜壶不会空着片刻，不是烧水，就是煮砖茶，从恰克图和南方来的茶砖源源不断运来，她们称之为茯茶。铜壶里的水烧了又烧，茶叶几乎化为汁水了，那茶色浓黑爽烈，平常来的人，喝一口就受不了，她们天天吃肉，喝这么浓郁的茶，觉得十分寻常。

乌日那和弟弟在给马刷毛鬃。夏天，马毛间容易长虫，有蠓子、蜱子还有马蝇。这里离河较远，需要走将近百里地，翻过波来山，那麓沿的林子里，才有长流的河水。马怕水，不喜欢沾水。这马刷子是硬鬣，野猪鬃或者是豪猪的尖背刺，扎在一块皮子上，绕着马小心地刷着，那力度不大不小，太大，扎痛马，容易惊了马驹子，力小了，篦不出虫子和虫卵。刷过身体的马，感觉舒服，就猛吃起草料，四条腿小蹦着，似乎在表示着内心的感激。乌日那的弟弟会音乐和呼麦，乌日那是个小有名气的诗人，在旗里的中学教语文。那天晚上，我们在她家的院子外欢聚，一溜子桦树长条桌围着一堆熊熊的篝火，火在桦树枝杈间跳闪着，火焰并不猛烈，似乎是草原的风太强劲了，将热气儿迅速吹远了。一桌子的肉食，鲜羊肉，刚刚从大铜锅里捞出来，大大的羊头摆在姥爷的面前，他拈过酒，开了宴，割了一只羊耳朵给了我，又割了另一只耳朵给陪我来的朋友。宴会的歌声悠扬地响起。乌日那甩着民族袍服的长袖，扭动着舞步。姥姥和姥爷唱着听不懂的美妙的长调子。一忽儿呼麦的打战子似的舌头和嗓音，像风在桦树梢唱着长调。我们起身回敬主人们，拈过酒盏后，开始了大快朵颐。

姥姥和姥爷唱的是啥调子，乌日那说是鄂伦春族的节日长调，是庆祝夏季牧草丰收和马下驹子牛下犊的欢乐祝颂辞：哈拉哈河水哟，流得多欢快，多伦的草原上，齐人腰的牧草，快将山冈子压垮了，海子的水也淹不过白桦树的枝梢，马驹子像风吹来的草垛子一样，一个又一个。海哲伦思，那是乌日那的家乡，波来山那边，是望不到边际的天涯，马儿蹚过河水，也蹚不过那草原。波来山那边，出去的娃儿快回来了。鸿雁一年一次飞过波来山，山上的达子花紫过了蔫了，蔫过了绿了，秋天烧云点燃了山冈子，白桦林和草原一齐黄遍红透。那时候，风儿就来了，大雁就要离开了，我的亲人啊，你怎么还不回来？

乌日那陷入了沉思，她的目光带着忧郁，远处是暗成大海的草原，除了星星，已经分不出哪是天哪是地了。她的马在桩子边不安分地转着，尾巴使劲地甩着，马的眼睛炯炯的，不时被篝火的火光照亮，那是马的夜晚，是一个魂灵不安的夜。乌日那在想什么？她心里一定藏着什么心事？是啊，一个诗人，在这样的夜晚，应该会是诗兴大发的。她的脸被火光燎得通红，像一座闪着红色光焰的雕像。这会儿，就让她沉思吧，且听老人们的歌唱，指甲划过琴弦的脆响，像钢片反弹，击打着另一块钢片。东蒙古的长调真是迷人的音乐，像是古老的叙事诗，中间夹带着神秘主义的宗教色彩。

乌日那的弟弟叫嘎云德木，汉族名叫刘德。这是个典型的蒙古族汉子，阔脸膛，细眉眼，膀阔腰圆，曾经跑长途运输，现在在家里经营着一个不大不小的私人牧林营，倒腾些外来的良马，批发一些木头，顺便做点牛羊生意。他的性格不像他汉族的父亲，连长相都不像，完全是蒙古族强大的基因在起作用。酒是海着喝，唱歌跳舞样样都行。乌日那的马是他给弄来的，说，近些年，草原上不太平，狼多了起来，骑摩托不安全，还是一匹快马放心。通往哈拉河的这条山间缓原，经常有熊瞎子出没，还有狼，山林狼比起草原狼更加凶狠狡猾。现在，很少人有配额猎枪，除了鄂伦春族猎户。呼伦贝尔大地上，起伏的草野比起西部干旱荒漠地带更为迷人。这里的人不仅白俊，肌肤也细腻如羊脂，性格却不亚于西部的那些人。嘎云德木不抽烟，看着姐姐和姥姥、姥爷抽着浓烈的草原烟，他就发愁。过去跑运输，没日没夜的，他不敢抽，因为车上载着易燃的货。困了，就捧把冰冷的水激一下脑门。他见过父亲后来因为烟瘾伤了肺脏，临死前痛苦地喘气却顺不上那口气，脸憋得发紫，脖子的青筋暴凸的惨样。父亲死的时候，他才上初中。那年，乌日那刚考上东北师范大学。乌日那的烟瘾多半受母亲、姥姥、姥爷的影响，从小就看着他们吞云吐雾的，弄得整个院子里浓浓的烟草味儿。她想戒，可是在学校里又碰到抽烟的同事，于是一直就没戒掉。

我和她的马渐渐熟悉了，乌日那的弟弟教我怎样骑马。我壮着胆子跨上马背，那匹马并没有被我近两百斤的体重压垮腰。马背像一只结实的皮沙发缓解了我初始的紧张感。马还是不情愿让一个陌生人骑着走，感觉它的步子迈得有些别扭，它也不再喷响鼻，耷拉着脑袋，显得有些沮丧。马通人性，我这性格，不对它的脾气。我试着骑行一小段路，是平坡，不颠，也没坎。人在马上，有些吃不住，身体往前倾，双手紧张地撑在马肩胛上，腿夹紧了，生怕给摔下来。乌日那见我的狼狈样，咯咯笑着，姥爷在后头看着，直晃脑袋。我渐渐有了些信心，终于让马跑了起来。虽然是小跑，可我的心跳比马蹄还急。马一跑，它就舒心了，头昂起来，喷了个响鼻，马鬃子也飘起来，过瘾得无法形容。学会了骑马，就方便了后来的出行。通往海子的路，多半是草深泥泞的烂路，没有马，根本就寸步难行。我开始蠢蠢欲动了。

白茬子的桦树林

在扎赉特旗的一个白海子边，是一大片桦树林。十多年前，一场草原大火烧掉了许多上百年的老树，现在的桦树，有些是重新种上的，另一些是没烧死的老树茬子上重新萌出来的新树。烧过的桦树林，除了炭灰外，就是满地的白色灰烬，因此，改了个名叫白茬子桦树林。现在的林子更密，过去消失的野物，狍子、狼、熊瞎子和野猪都回来了。林子现在是国有的，禁止砍伐取材，于是，林下的小灌木，榛条、荆棘多了，草没腰深。平时没人敢独自进那片林子，老狍子胆大了，敢近距离盯着人傻愣着，像看新奇的光景。狍子还跑进屯边。那时在草原上出现狍子真是稀罕事儿，现在有了，因为猎人少了，猎枪也少了，难得的冬狩，也没见大动静。眼下正是夏天，桦树林长得最欢的时辰，那树杈就隐没在浓密的叶子和草丛间。白茬子是啥玩意儿？有人拿去化验，说是烧碱子，有的说是灰碱子，反正是碱子，这碱子是原先烧林子烧出来的，是可以食用的。嘎云德木说，过去，老鄂伦春族硝皮子，就抓一把地上的白茬子，挺管用，那应该不全是碱子，应该还有盐巴的成分。老蒙古族冬天淘海子捞鱼，把鱼剖成两半，挂在太阳底下晾晒，先抹一把白茬子粉，将来那鱼味道会更鲜美。鱼晒成鲞，那鱼就像图腾一样挂在各家的柴垛边、屋檐下，连着那一串串诱人的红辣椒和蒜头棒子，这景色一直到秋后。鱼鲞酡红色，鱼皮透出油渍，一股干鱼的特殊气味引来了林子里无数贪婪惊羡的眼睛。海子边冬春季常有路过的鸟儿，平时常来的只有鹰鹞子，还有长尾巴的喜鹊。树林里常有不知名的鸟叫，声音瘆人，姥姥说是夜猫子，南方人叫枭。桦树叶被雪埋过一冬，春天化雪时，逐渐腐了，地上厚厚的一层，走着像地毯一样松软。桦树通常身形修长，枝杈不太浓密，不像南方的树，多往横里长。桦树往上长，干与杈分明，在夏天，粉白的皮往往透出一些绿意，只有入了冬，那树皮的白色才突出，在林子边缘，阳光多的地方，树皮的白色更加突出，那旧节疤也更可爱，像一只只眼睛。这是诗意浓郁的树种，代表北方伟大的精神，也是北方山野最为钟灵的神树。桦树皮在立夏前后纷纷绽开，脱落，新的树皮呈露出来，老蒙古族过去没烟抽了，会去拾桦树皮，沤烂了，晒干了，捣成末子，当烟抽，味道不知道如何。乌日那说，她尝过，太冲了，简直快把肺叶都烧穿了。那味道只有老鄂伦春族猎人敢尝试。山里生活，饮食不那么讲究，生一口熟一口、冷一顿热一顿的。嘴巴里都麻木了，再呛的烟也没事。老桦树还是采参人的心爱物，采下的活参用桦树皮包着，连根带土，能活一个多月。那桦树皮的白色，是树皮外最老的一层陈皮，干如纸，裹着内里的鲜皮。剥下树皮，展开，压平，晾干，是一张好纸，只是硬糙了些。

那些白桦树，看上去跟南方的树迥异，那是多么灵秀的树呀，树叶子像山毛榉，硬而多毛，边缘扎手，阳面是光滑革质，脉络清晰，枝杈稀疏，树叶却是浓密的。漫长的冬季，让植物的生长变得困难，因此，每一棵树都是英雄和诗人。乌日那首肯我的观点。那些老疙瘩猎人和扎赉屯上的老疙瘩们，都是这片树林子的亲人。冬天烧的柴火，全靠这林子了，攀上树，砍下枯枝干杈子，就够烧一个冬天的火炕了。冬天洗澡也是大难题。水井冻结实了，水汲不上来，就取满地的雪，堆在一个地窝子里，在地窝子边，再挖一溜地炕，放上柴烧着，那水就腾腾冒着热气，洗的时候舀到大木桶里，随便围挡一下，外边是零下二十多度，桶里是热热的水。洗完了，再在极寒冷的风里，迅速擦干，套上大棉衣。快进屋，喝几口烧酒压一压。嘎云德木说，你们体验不到这种刺激，那叫一个爽，我在冬天泡过温泉，南方的冬天，跟这比，简直都不算是冬天了。我想了想，还是没有勇气尝试。难怪蒙古族人的性格如此豪爽干脆，跟生活习惯有关。南方人就是那种文弱的没有多少脾气和血性的样子。乌日那的酒量都让我咋舌，还有她的烟瘾也令人汗颜。在山区生活的日子里，没少见过树林子，南方的树密匝匝，拥挤在一起，将空间挤得不透风，树丫也多是壮硕曲折，一棵树长成一柄巨伞，像巨大的绿帐篷。山毛榉树和南方桦，树形都不像北方的兄弟，往横里长的南方桦和山毛榉，往往不被人注意，树皮皴乱，形态委顿。

成吉思汗东征他的结义兄弟扎木合安答，就发生在离波来山不远的地方，扎木合最终为自己的背叛付出代价，他被铁木真的骑队裹在羊毛毯里，被骆驼踩死。他的残部被铁木真赦免，并被永久逐入额尔古纳河以东的森林里，只能以渔猎为生。历史上的十三翼之战就发生在额尔古纳河与刊河汇合处。下克鲁伦河流域的塔塔尔人，下色楞格河流域的篾儿乞惕人，下斡难河流域的泰亦赤兀惕人，西贝加尔湖的斡亦剌惕森林狩猎人和扎木合安答结成反铁木真联盟。扎木合被公推为古儿汗，并按萨满宗教风俗盟誓曰：吾等之中，若有私泄机谋、阴怀异志者，将如此颓土断木般下场。但他们未能保守住秘密。他们分头准备时，豁罗剌思部的一个名叫豁里歹的人立即去向铁木真告密。铁木真立即向王汗求救。王汗一听有变，即起兵前来同铁木真会合，铁木真和王汗的军马顺利来到赤忽儿忽山、扯克彻儿山和阔亦田之地。这时，扎木合的军队溯额尔古纳河而上，也抵达了这个地区。两军在第二天的黎明开始决战。史书中被神化了的萨满法师不亦鲁黑和忽都合别乞在这时开始大显身手。他俩端来一盆净水，从怀中取出石子数枚，投入水中，望空祷诵，念动咒语。霎时间狂风大作，天昏地暗，雨雪从天而降。他们本想以此迷住铁木真和王汗的人马，然后乘势掩杀过去，不期老天有眼，蓦然间风势一转，雨雪随飞，反向扎木合的军马袭来。铁木真和王汗大喜，便趁此天昏地暗、日月无光之际挥军冲杀过来。扎木合的军队顿时乱了阵脚，慌忙奔逃，自相践踏，黑暗中不识路径，跌入深涧者无数。兵败如山倒，扎木合的联军就此分崩离析，活下来的人四散逃命。扎木合返回其额尔古纳河流域营地。扎木合在撤退时毫不犹豫地趁盟军遭难之机，大肆抢掠这些曾公推他为古儿汗的盟军。这种失去理智的疯狂行径使他失去了最后的支持者，他刚登上不久的汗位也因此而失去了。

扎木合被俘后，铁木真不忍面对这个昔日的安答，也不愿意以酷刑处死他，就让他自己选一个死法。扎木合没有回答，也许他后悔自己的愚蠢和背叛，只想死于不见天日。可是，蒙古人没有在夜晚执行死刑的习俗，于是，想到了用羊毛毯裹着他，用骆驼踩死的特殊死法。也有说法，说篾儿乞惕人和塔塔尔人才是铁木真的世仇，于是铁木真赦免了扎木合的族人，放逐于兴安岭之间，不能再踏入草原一步。桦树林的枝多往东茂盛，是不是扎木合临死发的一个毒誓在起作用？白桦林是东南枝茂盛，西北枝稀疏，真是一个奇怪的现象。老达斡尔人说，他们就是扎木合的后代，铁木真的大将哲别，就是一个森林神射手，曾经射中铁木真。鄂伦春族的桦树帐篷，像一座座神话中的森林城堡。鄂伦春族的桦树皮帽，也像蒙古族的羊皮帽，东蒙古的服装多是白色。鄂伦春族的白袄蓝腰带和尖顶毡帽，都离不开白桦林的影子。

九月后，这里将变成仙境。秋天的呼伦贝尔和兴安岭之间，到处是红艳的桦树林，颜色从黄到红，层次分明，与红松和蒙古栎有天然的区别。草原的边缘，在低矮的山冈子上，零星的桦树像火炬一样，在秋后落叶之前，几乎成了茫茫草原的坐标物。各地的摄影人会蜂拥而来，占据有利位置，相机咔咔响成一片。海子边的碱草红得像火，近年来，草原有沙化倾向，主要是气候变化，降水越来越稀少。牛羊越来越多地离开屯子，往波来山那边挪动，甚至钻进桦树林里，啃起树林里的草。白桦林不能说没受到影响，但这的确让人无奈。另一种潜在的危险就是草原獭的泛滥，这让本来已经脆弱的草地更加岌岌可危。狼被远远地逐出牧区，草原獭就没了天敌，雕本来就少，根本治不了繁殖力惊人的獭族。山区还面临着别的威胁，比如过境的大火。从蒙古国越境而来的大火，曾经让这里烧成不毛之地。鸟雀也越来越少，草地上的土蝗曾猖獗一时，桦树林里的虫害也多了，还好不时有林业飞机来洒药。乌日那不无忧虑，想想草原的未来，并不乐观。虽然封山育草，限制了野外放牧，可是，这个问题没了，另一个问题却来了。世间就是这么纠结，总不安生。

夏天的时候，站在波来山顶，眺望那眼海子，蓝得像天上的宝石，不时有白色的大鸟飞起飞落，那应该是它们的仙境。草贴着大地，并不茂盛的草原依旧绿意葱茏，更远处是若隐若现的兴安岭，隔着太远了。我环视四周，我们真的太渺小了，像草一样立在山上，虽然身边的马体形高大优美，在天空中鹰的眼里，也只不过是沙尘一般的物什。

嘎云德木的长调里唱出他心里的呼伦贝尔和波来山：桦树林永远敞开着绿色

的怀抱，草原上奔跑着红色的骏马，大金雕飞不过兴安岭的辽阔，也飞不出蒙古人的眼光。蓝色的海子，哈拉哈河和额尔古纳河，是我的母亲，永远不会闭上的眼睛和柔情，盛下美酒的杯子，装不下海子的蓝色，奔流不息的河水，永远多过母牛乳房里蓄积的乳汁。我的马丈量过天边的兴安岭，却从未丈量过呼伦贝尔大地。

他唱着这样的长调，仿佛有猎猎的风卷地而起，直冲云霄。

许实　流放的城

远远地看，城仿佛生长在羊皮上，无穷的干燥、皱褶和豁口不断涌现，无穷的荒芜、寂静、阳光和阴影构成的溪流在倾泻，无穷的虚幻和想象在脑壳里升起，还弥漫腥味。我没有看到城淌着墨汁一样的绿色，橘子果汁一样甜腻的金黄。我没有感到城的多姿多彩、辉煌灿烂，更多的是苍凉，被遗弃和流放的伤感。

城在戈壁深处，叫大湾城、地湾城，还有一个关叫肩水金关（今甘肃省金塔县航天镇天仓乡境内），都是西汉时期的老物，在弱水下游，在弱水两岸。弱水也叫黑河，从祁连山出发一直流到内蒙古额济纳旗居延海，八百多公里，弱弱地浮不起一根羽毛，宽阔得没边没沿。《水经注》里太多的水，只给了弱水十几粒字，“弱水入流沙，流沙，沙与水流行也。”《山海经》也是，“弱水、青水出西南隅，以东，又北，又西南，过毕方鸟东。”没有更多的解释、传说和神话，只是这只毕方鸟（传说中的火神）最抢眼，披一身华丽的羽毛，挺起高贵的身子，在弱水两岸逡巡，也随黄帝出征，釉彩一样的蓝色大氅和火红的头冠，使毕方鸟神采奕奕，闪闪发光，让人满心欢喜。毕方鸟一直萦绕在心里，并燃起我对弱水熊熊的热切向往，多么想看一眼毕方鸟，弱水因此日夜流淌在心里、梦里和日子里。

弱水太长，一路上那么多的青草、牛羊、庄稼、人要喂养，也许太多了，书里记载不下，郦道元嫌啰唆或者多余，就把弱水两岸的地湾城、大宛湾忽略了。可是汉武帝时时惦记着弱水、居延海，生活在蒙古高原上的匈奴人时时惦记着弱水和居延海（居延海是蒙古高原上匈奴人通向河西走廊的草原之路）。想想，八百多公里的河水，约十四万平方公里的土地，像天空一样辽阔的草地，碧蓝的星空，每天太阳、月亮、星星、白云、乌云和微风、飓风从地上、天上、树上、草上、河水里长出来，牛奶一样的雾自由飘荡，到处潮润润的，到处闪着光……尤其雨后，新鲜如初的草和花更灿烂、更明媚，还有绚烂的彩虹，匈奴人和他们的牛羊在草地上狂欢、漫无边际地奔跑，像满天星星撒在天空这匹茸茸的绸缎上，难以计数，或者像激流的漩涡聚在一起，一团一团成为星云，也是钉子钉在弱水流域，也钉在汉武帝的心里，时时作痛。

汉武帝太霸气，谁挑衅就打谁，尤其匈奴人，骄傲，还时时高奏凯歌，于是那些幽暗、隐秘的心思就像火花四处迸溅，霍去病、路博德们就带着这些火花迅速在弱水两岸燃起战争烈火。弱水两岸也成了汉匈两家的缓冲地，一道大峡谷，隔开两片疯狂的海洋。身上溅满匈奴人鲜血的霍去病，被封为骠骑将军、冠军侯，路博德被封为伏波将军、符离侯。伏波将军打下弱水两岸，又征战岭南，平定叛乱，是对手的血浇灌了他的骄纵、任性，受不得半点委屈，不肯甘为人梯，不愿屈人之下。骄傲就骄傲了，还触犯法律。汉武帝远远地看着，严格的汉律制约着，最终伏波将军被削去爵位，改任强弩都尉，流放居延屯田，修筑长城、遮虏障。

大湾城、地湾城就是路博德与十八万戍边田卒修建的，都在边地前沿。城修得很威武，八米宽的墙基，十几米高的城墙，宽宽的城门，有戍卒把守，威严、凛然之气呼之而出。修城的时间应该是秋季，漠风和灼热的阳光使芦苇饱满了，身子硬朗了，红柳、胡杨、黄杨们的身子也粗了一圈，这些散发着香甜气味的草木平展展地铺在弱水两岸，这些草木还是草木时依旧选择毛茸茸、泛绿的欢乐，液体一样清澈流动。但是走进泥土，走进城墙，草木们的愤怒、咆哮、坏脾气就暴露无遗，锋利的叶片、尖锐的身子都成了武器，都会让人流血（我来看城时，两千多年以后墙里的芦苇、红柳仍新鲜如初）。每天田卒们到远处割芦苇、红柳，砍伐树木，运回来再一层芦苇一层红柳一层泥土地夯筑，墙站起来了，固若金汤，城修好了，人来人往。城里的日子就开始了：每天清晨，雾气朦胧的弱水两岸，草和树叶都顶着水珠，在雾气越来越浓的时候，最上面的叶子再也撑不住硕大的水珠，重重地拍打在下面的叶子上，下面的叶子承受不住两滴水珠的重量，于是水珠纷纷落下。但是微风里，黄杨叶子却做着惊险的旋转动作，像长了翅膀。在雾气逐渐散去时，白昼醒来，一道玫红的霞光铺满弱水上空时，城里就喧嚣起来，像一锅蒸熟的馒头沸反盈天的。木荠菜最鲜艳，那锯齿状的叶子绿汪汪淌着油，也是很紧俏的绿叶菜，长在田野里。春天时，有花梗从荠的根部抽出，顶端开满细密的白花，像戴了一顶顶小帽子，并有一种独特的香气。荠菜不仅可以热炒，凉拌，做菜馅、菜羹，还能明目、清凉、解热，这个公元前三百年就喂养着人的杂草，一直伸进我的童年。记得那时日子艰难，也是春天，春风漫过无边的田野，一切欣欣然，我跟随母亲到田野挖荠菜，尽管荠菜遍布，但是一个春天下来竟也寻不到它的踪迹了。城里的荠菜会不会也像我童年时期的荠菜呢。还有苜蓿，春风里闪着绿意从土里钻出来，鲜嫩的芽芽早早就被人们掐掉了，这些稀薄的绿色让戍卒们的饭菜有了颜色，那一片片小叶子就像风里挂在篱笆上的喇叭花，忽地家乡就在心里洇开，泪花便溅在了脸上。水果几乎看不到，这很容易让人想起流光溢彩的夏日早晨里的集市，那斑斓流泻的菜篮子里，樱桃闪闪烁烁，晶亮的红皮肤下面汁液饱满，杏子金灿灿的果肉满含整个夏季的阳光，脆生生香梨的芬芳在喉咙里流淌。集市里鸡呀、羊呀收拢在一起待宰，挤在一起的它们无比嘈杂，披着棕红色、闪闪发光的鸡毛，红得似鲜血一样的鸡冠，扁豆大的黑眼睛水汪汪，扑闪着大翅膀的公鸡喉咙里发出像空水龙头发出的声音，也气宇轩昂地做着暧昧的动作。面对死亡，鸡是恐惧的。你看它飞呀跑呀，歇斯底里地喊叫，鸡飞狗跳，一地鸡毛。羊就不，孱弱地顺从自己的命运，似乎从出生以来就知道归宿，那双大眼睛里没有锐利的光、愤怒、坚定，多的是从容，多像年迈、慈善的老人。

甲渠万岁燧长成，在七月的一天从燧上跌下来摔伤了腰，请了假养病的时候，也来到城里，在集市上买了鸡，买了一匹四百钱的布，还买了粮食。朝廷发的衣服不够穿，粮食不够吃，当然，拖欠军饷是常有的事。天天在沙漠边上干活，酷暑和严寒让他身子瘦弱，疾病不断，日子难以为继，写信向家里求助，路途太遥远了，几个月后才收到钱。燧上的活儿太多了，匈奴人又来了。讨厌的匈奴人专挑下雨和刮风的时候来，燧上的烽火无法点燃，信息无法传递啊，只有几个人去抵抗匈奴人的铁骑。妻子也被编进了戍卒，白天巡逻晚上缝补衣物，也从远处砍来白杨、红柳，剖成木片，再用刀刮削，树木的纹路在手里一点一点清晰起来，木片被刮得又薄又光滑，这样一尺长的木简就做好了，然后被人收走，被人写上字，就成了汉简。就这样在远离城的烽燧里日渐老去，在漠风和烈日里崭新的年月遥遥无期。八月里，成的腰伤痊愈了，销了假又继续周而复始地过活。周而复始的还有城里的日子。

弱水两岸被西大湾城、东大湾城、地湾城、肩水金关护卫，不远处是狼心山和孤红山，密布的城、关和长城把匈奴人和他们的牛羊挡在居延海外。路博德和他的田卒们除了筑城和长城，还开垦种地，漫漶的弱水支流遍布，沼泽湿地无限延伸。尤其弱水东岸，森林清幽，草木繁盛，紫苜蓿花、婆婆纳花、野莴笋们填饱牛羊、野鹿的肚子，然后自顾自地生长，厚厚的草上洒满露珠，待太阳升起，潮湿的空气就裹住整片湿地。当然，到了冬天这里到处是晶莹的冰碴儿，草枯枯的，老鼠和兔子会扫荡所有的草皮，不过当春潮到来时，草木又翻滚着、歌唱着染绿弱水两岸。路博德和他的田卒们就在这片湿地上开垦，种了小麦、大麦、糜子、谷子、青稞、麻籽等。一垄垄田地，一条条沟渠，湿地上起伏着金黄的麦浪，城里的粮仓像嗷嗷待哺的雏鸟。城里有很多粮仓，也有很多仓名和仓长、仓丞、仓曹，这么多人等着粮食进仓呢。我也种过大麦、小麦和青稞，春天，跟在驴屁股后面扶犁、播种，腰弯成了虾米；夏天，施肥、浇水、薅草，和麦子一起把日子过旧，和麦子一起让时光穿透身体。酷热的暑天里收麦子，汗流浃背，汗水模糊了眼睛，衣服干了又湿。太热了，我和姐姐们就在月光下割麦子，田野空旷，嚓嚓嚓，镰刀落在麦秆上的声音分外清脆，我们都不说话，和月亮比速度。我也躺在麦捆上看月亮，月亮走起来特别轻盈，一跳一跳的，就像年轻的心时时充满激越。我不知道在居延屯田的田卒们会不会像我一样，躺在麦捆上想居延以外的事情。当然我们收获的麦子进了自己的粮仓，满仓的粮食让人稳妥，而田卒们心里稳妥吗？

我来看城是四月，弱水汤汤，漠风荡荡，城陷在大戈壁里出不来，并且越陷越深。城的颓败让人难过，让大戈壁雀跃，这寂静无声的梦之荒漠绵延无限，毫无保留地展现眼前。还有茫茫黄沙，风蚀台地，曾经的沼泽湿地，现在人们叫它东沙窝，史学家们叫东沙窝古绿洲，容易让人产生想法的名字，也容易让人想念汉唐时期的城和居延，想念来到城里和居延的王维、岑参、王昌龄们。当然，我不能让时间倒转啊，流过的时间有破洞，有磨损，就让旧时间覆盖在城上吧，并弥漫千疮百孔、破烂不堪、遗弃、荒芜、死亡的气味。走进城里，呐喊、呼叫，一切喧嚣都挥发掉了，只有阳光、风和泥土，被阳光吃得豁豁牙牙的墙(原来阳光的牙齿也不整齐)，这些残破的汉朝的雕塑，是路博德的战袍吗，通烽火的戍卒吗，弯腰点种的田卒，还是一匹匹在风中翻着波浪的丝绸？一根根断裂的汉简，散发着汉朝浓烈的气味。这座被流放的城，出土过三万余枚汉简的城，这空旷的布满磨损文字的城，什么也没对我说，我却听到了自己写给废墟的颂歌。

学群　洞庭古岸史

陆和水相会的地方

地的表面总在交替着陆和水，陆的尽头是水，水的那一边是陆地。陆跟水相会是岸。岸上的水总要往下流，水里的波浪总往岸边游。空间里的岸，有些像一天中的早晨和傍晚。时间里的两个临界点，关联着日升日落。岸呢？

岸应该是上帝划出来的地，让地上的脚步去就那水，让水里的波浪来迎这些脚步，永无止息。时间和空间，世间的事物就在陆与水之间展开。

按照科学上的说法，洞庭湖盆大约是在六千五百万年以前，燕山造地运动中塌陷形成的。这数字远在人类之外，人没法知道它。我知道的是，传说中的八百里洞庭，现在面积大概不到三百平方公里。人进湖退，来自远古的岸，大都湮没在世事的迁变里。那些叫螺蛳港叫东茅岭的地方，现在到了城市中心，涌动的是人，是车流。原来的岸，只剩几个名字。临水而建的凌云塔，曾经是那个湖段的标志性建筑。有了中洲垸之后，离湖十七公里。南山古岸，现在跟湖水隔了半个华容县。新生的岸跟古岸是不同的。古岸是水和陆在时间中达成的，曲动如波浪线，那里头有气候有地形，及于天达于地，是空间的也是时间的。新修的岸大都是人工，棒子似的，以一种僵硬的身态临于水。人的岸其实就是堤防，发了誓似的只是要隔断水。对于堤防来说，每个波浪都带着敌意，都得提防。用石块，用水泥和沙。人的堤防跟人一样累着。

留下的古岸已经不多。东洞庭湖一线，南边的湘江、汨罗江入湖的地方稍稍有一些。往北，将及长江未到长江的地方，还有一点点残留。稍多一些的是中间那一段，主要在鹿角一带，大概十几公里。鹿角恰好是我的童年和少年所在。到那里追寻古岸，也像在追忆似水年华。

那一带古岸有不少塌入地下的古窑，说是南宋杨幺他们烧的。小时候常去挖那些古窑。大半是散乱的陶片，有时也能挖出一两只总体还算完好的陶罐。扁扁的，开口小，肚子稍肥一些。挖出来之后，倒掉宋朝的灰，我们开始朝罐子里头喊话。朝一只古罐喊话，跟喇叭筒和把缸喊话不一样。喇叭筒喊话是喊给别人听，把缸喊话总是直去又直来。朝着一只古罐，你把鹿角话往它的里头装，鹿角话到古代打一个转身，像是变深变旧变老了。把罐子拿回去配上盖子，放到火塘里煨水。水开时从罐子里冒出来的声音，听起来像鹿角人跟鹿角人在说话。几十年后，我打人家的菜园和鱼塘边经过，去找那些古岸。当地人见我老在那里转悠，不像是本地人，也不像偷东西的，就用古罐一样的声音问：搞母里哒（干什么呀）？在城里时，我是尽量让鹿角话少露点马脚，现在我直接用鹿角话回他。两只古罐煨水煨到一起，当然好说话。不只是人，连狗也是。有一次冲出来两只狗，作势要乱吠一顿。我抛过去一句鹿角话：挨母里辣（叫什么哟）！狗一听声音，赶紧把剩下的半句咽了回去。有一只还摇起尾巴来。

在一段古岸那里，古罐的声音就是我的通行证。

世界从石头那里开始

世界似乎是从石头那里开始的。开天辟地，石破天惊，岩浆迸裂，女娲补天，都是石头。齐天大圣原本是一只石猴，《红楼梦》最初叫《石头记》。如果真像地质学家说的，六千五百万年以前有一场造地运动，动是石头在动。洞庭湖塌陷下去，岸留下没动，留下也是石头没动。

湖滩上，一些外表呈蜂窝状的石头，通身全是密密麻麻的孔穴。或许是某个地质时代留下的火山石。可是我见过的那些火山石都轻，这些石块沉。上面也不见那种针孔大小的气孔。我仔细观察过那些孔穴，有的就是一个圆溜溜的窝，有的是内壁光滑的通道，有的孔穴与孔穴相连，像一组几居室的套间。统起来看，一块石头就像一座蜂类聚住的城堡。可是城里没有居民。住在里头的只有一小团一小团晦暗。好像那即将要来的夜就寄存在这里。它们傍晚时爬出去，早晨爬进来，把洞壁爬得光溜溜的。这些孔洞到底是怎么来的呢？莫非女娲补天，从这里取了石头的种子？只有她，才能在石头上留下如此母性的痕迹。

湖中吃草的牛一边抬起头来望，一边朝岸这边走。岸上的林子里响起鸟归巢的叫声，一道阳光从林子那里斜过来，刚好照在我面前的城堡上。那么多孔洞一下变得温暖，一齐放出光彩来。有某种东西把血液打动，突然就有了穴居的念想，仿佛一下就可以穿越一万年，进入有巢氏进入山顶洞人的时代。住在这样的洞穴里，晚上看星星是没有问题了。一些孔洞的朝向本来就是要把天空装进来一些。下雨的时候也会把雨装进来。人不喜欢住在雨里。那就换一个吧。雨不进来，却可以听雨声，还可以用雨丝做门帘。只要你不把自己弄得那么大，像一只蜂一样，或者像一颗颗星星那样。或许这地方原来就是给星星住的。星星到了天上，房子就空在这里。可是人不是星星，他连蜂都不是。他还是要用一些衣服之类的东西把自己弄得很大，他要住到房产证上。人只能站在一边看着，直到阳光被岸上的树林子收走，石头暗下来。

那个放牛的老头就是这时候走过来的。他说他也经常看石头。他说石头在走。他指给我看这一路排过去的石头:歪歪扭扭，看起来散漫随意，指向还是一眼就能看出来，它们在往湖中间去。而且是，靠近岸的石头大，离岸远的石头小。他爷爷放牛的时候就跟他说:石头在走，越往前走石头越小。到他放牛，放到一定年纪，也留意上石头。你不会看到石头像人一样像牛一样迈开步子在走。时间越长，你就越是看出来石头在走。石头用的时间跟人不一样。人的时间在钟上头，在手机上头，坐车坐飞机什么的，都按那个上头来。连牛都跟我们不一样，它们按照湖里的草来，按照太阳来。石头好像只按它自己来。有时候，一年两年，石头连动都不动。草围着石头长了好几遍，它就是不动。有时候，湖水一退，拉开两个手指一量，就发现石头往前挪了。

后来他带我去看另一处地方的石头。那是些青灰色的石头，从岸上连到湖滩，鳞片似的排列的石片石锥像冰川。刚从山体中挣脱出来时，步伐齐整，用它们的尖锐走着风。再往前，步子开始零乱，尖锐上头起了一层粉。粉得有些细腻。原本坚硬行走的石，不再分成一块一块，变成可以和水一起流动的东西。风也可以把它们吹起。想想也是，这世间高一些的事物，不就是这样平缓下来，直到另一波褶皱升起?

两块挨在一起的石头，一块像是依偎在另一块怀里。越看越像一对男女，在亲热缠绵。他们在一起，每个凹凸都吻合。如果没有中间那条缝，就是一体。放牛的老头看到的正好相反。他说他们原本是一块石头，渗入的水慢慢把它分作两块。水渗入一块石头的过程是缓慢的，从他的爷爷到他，也就一粒稗子那么宽。水轻言细语在那里流。那些湖滩上的石头，就是从这样的缝隙出发的。一块石头分作几处身体出行。人太过匆忙,看不了石头的事情。一个放牛的人,或许可以看到一些。

泥土的前世今生

这一带湖岸全是红颜色的土。泥土立成一堵墙,墙从亿万年前来,在等着某个时刻,等着阳光把泥土点亮。早晨的阳光是带着锋芒的,像未成熟的麦子。中午的阳光总是很忙碌,湖水、草滩,还有岸上,有太多的事物需要它去照耀。白天的阳光太过响亮。只有到了傍晚,斜到一边的阳光变得酽稠起来,那里头有看过世事之后的淡静,它不再理会旁的事物,它把积了一天的浓郁全都倾倒在泥墙上。每天的这个时候,阳光一到这里,就像找到丢失的身体。泥土一遇到阳光,就明白了它的红,就燃烧起来。这不是茅草骑着风在燃烧,这是烧开的煤炭,是站立的岩浆,是血液里的前世今生。那边立起一道坡,三分之一留给天,三分之二是顶天立地的红,看着倒像是天顺着它的坡度在往上爬。再往前,大片土坡来了个就地翻卷。一万年不老,一万年的泥土一旦烧起来,就把东南西北全都丢了。那个U形的口子,稍稍一歪,就把天空装了进去,顺带把湖也装进去一些。一堵光秃秃的土墙,纯粹的泥土一层层叠过去。仿佛阳光也有脚,会踱着步子一层一层往上走。阳光的步子其实是波浪的,层层叠叠在荡漾。一座土崖,阳光的质地全在它的粗糙上面。土崖弯成一道弧往前延伸,阳光沿崖壁展开。地球就是这样转动的。

一处棱起的土崖,离崖顶不远,凌空探出来一根东西,看着像一根竖起的手指。生根的地方是土,伸出来的手指也是土。这可不是那些干旱少雨的地方,这是雨水聚集之地。放牛的老头说,它伸在这里有些时间了。这些土本来就是石头来的,石头的元气还在。

这是一种红中夹着白点的土。一块土掉在草地上,裂成几瓣,看着就像盛开的花。一片草地开出一朵花。一只塑料袋,里头装的全是土粒子。打鱼的人沉网用过的。袋子破了,土粒石子似的,一粒一粒的。它的前身就是石头。跟前面那些石头一样,土崖上也布满蜂窝一样的孔穴。这一个个的土粒子,就是从那里掉落下来的。经由这些土,我知道了那些石头。

烧罐子制陶,用的就是这种土。土浸入水中,波浪千回百转擀面似的,用时光去揉。岩石的坚硬,到陶泥这里就成了糯性,成了筋道,被揉出来。捣揉陶泥是一件多么快乐的事情。在快乐中创造。跟古印度搅动奶海的故事异出而同归。经了波浪的泥，就有了波浪一样的纹理，红色荡成柔软的肌理，白色的泥点牵成蛋花一样。以前不知道，那些古窑为什么要建在湖岸边。现在我知道了。火是红的，以前不知道红里带白的陶泥用火烧出来之后，为什么是黑的。直到有一天，从打碎的陶片上看到，它里面还是红的。直到有一天，我们朝着陶罐喊话，往里面吹口哨。才知道不管装什么，从罐子里出来的声音都是彩色的。把水装进去水就会在里面唱歌。阳光和火、陶泥和波浪的快乐，全都在里边。

现在我已经知道，经火之后，泥就完成了一次复归，似乎又回到岩石的某种质地。现在我知道了，泥土为什么要站这么高，要站在水边，湖水为什么要在浪尖上踮起脚，波浪为什么要一次次往岸边上跑，太阳为什么要在每天的那个时候，把泥土照亮。

天暗下来。站立的土崖像是突然收紧。从它身上流散下来的土块和土粒，像又回到了它身边。就像玩了一天的孩子天黑要回家。晚上要挤在一起。天亮了再重新出发。那根手指高高在上。天地间就一根手指。一指道尽天机似的：一群人是一，一个人是一。一天是一，一万年也是一。一块石头，一粒土，一只罐子。一个人站着，一个人躺下，横竖都是一。

岸在退，一些事物在往前去

岸其实在往后退。石头和泥土往前走，岸就在往后退。一些地方，岸身朝后仰，腆着肚子一副安坐不动的样子。等到湖水涨起，波浪一次次来，隆起来的地方慢慢消退，到最后就成了俯身向下。上头戴着一顶冠盖似的，那是交织的树根和草把一些泥土留在上头。帽子终究会掉下来。雨水洗掉那些泥土，它就掉下来了。俯仰之间，岸已经往后退。

湖岸上不时可以看到悬在那里的树，一半根还扎在泥土里，另一半悬在空气中。盘根错节，像人伸在那里的手，像鹰爪，每一处根节都充满抓挠的努力，可空气无从抓握。岸底，那些跌落下来的树预示着它们的未来。一棵树完全倒栽地上，倒下来的泥土把它的上半身埋进去，两条主根像措手不及的手臂，狂挥乱舞间就像一迭声喊叫停在那里。一棵狗根刺，它以为凭了一身的利刺应该可以在世间存活。可是它底下的地皮没了。它在那里存活好多年，有一天地皮突然被拿走。它倒在那里，带刺的叶子正在变枯。另一处地方，下头是一条倒地的树翘起的根，上头是另一棵树歪斜的上半身。它们把自己伸向对方，像是留言，又像在凭吊。旁边一棵杨树要幸运得多，它跟它托身的那块地方一起滑坡滑下来，像是做了一次移民，就在坡底生长起来。这里水分充足，适合杨树生长。看看那些光鲜的叶子就知道，它在这里日子过得不错。往后呢？往后的事情谁也不知道。那一树灌木，织着青苔和草的泥土像一件超短裙，只是把腰身遮了一下，根须全露在乱石丛中。波浪涌上来，它们用了一千条腿一万条须在水中起舞。水退下去，那就风舞。千腿舞者，这是群舞。后面出场的是独舞。裙子已经在一阵风中扬起。一条裙带垂下来，像是一条腿把她撑举在那里，两条腿倒像是飞起来的绸带。右边的腿在前面弯成一道弧，弯到极致之后，脚尖水平向后，后面那条腿接过前面的，径直往后飘。你想想，这时候漫上来的水还是水吗？是音乐！急管繁弦，是古琴和琵琶在摇荡，是钟鼓在奔驰。

靠村子那边的岸有一处豁口，原来是鱼塘。岸下面是那么大的湖，人却在高处端着一方水，把好些鱼关在岸上头。人相信，有坚固的混凝土，水就只能听人的，停在这上头。至于养在塘里的鱼，塘主说，这些鱼吃皇粮吃惯了，叫它下海它也不去。人就是这样，好像他怎么想，人家就只能跟着他一样。鱼住在里面，也像住在楼房里一样。它们是不是知道外面的水？它们跳出水面，是不是想看看下面的湖？鱼怎么想没有人知道，水的想法谁都知道。

一些事物远在千里之外，说来就来了。这一年的季风在海洋里酝酿得久，来得有些迟。一来就疾风暴雨一场接一场，鞭子似的抽打人间的事物。土在变成泥。那天晚上，泥跟着水跑了，剩下混凝土抗不住了。水带着鱼一起逃走了。水退去之后，岸在原先的塘那里仰成一张罗圈椅。罗圈椅外面，红土带像一条跑道，上面有石头，有混凝土碎片，有树根，还有几块陶片。岸往后退，一些事物在往前去。

草白　伴侣

一

某个无所事事的黄昏，我进入罗的小屋。他指给我看墙上的龙泉宝剑、飞镖盘，抽屉里的龙虾标本、鹅卵石，以及鱼缸里几乎静止不动的蝴蝶鱼。它们的全名叫约翰兰德蝴蝶鱼。我被那些鱼吸引住了。那是我见过的最美丽的水族，通体深黑、金黄或银白，有很深的透明感，好像它们的肚子会发光。

“在我们老家，鱼可不是这样的呢。”我有些吃惊地说。

“这可是热带鱼啊，它们来自遥远的大海——”罗指着那些几乎不动的透明物向我解释道。我点点头，无论如何也不能把这些小东西与“大海”这两个字联系在一起。那时候我不知道的是，那些来自炎热地区的鱼经常莫名其妙地死去。冬天给它们增温，夏天给它们消暑，病了给它们吃药，可它们还是要死去。

如果让我选择和鱼还是和人一起生活，我肯定都不要。在遇到罗之前，我都是一个人过的。一个人吃饭，一个人搬家，一个人去遥远的山坡上看花。一个人的生活可以特别简单，吃饭的时候吃饭，睡觉的时候睡觉，不必想很多。

有一天，罗问我是否愿意搬过去和他一起住。我支吾了半天，没有答应他。当我再去罗的小屋，蝴蝶鱼不见了，“大海”被搬到另外的地方去，我们一起吃了螃蟹。我很饿，那些螃蟹的肉藏得太深，吃了很久也没有感到一点点饱腹感。望着罗，我居然有那么一点点莫名其妙的害怕和快乐。

螃蟹很好吃是吗？

我愉快地点头，想要说的话却一句也说不出。三个月后，我决定在罗的小屋住下。屋角落里有一个很大很深的衣柜，窗户很高，可以直接望见天空。

有一天，有个抄煤气表的男人来敲门，他还以为我是罗的女儿。我把这个当笑话讲给罗听，罗没有笑，很伤感地看着我：我有那么老吗？

罗不知道，我从来没有喜欢过年轻人，也不喜欢别的不年轻的人。年轻或不年轻，不是我喜欢人的条件。

那年冬天，罗经常穿一件藏青色旧棉衣，衣裳皱褶里散发出一股很好闻的气味，让我想起阳光渗进棉絮里，被带进睡梦中的感觉。罗有一双像外科医生那样灵巧的手，可以把胡萝卜切成一朵花，让风筝飞得很高，还懂得如何在沉闷的日子里制造惊喜。

莫名地，我总是会想起《这个杀手不太冷》里的那个男人和小女孩。男人老是戴墨镜，小女孩总捧着那盆花，他们经常搬家——我不知道人们看到罗和我，会不会想起那两个人，反正我是经常这么想。在我与罗之间，有一种让世人感到诧异不明的关系，给人一种唐突感，最好是这样。

事实上，自从和罗住在一起后，我再也想不起任何人，包括远在异乡的父母、曾经无话不谈的朋友，以及有过密切交往的异性，他们都像一阵风从我的生命中刮走了。有时候，我为自己有可能要见到他们，不得不和他们解释什么而感到焦虑。

我不愿让别人看见罗——尤其是当我走在他身边时我自己的模样，我变得太厉害，好像成了另一个人。如果没有那些讨厌的照片，连我自己也想不起从前的模样。

奇怪的是，自我遇见罗之后，那些人就再也没有出现过。

二

我很难去描述那种感觉，一个人和另一个人生活在同一个屋子里，呼吸着同样的空气，却又觉得仍是独自存身于世。这种孤独感，当我听音乐、阅读、写作时，会格外强烈。

即使和罗在一起，也没能消除这种感觉，好像是他的凝视，让我保留了这种东西。如果换一个人，不知道会怎样。长夜漫漫，我们以谈论各自的经历度过。在那个小屋里，时间好似存在了千万年，而我们是此中好不容易遇见的过客，并且由过客结为伴侣。

白天，我们各自出门，晚上又回到那个共同的小屋里。

你还好吗？

还好。

工作还好吗？

也还好。

餐桌上，我们交换白日见闻，或疲倦得说不出话来。罗的工作是面对各种不会说话的仪器，久而久之，他也变得不爱说话了。

你很孤独啊，应该交几个朋友。

你就是我的朋友啊。

那不一样。你应该有几个男性或女性的朋友。

你要和他们一起玩！

罗摇摇头，好似我在胡言乱语，而他不可能听我的。我同情他的孤僻、不合群，而他却不以为然，不认为是个问题。

在家里待着，多好啊！他总是这么说。即使别人误解，他也不去纠正，更不会说“我只为自己而活着”这样的话。事实上，他也不知道自己活着是为了什么。谁又能很清楚地知道这些事情呢。

很多年过去，我们更换了住处，也添置了家具，除了我之外，他依然没有别的朋友。而我，情况比他略好一些，但也好不到哪里去。如果说他曾经还有一点要努力适应这个社会的念头，如今已完全泯灭了。如果没有生存的顾虑，他宁愿选择躲在家里饲养花草。从前，他养过鱼、鸟、猫和狗，那些动物们都陆续死去，鸟笼被清理掉了，鱼缸也被送走了，没有留下任何痕迹，而它们是和他一样孤独而无足轻重的族类，一旦消失，就什么也不会留下。

有一年，他肠道出血，住院了。我感到惊诧，好端端的一个人，怎么会出血呢，而且出血的部位又如此隐蔽，到底发生了什么？多年来，我第一次感到自己对他毫不关心，一无所知。他吞吞吐吐地说了一些工作上的事，和某些人的“不和”，以及如何经受各种委屈……他一味轻描淡写，到最后，就什么也不想说了。他说，都过去了，已经忘记了。真的没什么好讲的。

出血事件让我依稀感到了什么。无论面对谁，哪怕是自己，人都很难说出心里话。每当罗瘦削、修长的身体在我身边走动，或长久而缄默地望着某处，我似乎看见那个隐匿的伤口，藏在黑暗而幽深的地方，它会疼痛、会流血，除了自己，没有人会看见，没有人会知道。

三

有一阵子，我们热衷于玩这样的游戏，当我在街上或小区的过道上，远远地看见他，会假装好奇地跑到他身边，哎，我认识你！

罗会说，我也认识你！

然后，我们俩像初次见面的人那样，挽着胳膊，热烈地交谈着。那种场景又好似渔夫的妻子接到了远航归来的丈夫。

有时，我分明感到认识罗已经有好几辈子了。他既像我已经离世的父亲，又很像我的浪子哥哥——如果我可怜的母亲有这样一个儿子该多好，当然罗谁也不是，他是他自己，我甚至搞不清楚他的那种淡然来自何种修行，或仅仅是与生俱来的天赋。

我并不是一个平和的人，常常对人世充满愤怒和厌恶，消极情绪和恐惧感不时地主宰我，让我变得虚弱无力。

而罗却一副恬淡寡欲的模样，让我不由感叹人与人之间的差别怎会如此之大。下雨天，我们坐在院子里的玻璃棚下听雨；黄昏降临，我们感到这世间有一种叫风的东西实在太美妙；而台风之夜，那一团团纤尘不染的云，浮在屋顶之上，简直美极了。

人只有在大自然中才能获得这样的感悟，在季节交替中显现的美尤其盛大，而其他方面则几乎无可能，无意义——人生最终也因这转瞬即逝的美而显得虚妄。

自从得到一个方寸大小的院落后，罗在准备饲养花草前，开始了孜孜不倦的循环之旅。一日日，晨昏寒暑，他将瓜果蔬皮等厨余埋于土层之中，随得随掩，近乎固执。每次推窗见其低头劳动的身影，或于劳事之余的淡然一笑，便觉惨淡的人世生活中似乎还存有希望。

有一年，罗在院子里撒了一把牵牛花籽。当炎夏来临，那些喇叭形的小花齐齐绽开，玫红紫红的花瓣，带着清晨的露水，有种娇怯可怜态，这本是小时候野地、道畔随处可见的野花，再见时忽然不复相识了，好似那些花早已经过数代轮回，变成如今他者的模样。

因为此种近乎“与世隔绝”的生活，我们感到时间漫长无边，常于嘴边诉说的唯有小时所经历的人事，但过去之事宛如泡影，很多人已经死去，太多的事杳无踪迹。

我们暂栖于人世，于此屋舍和岁月之中，看身边孩童从蹒跚学步到磕磕碰碰地行走，看自我与整个光鲜而模糊的世界的对立，如此疲惫，又心有不甘。我们很想远行，连做梦都在想，去一个从未去过的地方，聆听陌生人的故事，探索那些消失的河流，看天鹅绒般反复上涨又不断退回的潮汐。

某一年，我们在大理的酒馆里吃饭，喝玫瑰酒。那个穿夹克衫、牛仔裤，蓬头长发的中年男子拎着电吉他进门，整个大堂里开始回荡着过去年代的情歌。寥远而宁静的歌声，在油腻、嘈杂的酒肆饭馆里响起，其间夹杂着食客的喧嚣声、桌椅板凳的触碰声，近乎荒腔走板了。

深夜散步晚归时再次路过，饭馆已经闭门，模糊暗淡的光影下，那个歌手在石阶上坐着，指缝间夹着快燃尽的烟蒂，电吉他横躺在身侧，淡然迎接着我们惊奇注视的目光。

你好。刚才，你给我唱过《传奇》。我停下脚步，望着他。

他好似回忆了许久，也或许什么也没有想，一阵轻微的茫然和犹豫之后，他点了点头。那微笑的表情似乎带着安慰与默许。可能在他眼里，我们也是流落他乡者，成双入对与形单影只很多时候并无太大不同。

他坐在低处的阶石上，直到我们走开，也没有起身。

或许，他的生活也挺好，也有能让他高兴的事。离开大理和那个夜晚很久之后，我的脑海还时常浮现那个陌生人的身影。有时候，那个身影会置换成罗，他怀抱着电吉他，坐在属于他的椅子上，有时候则是露天阶石上，坚定而平静地打量着周遭的世界。

四

这些年里，我们无数次把人间的亲人送往郊外的墓地，并在那些墓碑之间穿梭来往。在那里，我们如此清晰地看见了未来，未来的我们仍将是伴侣，从人间转移到另一个地方。

罗在他祖母的葬礼上，表现出了一种淡淡的伤感和赞许。在他看来，那个世界的祖父实在是翘首以待太久。他的整个童年都是与祖父母一起生活，直到祖父的死宣告了一切的终结。之后的日子，他竭尽全力去理解，没有了祖父，祖母的生活为何能一如既往地继续下去。二十几年来，他的祖母一直活着，无忧无虑地活着，好像完全适应了没有伴侣的生活，好像她生下来就是要过这样的生活。

当然，祖母也没有去寻找另外的伴侣。那些和她差不多年纪的男人，他们太老了，再也不可能成为别人的伴侣。一个人在很年轻的时候，就找到了伴侣，好像是找到了某种可以持续一生的信仰。即使命运让他（她）过早地丧失了一切，依然有一种残存的力量可以使之继续下去。

奇异的是，祖父死后，困扰祖母多年的胃疾也不治而愈。曾经这是他们共同的顽疾，在祖父胃部不适之时，祖母也时常感到来自同一部位的灼热。可现在，一切都消失了。

这些发生在身体内部的事实，曾把两个人的关系拉近。而死亡改变了一切。人们从那些刻有死者名字的墓碑前走过，好像走过他们生前的庭院。作为永久的伴侣，他们的名字也被工整地刻在一起，永远在一起。

有一天，罗告诉我，自从祖母患了老年痴呆症后，对一切都毫无兴趣，唯独对祖父年轻时的相片好奇。

这漂亮男人是谁？叫什么名儿？

现在在哪儿？

没有任何解答可以让祖母放弃类似的追问。这样的追问注定伴随她的余生。如何解释一个人在丧失所有记忆后，依然保持着某一方面的执着，对伴侣的选择几乎是蕴藏在我们血液深处的本能，我们不是凭理性，也不是凭知识或经验，而是某种无以名状，又根深蒂固的东西。

祖母死前，已不知道自己是谁，几乎遗忘了一切。人们把她与前半生的伴侣安葬在一起。因为孤单，人们总是需要与某些人待在一起。

五

每当下雨的日子，屋里便显得异常昏暗，好像时间被切换到另外时刻。我和罗坐在餐桌前，望着门厅前面不断落下的雨帘，一时陷入沉默之中。耳畔是雨声，以及和雨混在一起的别的声响，迷迷糊糊，听不太真切。时间好似停止了。雨天给人混沌之感，与此同时，一切喧嚣都被隔绝在外了。

我和罗认识已有十六年。这十几年的时间，好似只是下了几场大小不等的雨。没有什么值得铭记，也没有什么可以被遗忘。在我眼里，他依然年轻，没有丝毫改变。他的背影仍让人感受到少年人的世事茫然、不知所措。也有可能，这只是我的错觉。有些人天生不善于表达自己。

我们对自身的存在感到淡漠，对这个屋子之外的世界所发生的事情，更是无能为力。每一天的日子尽管平淡、乏味，却也有一种值得过下去的渴念。无论发生什么，即使是很坏的事，我们总能缓过神来，不太容易彻底失望。时间渐渐流逝，有更年轻的伴侣出现在我们身边，有人悄悄走近我们的生活，又终于走远。

某些彼此共同生活过的场景会不时地回来，就像那些不停落下的雨，给人似曾相识之感。当我们感到这世上只剩下彼此时，便忍不住想要去拥抱对方。

“共同生活，一起爱。”

“我们还要待在一起，很久很久。”

这些让人动情的话只出现在一些特殊时刻，比如深夜，我相信那些近乎呓语的声音，完全出自真心。

其实，无论和谁，只要在那样的时间里待在一起过，便可以成为伴侣，或许是永久的。因为那些过去了的日子实在是平静而让人愉快。

当然，事情在一开始的时候，并不是那么容易。当我们对彼此的关系还没有把握，争吵和怨恨总是难免，甚至有过无法妥协的时候。后来，当我开始写作，一切都发生了转机。只要我能一直写下去，活着就会变得相对容易，所有的厄运自然地被阻挡在外。

当我感到艰难的时候，曾对罗说，除了写作，我没有什么要做的事。他表示理解，并接受了这个事实可能对家庭所产生的影响。他并不认为这是一件离经叛道的事。他相信，对我来说，这是最好的选择。对整个家庭来说，也是如此。

当然，如果哪一天，连这件事情也做不了，我也能接受——但终究是无法想象那一天会真的到来。

谢大光　**告慰苇岸**

时光的宽容大度，使人常常会忘记它的存在，这种时候劈头一声断喝也许是最好的馈赠。炎夏时节，日子过得昏昏蒙蒙，多时未联系的秋子打来电话，她正在重新编辑苇岸的文稿，她说苇岸离开我们快二十年了。我倏忽一惊。二十年！怎么会？苇岸那绵厚地道的北京口音分明就在耳边。我急急忙忙翻找起苇岸的来信，想多少冲淡一些时间流逝的残酷，记得五封信单独包在一个封套里，和其他人的信没放在一起，却怎么也找不到。有两天时间我泡在一堆又一堆书信文稿中，所有能藏下一封信的地方都翻了一遍，当年北京朋友们谈苇岸的信件都出来了，偏偏没有他本人的，我几乎要放弃了，坐下来擦汗，一扭头竟然发现就夹在案头一角的书中：二十年来他安静地在那里，从没有离开我的左右。

1998年6月，河南焦作一次散文研讨会上，苇岸有个简短的发言，和其他人的发言不同，他几乎没有涉及散文的具体问题。他说，十八世纪瓦特发明蒸汽机，人类社会从无“机”过渡到有“机”，与此同时，在精神领域，人们的文字表述却逐渐从“有机”蜕变为“无机”了。他说，他喜欢写《瓦尔登湖》的梭罗，梭罗的文字就是“有机”的，他的思想表述不是直陈，能够找到自然的对应物，文字本身是活的，而今天我们的语言越来越趋向抽象、晦涩、空洞，缺乏质感。苇岸操着标准的男中音，说起话来不紧不慢，他说出的应该是他思考很久的话，带有深深的忧虑。我在本子上只记下了几句，我更愿意闭上眼睛听他说话，那声音像是从远处传来，有一股淡远的吸引人的力量，一种感召力。这是我第一次与苇岸相识，他的个子高，又瘦，却不招摇，嘴唇和下巴很有特点，宽厚中似乎夹着一点刻薄（后来的经验表明，苇岸素以宽厚对待他人，那一点刻薄留给了自己）。我希望能与他多一些单独交流，和他在一起我会是个好的倾听者，我相信我们有不少共同语言，可惜会议安排紧，没找到这样的机会。那个时候谁也想不到，上天这一次竟如此苛酷，留给我们的时间只有不到一年。

回到天津，很快收到苇岸来信，他和我原有同样的愿望，只是出于对长者习惯上的谦恭，怯于当面交流，信里写来满是歉意，“我拙于表达，这次焦作没能更多地同您交谈（更多地同刘烨园、穆涛他们聊天了），您走时也没能送您。”他说，“这封信原想多写一些，后我想再等等，等我将手里一篇东西月底前写完，我想给您写封公开性的信，谈谈百花社对散文建设的贡献和意义，及我提的（从个人角度）还应出哪些域外作家散文集的建议等。”

苇岸的信证实了我的判断，我们的心确实是相通的。出版域外作家散文集，是我和同事们苦心经营了十多年的事业，这期间工作岗位几度变更，世风政情冷暖交替，不少编书的设想中途夭折，唯独外国散文从没有放弃过，促使我们坚持下来的一个信念，就是对读者中像苇岸这样志趣相投者的期盼。同声相应，同气相求，我打电话向苇岸表达了由衷感谢，没想到苇岸对我们的出版物如此熟悉，谈起德富芦花的《自然与人生》、列那尔的《胡萝卜须》和英美一些博物学家的散文如数家珍，他说他在写《大地上的事情》时，常常对应地想到外国作家笔下的大自然，他偏爱赫德逊写鸟的散文，赫德逊时代，工业化快速拓展，鸟的品种开始大规模减灭，赫德逊笔下的鸟，许多在生活中已经看不到了，一百多年后的今天，这样的趋向愈演愈烈，减少的不只是鸟的品种。苇岸说，生物多样化的逆向生长，不止影响到人的生存环境，更严重地隔绝了人与自然的联系，从而肢解了人的完整性，人的一部分或大部分变成了机器，甚至成了机器的机器。很明显，苇岸对散文的欣赏与写作，不止于审美，他有自己的诉求与依托。应苇岸要求，我介绍了百花社出版散文的历史沿革，寄去今后几年计划出版的“外国名家散文丛书总目”，并提出为他补全这套丛书已出部分的想法。7月间，苇岸复信，“看了您附寄的‘总目’，就已出的书目看，我缺的不多（个别未碰到，有些是我买时带了选择性）。承蒙您的盛意，我也产生了补齐这套书的意愿：除阅读外，还具有珍藏的意义。但条件是我以打折的方式（像通常作者从出版社买书那样）向贵社邮购（因不是一两种），这要麻烦您一些。待我清点了我的书后，再信呈您所缺书目。”信里又提及，“关于这篇书信体文章，时间上可能比预想的稍晚些。写出后即请您指教。”

结识这样一位稳重又有独到见解的年轻朋友，我感到庆幸。待人接物处处为对方着想，答应过的事时时记挂在心，这些古来被誉为君子之风的品性，现今予人已属苛求，在苇岸却是理所当然的习惯，虽然吝于一面之缘，通过书信与电话我们很快像老朋友一样，谈读书出版，也聊一些闲话，焦作会上拍了几张合影，俩人都认为拍得不太好，对短暂的相聚感到遗憾。事后想来，不免愧疚，适意而畅快的交流中，我没有留心过苇岸的健康状况。12 月间，苇岸随信寄来了刚刚完成的书信体文章，“《散文的殊荣》终于写完了。”信中有一种如释重负的感觉，“写这则书信体文的起因，一是当时我写了几篇同类文字，《美文》陈长吟也希望我能多写一些（这种文字表达观点，看起来更随意些，是正式文章不及的）；二是出于一个从贵社收益很大的写作者的良心。贵社和您应该受到应有的赞美。当然也还为了我给您推荐的这些作家。”苇岸研究了我们的丛书，提出应该补充的十五位外国作家，以他感性的方式悉心加以介绍，不少是我过去所不了解的，苇岸阅读面的宽广超出我的预期。读着信和文章，欣慰之余也隐隐地感到一些不安：与以往的洁净清整不同，这一次信纸上勾画删改得有些凌乱，不像出自洁癖如苇岸者的手笔。似乎预料到我的猜度，也是在这封信中，苇岸第一次提到自己的身体状况，“您能看得出，我体质不强，我已深感这制约着写作。我写得少，这也是一个原因，写作意愿和进度，往往也不能得到保证。”信的末尾注了一行小字，“我现在只在午十二点至一点半接通电话”，签名后又赘上一句：“请您恕我对您的随意，如信的零乱等”。种种迹象显示：苇岸的生活在什么地方脱出了常轨，有可能健康出了问题。电话打过去，依旧是往日平静的语气，苇岸说他的身体一直比较弱，近来精力大不如前，医生说肝有些不好，正在调理，还要进一步检查。他觉得时间不够用，计划写的《一九九八·二十四节气》，每篇七八百字、千字左右，平均一周写一则，刚写出“立春”“雨水”，脑力又出了问题，睡眠不好，不能再想东西。停顿十天后才恢复。现在比较顺利了。全文写完，恐怕要到明年 5 月了。谁都想不到，电话里这样说着的时候，致命的肝癌正悄悄侵袭着他的身体，5 月，一个并非遥远的憧憬，对于苇岸来说，已是最后的时限。

1999 年元旦过后，苇岸寄来树才译的法国勒韦尔迪的散文诗。翻译外国散文是费力不讨好的事，不少译者忙于小说名家名著，宁可一再重译也不肯垂青一下安静的散文。我曾向苇岸征询合适的译者。苇岸说，“我和从事翻译工作的交往不多，最熟的是树才。他是青年诗人，也是不错的法国文学译者。他答应译雅姆散文集《野兔的故事》，另外他手里现译出的有法国大诗人勒韦尔迪（被称作“诗人的诗人”）的一百多则散文诗，他给我看过一些，极具现代主义或当代气息，我喜欢。附您几则，您看是否欢迎。因为我想既然格言可以当作散文出，大概人们也可以宽泛地接纳'散文诗'。"那一段时间，我受十月文艺出版社委托，为他们一套"建国五十周年文学作品精选丛书"编选"散文卷"，苇岸的散文自然要选，我又请他介绍一些青年作者，我知道，苇岸的周围因他的人格魅力聚拢起一批新生代诗人、作家。苇岸思虑周详，只提出一个参考名单，建议我直接和他们联系，除一平在国外，苇岸代他选了一篇《辽阔俄罗斯》，冯秋子、周晓枫、杜丽、于君等经苇岸介绍与我建立了联系，他们的作品为这部散文选的完善提供了支持。我和苇岸拥有了更多共同的朋友。

春节以后，从北京传来的消息越来越不好，虽然都很含蓄。3月21日树才来信，苇岸遵医嘱卧床休养，委托他给我回信；4月28日秋子来信，苇岸体力不够，在屋里走动一会儿，就想躺下休息。王家新约几个朋友去看他，一时高兴就跟大家下楼了，这是出院后第一次下楼，竟也能走不少路，上楼还是走到一楼就不支了，朋友抬他上去，他说看来得增强毅力，硬相信自己可以走；5月15日秋子来信，她和穆涛10日一同去看苇岸，他眼睛比较有神，但体力不够，长时间躺在床上，起来喝药，很吃力的样子。他自己正在编历年的书稿，已大致完成。他做得太多太累了……记不得最后一次通电话是哪一天，苇岸劝阻我去北京看他，说话已经气力跟不上，我知道如果坚持这样做他会很不安，我说我听他的。他说，他最感愧悔的是，病重期间没有把素食主义坚持到底。就这样，三十九岁的苇岸带着愧悔，在他的文稿和朋友们的相伴下，走过最后的时光。

我不相信什么"天妒英才"之类的话。人走了就是永别。苇岸不该走得这么早。面对这个世界，他还有很多话要说。而将信念当作自己的责任扛在肩上，由"我"开始去身体力行，在我认识的人里，苇岸是独行者。我唯一能告慰苇岸的，二十年来没有中断过域外散文的编辑和出版。苇岸托付给我的作家，萨克雷的《势利鬼文集》和拉布吕耶尔的《品格论》已经问世；从百花社退休后，应花城出版社之约，在"慢读译丛"的名义下，我和同道者继续着他生前所推重的事业，每当一部新的散文译著出书，比如黑塞的《书籍的世界》，或是伍尔芙的《存在的瞬间》、叶芝的《凯尔特薄暮》，我会拿在手里反复欣赏，想想苇岸也会喜欢的，我就满足。

二十年了，当年出生的婴儿，已经长成攻读专业的大学生，或者在创业的路上奔波，他们如果爱好读书，也会遇到苇岸。苇岸的思考，苇岸的忧虑，似乎更切近他们的精神世界。人类面临的处境，没有什么时候比今天更加需要迫切的忧虑。

卷贰

表达　你的　发现

四时佳兴

SEASONS
IN
THOSE
YEARS

散文

2018

精选集

米兰　寂静的月亮

一副对联

冬日里总是有些寂寥的。一场小雪过后，太阳出来了，欣欣然拿了围巾和手套，推上自行车出门——到“漏月轩”看看吧，又是六个月过去了，“翰墨因缘旧，烟云供养宜”，郭连贻老先生以行楷笔法书写在自家门上的红对联颜色褪尽了吧？那字儿还能瞧出些眉目来吗？与郭先生相识十年，在他始终平静如水的表情里，跌宕人生消失无形，我每每体味流离时光背后，他那不着一言的隐士之风发散而来的大气象，得其沾溉既久，性情里随之多了些天高云淡。亦由此，当杏花开了、先生“走”了之后，面对铺天盖地的纪念文章，我保持着沉默。我以为面对极具个人色彩的一位乡贤而不做个性化的表达，是不太有趣的，信手而来的溢美之词对他也是不够尊重的。丙申十月十五夜，据说是六十八年来月亮最大最圆的一次。那天晚上，我在明丽的清辉里散着步，想象漏月轩里青青翠竹飒飒有声，像青年郭连贻风樯阵马，下笔疾走。我觉得他一定还有想说的话没说，把它们留在什么地方了。郭先生一生磨难并不是我能会意的，对于他的书法艺术，我一个外行更无资格做高低品评。所谓“儿童乃成人之父”，老先生一点一画横竖撇捺，如此天真稚拙，其中的功夫与秘密藏匿于岁月深处，无形滋渥，无由言表。

外面的世界依旧熙熙攘攘。路两边灌木丛上残雪点点，像一朵一朵洁白的莲花。右手边是一所学校，教学楼上八个大字熠熠生辉：先忧后乐、唯真唯实。前者源自范仲淹。北宋时期这位著名的政治家，青少年时期在邹平生活了二十二年，齐鲁文化的滋养为他成为一代良相奠定了基础；后者源自梁漱溟。梁先生当年选择邹平作为实验县，实践其乡村建设理论，为这个小城留下了一大笔文化遗产。作为校训，上面八个字从治学与做人两方面体现邹平一中的校园文化与教育理念，是邹平教育界、文化界，包括郭连贻在内共同讨论确定的。郭连贻题写的“魅力邹平”四个字就镌刻在路口一枚景观瓷盘上，白地蓝字，圆润宁静，细细体味即解得康有为“体庄茂而宕以逸气，力沉着而出以涩笔”之句。

一中西临黛溪河，过了大桥，印台山陡然呈现。郭连贻的村庄就在山脚下，周围植有大片果木，每年春天花开时节，踏春的人接踵而至，人声嘈嘈，全然不见他当年为生产队看守果园时的那份清静。郭连贻长子郭宪明犹记得小学时代，每天放学后跑进果园，扔掉书包，拿起父亲炕头上的书，《契诃夫小说选》或者《聊斋志异》，随便哪一本都是一段快乐的阅读时光。只有一点，每天被父亲规定着写十张大仿，实在是额外的负担。每年春节前，庄邻乡亲拿着红纸来让父亲写春联的人络绎不绝，不到除夕不作罢，令人烦不胜烦，写一手好字有什么用，自找麻烦。写一手好字有什么用？当郭宪明自己悟到答案的时候，老大徒悲，悔之已晚。人生的季节哪能颠倒呢。

雪后初晴的景色很美，印台山北麓雪光闪闪，成群的麻雀在行道树上啁喳觅食。我骑着自行车一路生风，呼与吸凝成的白雾团团向后飘去。用不了一刻钟，就能再次见识郭家那片竹林了，那可是北方院落少有的景致。以前每次去，老先生都会站在门口迎着，我们也不拿自己当外人，像回家一样踏进门去。这次我一个人悄悄地去，只是因为想念。甚至他家后面那座文昌阁楼顶上古老的青瓦以及瓦缝间漂亮的松花，我也不打算再拍照，看看就走。

郭连贻家在碑楼村最北端。六月份的时候我来过一次，看到两扇门上各粘了一张小小的白纸，盖住了对联末尾那个字：翰墨因缘、烟云供养，郭连贻的影子在淡红的对联里沉默不语。我对着门拍了一张照片，记录下那一刻我内心的悲伤。这次过来，门上纸张已然残破，颜色已然褪尽……“翰墨因缘旧，烟云供养宜”，可是郭连贻已经沉寂到了远方，只把一副对联留在门上，等着远远近近过来看他的人。

沉默

第一次到郭连贻家拜访，是 2008 年 5 月 15 日，我和电视台张平兄陪同王红先生去的。王红与郭连贻是一对老友，王红致力于地方文化传承，郭连贻为书法界耆宿，二人同为县里的文化名家。在郭家门外，我看到的是两扇有了年岁的普通木门，门上对联正是“翰墨因缘旧，烟云供养宜”，行楷字体，法意兼备。跨进门去，影壁前几杆翠竹煞是清雅，一转眼看到北屋窗下两株石榴花儿开得正艳，初夏阳光在屋瓦上闪着光，诗书人家的气质跃然而出。郭先生着一件中式对襟上衣，戴一副黑框眼镜，样貌清癯，神态平和。他们三人聊了些什么我不记得了，我坐在一旁似听非听，只想尽快走到院子里去。进屋前我看到西墙那里有一个月亮门，上书"凤池"二字，门那边隐约可见竹影摇曳，该就是传说中的竹林吧。王红先生最是了解我，见我坐立不安，他提议到院子里走走。

一步跨进那个月亮门，果然满眼墨绿，一院竹子静悄悄散发着清香。竹林北侧又有一个月亮门，门楣上但见"光风霁月"四字，左右两边对联曰：临墨池时文字长，别处红尘自在生。门里面是一个独立小院，坐北朝南三间青砖瓦房，西边一架紫藤，东边一株玉兰，世外桃源的安静模样。张平兄悄悄告诉我说，这是郭先生为三弟郭在贻单独辟设的一间纪念馆。其时，我尚不了解郭在贻其人，几年后我在敦煌石窟看那些古老的壁画，曾经联想起这个名字。余秋雨写《道士塔》讲石窟里的故事和叹息，作为训诂学家、杭州大学的教授，郭在贻则把目光聚焦在敦煌遗书中的变文、曲子词、白话诗、券契等文书上，有三部相关著作问世。作为长兄的郭连贻，很是为三弟自豪。自从二弟郭铸贻二十一岁因病早逝，三弟就成了他唯一的精神支柱。在他看来，三弟是文化学者，著作等身，是一位成功者，他自己一介农夫，一无所成，是一个失败者。谁承想，命运偏偏捉弄人，1989 年，事业正如日中天的郭在贻因病去世，当初的三兄弟只剩下郭连贻一个人了。这世界到底由谁掌控着，用什么办法才能破解所谓的命运？郭连贻在宅子里辟出一角，把三弟的著作、书法作品以及其他遗物一一陈列，一间简单的纪念馆落成了。他在一旁木台边读书、练字，兄弟相伴，聊作安慰。三弟曾在来信中借《南史》中那句"入吾室者，但有清风；对吾饮者，唯当明月"，对兄长倾诉为学者的孤独，其实，兄长何尝不是孤独的？久居僻壤，难以遇到可以与之对话的人，灵魂独自漂泊，孤独之感何以排遣？多少个不眠夜，郭连贻练完字，走到院子里去，听风在竹林间穿梭，看月光下自己的影子长长短短，默默承受着一个人的孤寂。交际广泛的法国人伏尔泰不是说过吗，在这世上，不值得与之交谈的人比比皆是，一个人深居简出，躲开喧嚣浮尘，在这清静一隅读读书写写字，倒也没什么不好。嘉庆十二年四月朔，伊秉绶以隶书所撰"翰墨因缘旧，烟云供养宜"，据说在北京八大处还能看到，郭连贻自然无缘见那真迹，这十个字却与他此时的境地十分地契合，碑楼村边一列山脉自东南而西北，烟云缭绕，水气涤濯，他与笔墨结缘至今，不正是该楹联的真实写照么？

郭连贻早年结识一位山林老汉，二人性情相合，话语投机。老汉不识字，未必知道陆羽其人，更不可能读过《茶经》，但他泡制的杏梅茶却让郭连贻念念不忘。在《杏梅》一文中，郭连贻写道：

> 吴老汉把茶叶放进壶中，然后放进杏梅。滚开水缓缓冲进壶中，约三分钟后倒出一杯返回壶中，又约三分钟后尝茶。初不在意，细细品味，稍感有些苦涩，但觉清新透腹；稍感有些酸味，却并无实质的酸的物质存在。屈子曰："朝饮木兰之坠露兮，夕餐秋菊之落英。"注云：吸正阳之津液，吞阴阳之精蕊。那么，这杏梅，不也经过了春温秋肃，夏雨冬寒，其真纯之美，是造物者所赋有，非调和炮制所可得之也。

诗人说，人可生如蚁而美如神。人生天地间，赏茶论道，岁月优游，境界至此，也即清风明月了吧。

2013 年，王红先生大作《范仲淹故事评传》正式出版。9 月 7 日，我陪他去给郭先生送书。时近中秋，天气却未变凉爽，那一天很热。来到郭家，又见翠竹青青，合欢、紫藤荫凉匝地，好不惬意。两位先生一左一右坐在竹木沙发上，茉莉花茶的香在屋子里袅娜、升腾。王红于古稀之年完成《范仲淹故事评传》的写作，终偿夙愿，意兴遄飞，谈兴正健。郭连贻时年八秩有三，左手放在青花茶杯上，静静聆听，一默无语。我见他把目光投向我，就走过去俯在他身旁，跟他拍了张合影。他身边的柜子上放着几本书，里面恰好有我那本拙作《花布》。以老先生的岁数，应该没有办法看这本书，字儿太小，题材也多为我个人青春碎片，没多大意义，专门送给老先生一本，只为表达我的敬意。先前他写过一幅字送"米兰女史"，"文能换骨余无法，学到寻源自不疑"，这句话长期以来在我身上所起的作用是显而易见的，它让我更加遵奉耕耘与收获的质朴关系。于书法之外，郭连贻的气象与寄托我至今不能领略；于文学之外，如果让我说从他那里真正学到了什么，也许是：平静的沉默。我发现语言老了，就变成沉默。

漏月之光

1997 年，郭连贻撰写八百字"连贻小传"楷书一幅，"漏月轩"斋号始为人知。

漏月轩者，屋顶洞开有月光筛下之谓也。幼家寒，十岁失怙，从塾师读《孟子》未竟而辍学。十八岁谋食江南，余暇从金陵大学吴先生读《左氏春秋》，从衡阳王大管先生学宋词。生计多艰，时有转徙，然余于诗文未尝久离也。十九岁从戎，廿九岁归田。十年一梦，酸苦备尝，回首往事，颇有难言者也。其后生涯，则游移于稼穑笔墨之间。曾作铡草农工、河上车夫、农中教师，后有幸派为果园看管，则别有洞天矣。居处峰峦叠嶂、林木茂郁、草棚瓜架、流水绕户、夜对青灯、但闻蛩吟、读书写字、时光不迫。虽曰清贫，自谓得其所矣……

郭连贻体瘦力弱，庄稼活并不在行，家庭收入微薄，屋顶破了也无力修缮，逢雨便漏。但在有月亮的晚上，月光自屋顶漏进室内，又别有一番诗意。当然，以“漏月轩”作斋号，苦中作乐罢了。早在1983年，经由当时的县文化馆馆长王红力荐，郭连贻以农民身份加入县志编修小组，负责梳理旧县志、撰写历史大事记与历史名人小传、考察方言土语、起草序跋。无疑，这是县志中最重要的部分，也是难度最大的部分。邹平自西汉置县，历史悠久，人文荟萃，史称“齐鲁上九县”，编修这本县志，不下大力气、没有真功夫是不可能胜任的。除了没日没夜地阅读浩繁的史实资料，郭连贻还经常与王红一起下乡，骑着自行车到有关村庄做详细的田野调查，以获取第一手资料，充实到县志中去。县志编修工作断断续续，历时八年完成。这八年，郭连贻若渴骥奔泉，充分沐浴在文化的光辉里。编志之余，他创作诗歌、散文小品，撰写考证、评论文章，《邹平诗苑溯古》《范仲淹流寓考》《段成式乡贯应从邹平说》《义和拳在邹平起事始末》《朴学大师成瓘》等文，即在此期间撰著完成，他也因此成为远近闻名的“布衣学者”。

2001年，郭连贻被山东省文史馆聘为研究馆馆员，每月有一千五百元补助。有了这份固定收入，他更加专注于书法修习，艺术生命越发枝繁叶茂、飒飒作响。如果不是作家李登建着手写一部《最后的乡贤》一次次前来访问，郭连贻也没打算回过头去看人生。过去的已经过去，好年华既然就在眼下，那就专注做自己喜欢的事好了，再没有人扒翻你的社会关系，没有人盯阶级敌人一样盯着你，没有人鄙薄你的闲情逸致，写字作文随性情发散，岂不快哉。人到老年，不是因为越加看清了这个世界而放弃抗争和思考，恰恰相反，他将更有勇气扼住命运的咽喉，让生命之花开到荼蘼。写作《名利场》的萨克雷说，这世界是一面镜子，每个人都可以在里面看到自己的影子，你对它皱眉，它还你一副尖酸的嘴脸；你对它微笑，跟着它乐，它就是个高兴和善的伴侣。在郭连贻那里，我一度发现书法是思想的寂静，是视觉的音乐。然而，书法又是书写汉字的规范和法度，它的载体、用具、书体相互关联，彼此牵制，那么，书法于人的思维是否亦是一种牵制？郭连贻历经多变社会，时代反复，百味备尝，深谙儒家文化优劣所在，尤其居于孔孟之乡，不难发现孔子学说到了后来，一味倡导保护腐朽的，不惜遏制幼小的，与生命的自然发展相悖逆，确是个问题。郭先生给我讲过一个故事，说日本佛教学者铃木大拙在欧洲弘扬禅宗时，有人问他：释迦牟尼对众生最后的希望是什么？答曰：抛弃依赖的心。在艺术领域，郭连贻尽可以超然之境并迥异流俗的书法品格高居人上；于现实生活，他则是一位蔼然仁者，谦逊睿智，不私不吝，前来漏月轩拜师学书者众，无一空手而归。同乡作家李登建发现，郭连贻不仅仅是本乡本土的一位文化老人，他的品德和才学为乡人推崇敬重，是看得见的阅读。李登建意欲把中国一些传统的、美好的，又令人担心终将逝去的东西，通过郭连贻表达出来。一部散文笔法的人物传记《最后的乡贤》由此出炉，一个普通中国人成长岁月的难言伤痛以及伤口之上傲然开放的绚丽花朵在李登建笔下展现开来。

漏月轩越来越像一个巨大的磁场，吸引着一些人往这里跑。练书法的，不练书法的；搞文史的，不搞文史的；写诗的，不写诗的……凡是有“文”的情结、有精神追求的人，多喜欢到漏月轩来坐坐，或者与漏月轩有这样那样的联系。

在邹平，这成为一个非常奇特的现象。

郭家的房子后来修葺一新，月光不必自屋顶筛下，它在漏月轩自由挥洒，但行无碍。我发现月光是一味药，能治愈人心。我又发现月光是一簇火焰，能温暖人心。当然，月光有道，能照亮人心。

寂静

岁月忽忽，转眼又是一年。2017 新年这天，空气质量仍然很差。困在家里无所事事，我决定管它 PM2.5 指数多少，还是应该像前几个新年那样，爬趟印台山以示庆贺。印台山海拔只有二百五十九米，离县城又近，抬脚即到。戴上防霾口罩，在朦胧日光里，我很快来到印台山南坡。当年张艺谋拍摄电影《活着》，福贵和二喜埋葬凤霞那段戏，外景地就在这里。在这片枯黄的茅草地里，我仿佛又一次看到福贵和老牛在暮色苍茫中走向寂静。“我知道黄昏正在转瞬即逝，黑夜从天而降了。我看到广阔的土地裸露着结实的胸膛，那是召唤的姿势，就像女人召唤着她们的儿女，土地召唤着黑夜来临。”余华这部小说我看过两遍，两次看到这里都忍不住泪流满面。

到达山顶，雾霾更重了。看不到炊烟自农家屋顶袅袅升起的景象，看不到炊烟在霞光四射的空中分散开去的形状，甚至无法看到山脚下郭连贻居住了八十六年的那个碑楼村。四周一片空茫。这一切真是不可思议，自然界风霜雨雪成了奢侈品，人为的霾大行其道，却是为何？

爬山回来，打开日记本想记下点什么，不期然翻到 2016 年 6 月 4 日那一页：“未时，自漏月轩归。蝉鸣。‘芒种’将至。心戚戚焉。”想起来了，那一天是郭先生寿辰，宪明宪玉兄弟俩约我们几个在漏月轩小聚，在紫藤架下吃了顿便饭。三棵指甲桃在西墙角开着花，一株茑萝爬到墙头上去了，竹影投在白色墙壁上……那位老人沉默的样子我是再也看不到了。进门前看到大门上粘贴的两张小白纸还在，盖着对联最后一个字：翰墨因缘、烟云供养，郭连贻的影子在淡红的对联里沉默不语。我拍下了那一刻我一个人的悲伤。朋友们在漏月轩走着看着，谈天说地，没有人提及老先生。郭连贻走的时候，漫山遍野的杏花开了，可是他想说未说的那些话呢？我还记得为先生草拟的那副挽联：“欹正疏密浓淡枯润，笔墨韵味一纸挥洒持拙存；东西南北春夏秋冬，人生甘苦百年虚怀抱道还”，如果哪个字用得不恰当，先生大概不会责怪的吧。在这座小城里，又一个杰出的灵魂归于寂静，一拨沽名之辈开始喧哗，久而久之，心灰意冷。与郭宪明闲谈，聊起此类人事，颇多无奈。宪明正热衷于习书，字儿到了一定火候。写得不顺手的时候，难免黯然神伤：再问字，找谁呢？

一直以来我热衷西学，对叔本华、尼采念念不忘。近年试着读《太平广记》，读晚唐邹平人段成式著作《酉阳杂俎》，始觉中华文化的确源远流长魅力无穷，慢慢爱上汉语之美。郭宪明从小耳濡目染，跟着父亲读了不少古书，古汉语比我精通。一次微信聊天，他说你不妨读读《古今谭概》《随园诗话》《宋稗类钞》，还有《柳弧》《池北偶谈》之类清代书籍；你看啊，民国时期大师辈出，与其国学修养深厚，文史哲等传统学科与西学交互作用不无关系……末了，宪明还以鲍照“泻水置平地，各自东西南北流”对我加以劝勉。言谈中我对三百年清朝有过讥讽之词，尤其后期几任皇帝，坐井观天，禁锢思想，阻碍社会进步，“所以呀，清代笔记小说、笔记丛书尤为兴盛，原因就在这里。写志怪，写传奇，写杂录，写琐闻，间接反映社会与时代，这叫曲径通幽。如何穿过幽暗的生命隧道，以文字对世道人心做绵长体恤，进而求得救赎与超越之道，不是一个写作者更应该追求的吗？”郭宪明接着说。回想郭连贻当年在那片果园里，能够戴着不是“地富反坏”四类人、而是说不清道不明莫名其妙的一顶政治“帽子”静心读书、习书，也许是塞翁失马，它给陪同他看守果园的长子留下的，该是一笔精神财富而不是心灵创伤。在郭宪明笔下，那段童年记忆如同列宾画笔下音乐家莫索尔斯基的脸庞，蓝天白云般明媚，清风飞鸟般和谐，蹉跎人生、璀璨艺术以及品尝与咀嚼生活之后的沉郁并行其上，令他无限怀想，其来有自。

郭先生走了。一枚月亮还在天上。“三辰五巳八午真，初十出未十三申。十五酉上十八戌，二十亥上记斜神。二十三日子时出，二十六日丑时行。二十八日寅时正，三十加来卯上轮。”新年夜，一弯上弦月被雾霾重重遮蔽，但我知道，它就在天上。

陈霁 **锦书 1990**

一

手机惊炸炸响起之时，是一个幽凉的上午。卫生间无人进出，外面拖布池的水滴声都十分清晰，铃声就格外刺耳。这是一个北京号码，完全陌生。我们经常无辜受到电话骚扰。推销，广告，还有诈骗。因此，凡陌生号码，我从来都立马掐断，像拍死一只蚊子。但现在，这号码"66"的尾数提醒我，它的主人靠谱，甚至有头有脸。于是片刻迟疑之后，我破例接了电话。电话那头是一个男人浑厚的京腔，说我是沪生啊，告诉你，鲁青走了！话未说完，他已痛哭失声。

鲁青，一个我要努力遗忘的名字，带着关于她的噩耗，像是天外飞来，立刻把我砸晕。

这是秋天。苏东坡故里眉山，一个笔会刚刚开幕。

二

首次见她，是1990年初夏某个下午，市委招待所。一个关于文学的高端论坛即将召开，一批文学大咖已经抵达。作为宣传部的小干事，我奉命参与接待。距欢迎晚宴还早，我斜靠在酒店大堂的沙发上，打发短暂的无聊时光。

对面楼梯一侧，巨大的落地窗开着，浓郁的栀子花香从后花园随风而来，令人沉醉。但是抬头，只看得见一丛无比蓬勃的三角梅，一嘟噜一嘟噜的紫红，在阳光里开得极其任性。就在此时，楼梯上脚步声响起，不经意抬头，就看见她了。

因为仰视，我首先看到的，是那一团天空一样耀眼的蓝。那是她的裙裤，丝绸质地。清风徐来，好像就是专门为了将它拂动。她翩然而下，在转角处无意识地停了片刻。斜阳追光一样投射在她身上，侧逆光里，让她显得有些虚幻。她比一般四川女子明显高出一截，穿着印了洋文的白色短袖衫，有一张五官精致的脸。长发随意披散，差不多就是某洗发露广告里那个女明星的同款。当然，最拉风的还是她那条非裙非裤或者说亦裙亦裤的蓝色裙裤——在当时的内地小城，让她来得太潮，也太惊艳。

天女下凡。玉树临风。鹤立鸡群。有许多这样的形容词，伴随栀子花香随风而来，拥堵在我的意识里。

第二天，在会上看见她了。主持人介绍，她叫鲁青，是出版社编辑，青年作家，也是摄影家，国际摄影大赛金奖获得者，刚从欧洲领奖回来。

我那时并不写作，说是文学青年都很勉强。不过，我也有作品发表，洋洋万言，不久前以一个整版登在中央党报上。但那是遵命文章，每一个字都属于书记。领导不作明确要求，我就放胆大发议论，一不小心就挠到了书记的痒处，也挠到了当时文坛的痒处。于是，一篇例行讲话，加工之后就上了党报的重要版面，反响不小，因此才有了这次研讨。

会上，书记正在讲话。长篇大论，多少有些枯燥。但是，我看见大家还是听得认真，包括她。我躲在后排，使了很大的劲也没有藏掖住脸上那一份得意——稿子是我写的，念稿子的书记就像是在代我宣读。

会议间隙，一伙会议嘉宾扎堆聊天。我经过时，有人指指点点，说他就是书记文章的起草者。这时，她侧身看了我一眼，粲然一笑，说你是本市一支笔呀。

三

真正认识鲁青，是在会议结束之后。

市里安排嘉宾们去峨眉山采风，也许是看在我给书记写稿有功的分上，让我陪同。远离单位，从会议和事物里抽身，连身份也暂时卸在一边。这时，主编、社长们都成了出笼的鸟儿，无拘无束，可近可亲。信息逐渐公开，我才知道她生活在部队大院，父亲是开国将军，母亲是军内某文化单位领导。

客观地讲，她说不上特别漂亮。个子比我还高，就显得不太窈窕。她皮肤也不白皙，大体属于小麦色之类。并且，她还有病，糖尿病。不过，她看不出病态，光洁的脸庞像秋后的苹果，自然地洇出红晕。尤其是，她目光炯炯，说话温柔婉转，妙语连珠，算得上口吐莲花。她说话时总带微笑，现出浅浅的酒窝，一种高贵迷人的气质，就在酒窝里荡漾。于是，她就像童话里走出的公主，甚至是女神，超凡脱俗，有强大的气场。这时，她的病，反而让她像林黛玉一样惹人怜爱，却没有林黛玉那样的玻璃心。

但她毕竟有病。徒步从报国寺到金顶，年轻力壮的游客至少也要两天。但对她而言，那些天梯一样的“九道拐”们，绝对是挑战极限。于是，还在山脚，带队领导就派我当护花使者，和她结对同行。

裙裤之类已经收起，换成了冲锋衣和耐克鞋。大大小小的机身加长长短短的镜头，装满了登山包。她貌似一个专业的登山家，跃跃欲试，意气风发。不过，巾帼不让须眉的气概，并非她合身的外套。雷音寺的飞檐翘角还在云端，她已经体力不支，露出了病人的原形，不得不让我将行囊夺走，背在我自己背上。

山道陡峭，飘忽，大起大落。石梯永无尽头，这是峨眉山某个大神拉出的皮尺，一步一步都是刻度，丈量出道路的漫长，也测试着人们的脚力。提前到来的雨季，更给这个测试加码。临时组建的团队，走上山道，就像撒出去的一小把豆子，一眨眼就消失在雨雾迷蒙之中，让我们成为散兵游勇。

雨越下越大，雨水在石板路上哗哗流淌。大雨将游客挡在了那些古寺的屋檐下，她却套上雨披，战士一样拄杖而行。于是，一个云遮雾罩仙境般的圣山佛地，似乎专属于我们。她把在林间跳跃的猕猴称为“树上的男爵”，把石壁上艰难爬行的蜗牛称为滚石上山的西西弗斯，把路边肥硕如蛇的蚯蚓看成隐修的白蛇或者青蛇。她还说，远处的岷江、青衣江和大渡河，那是普贤手中的缰绳，将一群降服的鬼怪神灵牵在手中。

当然，我们也讲起各自的故事。在我看来，她的故事都高大上。即使父母在“文革”中受过迫害，她的童年有过坎坷，那也是丰富她的人生，更加励志。我没有拿得出手的东西可讲，就和她聊起了我刚刚去过的老山。

停战前，我们很可能是老山战区最后一批非军方采访者。我去过麻栗坡烈士陵园、都龙口岸小镇、老山主峰和八里河东山。在最前沿的哨所，狙击步枪的射程内，亲眼看见了对面山头的越军哨兵，聆听了战士们讲述昨晚亲历的流血战斗。降水丰沛，植物疯长，但是遮掩不住哨所前面密密麻麻的焦黑树桩。它们像断臂，像无头之躯，举着立着，像是在演示战争的残酷。然而猫耳洞里的战士们，都斗志昂扬，视死如归。在极简陋的营指挥所，我们和一群青年军官告别。营长抱起一个泡了眼镜蛇和三七的玻璃酒坛，哗哗倒了几碗，说了声“有我们在这里，祖国放心！”说完，和我们端起碗咣当一碰，一饮而尽。

从老山下来，几乎是一转身，就和她在这里相遇。虽然战争的句号挽上了，但是“血染的风采”的旋律还在回荡。无须激励，因为她的红色基因，我的老山故事很容易引起共鸣。事实也是。疲惫，艰难，每一步都是挑战，但她依然风雨兼程，像一个真正的战士。偶尔有滑竿从山上急匆匆下来，上面的姑娘小伙子伤兵一样被山民抬着，她让在路边，含蓄的微笑里，有无法掩饰的骄傲。

钟声从山下传来。一百〇八响，响彻群山。这是十二吨重的“巴蜀钟王”。充满神性的黄钟大吕，此刻像是专门为她而鸣，助威，送来祝福。

雨下得不依不饶，像是和谁较劲。虽有雨披，我们的鞋子、裤腿还是湿透。脸上水流不止，已经分不清雨水还是汗水。双手抹个不停，就像大雨时汽车挡风玻璃上徒劳的雨刮。我们已经忘记了性别，没有了距离。在最陡最危险的路段，我自然要将她拽着，扶着，相携而行。

现在，提起笔回忆峨眉往事，我立刻联想到《血战钢锯岭》里的那个医务兵戴斯蒙德·道斯。只不过，支撑道斯的是宗教；支撑我的，除了责任和友谊，还有从老山带回来的英雄情结。

是的，为她背起行囊那一刻起，我就有为她奋不顾身的冲动——在我身上，仿佛有一个英雄附体。

四

峨眉山下来，我们像经了患难，俨然铁哥们儿。

文人的活动都是散漫的。除了吃饭，大家总是三三两两，松松垮垮地走在严格编制的日程里，而我们这个“互助组”却更加紧密。接下来的行程里，我们掏心掏肺，无话不谈，像是这个世界上最知心的朋友。

在双流机场，松开握别的手，她突然从包里抓出一把圆珠笔——不，我后来才知道，那是她从国外带回的签字笔。她把笔塞给我，说你的文字功底、文学感觉很棒，不写点东西真是可惜了。

其实，此前我也是有过写作的。几篇散文曾经发表在省、市报刊，市委机关的大门，也全靠它们敲开。但是，写不完的公文就像峨眉山那些望不到头的石级，不由分说地挤占了我全部的精力。而且，在严肃的党委机关，文学就显得另类、异己，我不能不小心藏起文学青年的狐狸尾巴。现在，经她提醒，我才发现内心深处那头名叫

"文学"的野兽依然潜伏着，蠢蠢欲动。

一沓照片摊在我的桌上。最上面一张是我给她照的。天空放晴，她回望着的金顶光芒四射，在云海里如海市蜃楼，既虚幻，又真实。我蓦然发现，峨眉山是她的精神高地——她一直是以朝圣的姿态走向它的。也许，在名山之巅，宽广的时空里，面对无比宏阔的气象，她审美，更可以审视生命，审视人生，审视自己？

翻检照片，峨眉山许多与她相关的精彩瞬间联翩而来，浪头一样拍打我的胸口。迫不及待，一鼓作气将《峨眉，峨眉》写在纸上。

三千字的文章，几乎都是这样的文字：

> 山在上面等你，已经等了三十年。
>
> 如土地期冀金秋，溪流神往大海，种子企盼沃土，你对山也一往情深。
>
> 山专为你而设，你专为山而生，对山的追求是你意志的支点。
>
> 山上有云海，有日出，有佛光，有强劲的风。那里离天宫最近，离神灵最近，离太阳最近。
>
> 但是，你要采集的却是山之坚毅、风之豪迈、日出之磅礴与辉煌，还有充盈于天地之间的浩然之气。
>
> 道路连接理想。路有多长生命就有多长。所以，你要坚定地往前走，往前走。

这些文字感性、青涩，还有些矫情。但是我很投入，每一个字都很用力。

不知道她看到文章时的具体细节，但可以肯定，某些文字已将她击中。她告诉我，她不但把文章念给她妈妈听，还打印出来，复印了很多，分送闺蜜。

一时间，我似乎已是她朋友圈里的核心一员。

五

通信是频密的。最早是鲁青寄来照片，叙说回京近况。我回信，也告诉她我这边的林林总总。看来，我们都是严谨的人，给朋友写信也绝不潦草。接信，回信，付邮。时间衔接紧密，就像专业运动员敏捷而稳定的接棒。有信必复，邮路上的接力就无休无止。我关心她的健康；她关心我的工作，此外还提供文学建议——《峨眉，峨眉》

让刊物看重，也让她大大高估我的才华，极力要我投身文坛。

啊，信真是一个美妙的东西。我们很难想象生活中没有通信。岷山深处的白马人，曾经与世隔绝，没有文字。旧时，每逢兵匪之祸，寨子或部落之间也有密信联络，有神秘记号的木片或者石块，要么干脆就是半截烧焦的鸡毛，承载的密码，两边首领一看即懂。这恐怕就是最原始的信件。仓颉造字，让语言定格在时间里。钟鼎。甲骨。更接近实用的是竹简，可以直接书写，还可以卷起来，加上泥封。但这种加密文件过于厚重，大约也只适用于朝廷机要，至少也是记载圣哲们的语录，远离凡俗，不食人间烟火。还是要感谢两千多年前的蔡伦，是他的发明让书信走进民间。这样，才有蓝色的航空信封不断从北京飞来，为我打开一个窗口，让我死气沉沉的生活变得活色生香。

我们也通电话。电话是更大的语言容器。这种更直接、即时的交流方式，让信件相形见绌。当然，电话由她打来，因为那时电话还与老百姓无关。她家不但有电话，还是军线。虽需人工转接，但毕竟拥有，而且免费。

但是，电话也不方便，因为办公电话毫无私密可言。与一个异性有太多的通信，现在又加上太多的电话，让我极不自在——我觉得同事的表情都有些意味深长。但是，我中蛊一样喜欢听她的声音。当然，也有 N 个理由说服我必须和她通话。我只好去电信局。好些个星期天，我都躲在宠物笼子一样的长途电话间，吱吱嘎嘎地拨盘，接通，在玻璃窗外那些急不可耐的目光注视下和她海侃，直到让昂贵的话费把我一小笔私房钱烧光。

秋天，我到北京出差，这也是我第一次去北京。见面是快乐的。她带着一辆挂军牌的桑塔纳来接站，陪我去故宫和颐和园，在莫斯科西餐厅品尝俄式牛扒和罗宋汤。临走，她也没有忘记礼物。她给我妻子的礼物是手绘了国画花鸟的丝绸连衣裙，给我女儿的是一个可以随意变身的猴子。

来自北京的阳光，普照了我的一家。

六

冬天，她再次来到绵阳。

到酒店，敲开门，我面对的却是一个男士。他身高至少一米八，高大英武。我一愣，随后立刻释然了——像她这样的未婚女子，岂能没有男朋友或者未婚夫？并且，他们的确很般配。

还没有来得及多想，她已经从洗手间出来，说这是我哥，沪生。

沪生是电影导演。陪鲁青过来，是因为书记邀请。她应邀来做宣传策划，和我讨论电视剧的合作，也治病。鲁青人人喜欢，包括书记。他给她找的医生姓蒲，梓潼人。梓潼是文昌发祥地，出异人和高人。连杀人魔王张献忠，到了这里都暂时放下屠刀，认祖归宗，建张姓家庙。蒲医生之父蒲辅周，生前曾为京城四大名医之一，中南海中医组长。他常常是几味寻常中药，区区几毛钱，就治了国家领导人的大病。书记相信，"御医"之后能够让鲁青恢复健康。

书记点名，照例安排我陪同北京客人。

一日，沪生去成都办事，也代表全家去成都军区拜访一位将军。临行前，他将我的手紧紧握住，连说了几个拜托。

照顾一个患糖尿病的好朋友，我义不容辞，也轻车熟路。因为我妈就有糖尿病。中学时代，天天看父亲拨弄那些试管、试剂和针剂，将高血糖、低血糖、酮症酸中毒等名词挂在嘴边，我就像个实习生，完成了初级的培训。糖尿病更拉近了我与鲁青的距离，让我们多了一种共同语言，有同病相怜的味道。

在酒店房间里，门一关，美丽的鲁青立刻变成了另外一个人。疲惫，虚弱，出虚汗，甚至呕吐。她必须按时服药、打针。她以未婚女子的羞赧，略微背过身去，往臀部给自己注射胰岛素。这些是她美丽外表后面不可示人的 B 面，是她亲人之外，仅我知道的隐秘。

当天，沪生一去不返。因为成都的将军是他爸爸的老战友，要派车送他去看都江堰和青城山，他盛情难却。

于是，这个夜晚我成为沪生的备胎。在特意为他们兄妹安排的双人标间里，我陪鲁青聊天，照顾她吃药，应对可能出现的不测。很私密的空间里，我们聊文学，聊生活琐碎，再聊人生。聊到深切处，她忍不住伏在我肩上，泣不成声。

夜深，我和衣躺在沪生床上，隔着两米远的距离听她轻轻的鼾声，辗转难眠。

翌日早晨，我才想起妻子出差，昨晚该去幼儿园接女儿。还好，女儿被邻居帮忙接了，有惊无险。我急忙把女儿带到酒店，陪她的鲁青阿姨，一边等待沪生归来。

但是，晚上沪生还是没有回来。我只好带着女儿，延续昨天的故事。

不过，忘记接女儿，小小的疏忽，却很致命。妻子马上从邻居那里知道了我的夜不归家，并且循循善诱，从女儿那里挖掘密室细节。

震怒中，妻子翻出了鲁青所有的来信，像文字狱时代的检察官一样搜索字里行间。但是，一个高考语文成绩不及格的理科女，面对那些来历不明的诗词、典故，以及复杂的修辞，就像面对一堆无法破译的谜语，让她疑窦丛生。她更无法理解男女之间超乎情欲的友谊。她沿着自己的逻辑，去想象酒店房间里发生的一切。

鲁青似乎并不知情，或者具有金钟罩，百毒莫侵。她在电话里和我告别，在听筒里就可以感觉到她招牌式的微笑。

我后来才知道，当时我姨妈刚刚离开——她受妻子之托，大义凛然地在酒店给鲁青上了一堂道德课。

她依然给我来信。文字依然优雅，并且不乏幽默；字迹刚劲潇洒，有男子气。

但是，我意外地接到她闺蜜的信。这是讨伐的檄文，把她们心目中不仗义不男人的懦夫骂了个狗血喷头。

妻子也接到了神秘来信。匿名，爆的却是猛料。成都，北京，详细的细节，一个关于我的桃色故事，活灵活现。

太多的怀疑、太多的黑洞和不自信，日复一日的焦虑和压力，早把她榨成干柴，一点就着。还好，信的作者并非高手。看似有鼻子有眼，却破绽百出。她半信半疑，我才不至于淹没于狗血。

然而，我的生活已是一地碎片。写信，电话，一声安慰，连这样的举手之劳都难以为继。我没有能力扮演蓝颜知己，只能叹息一声，落荒而逃。

七

带着一脑袋惊愕、忧伤和喟叹重返会场。

东道主的致辞结束，发言已经开始。我索性在门口稍息片刻，清理纷乱的思绪。

一个胖子举着手机，匆匆出门接听，重重地撞了我一下。这时，下意识摸衣袋，才发现手机不在。

回到洗手间。拖布池的水滴依旧，但是找不到我的手机。我记起，因为事发突然，也因为洗手间不方便讨论一个过于沉重的话题，刚才和沪生说好回头再聊，就顺手将手机放在了马桶一侧的手纸盒上。恍惚中，我记得整理好衣服，却没有拿起手机。

进出洗手间的人不知道。服务员不知道。直到会议结束，总台也没有人上交手机。

一个五星酒店，一部用了近两年的手机，居然不翼而飞。

沪生再也没有打来电话。他的号码，连同号码簿上一千多个号码，同时消失了。一个鸟儿倏忽而来，又倏忽飞走，还拐走了一个庞大鸟群。

针落大海。关于鲁青的一切，重新归零。

夏磊　西洲何处

一

在我能背诵的古代诗词里,《西洲曲》算背得比较早的。那时候我家住在长江中间的南京八卦洲,头上是天,四面是水,"西洲在何处,两桨桥头渡",每次念到这两句,就会想到江边上的那个渡口,并同时在脑海里遐想着渡口外边的世界。是的,那时候,所有的新鲜东西都是渡船从江南装过来的,乡下孩子要积攒好久才能凑足来回的船票钱,我怎么能不心心念念牵挂这个渡口和那不知在何处的西洲呢。

那时的渡口我们也叫作码头,一艘木制的轮船每天来回四五趟,在长江里画出几个大大的"之"字。从船头的跳板走下来的人都笑得很响,大声地说着从南京城里听来的事,有的人还带着刚刚学来的城里人的一点口音,这些人很快就走散在各个角落，乡村也跟着热闹起来。他们带回来的肉包子让我至今都觉得那是最好的美味。我把从不同人口里听来的江那边的事集中起来,想着那是多好的一个世界呀,那里到处都有肉包子,到处都有读不完的书。每年农忙的时节都有城里的工人老大哥来支农,他们带来了更多的故事,还带来了非常好闻的香皂味儿,同时他们也带来了对我们的羡慕和好奇,比如新鲜的鱼虾什么的。我喜欢从他们口里说出来的每一个字,而他们也和我一样不停地打听乡下的有趣的事。这渡口的两边真的宛如两个世界,我开始念想着在对岸听到过的所有东西了。

后来,又读到晚唐诗人温庭筠的"西州城外花千树,尽是羊昙醉后春",这才知道原来古代南京真的有一座城池叫西州,只是州和洲的写法不同而已。西州城建于东晋,因为宰相谢安病重时途经西州门,他死后其外甥羊昙感激谢安,从此不再出入西州门,有一天他醉酒后不觉来到西州门,禁不住伏鞍痛哭。苏轼也有过"何事羊公子,不肯过西州"的句子。虽然诗里的西州城早已无从找寻,但这个名字却是再也忘不了了，并且它也像《西洲曲》里的西洲一样，虽然相隔不远，却只能在心里梦想着彼岸。我其实也清楚，《西洲曲》里的西洲和温庭筠诗里的西州指的不是同一个地方，但是我情愿把它们拉近，我甚至相信渡口那边就是那个诗意的世界。

那年的三月，我们举家迁往江西，一点简单的家什连一艘小机帆船都没装满，坐在船头上，第一次感到眼前的江水那么浩瀚，它真的要把我永远地渡到对岸了，也就是说我再也不用遐想那个西州了，那个西州从此真的不复存在了。江水几个起伏就把我们的小船带到了江心，回望已是故乡的江北，渡口码头变得越来越小，最后模糊在了江雾之中，眼泪在这时已经淌进了脖领。我知道，我要去寻找我生命中的另一个西洲，“日暮伯劳飞，风吹乌桕树”，那里有乌桕也有花千树吗？

人的一生就是从一个渡口到另一个渡口，从一个彼岸到另一个彼岸。人生之中最重要的渡口能有几个，真的一个都不能走错。就如同我们会面对这样那样的选择，结果不可能预知，但大致的方向还是要明确的，故乡八卦洲是长江中的一个岛，从那里走出来，没有哪条路可以绕过长江而到达对岸。渐渐我也过了总是在脑子里幻想西洲的年龄，生命中路过了几个渡口，也到达了几个彼岸，我已经学会了如何平稳渡过，可我还是没能忘记从前的那点梦想，滚滚红尘里我不想放弃每一个彼岸，有谁像神明一样来渡我过去呢？

二

写到这里我不禁浮想联翩，我此刻没有徘徊在自己的渡口，我想去其他几个渡口看看，虽然它们的地址只能到史书中去寻找，虽然它们再也背负不了太多，但毕竟有几个人在那里站过，后世文人是没有办法绕得过去的。那一次我从武汉到长沙，走的路线大体上和屈原《涉江》里写的差不多，在湘江岸边我无从找寻屈原的足迹，而湘江边上的屈原也已经不是那个穿着奇异的服装挎着长剑的屈原了，我只能在浩荡江水里捕捉这位诗人留下的一抹倒影。

自从屈原“行吟泽畔”来到湘江岸边，并上演“屈原问渡”之后，后世文人在水边的喟叹也好抒怀也好，马上就显得很小家子气了，没有谁可以直视屈原的背影，同时也没有谁可以对他视而不见。按《渔父》里的描述，那天屈原来到湘江边时已是再次被流放了，“面色憔悴”“形容枯槁”，早已不是“香草美人”时的样子。他在水边踯躅，实际是到了思想和生命的一个渡口，而飘然而至的渔父是一位高人隐士也是一个摆渡人。他们两人接下来的对话被司马迁写进了《史记》。渔父问屈原，你怎么落到这样的境地，你怎么就不能和世人一样“随其流而扬其波”？屈原说“众人皆醉而我独醒”，我宁愿葬身鱼腹也要保持我的品格高洁。这当然就谈不下去了，渔父一笑，和来时一样飘然而去，而屈原经过这番对话反而坚定了信念，他往故国方向走了一段，传来了亡国消息，遂万念俱灰写下《怀沙赋》投了汨罗江。屈原终于没有听渔父的话而选择另一种人生，没有到对岸去看看，他选择了投江却激起了千年波澜，从此汨罗江不再平静，中国的所有河流也跟着激荡起来。

找来《屈原问渡》古琴曲，低回委婉，若问若答，宛如静夜心跳。“忙忙自失，莫知所之，故问渡焉，后即投汨罗而死，后人遂拟是曲以吊之。”这是《杏庄太音补遗》中的题解，我想这恐怕更接近于真实，屈原当时的状态就该是“忙忙自失，莫知所以”。许多的高贵品格都基于他的爱国，其实屈原首先是诗人，《诗经》使我们有了诗，屈原使我们有了第一位真正的诗人，实在没有必要牵扯太多政治进去，否则我们就失去了这位伟大的诗人，我们的诗歌历史又要从哪里写起呢？屈原投江以后的一百多年，贾谊也受贬来到了长沙的这个渡口，他在水边写了篇赋，投到江水之中，这篇赋里贾谊用许多比喻来称颂屈原，然而又取了一条折中的路子，既没有像渔父那样劝屈原顺应求全，也没有同意屈原的刚正不阿，他只是一味感叹：“呜呼哀哉，逢时不详。”总之就是说，对岸还是要去的，办法总归是有的，“何必怀此都也”。司马迁后来也来了屈原投江的地方，他也说，本来凭屈原的忠诚和学识是可以不用投江的，“以彼之才，游诸侯，何国不容”。

任何对屈原的评论都显得多余，他不是儒家也不是道家，他不属于通常的诸子百家，他只是诗人，所以他的心思也是诗。我倒是想揣度一下渔父，他的莞尔一笑到底是什么意思呢？《渔父》是《楚辞》中的一篇，郭沫若说其作者可能是对屈原的生活和思想非常熟悉的楚人。作者没有把这个讨论继续下去，我想，遥远的南方已经没有屈原的彼岸了，世上大概也没有什么力量能说服一个诗人的执着，这恰好证明了屈原是一个真正的诗人，诗人眼前的路没有阡陌没有迂回，除了往前还是往前，渔父的道家的处世方略是说服不了他的，只有“莞尔而笑”吧。屈原追随先贤彭咸而去，更像是一种皈依或者把自己当成了一次最隆重的祭祀，他没有渡到什么地方，却走到了天下人的心里。我想，作为中国第一位真正意义上的诗人，他用最恰当的方式把中国诗人的精神一下子标注到了最高境界。

三

我没有遇见生命中的“渔父”，一个普通人不会有谁来劝你如何执着和放弃，然而日子是要过下去的，选择也是无处不在，我也会在驻足的渡口陷入沉思。我在早些年曾多次投宿在富春江边上的桐庐，确信自己在一个叫“鱼梁渡头”的地方停留过。读过郁达夫的《钓台的春昼》，就想着寻访这个故地，一是因为它每每勾起我对老家渡口的怀念，还有就是我那时的工作压力很大，带着一百多人的团队惨淡经营，正是需要释放压力探索出路的时候。郁达夫是在上海“接到了警告，仓皇离去”，回到老家富阳而来到了这个渡口，郁达夫写的是“微云淡月”下的夜渡，该有一番不一样的感受吧。

先生是在一位洗米少妇的指点下寻到这夜渡的，真的是只须高喊两三声，船自然就来了，微茫的夜色里只有船家的烟头在闪烁着，船家并不提钱，只说看着给点，这对于正四处碰壁的郁达夫来说该是一种优待吧。到了对岸，黑黢黢的桐君观却呈现了极好的景致，尤其是这里的秀和静使得他想就在这里结庐读书颐养天年，像严子陵一样管他什么高官厚禄浮名虚誉。

当时在写散文《夜饮富春江》时我就在想，郁达夫深夜过渡去寻访桐君观，应该不是去看看那里的夜景吧，他是在探寻一条可以走下去的路，结果他找到了却没有走下去，他回到上海加入了“中国民权保障同盟”，后来又参加了许多文化界救亡活动，于是我们少了一个隐者却多了一个战士。对郁达夫的崇敬还是从他的文字开始，《故都的秋》还有《春风沉醉的晚上》，那是多好的一个人啊，穿着竹布长衫，写着他独有的文字。就是这样的能吟出“曾因酒醉鞭名马，生怕情多累美人”的江南名士，在去新加坡做抗战宣传时写下了“抗战到底，一定胜利”这样的壮语。郁达夫没有屈原的贵族身世，相反却是极度贫寒，这就天然地使他有了悲悯情怀，他倾力帮助过窘迫中的沈从文，还雪中送炭地请沈美餐了一顿。他写过一篇《给一位文学青年的公开状》，那么深刻地分析了京城百态，比如他写的青年求职的境况即使是今天都还存在。他亦深知世态炎凉，他的许多作品都是把自己的内心拿出来给人看。这样的一位作家他永远知道自己在做什么，他忠于自己的选择，他本可以效仿严子陵在江边寻一处钓台“结屋读书，以养天年”，而他最终成为了一名烈士，富春江边的那个渡口没有留住他，一江春水在送走他的同时永远记住了他。

江对面的严子陵不知道那天晚上这里发生了什么，他还在安享范仲淹送给他的“先生之风，山高水长”。而我们知道了郁达夫的选择，也无须太多的评价，郁达夫的儿子郁飞先生说过，他不是什么圣人，只是一名文人。我想我们也可以把“山高水长”送给郁达夫。站在富春江边看江水东去，我忽然想，渡口其实就在人的心里，追随自己的内心就无所谓此岸彼岸，就像这江水它终究要奔往大海而去一样。

四

不是有意把这个话题弄得这么厚重，一介书生也会面对这样那样的人生岔路口，屈原没有过江也没有回头，郁达夫过了江却还是没有选择归隐，许多的人生况味都在眼前，闭目沉思，仿佛明白了，生命中的渡船就是日出日落朝飞暮卷的一个个日子，放下纠结细细过好每一天，就能看得对岸的风光了。于是，说了这两个有名的渡口之后，还是禁不住想起我的西洲了。

在当年离开家乡时的三月，我又回到了长江边上，原先的渡口早已无从找寻，江边的芦苇好像更多了，而当年上下船的场景连记忆都快要模糊了。韦应物诗里写到“春潮带雨晚来急，野渡无人舟自横”，这两句诗应该是最著名的渡口诗句了，可是当年的少年还在遐想着对岸的世界，而眼前却没有了渡船。在一个老渡口，没有了渡船也就没有了等待，没有了等待哪还有到达彼岸时的惊喜呢。甚至，春潮野渡带给我的一缕忧伤都散落在了春雨之中。老家就在江边，我久久地坐在江滩上，少年的时候我最喜欢在江滩上读书，江水在眼前不息地流淌，渡船下来的人把笑声带来又带走，我把许多的憧憬都给了我的西洲。我曾经那么多遍吟诵《西洲曲》，我那么痴情地想那里一定有我爱的人，并且她也隔着江知道这里的我。

其实温庭筠也写过一首《西洲曲》，中间有这样的句子：“西洲风色好，遥见武昌楼。”“西洲人不归，春草年年碧。”只是他的诗中人表达思念的方式是“登楼抚瑶琴”，而不是“采莲南塘秋”。如果把这两首《西洲曲》放在一起来看，再根据唐代诗人耿沣《春日洪州即事》“钟陵春日好，春水满南塘”的句子，南塘应该在南昌附近，而西洲则在武昌对面的江北了，“忆梅下西洲，折梅寄江北”，西洲真的挺遥远的呢。余冠英在《古代文学杂论》中说：“西洲固然不是诗中女子现在居住之地，也不是男子现在居住之地，它是另一个地方。”而在我看来，西洲就是一个可以托付梦想、托付思念，可以托付爱的地方。

“海水梦悠悠,君愁我亦愁。南风知我意,吹梦到西洲。”我喜欢《西洲曲》,喜欢三十二句中的每一句。我喜欢为爱而生,同时梦想人生的每一个渡口都是用爱来摆渡,而到达的也是爱的彼岸。那年春天,我们来到信江边的一个小渡口,正午的阳光暖洋洋的,小船有些晃,船靠岸时我牵起了她的手,这是我和她第一次牵手,二十多年过去了,我们的孩子都大学毕业了,我们却都还清晰地记得那天同船过渡的每一个情景。

我想,我其实已经找到了我生命里的西洲了。

被砍伐。经历告诉我，海湾上空是条固定航线，每次从外面飞回大连，飞机都要载着我沿海湾斜斜兜大半圈，我在空中先回一次海湾，我看到我住的那幢高楼，与另外的两幢比肩而立，灰色而突兀，我像蝉从薄壳里爬出来，又回头返观身后，从另外的角度去看自己的蜕去物，那里有可想念的气息，却丝毫嗅不到，肉体的余温尚存，在那一刻却是凉的，我只是在心底里知道它，知道那是家。随后那滴如泪的小海湾也出现了，它正好挂在苹果身外，一小半躺在桥下，一大半躺进了建筑群，它有它的世界。苹果两侧都建有码头，透过舷窗看到的灰色码头，一律直线条，唯有伸进海里时才会有转弯，大钝角像臂肘，使直线向海湾内紧扣，黄昏使海面黑沉，直线们凝固不动，隐隐发出石灰色微光，飞机即便仅仅掠过，从空中也可看出，它们一根根有多像鞭毛虫。

我先生总说，至今为止，人类只有三个苹果。我偏偏独自多出一个苹果。我刚遇到它的时候，它的内外充满了风，和赶也赶不走的咸腥味。一开始我受不了那股咸腥，空气里全都是，就差没捏着鼻子走路，小时候我很少吃鱼，突然间空气里全都是鱼。前年领命做一部专题片，我去附近另一个海湾采访，海滩上，妇女们围坐着用餐刀剖海蛎子，她们脚下铺满厚厚的蛎壳，和一层层白贝壳，踩上去就咔咔作响，是空气里的咸腥突然唤醒我，我开始大口喘气，让空气反复深入肺腑，是想起差不多有二十多年了——海湾只用清新和不清新来衡量，用雾霾和不雾霾来衡量——我忘记了那气味，那些鱼。海湾里少一样什么东西，我就少动用一样器官，相反，多一样什么东西，我则不能生出更多的器官，总之，身体在做减法，也在偷懒、忽略。我知道那滴泪海湾是被挤出来的，是不断的填海填海之后的塑形。傍晚在那里散步，夏夜习习的海风静谧的海水仍叫我深深感动，但我还是长久地在忘记它，把它当作不存在。尽管它没法擦拭。

在它上边，是客货两运码头。那是和尚岛码头，在家里与它斜对，遥遥相望，很长时间里，我一直很难把岛看清楚，只知道那里有码头。然后有一天醒来，突然发现码头伸过了海面，向这边海岸弯过来，离我竟如此之近，就像在鼻子底下。我常忍不住惊讶问我先生，那码头在扩建时，我怎么从没见到，从来不知道，我在哪儿，干什么去了。他一律回答不了。有时候他也会站在我身后，与我一同隔窗观看。码头贴近只是因为它扩大了一倍，它几乎填出与半岛同等的面积，半岛获得了另一半身躯。可以看到，面向我们的这一侧，在那些刀切过似的低矮深灰立面，货船缓慢朝它们靠上去，贴紧，泊牢，然后卸料臂开始工作。巨大的黄色铁臂在空中举起又放下，看上去大而笨拙，却有着难以想象的力气和灵活，庞大的货运船在它身边小小的，变得像只乐高玩具。卸料臂并非总是在工作，很多时候它们中的三四只长臂张开，高举进半空中停住，似乎在考虑下一步，向上还是向下，永远就那样考虑着；而其余那些多半是收缩起外臂，像一个人怕冷似的紧紧抱住自己。几年看下来，我对它们已极其熟悉，那些分作上下两截的黄色手臂，有力或迟疑不决的样子，无论远近在哪儿都可以看到，开车路过或在家里，我习惯了去看或凝视它们。

晴空万里，和尚岛码头近在眼前。一个又一个长方盒子依次排列，那是库场建筑物，大都是白色，也有的被漆成天蓝。那天蓝色是那么新鲜、明亮，比周围所有自然的色彩都耀眼，它们身后露出的山丘，每逢秋季变色，从墨绿转入明黄赭红，到冬季就变全部光秃秃的，有一副更加诚实的面孔，到那时蓝色就是海湾唯一的色彩，奇怪的是，长方盒子蓝与周边所有的蓝又都不是一回事，既不在海的色域，也不在天空的色域，那时蓝的丰富性带给我的总是惊讶，一方面又是失落。也许真是这样，习惯了就好了，习惯是一种驯化。

晴空万里时海湾美得惊心，有时我在忙碌中，或在屋里走动，一抬眼无心地望到窗外，海面上一大片波光粼粼，我只有立住，这种相遇经历过无数次，而每次都是一个字也说不出，只久久看着它：如此静谧，如此虚空。

三

那些炎热，里面没有风，只有火。热空气凝固，草木纹丝不动，海湾败下阵来，神情倦怠不起一丝波澜，日间如果不是海面上波光闪耀，就会以为那是一块巨大的铁板，深深嵌进了陆地。唯蝉鸣有力量冲破密不透风的热浪，天还没开始放亮，蝉鸣便摸黑响起来，在黎明前四下里横冲直撞，夜幕被打成一张筛子，像接连中了无数密集的子弹，然后退到地球的另一面。太阳落山后，男女老少一齐拥向海湾，海湾周围的道路——附近大街小巷全部被车塞满，开始车还被贴罚单，很快违停胜出，车继而抢占上人行道。人们都不敢在家，下班后带上吃喝直奔海上，海湾整晚上人声鼎沸，一直闹到深夜，才安静下去。

暴热第一天，父母就来电话，要求我们不要过去。等两天后，终于忍不住去了，他们在家只能穿件薄内裤，这就是不叫人去的原因。隔过两天再去，门从里面反锁上了，钥匙拧不开。我站在门口外，拨通屋里电话，父亲开门接下食物，随即又把门关上。我跑下楼坐进车里，看到三楼上，母亲站在厨房阳台上，正隔窗看着我，我朝她挥挥手，她也举起右手，向我轻轻摇晃。车驶上了大道，眼泪飞迸出来，我转过脸朝向窗外，不给我先生看到。两场雨后，终于可以去看他们了。妈妈说，我还算是熬过来了。她几乎不吃什么，体重掉了两公斤。父亲也掉两公斤，我也同样，我先生似乎掉秤更多。她不要人去送吃的，也不要人过去给烧吃的，中心是怕我们热，受罪。父亲一只手手指按在桌沿上说，我就是感到很颓唐。他刻一辈子木刻的手，指节一直粗大，现在看也瘦了下去，并且苍白。八十多岁，真是都老了，可无论怎样老态，他们看着都是知识分子的样子，清癯瘦弱，安详儒雅。

看到父母能从这个夏天走过来，毕竟还有份安慰。下一步就进入秋天了，每年10月开始，退休老人要到所住社区做身份认证。前些年曾经这样：A4纸大本，每人一栏，填写姓名家庭住址电话号码，纵项有一栏，只需填写一个字：生。不填生就意味着死，相当于被一笔勾销，养老金过月即刻停发。认证一年两次，一次管半年。证明生原来如此简单，不过，半年又似乎没谱，这场酷夏中，我知道就有几个人离世，他们叫我看到，倒地而亡是分分钟的事，分分钟都是无常。父母随我迁居海湾，以其高龄回老家去，做一次认证没有可能。有几年电话认证，父母工作过的学校分别打电话过来，父母各说几句，自报家门，姓名年龄，还有声音，都可以证明你还在，还在你的名字背后呼吸。比起英国电影《我是布莱克》还好很多，失业者布莱克的所有经历，都是数据时代的绝望表达。我，是布莱克。父母还不需如此，不必站在街头上大声宣告我是谁。这两年可以拍照，视频，然后微信传过去就证明了自己，银行一再更换，退休金如期打入卡里，这全都是活着的证明。无论方便还是不方便，不管怎么折腾，父母始终是人淡如菊，让我想起本质上完全可以视为相通的两句话，一句是："如得其情，则哀矜而勿喜"，另一句是张爱玲的，"因为懂得，所以慈悲。"2016年是给父母拍照，2017年改拍视频，我母亲手捧一张当日的《大连晚报》，把它抵在下巴颏下，在手机视频里笑着大声说："我还活着……"

四

有一只鸡，好长一段时日里，去年以至于前两年，每到黎明时分便开始打鸣。我在黑暗中醒来，知道该是卯时了，再看看墙上的钟表，果然时针正指向五点。窗外海湾灰蒙蒙的，看不清什么，那鸡好像藏在黑暗的深处，隔一阵打一次鸣，直至把日头叫出来，天下大白。第一次听到鸡鸣，正是我生病后出院刚刚回家，离开病床，躺回到自己的床上，从短暂的睡眠中醒来，我想起忘却了的病痛，感到一阵痊愈后的舒适。这时鸡鸣响起，从楼下院里的什么地方传来，我几乎没有力量去惊异，只躺着不动，就这么静静地接受了它。

就在十七楼。很久我都没法相信，这鸡鸣响起的地方，既不是在一个村庄里，也不在我儿时楼院邻家的矮木栅内。尤其在冬日，整夜呼啸的北风在晨曦前停住脚步，第一声鸡鸣随即响起，我蜷在被里，还不需要起身，也不睁开双眼，心中贪恋那一刻，朦胧中觉得自己是身在往昔。同样，更不跟我先生提起，我偷偷保留着黎明中这段隐蔽的时分，像藏起一小块孤单的糖，根本无法与人分享。偶尔我会克制不住好奇，想在小区里挨个楼找找，弄清楚鸡养在哪幢楼，高楼大厦又如何养，可是一到白天，就全忙忘了。去物业取快递时，有过一两次很想问问，话到嘴边又咽回去，觉得鸡鸣这事太复杂，尤其发展到了我这儿，根本就难以说清。有时在莫名的忧惧中睡去又醒来，鸡鸣声在不知名处响起后，又沉入黑暗，又重新响起，"风雨如晦，鸡鸣不已"这老句就会随之到来，我体会到那种古老的不安，原来从未停歇，尽管仍是孤身一人的感觉，但血液里积蓄起的，似乎已不仅仅是力量。天长日久，我就想那养鸡者，该是个特别怀旧的男人，否则他在鸡鸣里还能得到什么呢。他喂养它，每天要给它剁食料，他站在砧板前，扎着帆布围裙，一天三遍。第一年如此，第二年如此，第三年还是如此。他在过旧日子。是不是像诗人柏桦早年写过的那样，唯有旧日子带给我们幸福？

不知为什么，在最后半年时光里，那只鸡身体里的晨钟突然紊乱了，它开始不分时辰，从早鸣到晚，唯独夜间的几小时，还被留出来，置于寂静中。天已经大亮了，它还在唱。上午八点钟打鸣，九点钟又打，然后是十点十一点。起初我惊疑不定，放下手中在做的一切侧身谛听，直至相信耳朵千真万确没有出错。接下来鸡鸣进入午后，一天天过去，两次鸡鸣之间越挨越近，间歇越来越短，越不分光景，四十分钟，或者半小时。我由一次次反复确定中转入了忧惧，手头在做的任何事都开始漂浮，或是在水面的漩涡中打着转不肯沉落。意识深处始终处于等待之中，好像一只鞋子落下了，永远还有另外一只，随时准备它落下。每一次打鸣，我不觉就要去看一下灰绿墙上那只静静转动的挂钟。明知道大概是几点，根本不用看，但还要去看，确认是几点。秒针无声地划过，永无停歇地围绕着一个圆心转动，细小的针尖是一只小黑蚂蚁，急遽地吞噬自己脚下的金色刻度。我在跟着它走。没办法忘记，更没法拽住。时间大张旗鼓地流逝，生活这块布被切割成碎片，寸寸露出它的线头。坐立不安堆积日久，慢慢会成为一种习惯，习惯这枚钉子钉进身体里，就会成为身体的一部分。它与周围到底是什么关系，这只动物？它把我拽进放大的时间里，我没法走出来。我没法对抗，终日顺从。永远是三个音符，每个音符长短变化不一，头一个音符通常是嘹亮的，时常也会喑哑，像没有清理好嗓子，最后一个音符永远拖得最长，有时几近于呜咽，一直沉下去，像锁在大地的喉咙里。我立在屋地里听着，最后似乎能听出其中所有的情绪，每一道鸡鸣，高兴还是不高兴。

去岁除夕前，鸡鸣莫名消失。海浪声又一次不再作为背景响彻窗外。大概那鸡不想进入戊戌年。

五

烈焰当头，我去见姜振庆。他远远朝我走过来时，我心里想跟他开个玩笑，告诉他这天出来会朋友的，一般都是生死之交。拿句现成的段子当开场白，跟那热辣天气很吻合。可是并没有。彼此只是笑笑。十年未见，二十年未见，似乎都不要紧，饮过半壶茶，他拿出苹果笔记本，退居山里后他拍大海少了，海岸少了，他要给我看他拍的那些农民，最后的农民，全部存在苹果里。

他彻头彻尾地像个山民，自己盖房挖水塘，植树种菜，所有的集市他赶去拍照片，附近的农民都认识这个摄影师，却不知道他有多著名，他们站在他的镜头前，眼看着他的镜头拍下自己。他很少回海湾，五月份时回来过一次，他要找一幢曾经熟悉的小楼，就在五彩城 A 区，他开车转来转去，前后半个多小时，不大一块地儿，就是找不到，最后只好把车停在一家海鲜酒楼前，等人前去接他。越野车很壮阔，人依然瘦而有力量感，山高水长，在海湾他曾几乎踏遍了每一寸土地，拍下每一寸土地，最后竟然都找不到他想要找到的。似乎是说，消失是件很奇怪的事，消失不是人可以完全掌握的。它不在人手中。

过去在海湾时，他永远比别人更瘦。美能达-800 相机挎在肩头，他右手扣住它，左臂甩动幅度很大，前后自由得，似乎随时会挣脱身体。像很多大连男人一样，或者说像足球运动员，他走路脚尖向内扣，每一步都很有力，都很坚毅，有一种特别矫健的东西在运动着他，也使他走路时身体有些左右摇晃。摇晃中有股子坚毅，这也许更叫人感到吃惊，但姜振庆他自己不知道，他神情里都是坚毅不可被打败的样子。他沉默寡言，嘴巴不善于表达。一旦笑起来有些不知所措，眼睛不去看任何人，但笑容会久久不散，会叫人觉出那是真的，他是真的在开心，在发自内心。

入伏后海湾全是人，我们不叫游泳而是叫洗海澡，那时姜振庆天天傍晚去洗海澡，一路上他把自行车骑得飞快，那是精神上的大撒把。他爱海吗？特别爱。所以他后来用二十多年时间去拍海，拍海岸，拍岸上的人。他甚至是心疼海，所以才拍海，拍海岸，拍岸上的人。那时海湾沿岸还有些荒凉，没码头也没建筑物，东西两侧远处的海岬向内环抱，西海岬则更突出，更长更向内弯曲，缓缓伸进大海，岬角几乎与天际线相交。海滩有一块开阔地，礁石稀少，傍晚过后，经过日晒的海水温暖而平缓，岸上经年累月泊一两只破渔船，男人们躲在船后换上泳裤，然后踩着礁石，趔趄着跑过纵身扑进大海。

人不能了解大海，特别是海底深处隐藏着什么，永远也无法预知。但人会信任大海，不知这是不是出自于祖先的记忆，或是遗传密码。姜振庆总是向海湾深处游去，然后折返游回岸边。几只渔船泊在海里，有如生根一样。他会一口气游向它们，用手把住船帮，再爬上去，随后再跳回海。有一天在一只船上，在他往海里跳的那一瞬间，他把身体形成一条弧线向海底穿击，突然有种什么东西被拽断了的感觉，他想也许是泳裤，他迅速浮出海面，看到了血。巨大的铁锚沉在海底，它是船咬住锚地的牙齿，而渔民们不需要再出海捕鱼，它差不多已被忘记了，深埋在海底。海那么深，几乎看不见它。想不到锚的铁爪如此锋利，几乎一瞬间它就撕开了他，泳裤断了，大腿腹部全是血，他立刻明白发生了什么，巨大的疼痛来袭，几乎使他昏倒，但他立刻抓住清醒，让自己奋力向岸上游去。几百米左右的距离变得漫长，但海水终于变浅，他站立起来走向海滩，天色还没完全黑透，不断地有人迎面而来，准备投入大海，在剧烈的疼痛中，姜振庆还能认出熟人，他对每一个走过来的人点头招呼，强力让脸上挂出微笑，双手捂着下身。他是不想给人看出他受伤，伤得有多惨烈，疼痛压在意志底下，稍一放松，疼痛就会翻身把他击倒，如果时间再早一点，天色再亮一些，走过的人会看到他下身已是鲜血淋漓，但那些急切向前跑的人眼睛里只有大海。

海岸变得漫长，每迈一步都是巨痛。他找到自行车，一路骑回机关二层红砖楼。

一路摸到娱乐室，他跟顶头上司说想要一辆车，他轻描淡写地说肚子不舒服得去医院看看。他带车就近去县医院，可伤势太恐怖了，下身已是血葫芦，值班医生束手无策，根本无力救治，要他即刻去市内医院，姜振庆带车又往市内医院跑。伤口又深又长，缝合用了多少个小时，就连他自己也说不清，最后麻药药性过去，伤口缝合还没结束。已是下半夜，手术不能中止，麻药也没法再打。只有硬缝，就得硬挺。最可怕的是，生殖器几乎全断了，除了细细的尿管还保持完好。男人的致命处，命根子。要说疼，是会疼死人，还有什么比这种缝合更痛不欲生？姜振庆让医生缝下去，在长夜，他救了他自己一命。这样惊涛骇浪的事，始终没几个人知晓，知道的人神情痛楚咬牙切齿地说：姜振庆真他妈是条汉子。

那是1987年。

范晓波　**炽热有颗凉爽的心**

从万里之遥飞回后忽然想起几年前那个梦。

曾在一个随笔里记录过，地球边缘的一个风光旖旎的热带小岛，在一群陌生人中突然看见母亲，本能的反应是带她回家，但她不跟我一起回，说在那边挺好的，有朋友，心里安宁。

飞机在黑暗中穿越时差降落在广州的巨大噪声中时，我意识到安宁本非人生常态。岛上四日，像是一串被细线操控的氢气球，悬浮于另一个时空。

越回味越觉得这个比喻是贴切的。

原本，要去的不是大海深处，是穿外套的西伯利亚，或者更高的纬度。出门的初衷就是逃离亚热带的闷热去避暑。等休假正式批下来，档期与所有计划都擦肩而过，网上搜到的包机，只有这个目的地是比较中意的。一个只在二战纪录片里留下隐约印象的小岛，我看见名字就预订了机票。

黑夜腹腔里五个半小时的飞行，因为时差，两头都不见光亮，更像在某个密封的时间管道里。

在被删减了两个小时的早晨醒来，眼睛被纱窗外的阳光晃得睁不开，以前也到过热带地区，如果那里的阳光是八十瓦白炽灯泡，这里的亮度应该在一百瓦之上。

对着米色阳台皱眉抗争了一两个小时，眼睑才渐渐放松下来。但在室外无法看手机屏幕和相机显示屏，也不能直视地面的小水洼，到处都有镜面在晃动。

热吗？当然热，而且是炽热，正午时在太阳底下站几分钟，恍惚听见用平底锅炸牛排的油腻的嗤嗤声。土著人肤色接近黑人，体型却像菲律宾人，大腹便便笑容可掬。紫外线在他们的皮肤上作画，把他们描绘出既熟悉又陌生的面貌。

不过只要站到椰树下，又凉快得汗毛起立，任何一处都如此，荫便是凉，凉便是荫。因为风和阳光一样丰盛奢侈，风力不大，却无所不在，半埋于沙地的空海螺的体腔都回旋着它轻微的哨音，携带着大洋的湿气和咸味。

这使得海岛的夜晚成了河马的腹部。

一只两百平方公里的巨型河马的腹部，清凉得近似海拔两千米以上的高山盆地，无需空调，太阳融化坠入马里亚纳海沟后，空气从近四十度降为二十来度，椰子和杧果们猝不及防，热量来不及挥发，结晶为糖分沉淀在内壁和汁液里。海滩上踩水的人，纷纷披上浴巾或外套。

这样的气候给懒散提供了来自上天的借口，不管是土著、白人还是亚洲人，大多数居民似乎都是早上劳作，下午休息，晚上出门购物交游。

下午的街道如同流淌着阳光的河流，只见车辆少见行人。也像是影视城里演员还未出场的街衢，有种候场的无聊和静寂。

女儿很快就适应了马拉松午休模式，她小时候就会睡，这次刚完成高考，囤积了太久的困倦像墙角倒塌的书墙，给每一次睡眠都增添了数倍的浓度和长度，如果没有海鲜作诱饵，很难在十分钟内叫醒她。

她妈妈比她好不了太多，这几年她管女儿紧张得像一根快要绷断的琴弦，张力骤失后，就再也绷不起来。也像高速行进的快艇突然失去动力和方向，在水面无声地原地打着转，转着转着就把睡意转出来了，如果没有必须马上处置的事，她可以把整个下午装进香甜的鼻息。

我有种从事务中跳脱出来的失重感，轻松得不知所措，这几年，我解决心理危机的方式有所调整，以前是思考，期待以更高的智慧引领自己，现在是掩埋。用奔忙消灭思考和情感。外人以为我是因为忙而焦虑，其实是因焦虑而躲进忙碌，虽然不能真正解决问题，至少像麻药一样可以遮蔽疼痛。因为有时候，智慧也不能领引现实，半吊子智慧只会让人陷入前不着村后不着店的孤立。一旦空闲下来，伤口就会尖锐地醒来，睡眠也无法欺骗。

不过这岛有意思，被一个发达国家托管，却未普及无线网络，酒店大堂那六七平方米的范畴才能免费上网，像块沙漠中的小绿洲，或者说绿洲中的沙漠。一开始路过时还会停下来刷手机看微信，每看一次都像搬开了藏着蜈蚣的石头，干脆就对外宣布近期无法上网闭关数日。

一直想实现的无网生活真的降临了，所有工作和社交被切断，灰蝴蝶般扑面的各种信息突然消失。最重要的血脉关系和一座完全无关血脉的小岛凸显出来。

伤口也在松软的时间中暴露,但是不发炎,不疼痛,因为没有细菌。

且这岛上许多细节十分合乎我对生活的期待。

我特别痛恨人工草皮和植被的过度使用，让人时刻被一种工业感很强的虚假自然绑架。田径场和酒店的草坪不消说,现在连一些公园的草地都硬得像钢针,连臀部和手掌都嫌弃却自以为高贵。人就像活在盆景里,离绿色很近,离自然却更远了。

岛上不是这样,草全是野生的,小镇街道旁的地面也没硬化,深褐色的泥地上,牛筋草和各色野花随性地生长,像中国二十世纪八十年代的县城。沿路的电线杆大多是十多米高的松木,水泥的极少。房前屋后不仅能种花种菜,养鸡养狗也合法。

但街区是干净整洁的。五星级酒店和简朴的民居和谐并置,任何角落都不见垃圾,也没有城管和摊贩。这让我觉得诧异,粗放和脏乱是一对孪生兄弟,这里却并非如此,只见粗放不见脏乱。

我每天清晨五点左右被鸡鸣叫醒,以为是电视里的,去走廊朝下探望,一只公鸡伸着脖子站在草地上冒充司号兵,母鸡在树根下的沙土里刨食。

最后一天租牧马人自驾,深入到岛的南部山地,在芭蕉林里看见许多白人用木材和彩色铁皮搭建的私人别墅,带花园、秋千和车库,有的还有泳池,四周的地面却不见一寸水泥,像原始部落那样彼此靠不断分叉又交叠的土路连接,每个路口竖着英文的小路牌。车子每到一处,都有几只色差和身高差都很大的看家狗凑上前摇尾欢迎。

岛外的海,是一望无际的玻璃水,有珊瑚礁的地方绿得像喜之郎果冻,水位较深处蓝得发傻失真,像英雄牌蓝墨水勾兑的。不管是果冻和蓝墨水,都有着一望见底的透明感。潜泳其中,常忍不住伸手去捉投射在珊瑚和海草上的光斑,以及游鱼鳞片上的银光。鱼无论大小都不怕人,你若不做出粗鲁的冒犯动作,它们就贴着你的四肢和面颊一起悠游。

比梦境里的色泽和情节还像梦境。

那几天,每天抽空下海游泳,或者,站在悬崖往后倾着身子抗拒着蔚蓝之渊的万有引力。

不认识岛上任何人,绝对的陌生人社会,他们却认真地对着我们微笑,在餐厅和免税店购物时如此，在街头擦肩而过时如此，开车路过身边时也是如此，有的还热情地挥舞手臂。我脸上是那种初沐春风的羞涩，心里挺感动，还不习惯表达问候的手臂很僵硬。

我看不懂路牌，确认方向时难免迟疑飘逸，像是把不稳方向盘的醉汉。不时有路过的司机探身打手势提醒我注意安全。

让女儿去一家小超市门口打听最高峰的路线，高中水平的英语不怎么够用，一个在岛上居住了二十多年的亚洲人怕我们没听明白，开着车在前面带了近二十分钟的路。

岛上行驶的小车在国内基本都堪称豪车，路上却没一盏红绿灯一个摄像头，也基本不见交警。警察一般只在事故现场出现。这个没有红绿灯也没有抓拍摄像头的地方，每辆车都极有耐心地礼让行人。

在岛上尝试过一次螺旋桨飞机环岛自驾，驾驶室的仪表盘和操纵杆漆皮破损，旧得像快报废的拖拉机，缺少飞行器应有的精密和科技感，让我怀疑它能否飞上天。因旁边坐着表情极放松的白皮肤的教练，过程并没有想象的那么紧张。他虽然也不善言辞，却不停地在爬升、拐弯、下降的节点对我竖大拇指。

开车自驾半天后，我倒是有如释重负的摆脱感，前胸和后背的T恤都湿了，每一分钟都在和手臂、小腿里的旧习惯搏斗，心里不停默念：不超速，不超车，不和行人抢道，总担心一不小心成为岛上最野蛮的小车司机。

靠东的海边特别适合游泳，酒店也多，每家酒店门前的沙滩上都有一些躺椅和一处露天淋浴喷头，不在酒店住宿或用餐的路人也可免费使用。和入关审查时公事公办的严苛形成强烈反差，有种上了岛就是一家人的感觉。

说实话，与坐潜艇在海底看鱼，开飞机上天摸云的新奇相比，岛上松弛、文明和友爱的气氛更让我流连。

为什么有人每天被陌生人的微笑环抱，有些地方的人却习惯于以猎物的眼神警惕同类？难道仅仅同经济水平、旅游业和气候有关？

应该不会这么简单吧，我似乎也能从更贫瘠的年代里翻出类似的记忆。人性说到底都是相似的，如何朝着善与美的坐标有效疏导人性，才是社会治理要着重突破的课题吧。

午夜飞离那个小岛后，我很久不愿意打开手机。

仔细回想四年前的那个梦，有种暗自心惊的感觉，仿佛这次旅行，就是在无意中验证梦境。

回来之后，身边居然没熟人去过那个岛——包括那些号称走遍世界的人，甚至从没人跟我提过它。

抽离许多具体的细节，这次旅行的观感和那个梦何其相似。

唯一的区别是，主角里没有母亲。

在那个梦里，我跟母亲的对话发生在晚霞灿烂的沙滩边，橙色的光芒柔化着她的身影。她侧着身子目送我背包离开。

母亲离开八年了，我仍没习惯她的背影留下的巨大黑洞。只有一种想象可纾解失落——她去了一个更无忧的时空。

这些年看了许多关于四维空间和生命不灭的文章。我深信目前人类的许多科学常识将在未来被颠覆和重写，但我等不到那天，我认识的人也大多等不到，因此很少有人真的关注这种很难惠及当下的学问，每当与人探讨，对方总是露出“你信便好”的眼神。

说实话，这善意里的迁就感对我也是一种打击。

既然单靠务实精神并不能解决许多现实问题，为什么宁可匍匐在地面绝望也不尝试着给浪漫和远见更高的精神待遇呢？

四年前的那个梦是个鼓励，似乎是母亲通过某个通道传递来的暗示。这次无心为之的旅行让我的想象更加结实。

很显然，太平洋里那座岛屿只是世上众多海岛中的一座而已，岛上的风貌与习俗对我而言有点意外，对于别处的居民或许也特别寻常。毕竟，我切肤感受过的世界还是太小太小。

既然如此，我便有理由相信，母亲去的那个方位，就是一个日间炽热夜间凉爽的地方，可能，比我亲见和梦见的都更好。

江少宾　**飞蛾**

那一刻，我不能说话，像忽然吃到一只苍蝇，想吐又吐不出来。电话那头，她依旧不依不饶，步步紧逼，“是、是你改的，对吧？你并、并没有征得我的同意，是吧？你就应该向我道歉，没错吧？你、你必须道歉……”我强忍怒火，将卡在喉咙里的苍蝇慢慢地，囫囵着吞了下去。她赢了。尽管我有一万个不愿意，挂电话之前，我还是说了一声——

“对不起！”

这平平常常的三个字，像一道深渊，我在其间飞速下坠，周遭寒风吹彻。这是第几次了？好了伤疤忘了痛，我懊恼于自己的死不悔改！像伊索寓言里那只著名的乌鸦，我一次又一次被狐狸蒙蔽。狐狸的把戏其实很拙劣，而我，宛如一只飞蛾，奔赴那如豆的光亮，无视倾覆其上的盛大黑暗。其实，热衷扑火的飞蛾并非自寻死路，它是死于自己的飞行习惯(飞蛾的平均寿命只有九天。西班牙一位昆虫学家曾发现一种极罕见的飞蛾“伊莎贝拉”，寿命只有三天三夜)。亿万年前没有人造灯光，飞蛾是靠天然光即日光、月光和星光指引飞行的，由于太阳、月亮和星辰离地球都很远，它们发出(或反射)的光到达地球时都可以视为平行直线，当飞蛾直线飞行时，它在任何位置的前进方向与光线的夹角都是一个固定值。然而如果光源离得很近，比如灯光或烛光，发出的光线就不再是平行光了。飞蛾按固有的习惯飞行，路线也就不再是直线，而是不断折向光源。于是，惯性飞行的飞蛾，最终葬身灼热的火焰。

我仿佛听见了她的冷笑，拖着长长的尾音，就像肥皂剧里那些得意忘形的胜利者。事实上，她确实是胜利者，而我，却把她当成一个需要帮扶的残疾大学生和文学爱好者。她因早产而脑瘫，心怀愧疚的母亲始终不愿意放弃，在几近绝望的漫长岁月里，母亲以坚韧的毅力、顽强的意志、超乎寻常的耐心，帮助女儿进行周而复始的康复训练。母亲的努力没有白费。她学会了走路，中途还能停下来，弯腰系鞋带；学会了讲话，虽然语速较慢，口吃，咬牙切齿的样子，但交流毫无障碍；学会了吃饭，左手稳稳地端碗，右手熟练地使筷子。克服了身体上的障碍之后，她又和同龄的孩子一样按时入学，从幼儿园到小学，从小学到中学……最终，又迈进了本地一所高等职业院校的大门。从小到大，她既是方圆数里一个励志的榜样，也是一个成功的传奇。然而，她毕竟脑瘫，这注定了她的成长之路遍布坎坷，她既要比同龄人付出更艰辛的努力，又要承受比同龄人更深重的委屈和痛苦。四年级之后，她拒绝母亲接送（不放心的母亲始终悄悄地跟在她身后），上学放学，孑然独行。雨天，路滑，她一次次摔倒，一次次换来幸灾乐祸的哄笑和围观。这个倔强的孩子拒绝所有人搀扶，母亲远远地看着，泪珠像伞骨上扯不断的雨。一路跌跌撞撞，遍体鳞伤，她像一头受伤的小兽，蜷缩在暗夜里，独自舔舐猩红的伤口……她的成长经历打动了我的同事小李，小李不仅为她做了一期专题报道，极尽赞美，还带回她的几首诗歌，希望我能帮忙推荐发表。小李说，她写诗已经五年了，投稿近百次，杳无音信；她还有一部十几万字的长篇小说手稿，也一直没有出版的渠道。其时，湖北女诗人余秀华已红遍大江南北（我很不喜欢“脑瘫诗人”这样的标签），她会是第二个余秀华吗？写作经年，我知道，尚有无数个“余秀华”在泥淖里挣扎，只是极少数幸运儿能够改写自己的命运。对他们来说，生命是风雨飘摇中一盏孤悬的小马灯，若无必要的遮挡，碎裂是必然的结局。这个不幸折翼而又心怀梦想的女大学生能够凭借自己的努力赢得命运女神的眷顾吗？我决定帮她。

然而，当我急切地打开小李发来的文档，满怀期待地读完她的诗歌时，我犯难了，也很失望，那不是诗，而是七八个毫无新意的意象，十几段分了行的、寓意含糊的句子（烟波浩渺，潮汛起落/推开心窗，啊！那海里挽着弯月/我一腔悲叹，结成寒霜/看我柔情似水，看我佳期如梦/看我散淡憔悴的痴情……）。我笃信，没有一家刊物会发这样的文字。我推荐也不会发。人贵有自知之明，我只是一个普通的散文写作者，根本没有那么大的面子。

两周过去，小李没有追问；一个月过去，小李依旧沉默。就在我以为这事将不了了之时，小李突然追问说：“江老师，上次给您的诗，能否推荐发表一两首？”我这才知道，那个写诗的女大学生一直在眼巴巴地等着，追问着小李。既然已经答应了，我只好退而求其次，准备把她的诗歌推荐给报纸。第二天上午，我给一个编副刊的老友打了个电话，老友古道热肠，二话没说就答应了。然而，当老友心怀善意，在醒目的位置推出她的两首诗歌时，我收到的不是谢意，而是一场漫长的噩梦。

先是小李转来的一条短信，没有必要的称呼，也没有起码的礼节，只有一长串冷冰冰的质询，大意是：我这一句原本是“那样的”，现在成了“这样的”，谁改的？“请你转告她，是我改的。”我只是换了五个更及物的词，原先那五个词太陈腐了，实在不应该出现在一个女大学生的诗歌里，虽然对于那两首诗来说，替换五个词并没有太大的意义。当时我正在开会，还没等我散会呢，她的电话就追过来了，“谁、谁让你改的？你、你、你问过我吗？”

“那你就当没有发，好吧？”我耐着性子，准备挂断电话。解释明显多余，她真正在意的，并不是那五个不及物的词。

“已经发、发了。”她没有给我挂电话的机会，“你这叫不、不尊重人，懂、懂吗？你妈的……”

她开始赤裸裸的攻击，用词低俗而恶毒。我呆住了，既震惊，又诧异。写作多年，我推荐过不少人的文字，也改过不少次，但我从未遇过这样的质问和谩骂。一个热爱写作的女大学生，怎么会如此不通人情呢？

“发也发过了，我也不需要你的感谢。就这样吧！”说完我就挂了，南辕北辙，我不想继续浪费时间。

我以为已经结束了，谁知道这才刚刚开始。她锲而不舍地给我打电话，发短信。凌晨四点，早上六点，下午一点、三点，午夜……“爸爸，你干吗老是不接？”儿子五年级了，知道《农夫与蛇》的故事，也看过不少“以怨报德”的寓言，但他无法理解一个已经得到帮助的人，何以会为五个词较真儿，以致不分昼夜地为自己维权。她的维权之路已经脱离了正常的轨道，几乎不可理喻，而我，无法向一个五年级的孩子解释这一点。

最终，我选择妥协，向内心深处的另一个“我”妥协。当秀才遇到兵，息事宁人，或许是最明智的选择。

小李一个劲地向我道歉。事后我才知道，小李承受的诘问和责难，竟然长达一个月。和我不同的是，她咬牙坚持着，听之任之，始终没有道歉。

没有下次了，我反复告诫自己。然而，这难以置信的奇遇又像一团迷雾，在我心里盘旋了很长一段时间。这个亲友、同学、老师眼里的励志典范，竟然有着如此狰狞的另一面——这究竟是疾病导致的人格缺陷，还是被现实扭曲的人性弱点呢？

这让我想到自己的另一起遭遇，起因是我老家一个罹患白血病的孩子。那是一种非常罕见的白血病，而且到了晚期，治疗已经没有太大的意义，但孩子只有十九岁，父亲始终不愿意放弃。为了救孩子，父亲卖掉了菜市场里的水产摊位，卖掉了赖以出行的电动摩托车，能卖的都卖了，带着孩子常年奔波于苏州、南京、合肥、安庆四地。当他辗转找到我这个老乡时，所有的亲友都陷入了深渊。他求爷爷拜奶奶，借遍了所有能借的人，他一笔一笔地记着家里借过的钱，日期、金额、借款人，最少的一笔，只有五十元。为了躲债，他在外面漂泊了两年，甚至不敢回家过春节……竹筒倒豆子，他喃喃地诉说着两年来的辛酸遭遇，仿佛自言自语，显得既憨厚，又诚恳。在我老家，因病致贫的家庭并不少见，熬到最后，许多家庭无奈地选择了放弃，但这个皮肤粗糙，早生华发，专门卖鱼、虾、黄鳝、泥鳅的中年汉子，却默默地扛了下来。"我真是无路可走了。江主任，我求求你……"他涕泪滂沱，猛然朝我跪了下来。我在新闻单位工作了二十年，遇到很多次下跪，从最初的震动到后来的义愤，又从后来的义愤过渡到最终的平静。我也只能"平静"，一介书生，能力有限，做不了什么事情。但这一次，那个面容浮肿的孩子，还是让我动了恻隐之心。因为住院，他错过了第一年高考，第二年他一面求医一面复习，终于如愿以偿，迈进了大学的校门。大学就在我生活的城市，在老乡的恳求下，我以他亲戚的身份拜访了校领导、班级辅导员以及几位授课老师。然后，我又让同事詹做了一条暖新闻：《重病缠身，励志小伙喜圆大学梦》。新闻播出当晚，观众的实时短信雪片一样飞来，有的要捐款账号，有的要汇款地址，还有人想去学校看看孩子。自媒体的不断发酵再次扩大了事件的影响力，一周之后，学校无偿提供给父子俩一间平房，有配套的卫生间、空调、热水器、架子床、被褥，拎包即可入住。绝境中的老乡终于看到了曙光，他在微信朋友圈里发了九张截图，全是来自各地的红包、转账和汇款，最大的一笔高达两万元。我为孩子高兴，有学校方面的人性关怀，有社会各界的爱心奉献，他年轻的生命就有希望延续。

我很快就忘了这件事，直到两个月后的一个凌晨，他忽然发来一条短信："老乡主任，能否再播一次那条新闻？孩子感染了，又要住院……"我解释说，新闻有时效性，如果没有实质性的进展，我们不可能再播两个月之前的事情。"孩子感染住院，但他坚持自学，渴望重返校园。能否请詹记者从这个角度再做一期追踪报道呢？"我愣住了，这个建议非常专业，理论上也确实可行，但这个专业的建议引起了我的警觉，我隐隐觉得有些不对劲，但究竟是哪里不对劲，我一时又说不清楚。沉思良久，我还是婉言拒绝了他的要求，全省各地每天都有类似的求助，我们也无法面面俱到。令我错愕的是，两天之后，詹居然提交了一篇文稿：《励志小伙感染住院，陪读父亲含泪求助》。我问詹，詹一脸无辜："不是说，这是您的意思吗？"

"陪读父亲"的狡黠让我有些不快。我本可以不发这条新闻，但"励志小伙"正挣扎在死亡的边缘，我既不忍见死不救，也不好拂逆詹的善意。新闻播出当晚，我再次收到"陪读父亲"的私信："谢谢老乡主任相助。能否像上次那样，让微信公众号再发一次，附上我的银行账号和电话号码呢？"得寸进尺，这种赤裸裸的要求让我有些反感，我毫不客气地拒绝了。微信公众号需我终审，这一次，他想必已知道绕不过我，接下来的两三天，他每天都发来一两条私信："老乡，明天上午在单位吗？""今晚几点下班？兄弟若不介意，我在贵单位门口等你。""兄弟，我给你带了点家乡的特产，你什么时候方便？"……他改了三次我的称呼：第一次求助是"江主任"，第一条新闻播出后换成了"老乡主任"，第二条新闻播出后又换成了"老乡"，最终，直接和我称兄道弟，甚至准备给我"送礼"。他把我看成了一个需要送礼、等着送礼的人。也或许，在他看来，找人办事，送礼是一条放之四海而皆准的法则和真理。这一切彻底颠覆了我对他的印象，那个憨厚而诚恳，为了给儿子治病，不惜砸锅卖铁、倾家荡产的父亲消失了，取而代之的，是一个善于抓住一切机会，利用一切关系，蝇营狗苟的男人。究竟哪一个才是他？还是，他原本就有这双重的人格？就像一枚镍币同时具有正反两面，当镍币在外力的作用下高速旋转时，你很难判断，最终停下来朝向你的那一面，是正面数字，还是反面菊花。

我一直没有回复，他也再无消息。不久之后，他忽然又发了一条朋友圈，"因为肺部感染，儿子再次入院，准备第三次手术。儿子，挺住……"病友捐款。医务人员捐款。还有一批网友通过"轻松筹"捐款……在几张捐款人截图中，我意外地看到了詹的名字。这个从皖南山区走出来的年轻人有着近乎泛滥的爱心，有一次他当街脱下自己的皮外套，送给寒风中瑟瑟发抖的衣衫褴褛的乞丐。他还长期资助一个非亲非故的冉姓女童，不仅包下她全部的学杂费，还隔三岔五地邮寄文具、课外书、衣服、鞋子、奶粉以及其他日用品。我感动于他的执着与善良，2016 年暑假，我和他一道去看小冉。

小冉的父亲等在路口，矮而瘦，胡子拉碴，一个月没剃过的样子，看上去六十岁开外，事实上还不到五十岁。见到我这个生人，他非常拘谨，有些语无伦次，方言勉强能懂。小冉比同龄的孩子矮，也比同龄的孩子瘦，头发蓬乱而枯黄，裸露的胳膊像一截刚出泥的藕。在父亲的示意下，她羞怯地和我们打招呼，“江叔叔好，詹叔叔好……”，随后就躲进幽暗的厨房，坐在锅洞旁边，一声不吭地添柴，热汗滚滚地烧锅。“怕生，没见过生人……”父亲一面犯错似的搓着手，一面瞟着锅洞旁边默默忙碌的女儿。炽烈的火苗不时从锅洞里冲出来，舔红了小冉懵懂而茫然的脸。小冉两岁时母亲就出走了，十年杳无音信，在父亲外出打零工的日子里，风烛残年的奶奶帮着照看小冉。奶奶的耳朵已经聋了，眼里还蒙着一层白翳，巴掌大的脸皱成一个橘子，猛然间抬头，活像一个中世纪的鬼魂站在灶台旁边，探着一只枯手。

屋子里的味道太重了，尿骚，酸馊，腐朽……瓦房低矮，没有电风扇，更没有空调，逼仄的堂屋像一个蒸笼，其间发酵着各种味道。屋里根本待不住，我坐立不安，于是借故出门，站在阴凉的屋檐下向村子里张望。詹看出了我的窘迫，立即告辞，又打开我们带来的包裹，向小冉的父亲一一展示：两条新裙子、一双新凉鞋、一捆课外书、两包七成新的旧衣。小冉的父亲目不转睛地看着，心安理得地接过去，又一个劲地朝我们作揖，“水都没喝一口，你看看这事……”詹汗流浃背，心不在焉地说，“下回再来，下回再来。”小冉的父亲一面喊着小冉，一面疾步走向门口。看得出来，他并无挽留的诚意，也或许，是自觉屋子里的陈设过于寒酸，若执意挽留，他将面临一系列无法解决的难题。我和詹都很难堪，走也不是，留也不是。就在这时，小冉忽然从厨房里冲出来，塞给詹一包绿豆，“詹叔叔，下半年我不念了。”詹接过绿豆，捉着小冉的胳膊，诧异地问：“干吗不念？我们不是说好了嘛，我保证供你上大学。”小冉埋着头，自言自语似的说：“我不要你供……”詹有些失望，却见小冉的父亲怒气冲冲地瞪着小冉，“不要供，你去吃屎吧……”“吃屎就吃屎！”小冉羞涩地笑了起来，泪水扑簌簌，像两条清亮的小溪缓缓淌过腮帮。令我讶异的是，梨花带雨的小冉瞬间如释重负，像是换了一个人，看上去容光焕发。

一路无话。烈日下，村庄寂无人声，灰扑扑的地上热气蒸腾，激越的蝉鸣此起彼伏，像浓荫里嘈杂的雨点。小冉的父亲心事重重地走在前面，走得很快，埋着头，仿佛在研究脚上的拖鞋。我和詹心情都很复杂。在我，是来去匆匆的难堪——这一趟，我太矫情了，不仅显得毫无诚意，还当着主人的面，极不尊重地宣布提前退场；在詹，是小冉拒绝资助的尴尬——那一包绿豆改变了他和小冉之间的关系，小冉在送出绿豆的同时，也卸下了压在心底的一座大山。

恩重如山。当恩情深重到无以为报时，对于受助者来说，就变成了一种负担。甘于默默无闻的资助者少之又少，许多资助者热衷扮演救世主，在高高在上的给予甚至施舍中，享受着隐秘的获得感。事实上，一旦接受了资助，人就从心理上接受了“受助者”这个身份。这个赤裸裸的标签不仅意味着身份，还意味着感恩、等级和阶层。敏感的受助者并不甘心长久的仰视，他们在俗世里挣扎，试图捍卫自己的尊严。然而，捍卫尊严需要足够的能量和资本，在拼尽心力的捍卫中，他们形成了病态的人格。这病态的人格或滋生于内心的依赖，或生发于内心的抗拒，像受惊的刺猬浑身竖起的铁蒺藜般的棘刺，这是他们掷给世界的标枪。

被恩情重压的脑瘫女孩、陪读父亲，以及梨花带雨的小冉和她的父亲……他们让我一次次想起飞蛾，迎着如豆的光亮，不屈不挠地飞翔。噗。嗒。噗嗒。摔下来的飞蛾并不都是献身者，晕头转向的飞蛾惶恐地战栗着翅膀强行起飞，螺旋上升，再次折向光。有些科目的飞蛾和蝴蝶非常相似，浑身遍布斑斓的花纹，有着科学计算过的对称美。然而飞蛾是飞蛾，蝴蝶是蝴蝶。蝴蝶靠吸收阳光储存飞翔的能量。在蝴蝶无法飞翔的暗夜，飞蛾依旧不知疲倦，拼尽全力，享受生命的美好与飞翔的尊严。当光源突然消失，魔鬼和黑夜一起降临，视死如归的飞蛾收起银色的鳞片。天使，离开了人间。

其实，每个人的心里都住着一个天使。只不过，天使经常离开人间。

沈念　**演出**

她从深夜的梦中惊醒，泪流满面。

微信咔嗒一声，她问我，在吗？

我正在书案前某个虚构的困顿中泅游，点开闪光的屏幕，发过去一个功夫熊猫的萌头像。

她说，我做了个梦，梦中，你告诉我，在你的梦里，我死了。

我回以夸张的惊悚表情，说，别绕了，我头痛。

她说，你的梦证实了我的预感，我可能即将死去，在衰老并未到来之前。

六年前，我们第一次见面，我看到她差点在我的眼前死去。她是地下酒吧的领舞，那晚演出结束，她跨上街头一辆载客的摩托，与同伴挥手告别。当时的她浓妆艳抹，吊带背心，仅把跳舞时的超短裙换成了一条七分牛仔裤，一身潮酷打扮。对这些不知深浅的女孩，我并不抱有太多的好奇，但也会在路遇时多打量几眼。倒是那个中年摩托车司机，年轻女孩子搭载他的车，让他有些兴奋，脚下离合松开，油门提速，飞快地向前冲去。他也许是某个工厂的下岗工人，只为讨个生计，他的车技也并不娴熟，夜间下过一场小雨，路有些湿滑，前方光线暗淡。一辆没有打转向灯的出租车从斜里的巷子杀出来，双方几乎要撞到一起时才发现对方，都想避免事故的司机同时往一个方向急打方向盘。出租车刹住了，摩托车也刹住了，但惯性让摩托车轮打滑，沿着幽邃的街道摔出老远。

坐在后座的她发出尖厉的叫声，身体像蝴蝶一般飞起来，在夜空划出一道绿光，然后撞到一棵行道树上跌坠落地。咔嗞，像是树枝折断，又像是骨骼碎裂的声音。

从报社下夜班的我正好目睹“蝴蝶”在夜间的飞翔。她躺在地上一动不动，我走近才听到微细的呻吟，围观者聚拢又散开，以为她受了重伤，也许不久将离开人世。也许是职业的使然，我打通急救电话，并跟随送她到了医院，急救车内的灯光蜡白，她的脸被额头淌下的一道血流分成两半，两半都渐渐变得惨白。后来我对她描述那一幕，她哧哧笑着像是听别人的经历，天真地问道，脸真的只是白，我想也很丑吧？不行，你不能再跟别人说这件事了，你保证！

她说，当时我以为自己死了，临死前感觉真好，我在空中舒展身体，像是一次最恣性的舞蹈。哎，我是多么想让我的死亡演出给这世界留下一点掌声。

我说，当时没有人为你鼓掌，只有局外人的哀讶。

她恢复得很快，常年的舞蹈训练和肌骨的柔韧性，让她奇迹般的只有一些皮外伤和左手臂的轻微骨折。倒是那个跑摩托的壮汉车主伤得严重，听说在医院足足躺了半年。我把这当作夜归中的一个意外，过去就过去了，但离开那个夜晚很久的某一天，一个女孩到报社来找我，那是一张干净和精致的脸。她略带羞涩地自我介绍，声音细柔，而我几乎没认出来，在我的印象里，那浓浓的眼线，腥艳的唇彩，被粉底扑打过胭脂涂抹过的肌肤，被血污流过的脸，与眼前这位女孩的清秀端庄根本不搭调。

她请我吃饭，后来却是我付的单。从落座开始，她就像是我多日未见的老朋友那般说话。天真，莽撞，不设防，又无畏惧。那段时间，她不再去酒吧领舞，而是找了家培训学校当起了小学生的舞蹈老师。她喜欢不固定的生活，喜欢没有约束的工作，就像她爱做梦一样，梦是她对自由的追逐。

"我喜欢做梦，大部分梦都忘了，但有的梦常常给我指引。"有一段时间，我们的聊天就因梦而展开。她梦见自己前世是一只蜷缩在枝丫上的鸟，而这只鸟竟然有三双翅膀，因为它不知道要扇哪一双才能飞起来，就一直在心里盘算着，却至死也没有飞起来。她梦到去大海边旅行，遇到海啸，把船上的人们卷到高高的空中，又卷入深深的海底，同行的游客都被五彩斑斓的深海鱼吞掉了，鱼就长出一张张变了形的人脸，但人鱼都泅在一个个没有光的巢穴，把穴壁撞得摇摇欲裂，只有她凭借在水边长大幼时就学会的高超泳技，穿越海底，劫后余生地逃到了岸上（实际上，她害怕水，也压根不会游泳）。她说突然梦见自己得到一个灵签，是关于生孩子的，她告诉了因一直怀不上孩子而苦恼的女友，很快女友就怀孕了（实际上她又记不起签上的一句话一个字）。她说起从小把她当珍宝般喜爱的外婆，死去多年她只梦到过一次，外婆说房子漏水，指给她看左上角屋顶，她说去找建房子的朋友来修，外婆说让你舅舅修吧，再让他给我寄点钱，第二天她打电话给舅舅，去坟上看看有没有什么问题，果然看到坟堆的左上角泥土开裂，雨水积在沟缝里，修整了坟，又烧了很多纸钱，她就再没梦到过外婆(后来我意外得知她的外婆当时尚在人世)。她说得更玄乎的是，每次月经期那两三天，总会梦到沙漠，一架着火的飞机从空中坠落，飞行员从燃烧的机舱里跑出来，头戴吐着火舌的皮帽盔，一路跑，沙漠也跟着一路烧起来……

还有的梦，我听过就忘了，而她从梦中醒来，那些像风一样吹过却记不起来的梦，会让她的心情跌落至深谷，郁郁寡欢好几天。

我们不见面的时候，她也会在留言或邮件中讲述那些奇怪的梦，说梦有时候是昭示，有时候就是她与自己的内心对话。有的梦虽然是超越现实的逻辑，但想法和欲望是真实的，督促她放下世俗的框束，面对心灵最深处的真实。她的过去我知之甚少，她不主动谈起，我也很少问及。现实中的她给我传递的信息如下：像男孩子大胆任性，但从小不敢关灯睡觉；热爱各种化妆品，搜集了数百管口红；有过两三次夭折的恋情，原因是那些百般顺从的男友不会持久地爱她；与父亲的关系一度十分紧张，父亲扬言要与她断绝父女关系，她头都没回地走出了家门……

后来呢？我问她。她说，她在外面租了房，尝试过几种职业，有化妆品推销员、迪厅领舞、歌厅啤酒促销员，还去朋友开的服装店当过衣模，卖过服装，有男友登门却又被她扫地出门。母亲一直悄悄地关心她，怕她没钱花，给她的卡上打钱；怕她生病感冒，不时电话嘘寒问暖；怕她被人欺负又错过好男人，提醒她不要只看颜值要重品行。她知道，母亲说话的时候，父亲也一定是坐在旁边侧耳倾听，她就嗯嗯呀呀地点头，一副特别乖顺的样子，最后会说一句，让老穆保重身体。老穆是她父亲，当过一家纺织厂的车间主任，企业掀起下岗潮，老穆不忍心让他的下属，那些一家几口都窝在厂里的人失去工作，就先让自己下了岗。大家都知道老穆是好人，唯有她认为老穆对她太严厉，从中学起就没叫过爸爸，改以老穆相称。

离家一年，老穆某天“三高”引起中风，幸亏送医院及时，不然余生极有可能在床上度过。那是他们父女关系最融洽的时期，她毅然辞去了工作，与母亲搭档照顾卧床的老穆。端茶倒水，喂饭换衣，洗漱按摩，她一声不吭，却做得比专业护工还细致。同房间的病友，明里暗里啧啧称赞老穆有个好女儿。老穆悄悄转过头，又是笑又是哭，眼泪把枕头打湿一大片。而她心中缓缓升起的暖意，可以融化一座冰山。父女俩化干戈为玉帛，脾气暴躁的老穆再没指责过女儿想做的每一件事。从此，老穆成了另一位百般顺从的“男友”。老穆真的老了，常常呆望着窗外的那些树，那个被各种声音和颜色填充的世界。她看着父亲委顿的样子，感到生命的老去带给一个男人的沉重打击多么让人恐惧。老穆卧床半年后终于能正常行走，不久她再次离家，这次是在南方找到一份有保障的工作。老穆第一次送她出门下楼上车，涕泪涟涟，她戴着墨镜，一个劲挥手让父母回家。她说，其实她是对家庭生活又感到了厌倦和疲惫。

她是个无比复杂的矛盾体，她说，她从不爱任何人，对自己的爱超过一切。我们作为朋友的交往是断断续续的，她有时会从我的视野消失一年半载，有时会让我以为她随时能在身旁出现。她把在迪厅酒吧结识的姐妹带来与我认识，说我可以采访写写她们，我也真还与那几个染着栗色黄色紫色头发的姑娘聊过天。她们很多是从一家艺校毕业，十七八岁的样子就开始在酒吧里流转。恋爱，分手，喝酒，跳舞，昼伏，夜出，她们都有一个艺名，大家叫久了，很多人会一下想不起自己的真名，像是两个人活在同一具躯体上。“吃青春饭呗。”“未来太遥远啦。”“过好当下就行。”这是她们对活着的世界的体察与洞见。转身她们走了，她不屑地说，我跟她们不一样，我知道我要过怎样的生活。后来她离开这座城市，与她过从甚密又分崩离析的一位姐妹向我谈起她：有过一次闪电般的婚姻，有很长一段时间嗜睡成病；害怕衰老，偷偷地给自己买最好的化妆品；请私家教练单独辅导，疯狂健身练舞到不分昼夜。“其实她根本就算不上漂亮。她从不换位思考，她从来都是自以为是，很难有人可以与她长久相处，她的生活里没有一个可以成为永远的朋友。”她姐妹的评价让我惊骇不已。

这个评价，我不知道最终是否构成她离开这个世界的理由。两年前，我到了另一个城市，奔波于新的日常生活的搭建，我们几乎没有了联系，我都差点忘记了她。后来，她不知如何从微信联系上我，我问这问那，她都很灿烂地说，一切都好，生活很快乐。

她给我发来各种自拍和房子角落的照片。我把照片在电脑上铺开，拼凑那一套富人区的房子，却像是很多不同的房子。有那么多外观不一致的门，每一扇房门都通往不同的风景，有的房间像一个露天鸟笼，圆弧形铁栅栏，黑得闪闪发光。其实那时候，她只是租在偏远的郊野，陷入一场付出了爱但没有结果的恋情，以割腕自杀的方式又上演了一场死亡演出。抢救过来后，她对自己并没真正地死掉而恼怒，在病房里吵闹，偷偷拔掉输液的针头，在舌根下藏匿药片转头就吐掉。医生已经向她的家人建议让她服用精神治疗类的药物。她向我隐瞒了这一切，还说要找机会来看望我。我说，独自在外，要把自己照顾好。她却生气了，冲我很不礼貌地回答，她过得比任何时候都好。后来我才知道，她在几次进出医院接受精神治疗的住院过程中，目睹一个女护士把自己关在诊疗室自杀。还有那些莫名其妙聚拢在一起的病友的啸叫、呻吟，扭曲的表情，异常的举止，不知这一切是否对她造成了心理暗示和恶劣影响。

她在治疗中与我聊天，只字不提生病的事。很长时间里我对此费解不已。她仍继续跟我说她的梦。她梦到自己有很多张脸，梦到自己像印度教徒那样腰缠布条、穿着纱丽走进河里时却被那些潜水的鱼身人面怪活生生地吞噬，梦到一个长着鸟脸的男人因为不能得到她的爱而剖腹自杀，也梦到过自己醒来时皮肤褶皱、四肢颤巍，镜中花草一片枯黄……她不再只梦见别人的故事，而是让自己在梦中反复以主角演出。我揣测她的身体里，到底充满了多少离奇的梦，多少长短的诗句，和多少相互追逐与咬噬的时刻。

是的，在某些时候，她一定是把我当成知己朋友的，她也理所当然地认为，朋友能理解她的一切。对一个生活在自我世界的人，他人的理解和宽容都成为一种放纵。放纵走到最后带来的必然是让伤害者拥有更多伤害自己和他人的理由。

那个我预想过但最不愿发生的结果终于发生了，幸好又是在时隔几个月后传到我的耳中。她把自己反锁在家中，服用了大剂量的安眠药。药的来源是她的好几个朋友，她把大家帮着找来的药积攒下来赴死。与她有关的事实就是，她如愿以偿地死了。我希望她是在一个深夜的梦中安然地死去，但听说她被发现的时候，一只手搭在门边上，指甲在门框抠出几个深深浅浅的印痕，还有嘴角边是一摊已经干涸的呕吐物。自责和哀伤让我不断回忆与她之间的过往，反复浮现的却是她说过的奇幻梦境。除了家人与朋友，没有人纪念她，也许她的朋友并不是真的纪念，而是对一个怀着自杀心生活的人的幽幽哀讽。

千亚群　**五脚鼠**

分娩室的斜对面有一块空地，方方正正，约有两张八仙桌面的大小，门卫老伯在那里种些果蔬。只是，长着长着，果蔬果然疏朗起来，一天比一天零星，就像他老婆菊婶婶的头发一样，一日日地梳理，一年年地养，可扎起来只有核桃那么大。

我是春天的时候发现那里有一个豁口，跟我拳头那么大，像是鼠洞。但不能确定，因为之前我并没有看到过老鼠。

做人不可以臆测，哪怕对老鼠也是这样。这是门卫老伯对我说的。

那时门卫老伯正快活地喝酒，夕阳正一点点往山坳处坠，医院外的一口池塘里响起啪啪的棒槌声，像是有意敲实门卫老伯的话。

门卫老伯一边龇牙咧嘴地吃鱼，一边说，三话四话，医院里哪有老鼠，老鼠聪明得很，知道医院去不得，上医院哪有什么好事。我亲眼看到有一群老鼠从对面的电影院里出来，到了医院门口硬是拐弯了。

门卫老伯的话像一颗颗豆子一样在昏黄的灯光下散开来，连同他的唾沫，连同他三话四话的口头禅。

菊婶婶轻轻放下酒盅，咧着干瘪的嘴唇，说，侬这个大炮，又要吹牛了。说完，菊婶婶端起酒盅跟老伯碰了一下，两人“嘶啊”一声后，桌上又多出了一副鱼骨架。

春秋两季，医院里都要投放老鼠药。一个是老鼠的繁殖期，猫上屋翻墙忙着叫春的时候，老鼠也没闲着，从一个洞口到另一个豁口，不停地谈恋爱，然后留下一只只的活口。所以，这时候的猫不可靠，这时候的老鼠不可忽视，只能用药物阻止它们的蓬勃发展。另一个是老鼠的活动期，秋天来了，冬天还会远吗，鼠如无远虑，必有近忧，频繁活动，只为了过冬。

老鼠药是防保科从县防疫站领取的，刚开始还得凭老鼠尾巴领药，后来防保医生们痛斥鼠尾巴有再次传染与感染的机会,鼠尾巴的事才变得可有可无,等我去卫生院的时候,这已经是属于可无的事情。

投放的事归门卫老伯管。起初,老伯并不情愿,一次次往院长办公室跑。第一次他说自己没文化,老鼠药不晓得怎么使用。院长告诉他,这跟没文化没直接关系,不是医生开医嘱,你只管放两包好了。第二次他说,他视力不好,如果把老鼠药看错了,会闯祸的。为了证明自己眼力不好,他进院长办公室时特意拿鼻子碰了一下门。院长开导他,你把打麻将的视力拿出来就可以了,老鼠药不是一颗颗放的。门卫老伯摆弄着粗大的手指头,说,麻将他不是看的,光凭指头就能读出东风、西风。院长没理他,抖了抖报纸。第三次,他一瘸一瘸地迈进院长办公室的门,说他关节有问题,不能蹲下来,老鼠药他投不了。

这时菊婶婶在门外喊,大炮,阿雪来看侬来了。老伯一听,赶紧跑了出去,一边喊,来哉,来哉。他脚底生风一般冲出院长的办公室。阿雪是老伯的侄女,隔一段时间来看二老,手里必提两瓶酒。

投放老鼠药的事,仍毫无悬念地落到门卫老伯身上。

有次,我看到紧挨着豁口的地方长着一棵树苗,只是不晓得是什么树。这棵树苗要么是谁扔下的果核,要么是老鼠丢弃的果实。

三话四话,也有可能是风吹来的。这是老伯补充的。他一提到老鼠就会岔开话题。

我听了觉得好笑,因为我听成了三话四话也有可能是风吹来的。这也不能怪我,老伯自己说话时太利索,跟他喝酒似的,一口闷。

隔壁有一户人家,种了一棵桃树,每到四月份就开出粉嘟嘟的桃花,二三枝桃花会探出墙头伸进医院。像是回应,那棵不知来历的树苗慢慢绽开了叶子。这一下就泄漏了树的秘密。门卫老伯似乎觉得自己受了一棵树的愚弄,怎么可以在自己的菜园里长出一棵桑树呢?

门卫老伯在确认树苗的身份后站到了我们产科门诊室。他的前脚都已经迈进了产科的门,不知想起了什么,身子慢慢缩,后来顺势靠在了门框上。那天不是市日,我跟童医生都很空闲,一整个上午似乎没起过身。童医生在打毛衣,我在翻书。当门卫老伯出现在门口时,童医生睨视了他一下,手里的两根毛线针仍保持着节奏,一前一后,一后一前,右手的虎口一会儿张一会儿合,像是在咀嚼。

门卫老伯在医院里可以随便进出任何科室，从牙科到内科，又由内科到注射室，甚至药房。他嘴里含着三话四话，从一个科室到另一个科室，由于他头发雪白，脸上又没什么褶皱，走路又喜欢踱方步，跟我们这些年轻人相比，他俨然像个有经验的老医生。我们甚至同他开玩笑，如果他穿上白大褂，坐在我们对面，病人来了，肯定找他看。他听了又是一句三话四话，但脸上荡漾着满意的笑容。门卫老伯进去是用三话四话开场，结束时又把三话四话带上，好像这不仅仅是他的口头禅了，倒像他生活的一部分。

不过，他对我们产科似乎很忌讳，极少看到他的影子，如果真有什么事，他也是靠着门框说话，一副随时准备着离开的样子。就像现在，他曲着前脚，一副犹豫不决的神情。可能门卫老伯觉得遗落了什么表情，脸上开始堆起笑，说，你们分娩室外有棵桑树。然后他停止了说话，笑仍浮在那里。童医生换了一根针，说，哪来的桑树？门卫老伯说，桑树的来历还不清楚，但桑树不吉利。门卫老伯说这话时掉了一个方向，左肩靠在门框上。桑树对着产科，是个严重的风水问题。他又补充了一句。童医生拿眼睛剜了他一下，说，就你迷信，瞎七瞎八。

门卫老伯的嘴角残留了一点点笑。他咳嗽了几下，还嘿嘿了两声。听得出他此刻很尴尬。我其实看出来了，门卫老伯对童医生信基督的事并不晓得，他可能以为像童医生这个年纪，应该懂点院子里不能见桑这样的讲究。门卫老伯见童医生寡淡的神情，悻悻离开。他嘴里嘟哝了一句。尽管有些含糊不清，但我听出来了，是三话四话。

那棵桑树长了半个月后，就消失在一个下雨天的早晨。

一棵长错地方的桑树，似乎确实很难原谅。

门卫老伯把这件事又告诉了我们，还是靠着门框，两只脚左右交叉着，似乎想撑起的不是他的身体，而是他的话。自然，童医生反应平平，甚至没给门卫老伯一个完整的目光，仅仅用余光瞟了他一下。他把脸转向我，他的表情不是很明朗，似乎有点稀里糊涂。我笑了笑，不响。

桑树拔掉后旁边的泥土往下坍陷，在坑的上面形成了一个窟窿，也就使原来的豁口变得更大了。

那块菜园似乎瘦了个身，自从出现那个豁口后。好几次我看到有几只麻雀停留在那里，突然之间又张皇地飞上枝头，拧着脖子朝下看，神情看上去似乎很不满，但又无可奈何，就像门卫老伯喝酒时被病人打断，不得不去叫值班医生一样。

我曾经在那里撒过鸡冠花和凤仙花籽，是下乡时从篱笆墙下采来的。籽也发过芽，可嫩叶抽到第三片时，花苗便慢慢蔫了下去。一起荒芜的还有门卫老伯种下去的果蔬，一株西红柿都结出了青青的果子，也就半个月的时间，果子掉了。我觉得纳闷，疑惑之余留意起来了那个鼠洞。尽管那时仍没有看到过一只老鼠，甚至鼠迹都没发现过。

投老鼠药的事，一直被防保科的张医生催促着，一看见门卫老伯就追问他老鼠药投放了没。张医生说，老鼠生育能力特别强，你不早点下手，老鼠就会怀上，老鼠一怀上，肚子里可不是一只两只，而是一窝。张医生怕门卫老伯不明白一窝是啥概念，还朝他扳手指头。张医生扳了手指头后又往肚子前一抱。也不知门卫老伯懂不懂那个动作。

门卫老伯终于投药了。那天他喝过三两烧酒，然后提着老鼠药，在医院的墙根、墙角放下一包包药，包括在分娩室对面的那块菜地里。第一天晚上，医院里没啥动静，只来了个肚痛病人，输了一瓶盐水后就离开了。值班医生是菊婶婶叫的，门卫老伯不愿意起来，好像不想面对什么事实似的。第二天晚上，医院里响起了窸窸窣窣的声音，后半夜的时候还莫名其妙地传来咔嗒咔嗒的声响，似乎谁穿着一双不合脚的套鞋在医院里走来走去。

我们住在医院里的人闲聊的时候说到了这事，不住医院的几个医生戏谑我们，说，医院里开始有传奇了？只有门卫老伯沉着脸，不发一点声音，连三话四话都咽在了肚子里。第三天晚上医院里开始热闹，“吱吱”有，“咦咦”有，连“噗噗”也有。从东墙头一直到西墙角，从一楼到二楼，似乎是一路撒过去的。我怀疑到老鼠药上头了。我甚至感到老鼠一脚高一脚低地跌过去。这个晚上对值班医生来说很惬意，一个病人都没有。但门卫老伯却起来了三次，说是他听到有病人敲门，但披衣起床，发现门外空荡荡的。我们都不信，连菊婶婶也不信。于是，他又嘀咕着三话四话，拐出了医院，找人闲聊去了。

张医生让门卫老伯去检查一下各个角落，有没有老鼠。门卫老伯不肯去，说是他只负责投放，不处理老鼠的后事。

没办法，张医生会同另一个防保科医生徐医生一起去检查。巡查了半天没有发现老鼠，但找到了一个漏洞，门卫老伯投放鼠药的地方没有竖立提醒的字牌，担心小孩捡那些老鼠药玩出意外。张医生她们写了几张卡片，交给门卫老伯，让他去摆放一下。门卫老伯问她上面写着什么。张医生说，此处有鼠药。门卫老伯抿了一口酒，笑嘻嘻地说，老鼠精得很，说不定会识字哟。张医生白了他一眼，放下纸片转身就走。

门卫老伯是第三天去放纸片的，但纸片上的字不是张医生的，是他自己的。那天门卫老伯在院子里碰到我，问我借笔。我很疑惑，不由问他借笔干吗。门卫老伯似乎很犹豫，背着手转了半个圈，说，他派用场。说完他故作深沉地想捋一捋下巴，可惜胡子长得过于稀疏，于是只好捻了捻。

之后，我发现墙角有一张张纸片，跟画了符似的，上面写的字像风吹过后散架的柴垛，支离破碎，摇摇欲坠，根本看不出字与字之间的笔画。门卫老伯似乎很得意，有事没事去转悠一下，然后变了声调念纸上的字，声音也不知咋回事，感觉有些尖细。

那些纸片一个星期后都消失了，仿佛被什么东西啃咬了。字连皮骨都没剩下。

老鼠，却突然之间猖獗起来。晚上，在寝室的平顶上窜来窜去，还伴随着吱吱啊啊的声音，有时还有轻轻的喷嚏音，但过几天喷嚏音消失了，像老鼠自己上药房拿过药治愈了。对这件事最关注的还是张医生，她自己也住在医院里，自然无法容忍让老鼠的志气长起来，她多次找门卫老伯谈话，一次无效，二次继续，最后差不多要咬牙切齿了，门卫老伯才勉强答应再投放一次。

后来医院里来了一位病人，他是来看哮喘的，气急得像一架破风箱，可他的眼很尖，一眼看到了墙根边的鼠药，说是那药不灵，他有特效的老鼠药，保证老鼠一碰即暴毙。门卫老伯不信，说，你这个卖老鼠药的，没准卖的都是假药。病人一急，气更急了，呼噜呼噜，胸腔起伏更大了。门卫老伯吓坏了，赶紧离开。

医院里仍然见不到老鼠的踪影，而仓库里开始出现被鼠啃过的痕迹，好几包纱布露出了线头，一层拿掉，第二层仍然是破的。院长黑着脸，把门卫老伯训了一顿。门卫老伯嘿嘿着，也不生气。可谁也不知道门卫老伯怎么会不生气。

这时候门卫老伯开始收留流浪猫，只要它们跑到医院里来，他就把自己当成猫的主人，每天喂些鱼肚鱼骨头，那些猫不管是流浪的，还是有主的，天天吊着尾巴往门卫老伯的寝室跑。门卫老伯喝酒，猫们就蹲在他的脚边，抬头仰望着他，那眼神似乎充满了敬仰之情。门卫老伯一觉得惬意，话就多。他冲着那只黑白相间的花猫叫丽丽，称那只一身金黄的猫为萝萝。喝了酒的舌头在口腔里丽丽萝萝，听起来仿佛哩哩噜噜。门卫老伯每次傍晚的时候对猫训话，让它们好好守住猫德，一只猫不抓老鼠就不是一只好猫。

那几只猫在医院里胆子越来越大，冲着这个医生叫喵喵，也朝那个医生叫喵呜，似乎想告诉医生什么事似的。只是，它们一到晚上就跑得无影无踪。门卫老伯直骂它们白眼猫。

到了月底，张医生写了份关于灭鼠的总结。她坐在办公桌前，鼻梁上搁着老花镜，捏着笔在医院的信笺纸上写下：灭鼠工作得到轰轰烈烈的开展……张医生写好后放在了桌上，因有人来打防疫针就走开了。门卫老伯偷偷溜进去拿了出来，看到我在注射室，便问我上面写着什么。我念给他听。他听后不响，把纸又悄悄放回去。这天晚上，他把所有猫赶了出去。事实上，猫自己跳上墙头进了医院，在黑夜里有要无紧地喵呜几声，稀稀落落，像是在应付什么。

分娩室对面的那块地浇上了水泥。豁口，就这样彻底消失了。

门卫老伯有一个绰号，叫五脚老鼠。这是我后来听说的。至于为什么叫他五脚老鼠，而不是四脚老鼠，实在是无考。

走昭　降临

世界上所有的水都会重逢 / 冰海和尼罗河融合成潮湿的云团 / 这古老、优美的譬喻使我感到这个时刻的神圣 / 每一条道路都引领我们流浪者回家

——赫尔曼·黑塞

十岁以前我的家在医院家属院儿里，所以我的童年都是在医院里度过。十岁后家搬到了大学里，我的青春期是在大学里度过。

小时候爸妈工作都忙，医院成为我们最大的游乐场。不用去幼儿园、小学的下午，家属院里同龄的小伙伴们经常在楼底下此起彼伏地喊着大家的名字，于是我们迫不及待换上鞋子噔噔噔冲下去，一起结伴“探险”医院里所有的角落。我们最喜欢在连接两栋大楼之间的悬空走廊里奔跑，阳光穿过蓝色玻璃打在每一个孩童脸上，年幼的我们永远不知疲惫，来来回回穿梭在整个走廊里。偶尔经过几个医生护士看着我们，笑着摇摇头，他们也早已认识了我们。春天，我们在医院的花园里摘花，小心翼翼地把花放入以前装胶卷的筒状塑料盒，回家再在里面倒入花露水，盖上盖子，第二天，花瓣花露水就变成紫色的、带有浓烈气味的“香水”了。花园里还有一棵好大的槐树，我们捡起来落在地上成片的槐花，槐花蕊特别甜，小朋友们和小蜜蜂一样，最喜欢吸里面的花蜜了，后来，我在外求学十余年，每次闻到槐花香思乡之情都会油然而生。我们甚至还结伴去小巷深处的太平间探险，那是一条一百余米深的小巷，尽头有一个红色的大门，上面写着“太平间”，我们骑着小车子来到大门口，趴在门缝上想要看到些什么，虽然什么也看不到，看守太平间的怪异老爷爷看见我们就会怒气冲冲地拿着棍子从旁边的平房里冲出来，小朋友们一边大笑一边尖叫着跑走了。偶尔一两次经过巷口看见太平间门打开着，有人在门口大哭，我们也默契地一言不发地走掉，可能我们并不是看起来什么都不怕的混世小魔王。

一起玩儿的小伙伴有两个姑娘，一个叫羊羊，一个叫璐璐。爸妈还让我们上同一个英语班、手风琴班，所以我们在一起的时间最多。虽然我们爸妈都是高级知识分子，但是羊羊爸妈学历尤其高——她的爸爸清华毕业，妈妈同济医学院博士毕

业。她也是我们小伙伴中家里第一个有电脑和空调的人，还记得盛夏时我们总是去她家看《海尔兄弟》，她不会调空调，温度总是很低很低，出来时我和璐璐手都快冻紫了。她家还有一台电脑，我们几个盯着 Windows98 的迷宫屏保就能看一下午。

我的邻居叫鹏鹏哥哥，他比我大四五岁，高高瘦瘦，还会拉小提琴，小时候我最喜欢去他家，他年龄已经大了，可能早就觉得和我们这些小土匪没什么好玩儿的，却也总是笑眯眯地开门，给我本连环画看，他也在一旁看书，练练琴。鹏鹏哥哥是小伙伴中最早搬离这个家属院的，我还记得他搬家那一天，把所有的连环画都送给我，摞起来快和我一样高了。年幼的我如获珍宝般抱着书开心地笑着，那时我当然不知道，这是我们最后一次相见。

楼下的小纳姐姐是单亲家庭，和妈妈一起生活，姐姐很热情，楼道里碰到了就要我去她家，她比我大几届，总是借给我下学期课本读，不懂的地方就让我问她。小纳姐姐的妈妈是护士，脾气特别不好，夜晚经常能听到她打姐姐时发出歇斯底里的喊叫声，还有小纳姐姐哭泣的求饶声。邻居敲门劝阻也只能得到一番辱骂，有一天上学时我看见小纳姐姐青一块紫一块的眼睛，她低下头，那是她唯一一次看见我没有热情地打招呼。长大后听妈妈说，小纳姐姐成年后去了别的城市，再也没有回来过。小纳姐姐的妈妈现在独自住在精神病院里。

我们还有一个玩伴儿叫肖肖，她爸爸是小学老师，妈妈是医院的护士。他比我们大好几岁，却在同一级上学，他有唐氏综合征，智力永远像幼童一样，一直在小学里待到了十八岁。还好他的身体没有太大缺陷，生活可以自理，能蹦蹦跳跳，所以我们也能在一块儿玩，偶尔他会歪着头大叫大笑，我们愣了一下，也跟着他笑了起来。

院子里除了我和妹妹，还有一对儿双胞胎，叫天天和甜甜。晚饭后她们的妈妈总是带她们出来跳绳，我们就自动加入她们一起玩。天天和甜甜长得一点儿也不像：姐姐天天皮肤黝黑，性格极其内向，总是心事重重的样子；妹妹甜甜皮肤白皙，开朗极了。过去了十来年我才知道，天天和甜甜不是亲姐妹，天天爸爸妈妈离婚，她跟了爸爸，天天的继母带着甜甜来，组成了这个家庭。又过了五六年，天天和甜甜的爸妈再一次离婚，这一对临时组成的小姐妹失散了，天天和亲生母亲去了美国——这些都是后话了。

友人星散，而我说，时间是一袭隐身衣。长大后和小伙伴们几乎全部失去了联系，只能偶尔从妈妈口中得知他们的去向。前几年我还会经常梦见一个人走在医院的走廊里,墙壁仍是小时候看见的那种绿色,昏暗的病房里没有一个人,我也不害怕,梦里总是在寻找些什么,醒来却全然不记得了,只是心里空落落的。

我怎么也没有想到,长大后还会回到医院里工作。研究生毕业后考到医院——不是度过童年的那家医院,这家医院还要更大些。一开始我在急诊部轮转,管急诊的老师很严厉,做什么都要很小心,生怕收错样本用错仪器。急诊二十四小时运作,几乎没有一刻闲着。接收样本、离心、沉淀、上机器、做涂片、分析结果、出结果。通常是病人自己来送样,有时候也有年轻的护士送来,她们总是一脸不耐烦地打开盒子让你自己取出样品,皱着眉头走掉。做完测试后,外面有一个机器需要病人自己打印结果。前几天来了一个病人不识字儿,不知道该怎么用机器打印,急诊室里所有人都在忙忙碌碌地干活,没有人理她。看着她焦急无助的模样,我还是偷偷跑了出去帮她打印出来,回来后老师看见我说大家都这么忙,没有必要再做这种事情……昨天在急诊外,有一个妇女独自坐在地上号啕大哭,不知道是家人病了还是自己拿到了不好的结果,大家眼皮都没有抬一下,司空见惯了。一起工作的规培生说,刚开始工作时每个人都很有激情,一年后就是没有任何感情机械化地做事情了。

最近也在帮老师整理病人资料,有的病人住在ICU(重症监护室),各项检验指标都超过正常值几千倍,然而他只有那一天的信息,后面再也没有出现过他的名字。我不禁胡思乱想到底发生了什么……如今的我突然对从小熟悉的一切感到陌生极了——就连消毒水的味道都变得值得推敲。

小时候的童话城堡剥开糖衣,呈现的一切都让我瞠目结舌,似乎第一次明白,成人世界是一刹那降临的,不是“嘭”的一声,而是一声抽泣。想起三毛书中曾转述倪匡先生的一句建议:“武侠也得细看过招。”过招才是人生的全部,只有去体会、经历了,才能深刻理解从来没有“容易”二字。不过想想,还是要去信光明,也要信黑暗,要信得到,也要信失去。但是说起来越是简单,去执行,越难。是啊,随着年龄的增长,美总是越来越难的,真实也是,爱也是,不然人人都应有尽有了。但愿我们所有人,看到一切生活中可能遇到的不易后,依然想踏上征程,坦然迎接所有的甜蜜与心碎。

我也不想再怀疑如此感性的我到底适不适合在医院里工作。感性是宇宙观,理性是世界观,宇宙观遥遥呼应着世界观,偶尔花个一百四十亿年的时间让你看到一点点亮光,我们称之为信仰。

徐鲁 故乡

火车

那时候，这个偏远的小山村还是热闹的，村里还有许多的少年。

曾经，他们一起站在家乡高高的山巅上，遥望着远方湛蓝的天空，天空下是一片蓝得耀眼的大海，大海上缓缓移动着银色的帆影……

曾经，他们沿着丛林和芦花飞舞的山路，在风雨里骄傲地奔跑，“哟嗬嗬……”地呼叫，一边奔跑呼叫，一边挥动着脱下的衣服。每个小小少年，都是那么勇往直前……

曾经，当弯弯的彩虹升起在山的那边，大海上有大团大团的白云在舒卷，他们会攀爬到结满松塔的松树上，眺望远方那永远也望不见尽头的群山……

可是，不知从什么时候起，村里的少年越来越少了。孩子们都不愿住在这样偏远的小村里了。他们就像在秋天里迁飞的椋鸟，纷纷跟着进城打工的父母亲远去了，去到了谁也不知道的城市和远方。

现在，只有小秋和另外几个孩子，还留在小小的山村里。

小秋是一个孤独的孩子，在他很小的时候，爸爸就离开了他，他和病弱的母亲生活在一起。他们住在小村的边上，离他的家不远处，有一个小小的火车站。

每一次，小秋背着柴火回来的时候，就会站在那里，默默地望上一会儿。火车鸣着汽笛驶来了，然后又鸣着汽笛远去了。

有时候，他会独自坐在晚霞映照的山坡上，看火车拉响汽笛向远方驶去，一颗少年的心，仿佛也跟着火车飞得很远很远。

小秋很爱他的母亲，小小年纪就担起了照顾母亲的重担。只是，他家的小屋总是黑咕隆咚的，低矮、暗淡，还有一些冷清。他从很小的时候起，就学会了干各种各样的农活儿。挑水、砍柴、犁地……他是一个那么勤快和懂事的少年！

他和母亲在自己的乡土上辛勤地劳作着，过着平平淡淡和艰辛的日子。他家的小屋附近也很少有人家。小小少年的脸上，总是带着几分淡淡的寂寞和忧伤。

他仅有的一点欢乐时光，就是当他看到火车从远方驶来，在小站上停留那几分钟的时刻。

这时候，不管他手头正在干着什么活儿，一听到汽笛的长鸣，他就停下手来，默默地望上一会儿。有时候，他也会飞快地向小车站跑去。他计算得是那样精确，几乎总是和火车同时到站。

黄昏的时候，每一节车厢里都亮起了温暖的灯光，车厢里拥挤着各种各样的人，看上去是那么的热闹。对这个孤独和寂寞的乡村少年来说，这是一个多么快乐、生动、活跃的世界啊！

他的呼吸有点急促，额头上冒出了晶亮的汗珠儿。他出神地观望着车厢里的一切，心中好像引起了许多想象和渴望。

但只有短短的一会儿，火车又随着一声汽笛长鸣，隐没在了远方的夜色里。小村里又变得那么冷清了。

当然，还有远去的火车留给小秋的，一天又一天孤单的日子。

有一天，病弱的母亲再也挺不住了，母亲拉着小秋的手，咽下了最后一口气。小小少年，永别了自己亲爱的母亲。

在母亲坟旁的大树下，他默默地坐了一整天，直到黑夜来临了，星星升上了远处的山峰。

当然，这个少年并不知道，当他的母亲去世的时候，当他孤独地默坐在母亲的坟前的时候，有个与他青梅竹马的小姑娘，也远远地站在不远处的草垛边，站在不远处的小树后面，心疼地看着他，默默地替他难过，好像正在分担着他的忧愁。

他们曾经一起站在山巅上，一起在风雨中奔跑，一起攀爬在大松树上眺望远方……

几天后，当黄昏的星星又在闪耀，火车又鸣着汽笛，再次经过这里的时候，小小少年，背起一个小小的行囊，最后看了一眼自己的小村，还有母亲和他一起住过的小屋。

然后，他擦干眼泪，踏上了停在小站上的火车，毅然离开了自己的家乡，离开了这个冷清的小村。

去什么地方呢？天色这么晚了。

美丽的火车，孤独的火车啊，你将把这个孤独的少年带到什么地方去呢？在未知的远方，将会有什么样的生活和明天在等待着他呢？

是啊，在现代文明和快速发展的城市化进程中，一些山村和山村少年，正在经受着越来越明显的疏离感和孤独感。一代代山村的孩童，正在经历和承受这种日薄西山般的失落、冷清，乃至消逝。

当小秋下决心离开小村的时候，他并不知道，那个小姑娘，也在悄悄为他哭泣。

她默默地站在远处的山坡上为他送行，看着火车鸣着汽笛驶向了远方。泪水，打湿了她手中的蓝色手帕。

此刻，大树，正在一棵棵地向后面退去……

小小少年，怀着一颗无所畏惧的心，踏上了自己新的生活的道路。那是一颗向往远方、勇往直前的心。

他一定在梦想着，终于摆脱了眼前这种孤独、暗淡和冷清的生活。他一定在梦想着，自己也能像别的伙伴一样，有自己新的生活和明天。少年的心中，一定升起了自立自强和追寻远方的梦想的力量。

坐在安静的车窗边，望着渐渐模糊的家乡，小秋好像是第一次露出了一丝丝笑容。他好像正默默地对着世界和远方说：

"火车，火车，带着我去吧，不管你是往哪儿开……"

祖父

很小的时候，我跟着祖父祖母，在家乡的小山村里生活。

祖父给生产队里喂养着四头黄牛和三头驴子。第二年春天，又添了一头小牛犊和一头小毛驴，祖父叫它们小黄和小灰。"小石头，你要好好照看小黄和小灰哦，和它们一起长大。"祖父对我说。

祖父给它们铡草料，总是铡得细细碎碎的，就像奶奶切的葱花一样。祖父说："小石头，你要记着哦，寸草铡三刀，没料也长膘。等你长大了，也要这样给牲口铡草料。"

那是贫困的年月，各家的口粮都不够吃的。祖父自己不舍得吃，节省出一些玉米和豆子,把它们炒熟了,拌进牛和驴子的草料里。

有一次,小灰生病了,祖父心疼得睡不着觉,把自己的被子盖在小灰身上,给它发汗。

半夜里我醒来了,提着马灯去找祖父。

祖父守护在牛棚里,轻轻抚摸着小灰,就像一位母亲,在守护着睡熟的孩子。

有了祖父细心的照料,小灰坚强地挺了过来。在秋天的大洼地上,它又和小黄一起到处撒欢儿了。

每次出去放牧,祖父总会背上一个大筐子,让我也背上一个小筐子,筐里还有一把小铲子。干什么呢?用来捡拾干牛粪。

"爷爷,好脏的啊!"

第一次捡牛粪,我把鼻子和嘴巴捂得紧紧的。

"小石头,你想一想,牛吃的是干净的青草,还能产下白花花的牛奶,你还会觉得脏吗?"祖父一边说着,一边把那些晒干的牛粪和驴粪,铲进筐子里。

"爷爷,那边还有好几坨呢,怎么不铲进筐子里?"

"哦,那是给那些野草留下的。你想啊,有了那些牛粪,明年小草们会长得更茂盛,等夏天一到,它们又会开花、结穗,小黄和小灰,就会跑来吃掉它们……"祖父说。

太阳落山了,金色的星星在高高的山巅上闪亮,小村里,家家屋顶上都升起了淡蓝的炊烟。

祖父和我,赶着牛和驴子们一起回家。

我看见,祖母站在村口的老柿子树下,正在等我们回家吃晚饭。奶奶的手里,拿着给祖父和我要添加的衣裳。

祖父把干透的牛粪整齐地堆在屋檐下。没有干透的牛粪,祖父就戴上手套,把它们团成一个个圆饼,贴在石头墙壁上,好让太阳把它们晒干。

祖母做的玉米面窝窝头好香哦!每次吃窝窝头,我都会学着祖父、祖母的样子,一只手拿着窝窝头,另一只手放在下面,好接住掉下的渣渣。

祖父说:"每粒米饭,哪怕一点点玉米渣渣,都是土地赐给我们的,可不能随意抛撒呢!"

祖父吃煮熟的红薯,从来不舍得剥皮,总是连皮一起吃掉。我也照着祖父的样子，连红薯皮一起吃掉。

祖父总是惦记着小黄和小灰，怕它们吃不饱，他走进牛棚里，把自己不舍得多吃的窝窝头一块块掰开，喂给小黄和小灰吃。

冬天到来的时候，祖母就用那些干牛粪烧火取暖。整个长长的冬天里，我们的小屋里和土炕上都是暖暖的。

奇怪的是，这时候我真的一点也不觉得牛粪脏了，在它们燃烧的火光和气息里，我好像还闻到了干草的清香。

正午的时候，阳光暖暖的。祖父把牛和驴子牵到村口的山墙边晒太阳。小黄和小灰，温顺地依偎在自己妈妈身边，看上去是那么幸福和安静。光滑的皮毛，就像绸缎一样在阳光里闪亮。

祖父总是闲不住，他搅拌了一桶白石灰水，在村口的每一堵山墙上，都画上了一些白色的大圆圈。有的墙上，原来画过的白圆圈被雨水冲洗掉了颜色，祖父又把它们重新涂好。

"爷爷，为什么要画这么多白圈圈呀？"

"小石头，你猜猜看……哦，猜不出来？告诉你，这些白圈圈是用来吓唬灰狼的！"

原来，一进入冬天，山野里没有什么东西吃，狼就会在黑夜里溜进村里找吃的，有时还会伤害到大人和小孩，还有牲畜和家禽。不过，狼生性多疑，只要它在黑夜里远远地看见这些白色的大圆圈，害怕会被大圈圈套住，就一步也不敢靠近村庄了。

"这样啊，小孩子就不用害怕灰狼会进村了，对不对？"

"对呀爷爷，我们的小黄和小灰，所有的牲口，夜晚里也可以安生睡觉了。"

祖父真是一个了不起的人，他的办法就是多。

我和小黄和小灰，都在慢慢地长大。

春天来了，布谷鸟在远处的山谷间歌唱。我赶着小黄和小灰，把一小袋一小袋种子和肥料驮向田野。

这是祖父的田野、父亲的田野，是我们家乡一代代人的田野。祖父说，将来这也是我的田野。

我们用辛勤的汗水迎来收获的季节。我赶着小黄和小灰，从山冈上驮回收获的玉米和花生。我的小脚印，和小黄、小灰的小小蹄印一起，留在家乡的每一条山道上。

有一次，小灰的蹄子被山道上的石头碰破了，小小的带血的蹄印，就像一朵朵鲜红的石竹花，印在山道上，让人看了心疼。

我轻轻抚摸着小灰说：“对不起啊小灰，让你受苦了！”小灰宽厚地摇摇尾巴，好像一点都不在意。

又一个秋天远去了，小黄和小灰，在辛勤的劳作中变得更加健壮。这天，祖父亲手给它们的每只蹄子都钉上了崭新的蹄铁。

“要听话哦小家伙，别害怕，钉上了蹄铁，就像穿上了新鞋子，再也不会被石头割伤了！”

穿上了新鞋子的小黄和小灰，看上去是那么神气。两个小家伙这里闻一下，那里蹭一下，互相追赶着跑来跑去的，小小的蹄子下发出哒哒的声音。

我一只手搂着小灰的脖子，一只手抚摸着小黄的头。

“谢谢你，小灰、小黄，你们都是我最好的朋友！”

当我从光滑的牛背上滑下来的那一天，我也真正长大了。

长大了，我离开了祖父和祖母，离开了家乡，也离开了我童年时代的朋友小黄和小灰，到远方寻找我的前程去了。

许多年过去了，辛劳一生的祖父和祖母都早已离开了人世。

这么多年了，我也再没有见到过小黄和小灰。它们一定早就长大了，也许已经变老了吧？

小黄和小灰，你们都在哪里呢？

小小的村庄变得我不认识了。但是祖父画的那些白色圈圈，还留在一些残存的墙壁上。

一些人家还保留着一个习惯：在长长的冬天里，用干透的牛粪烧火取暖。

“这是你爷爷留下来的习惯，我们得传下去。”一位长辈对我说。

我知道，祖父还留下一个习惯，早已变成了我的习惯。是的，你们猜对了：每次吃东西，我都会学着祖父的样子，一只手拿着食物，另一只手放在下面，好接住掉下的渣渣。

因为我一直记着祖父说过的话：每一粒米饭，哪怕一点点玉米渣渣，都是大地妈妈赐给我们的，我们可不能随意抛撒。

南泽仁 **牧女图**

清早的巴乌牧圈缥缈着烟一样的细雨，远处的暗针叶林翠绿而闪亮。我站在围栏边上看见次称身着枣红藏袍，脚踏一双牛皮长靴，肩背一捆鲜绿的盘香枝叶，高昂着头满面春风地经过了第一批微绽的羊羔花丛。在围栏里挤奶的珀萨和朵儿也一起转头去看次称经过的背影，那玄远的眼神像看到了一片镶着金边的流云。

珀萨弯曲食指噙在口中朝牛群打响清脆哨声，牛群涌出围栏，漫向南面山谷。朵儿从围栏里提出两桶牛奶回石屋，又提出一桶清水走到屋后倒入拖拉机水箱里，发动拖拉机突突的轰响。我和珀萨抬出一袋袋风干的藏菖蒲码放到拖拉机车厢里，隔壁的玉珠和曲塔听到发动拖拉机的声音后，也背着几袋干药材前后赶来，请朵儿帮忙捎带到县城里去卖。她们俩往返七八次后，朵儿的拖拉机就装了个高耸。朵儿一脚跨上拖拉机驾驶座，像跨上了一匹红鬃马那样落拓自然，拖拉机吐着浓烟离开了牧圈。我们站成一排久久凝望，拖拉机消失的方向耸起来一座座延绵大山，深暗悄寂又承载着温情。

珀萨转身来挽住我的手，我们回石屋去。玉珠一把抱住珀萨的肩头，贴近她耳边低声说话，珀萨听着，两边嘴角上扬，曲塔也凑去听，接着她们发出了盈耳的笑声。她们用各自的方式表达，都笑到了极致，玉珠啪一声，用一只手掌拍响微曲抬起来迎合的大腿。曲塔双手捧住脸笑，肩膀雨点样抖动着。珀萨撩起围裙掩住口笑，细长的眼尾上翘，与玉珠和曲塔相比她那样娇小，像是初长成的姑娘。玉珠也来挽住我的手，她要请我去她家做客。玉珠家的石屋与珀萨家相隔一嗓子的距离，门外竖立两排纤长的黑白布幡，微风拂过时，它们呼啦啦作响。走进屋门，一束阳光从屋顶上一块透明的钢化玻璃膜投射进来，照亮了布满四壁印有绿色蔓藤的油布，我环顾时，油布上的藤枝嚓一声，开出了几朵又几朵淡紫色的小花。屋子中间的铁皮炉上煨着两口大蒸锅，边上有一方小木桌，上面放着薄薄一册图文并茂的经卷。我蹲身细看，粗拙的图像描画了一群身着大襟长袖藏袍的牧人赶着牛羊马匹从遥远的客木、邦达、巴塘一路行至九龙落户的情景，图下方的经文曼妙起伏，像那群牧人唱响的悠扬牧歌。我正要继续翻看，玉珠慌忙收起经卷放到了门后一张铺展着白牛皮的大木床头，又盖上一块红绸布。我说，从没见过连环画样的经文，奇妙得很。玉珠见我好奇，便说，这是次称手抄的经卷，真正的那部收藏在一个叫茨易的村落里，说是每到重要节日才请僧人来开卷诵读，它的神奇更接近一部巴赫的弥撒，能听到至高者的复活，听见一个人的爱与受难的一生，听者无不动容落泪……玉珠从暗处的橱柜里取出几个盘盏，捡出蒸锅里的包子盛放在木桌上，它们有如月牙，又像镶边的头帕。珀萨啧啧赞叹包子精巧好看。玉珠说，是次称一早起来包的。昨晚尼乃村的邛培打电话，说是这几天手抽搐不止，吃药了也不见好，请次称占卜是不是有惹处。次称翻阅卦书，显示是冒犯了水神。邛培方才说起，几天前，在屋后开辟了一方生地，准备撒些元根种子，从园子后方的山沟里引来一股泉水浸泡土地，当晚回来手就开始抽搐，连茶碗也端不稳当了。一早，次称就去给他家敬水神去了。再说，次称原本就孤独腼腆，请阿姐来家中做客，他定然会躲到牛群中去的。屋里又响起一阵笑声……

僧人应该在寺庙，莫非，次称是祭师？我们围住木桌喝茶，我捡起一个包子，见摁捏在封口处的花纹像酥油花样塑花点蕊，衬托晕染过。玉珠说，这些点缀的颜色是次称用干花瓣碾磨制成的，阿姐请放心吃。我说，是它们太好看了，不知道如何下口。珀萨捡起一块“头帕”咬下一角吃起来，说是吃到了芳香的蘑菇馅儿。我咬下一口包边的花瓣，仿佛吃下了鲜花一样珍贵，与珀萨、玉珠和曲塔在一起的氛围本就是一场姹紫嫣红的花事。

我们缓慢地喝茶，叙话。头顶的光束集合在珀萨和曲塔头顶，又照亮了玉珠秀美的面容。珀萨拽拽玉珠的衣角说，团牛还早呢，你给阿姐讲讲你和次称的故事吧。玉珠忙去捂住珀萨的口，说自己是有罪孽的人，再不可传说。珀萨松开玉珠的手说，我阿姐这趟来牧圈就是记录我们牧人生活的，你只当自己是做了一场梦，请阿姐为你解梦吧。玉珠看着我的眼睛，安静了下来，她捡起围裙里的几点面屑，用拇指和食指搓揉成团，开始叙说。“听说，次称一生下来就出家了，他的母亲跟着一个途经九龙的马帮头人出走了。他从来也没见过她，他以为孤独就是自己本身的命运。他常跟着他师父到牧圈来念经，念完，我就去牵住他的手一起奔向杜鹃林玩耍，他拾起一片片落叶叠放在一块石头上，翻动叶片摇晃着头诵经，仿佛念诵进入了最高境界。我像个成熟的女人那样侍奉他茶水，伴在他旁边，他不时侧目看我，脸上就会升起甘甜的笑容。长大些后，他被送去偏远的本教寺院学佛，与我道别时，送我一条红哈达要我等他回来。”玉珠折叠了搓揉成细长条的面屑，又在折叠处开始搓揉，手微微颤抖。“待他学佛归来，我已嫁为人妻。”玉珠停顿了一下，手中揉捏的面屑已经有了三条细长的尾羽。玉珠的声音开始低沉，“我成婚那年，丈夫从家中分得了一匹母马，它生下了一只马崽，四蹄雪白，马崽长大些后，他便牵着它去拉布拆雪山上挖药材，几天，十几天，几十天后，雪蹄驮回了他的尸首。次称和他的师父来牧圈为他做普瓦法（超度），次称的师父说，古来就有说法，雪蹄降生是受命来驮死人的……”玉珠的泪滴滴答答落在围裙里。她撩起裙边抹了泪继续说，“次称见我和孩子孤苦无依，便以诵经的名义时常来牧圈帮忙，后来，他索性脱了袈裟还俗了。周边的牧人都唾弃我是个活鬼，夺了一个男人的命，又去缠住了一个僧人的心。次称安慰我说，他还俗是头一次为自己的命运做选择，与他人无关。我还是剪了一头长发，找到留有我足印的路途挖取泥土，连同头发一并包在泥土里，埋在了三岔路口。我愿千人踩万人踏，永世不得超生（此法为旧时遗风，有镇压之意）。”玉珠说完，手中的面屑已经被搓揉成了一只生动的鸟儿，她将它立放在桌上，它做出了跃跃欲飞的姿势。珀萨和曲塔都在为玉珠的故事和眼前这只从故事中托生的鸟儿，窸窸窣窣地拭泪。

我说，很多事情早已注定，玉珠要放下背负的沉重，从此只管像一只鸟儿那样自由飞翔、歌唱才是。玉珠惊异地望着我说，她时常会在梦境里打开一对深藏已久的翅膀，朝着无际的天边飞翔，有时去穿过一朵又一朵白云，有时会遭遇滂沱大雨，翅膀便愈来愈沉，愈来愈重，身体就开始往下坠落，不安的睡眠和慌乱的呼吸会一次次惊醒身边的次称，次称便在深夜里起床为玉珠念诵《清净孽障咒》，玉珠听着次称的念诵，安稳入梦，天空呈现蔚蓝，她身后的翅膀也无比轻盈地滑动着优美的弧线……珀萨手掌托腮仰望玉珠说，看看，人家这梦简直跟电视片一样。玉珠用手掌推开珀萨的额头，喊了一声佛陀的名号，说，请您今晚务必让珀萨也做一个电视片样的梦吧。曲塔连忙说，我也要，我也要，快快帮我祈诵吧。于是，玉珠很正式地结跏禅坐，合掌额上开始默诵，仿佛真的在与神灵通白。我凝听到布满墙壁的油布上，又打开了三两朵淡紫色的小花。还有那本掩在红绸布下的经卷里，一位身着枣红藏袍、脚踏一双牛皮长靴的藏人，高昂着头满面春风走进了理想的游牧国度里。

石屋外，响起了归来的牛蹄声。

○卷叁

表达你的发现

散文 2018 精选集

四时佳兴

SEASONS IN THOSE YEARS

散文

2018

精选集

冯儒帅　**薤露之味**

小蒜

正如奥尔罕·帕慕克在《黑书》里不知道找了多久，走过一条街又一条巷，一张张脸孔写满焦虑；一条又一条的雨从污浊的玻璃上流下来时，四月被阴阴晴晴的雨擦拭得逐渐明亮起来，空气里有股努力推向岸的暗涌，一点小秘密起先刻意藏着掖着，后来迫不及待地奔走相告，终于，汹涌的秘流涤荡着陈旧的不言而喻的秘密。

不知谁家先起锅打破了沉睡的魔咒，平静的家庭注入了一些野性的因素，主妇们重新回到当年花前月下的时光，主男也醉醺醺地重温着年岁久远的欣喜，孩子显然有点不知所措，但不久后也觉得这样挺好，清明节后的第一场雨一走，如冬眠已久的动物该苏醒了，沉睡了一冬的生物钟在体内戳了戳，挖小蒜的季节到了。

比起大蒜的粗笨，小蒜拥有精雕细琢玉的影子，如果套用《创世记》的理论，小蒜是大蒜的肋骨，珠玉般的形状让人舍不得像糙汉子那样大嚼特嚼，嚼完之后翻不出口香糖的尴尬。甚至是过于简单的烹饪方式都显得暴殄天物，聪明的主妇们用热水和好软面，用小蒜伴着新炒的碎蛋花一并装入对折的一张面里叠作扇状的菜盒子。

“远古”时期的吃法没这么奢侈，小蒜的叶子是纤细柔弱的细草，很容易与它旁边硬邦邦打了蜡般的野草混淆，行家的眼睛鼻子口腔是精准的仪器，将区别娓娓道来。翻开泛黄的黑白照片，那些下雨的时候裹着臃肿的棉袄的人们，冰河刚开不久水里粉红色的蝌蚪卵顿时鲜活起来。山肴野蔌，落英缤纷，神清气爽，这是挖野菜的时节。

老汉

二月小蒜,香死老汉。民间都这么说。

新刨出的小蒜用红油辣子一炒,用来拌面吃那叫一个打嘴巴都不放。

沈家村里就有这么一个老汉,得了病,胃疼,啥也不想吃,只想吃小蒜调面。

二月里,天地间还没有完全暖透,和煦的春风里还夹杂着丝丝冷。儿子去地里找了二月里的小蒜,回来媳妇用红油辣子一炒,微苦的味道忍着不出来,想出头,不甘心地忍着,清香从撕开的裙衣中探出头来撩着人,冲得鼻子快要失去嗅觉,拌一把白溜的手擀面。老汉心满意足地端着海碗,一筷子一筷子挑起来,吸到嘴里,嘴边的两腮放了肉,蜡黄的褶皱塌陷下去。

吃这就当给我做生日了。老汉豁了一颗牙,张开嘴嘿嘿地笑着,沙哑的嗓子发出嗬哧嗬哧的声音,像夏季急于喝水的黄牛。

你爱吃,天天给你做生日。儿子说完又觉得哪儿说错了,忙转过身子,用满是灰土的袖子擦擦泪,掀开门帘走到房屋里去。儿子心里很愧疚,他爹病重自己没钱给治,心力交瘁之间连爹的生日都忘了。

老汉没在意,这句话被门帘撩起的风吹走了,没落到老汉心上,蹲在院里的树下一筷子一筷子挑起来送进嘴里,用松动的牙齿嚼着,细细地品着小蒜香,舍不得下咽。也不低头看碗里,定定地望着远方。其实不需要低头,他摸得透碗里的葱丝芫荽甚至花椒面的末儿,如同弄了大半生的庄稼,什么时候播种、施肥、除草、割麦子、扬场、磨面,早他去了的老伴又忙着舀面、和面、揉面、醒面、擀面、切面、煮面、拌面,吃的是自己种出来的小麦,吃的是自己年轻时水深火热的劳作岁月,吃的是春种夏耕秋收冬藏的酸甜苦辣,自己心里没有底儿吗?他吃的是自己走过的大半辈子,吃着吃着,混浊的眼睛里滚落了几颗泪水直滴进碗里,又挑起一筷子面,连同泪水一起送进嘴里。

老汉还是没能吃成几次小蒜拌面,临走时肚子鼓得很大连水都咽不下去。从生病的那一刻其实命运就被判决了。儿子整日背着他愁眉苦脸,别人问起来媳妇惋惜地说没几天了,问的人多了,惋惜成了冷静,甚至发展成淡漠。在现在看来并不是多大的病,但那个时候,没钱,医疗条件差,只能听天由命。

老汉走后,村里人调侃说,二月小蒜,香死老汉,还真是这么一回事。他们平淡的语调就像一阵风吹过。

地软儿

地软儿是精灵般的食物，理应有个类似精灵般的名字。

可人们一般叫它地皮菜，或干脆叫地皮。纤柔温婉的精灵和恶意的大老粗“地痞”挂在一起极不相称。听吃过的人们叫它“地莼”，终于在地衣、地皮、地木耳、雷公菌、地瓜皮等一系列生硬的称呼中找到一个接近的“地软儿”。

没错，地软儿是软的——当被泡开才知道，它被划到蕨类里。地软儿在早春时埋在枯草中，只有等下雨后才能寻得几枚，几朵稀疏的褐色趴在地上，类似泥土的保护色使它们很容易被忽视，相对蓬勃的野草野菜它的产量太小，往往捡回去的地软儿还夹杂着多半杂草和泥沙。剔去杂物后的地软儿一定要泡在水里舒展才能观察出它本来的面貌—— 一缕幽静、冷艳的墨绿薄质静静浮在水中，像是一桩深邃的心事。它有木耳的形状，却远不胜木耳痴肥笨重。说它像紫菜，它没有紫菜仿佛熨出来的平直，微微的蜷曲与细纹避免了紫菜的顽固和呆板。地软儿是有温度的，介于纱与绸之间的一片半透明的墨绿色魅影。它在水中逐渐绽开饱满时，从水面透过它俯视，竟能从稠密的暗色里寻找到以往忽略掉的阳光。哪怕是一丝细微的掠影，短暂地浮光潋滟地淌着。你会怀疑是你借助了它的眼睛，戴着墨镜凝视过滤后的骄阳。

多看一秒都奢侈。

无需抱怨什么，本身拥有它就是一种奢侈，一片也是。

伴着土豆丝爆炒，出锅后夹起一小块放进嘴里，满嘴都是云的味道。没有谁真正尝过云，但并不影响对地软儿鲜香滋味的理解。它让你仿佛漫步于云端。人终究还是要回归大地，地软儿消失后飘忽的感觉也无处寻觅，美好一向走得太快，稍纵即逝。

人们总是想多找一些地软儿，希望它像别的主菜一样富足。除了在每一场阴雨后抢先趴在地面上翻枯草外，所能做的只有祈盼春雷千万别来。他们脑海里一直盘踞着一条常识，打雷后的地软儿会变苦，无法再食用了。零星的绿色的草尖越来越多，该来的总会来，滚滚的春雷总挡不住，一切都变成了怀念。

稀缺的地软儿，稀缺的他们仨。

他们仨是由两个他和一个她构成。

他喜欢她一辈子，她却嫁给了另一个他。他们彼此心知肚明。干脆叫他们老杨和老柳吧。

老杨在村里是个难得的人，村民们一致认为。连老柳也没异议。老杨喜欢了她一辈子，她嫁给了老柳，老杨也打了一辈子光棍。全村人都心知肚明，只撇开他们仨私下交流。单身汉闲着也是闲着，索性多帮他们干点活。老杨的这个习惯一直延续到老柳和她婚后。老柳家的收种采摘多了一个人手。既然没能和她在一起，就尽自己所能把最好的给她。这是老杨心里的想法。老柳和她也不瞎，刚开始认为不合适，拒绝了多次后也心软默许了。有时候老柳夫妇觉得老杨一个人吃饭不方便，做了好吃的也会叫他过来一起吃。就这样榆钱儿泛绿桑叶黄，草木摇落露为霜。三个人默默地坚守着一种稳固的默契。也有人怀疑老杨和她是否真的纯净，却立刻遭到村里人的叱责："绝对没可能，你不想想老杨是什么人?！"的确，谁不知老杨的品格犹如坟边那两棵古杨树？孤零零却正气地直挺着，这一挺少说也有几百年。那两棵白杨树皮上疤痕般的纹理形状逐渐成为两只睁大的眼睛，静静地注视着从山谷上田垄边路过的行人，心中有污垢的人赶夜路不敢从那里过，白杨树的吟啸，磷火的闪烁，一草一木一鸟一虫都能成为致命武器。相反，心净的人赶夜路总是要透过夜色瞅一瞅树上的眼睛，仿佛是谁在庇佑匆忙的夜行者，挑了两盏灯笼照护着他。这样的老杨怎么会做出令人不齿的事情？了解老杨为人的村民和老柳一起愿意相信老杨。那个年代村里的空气都是昏暗的土黄色，人们呆滞的眼神、干瘪的腹部、浮肿的脸随时命悬一线，贫困和饥馑成了死神镰刀上的锋芒。天黑天又亮，人死了又有新生儿诞生，人们忙着碾麦谷煮稗子剥树皮挖野草充饥，所谓生活已沦为生下来只为活着。没人再顾得上梳理他们仨的感情初衷，只是感动于他们仨之间能贯穿饥饿生死的纯净，互相依靠着成了亲情，直到老杨去世。老杨生前很喜欢地软儿，老柳家的饭桌上再次端上地软儿的时候，老柳和她总是默默地抬头看着天上的云。

西方人称地软儿"上帝的眼泪"，实际上，地软儿在有水、土及养分的地方就能形成，捡的时候往往还混着牛羊等动物的粪便。

苦累

"苦累"不是形容词，是一种家常面食。以菜为主，掺少许面粉或馒头渣搅在一起上笼蒸，蒸好后浇上捣烂的蒜汁一拌就是一道有滋味的主食。山西有些地方把它称为“不烂子”，这应该是最官方的叫法了。街头有几家饭店主打家常饭菜，菜谱上的写法五花八门，“谷类”“菇蕾”“固垒”“箍类”，甚至写成“钴镭”，貌似放射性的重金属元素，食客也照吃不误。无论字写得再恐怖，乡音一说就通，进店即可大快朵颐。突然有天在百度上检索到一条读音相近的词条“苦累（苦缕、窟屡）”，是河北一带的方言，是否在河北有的地区“k”发“g”的音不清楚，苦累俩字再形象不过了。虽然读音不像，意思上却诠释了平淡嚼出的味道。时令野菜是“苦累”的时鲜，一到春天，人们纷纷提着篮子去找野菜，一代代口口相传教他们识别可食用的野菜和食用方法，春天时人们的眼睛是明亮的，这得益于与自然的亲近，和其他动物吃野菜没有本质上的区别，好像进化的时间还不长，很自然地接受大自然的赠予，进食，反刍，呦呦鹿鸣，食野之苹。这很自然，并无丝毫的异议和不妥。

槐花

槐花花开，一串串洁白如铃悬在枝头，春末夏至流行吃槐花“苦累”，这么精致的花朵吃掉它们往往会产生焚琴煮鹤的愧疚。认识小生的人们知道他从不吃槐花苦累，他吃到的槐花是苦的。但他们并不知道，小生的味蕾没出任何问题，曾有一度，槐花在他嘴里也是甜的。

“昨天我家吃了槐花苦累，今天又要吃。”只有几岁的小生骄傲地向同学宣布，并接受他们艳羡的目光。他的话触动了他们记忆里共同的味觉，教室里咂嘴和吞口水的声音汇成一片。

小生还沉浸在槐花香甜的美味中，却突然被叫回了家，从此再也没在课堂上出现过。槐花是小生最爱吃的野菜，却难采摘，上树踩着细细的枝条折下细枝再慢慢捋，小生的父亲为了满足儿子又踩上了细枝，这次没有走运，一个踩空从高高的树枝上跌了下来。这是小生听村里长辈们讲的，等他回到家时，院子里聚了一堆人，和父亲一起干活的工友们，还有哭成一团的母亲、祖母和姑姑。院子中心放着一副用薄薄的白漆木板临时拼搭成的棺材，小生看见他的父亲闭着眼睛躺在里面，小生哇的一声就哭了。

最理智也最残酷的话莫过于生活还要继续，人们要打起精神将粘在心灵上的那层关于过去的记忆硬生生地撕开，粘连着血肉模糊的面目。姑姑抹掉泪水，一边安慰着嫂子和母亲，并把不知所措的小生抱在怀里。母亲哭得晕了过去。姑姑去灶台点火做饭，招待着商量怎么办理丧事的工友们，舀了白面和玉米面搅在一起做成苦累，端了一碗送给嫂子。小生的母亲醒过来拉着小生说，孩子，咱不哭了，咱要吃饭。小生早就泣不成声，边哭边断断续续地说，妈，您不是说咱吃饭嘛，您咋不吃。最后谁也没吃那碗槐花苦累，据小生回忆再吃的时候已经变成了苦的。

白蒿

好的白蒿总长在枯黄的蒿草里，根被挖出来时还带着一根干枯的蒿草。白蒿有很多别名。比如蘩（《诗经》）皤蒿（《毛诗传》），由胡、蘩母、旁勃（《夏小正传》），白艾蒿（《僧深集方》），蓬蒿（《开宝本草》）等。最常见的是茵陈。

二月茵陈三月蒿。当地流行着这样的俗话。白蒿味苦、性凉、微甘，新生的白蒿有清热利湿、凉血止血的药用价值，到了农历三月的白蒿药用价值大为减弱，但不妨碍它的食用价值。白蒿属于菊科植物，狭纺锤形，纵棱明显，多分枝，茎、枝被类白色微柔毛。

谁都年轻过，可不知不觉就到了惜命的年龄阶段，她颇有些不服，可同时还有些害怕。柔顺的春风拂过脸颊时，她越过门槛呆呆地看着村里嬉闹的孩童们。几个顽皮的小子在做游戏，捏个泥人儿互相写着对方的名字埋在坑里声称葬了对方。看得她心里一震，随即吩咐那些伢崽：伢崽们，你们可不敢写我噢。伢崽们哈哈大笑：奶奶，我们没写您，都不知道您的名字，我写的是他。清脆的笑声铃铛一样惹得她羡慕不已。是啊，伢崽们都不知道我叫啥咋写，她摇摇头，自己太敏感了。还是小时候好，不晓事也好，自己畏惧的问题在伢崽们看来不过是嬉闹时的游戏，哎。

她瞪着老花的眼睛俯瞰着地面，密集的白蒿一朵朵像新生儿的小手簇拥在一起，对抗着初春龟裂的地面。她乐了，伢崽们，你们帮我摘一些白蒿苗啊。伢崽们一听全都挤了过来，七手八脚地帮她摘了一篮子，根被挖出时还带着一根干枯的蒿草。这时候的她才不会感到孤独，老伴早她去了，她的孩子们呢？不清楚，拾柴抬水都是村里的晚辈们帮衬着。她如枯树的手拉扯着白蒿苗嫩嫩的小手，在春光里挑捡着她们。一个身影蹭了过来，翠花儿来了。翠花哟，你看这白蒿苗儿长得多好，一会儿给你拌苦累吃。翠花不吭气。这白蒿苗下火止咳嗽，一会儿给你熬水喝。老太爱惜地抚摸着白蒿苗。翠花儿不吭气，蹲下身手里拿着树枝在泥地上画着。翠花儿是村里的“名人”，前几年被外村人骗大了肚子跟人跑了，谁也不知道她去了哪里，回来时已经成了呆呆傻傻的样子。父母嫌她丢人不让她乱跑，打她时老太护着她。翠花儿也爱去老太那里，在那里表现出少有的温顺与平静。可能这是两人的缘分吧。

翠花哟，你喜欢白蒿苗儿吗？

翠花哟，你看河里的水都回暖了。

翠花哟，你听，布谷鸟叫得多好听。

翠花哟，我过几年就不在了谁照顾你呀。

老太抹了抹眼泪，却没看见，翠花儿脚下的泥土也湿了一小块。翠花儿的手里握着一小把白蒿苗，根部还带着一根干枯的蒿草。春光暖融融的，她俩的影子在地上头碰着头。老太身后的土窑里弥漫着白蒿水的味道，润润的。

挖野菜的人

这些故事是我听来的，听村里上了年纪的人在春天娓娓道来，流云的尾巴蜷曲成问号绕过新绿的树杈。我站在那块土地上，那些野菜混合在野草里匍匐着，从小蒜开始打头，它们按照节令此消彼长，填充着春夏。匍匐是它们一贯的姿态，并非它们生性卑微，而是压根不在乎什么高贵低贱，热爱供养它们的泥土，仅此而已。微弱却快乐地绵延四野，任人采摘，生生不息。常见的牵牛花是这片土地上的色彩，牵牛花又称“朝颜”，只在清晨开几个时辰，太阳出来没多久花瓣就阖上了。小蒜在《诗经》里被记载为“薤”，苦苦的，带着清香，“薤露”即为小蒜叶子上的露水，《薤露行》本是汉代的挽歌。“譬如朝露，去日苦多”，《短歌行》里最脆弱也最真实的一句。横槊赋诗可以让山河易色的枭雄也难逃生死纵论，慷慨激昂的歌声瞬间低沉，暗黑潜伏在酒里穿透时间的裂缝，一如风湿附着在骨头上阴雨天浮露的疼。关于野草的声音，我更喜欢民间版的《关公降曹》，那笨拙质朴的唱词现在看来充满喜剧效果：

曹孟德骑驴上了八里桥，
尊一声关贤弟请你听了：
在许昌俺待你哪点儿不好？
顿顿饭四个碟儿两个火烧，
绿豆面拌疙瘩你嫌俗套，
灶火里忙坏了你曹大嫂，

摊煎饼调榛椒香油来拌，
还给你包了些马齿菜包，
芝麻叶杂面条顿顿都有，
又蒸了一锅榆钱菜搬蒜臼把蒜汁捣
……

充满了民间烟火和饥饿想象的唱词远比“上马金下马银美女红袍”要直接生动。这般丰富的馈赠要费尽季节和土地的心血，大笑突然戛然而止，取而代之地成了长久的沉默。

低垂肃穆的天空四角笼罩着一群群挖野菜的人，仿佛青铜时代的赫克托尔擦拭着青铜和石头的武器，淡青色的琉璃身影轰然倒下，迤逦。旷古的风连同野菜氤氲散开一直存在着，多姿的骨头已成了化石。那些挎个篮子卖小蒜的人，远远不属于城市的内核，默默地守护着他们的边缘世界。也不叫卖，靠微苦的清香吸引识货的人，为什么集市里如织的游人都心甘情愿地赋予小蒜卖主最新的钱？小蒜草叶上的露珠到底是什么滋味？为什么没有叫卖声人们也识得它的清香？一连串的问题在春天的空气里被编成一组摩斯密码，如何破解只有小蒜知道。

我不知道为什么流下了眼泪。

万晓岩　**无非市者**

一

我曾妄想从某菜场的一个窄道穿过。两边都是摊子，蔬菜、熟食、馒头、油条……好像能吃的全都在这里。我坐在车里，把着方向盘，两边的摊主领着他们名下的各种筐子篮子和吃食都在看我的热闹。一旦我刮擦了任何一物，马上会有人来拍我的车窗。整个街比我的车宽不了几十厘米。若是两边只有板棚没有人和物品的话，车子刚好鱼贯而入。

我是一个成年人，具有完全民事行为能力，对进入此境应该有足够的预判。这个菜场并不陌生，我也曾在此买过菜。我就是一时头脑发热，知道这条窄街并不长，前面有个喇叭口一样的分叉出口，即是我的目的地。我想只要慢慢滑过这几百米，就可以把这一段困境扔在身后了。

事实上生活里的窄处常有，也不是每一段都能一笔了结。我开到三分之二的时候，卡住了。前面的摊子连同三轮车，还有一堆货，把路的脖子给掐住了。我寸步难行，整条窄街都僵住了。早上九点钟，摊主正在出摊上货，这时他们都停了下来，看着我的车，像是看到了一个意外，一个闯入者，因为不可能有人会把车开进这里，除非他的车子，可以坐地起飞。

我就这么在这个秋天的上午，一脚踩空落进了进退两难的境地。

幸亏后面没有像我一样的闯入者，也没有新的阻塞。那么只剩下最后的突围，在等同于车身的窄巷，从一堆摇摇欲坠的板棚、各色菜筐之间，慢慢倒回去，退回到我这个荒唐的念头之前。那个念头，似乎是一个小妖，站在我必经的大路边，一棍轻扫，我就拐进了这个困境的口袋。

我没有弃车而逃的想法。不是每个困境都可以随随便便地扔出去，多数时候，都得自己抱着。

同样的路程，前行和后退还是有很大的不同。在这里，不同主要是越过阻碍的考验。车子没有倒车雷达，我凭着三个后视镜，和一颗横下来的心，开始后退。摊主们就这样看着我从一个妄想里突围，似乎不置可否，都在不负责任地旁观。

贾平凹先生写《定西笔记》，写车子走进集市，告诫司机，莫要按喇叭，在这里你是弱势群体。

其时秋阳正好，照在新鲜的蔬菜上，露水闪出了光芒。油炸食物的香味随风而出，四下里散漫。我不敢按喇叭，因为蔬菜和油锅不会让路。轮胎几乎转半圈就要停一停，左右调整着尺度，不时有人说，车能开这里吗?! 真是。我对于自己的不合时宜做着歉意的退让。在退让的过程中，有人在车后帮忙清着小型的物品，筐子、马扎等。

我有钢盔铁甲，扔下的抱怨砸不透。对身后的帮助，在退出巷口时鸣笛二声，以示谢意。

完整退出，双方无损，几百米，一斤汗。

这个早上，我贸然闯入，又仓皇败下，菜场大海一样波澜不惊，不起一朵小水花。

其后不久，我去一个美发店做头发，店后的停车场里，一个人没有，我倒车入位的时候，却遭了暗算，后保险杠被地上的铁架撕裂了一个口子。它实在是太隐蔽了，在我的三个后视镜之外，我实在看不到它。

二

这个菜场陷在一片老城区里。老城区的规则模糊，建筑和街道均有些随心所欲。菜场依势而生，摊子错落散漫，没有规划布局，多数随机而出。这些房子陈旧、固执、不肯就范。身边的菜场，像它们滋生出的苔藓，带着潮湿和颓败里的生机。

菜场里，不光有菜，还有衍生的其他事物。菜是厨房的主角，与之相陪的肉、鱼、米、面、水果及各色调味品在菜场里一应俱全，每天在这里被分发到各色厨房里。人们总习惯叫菜场，即便是那些大的农贸市场，农副产品更多品类，人们也还是简称之菜场。买菜，是可以覆盖整个农贸市场的活动。

这个菜场的一侧是一座著名的高中，一侧是一个医院。两侧都在与命运搏杀，菜场在中间,冷漠淡然。每天都会有植物的叶子、块茎、果实、种子从塑料大棚和田野里被移送到这里,然后,被方圆几公里的居住者领回家里,终结它们全部的生长梦想。它们来的时候,带着一些泥土,部分露水,以及生长历程的全部秘密。它们从土地里被连根拔起,从枝头上被摘下,从自身的根部被切割,它们也带着分离的痛楚和哀伤。它们被整理捆扎得规范有序,待在菜场里,等着自己的归宿。城市的阳光总有些混浊,被菜场里喧扰的人声托浮着,闪烁不定。

以往生长的记忆已渐渐模糊。如同清风明月,在一种快速生长的过程中,几乎从未被留意注视。虫鸣也很少,已经不记得与虫的嬉戏,因为,虫的链条早被切断,没有相生相克,人们采取的是快捷的方式,留菜,杀虫,不知道菜与虫、虫与虫、菜与菜之间那些秘密往来,冥冥约定。在这里,所有的身世都被抹平,就像这座城市的人,他们在不同的大楼里奔波,奔波久了,业已模糊了来历,好像他们生来就是这副样子。

本地一种面食,叫烤牌。其实原来叫朝牌,就是外形类似于古时上早朝的笏板,简而言之,就是一种长方形的烧饼,外焦里软,沉静的麦香,上面撒几个芝麻,像朝奏的奏疏。

朝牌,这样庄重的官称,一跌进民间,就以讹传讹变成了“烤牌”。

菜场里一家卖烤牌的,有厚厚的芝麻,烤的火候也好,诱人。可是吃起来却没觉到浓香,后来仔细看,才发觉那层芝麻都是空心的,空有芝麻的外形,里面的油都被榨尽,原来是厚厚的一层芝麻壳——榨油坊的下脚料。

亏得不是写在笏板上,不然全是虚言妄语。

一般不会注意到这个,都这么忙,哪里顾得上这芝麻大的小事。

菜的存储和运输,也是有路数的。用药水浸泡菜根,避免腐烂,可以比较久地维持新鲜。有个姜农,在秋季收获了生姜之后,放入地窖储存,让他给取一些没放药的生姜,他说,下窖了拿不出来了,窖里药味太大,熏得人根本进不去。

我在菜场每每都会踌躇。所有的阴谋都无从辨认,菜场,有另外的搏杀。

三

有个卖豆芽的。他有九口大瓦缸,不用自来水,用自家的深井水,本地出产的非转基因黄豆,用最自然的方法,保证温度和湿度,不添加任何生长制剂,生出豆芽。

九口大缸倒换着，出产一缸就用拖车拖到市场去卖，价钱高出普通豆芽三倍，卖完不论时间早晚，即收摊回家，在下一缸没有长成之前，不再出摊。他的豆芽是菜场的腕儿，从不屈就，也不爱搭理谁，我行我素，也懒得解释，爱谁谁。偏就出了大牌效应，一出场就粉丝齐拥，一大瓦缸豆芽瞬间清空。

我是很久才赶上一次豆芽盛景。没人知道他的豆芽啥时出缸，有人专门在菜场等他，却等不着，有时连续几天出摊，有时好几天不见人影，他出场次序是完全依附于豆芽的生长，把个家常的豆芽硬是搞成了可遇不可求的奢侈品。一个周末，我在菜场赶上了一缸，买了二斤，中午炒了，赶紧吃了一筷子，用一个资深主妇的味蕾感受了一番，清鲜的味道，果然身世清白。我很难说清被生长素祸害过的豆芽的味道，这一点区分，只有舌头知道。

生意这么好，他却不肯扩大经营。只固守着九口大瓦缸，像固守着九卷经文。也有人如此问过他，他说，九口缸，就是我干活的极限，多了照顾不过来。别人说，可以雇人啊。他说，不雇，豆芽会认生。

我常会想到这个场景。每一次的清缸、泡豆、汲水，一切都井然有序，一个人，熟练、执着地做一个情节并不复杂、技术不至高难的事情，他只是安静地做，从容地做，不焦躁、不奸诈，心清如镜，在月华如水的夜里，与九座宫殿的精灵心心相印，那生长的欣喜，是何等地令人愉悦，人的心底，该是何等的安然满足。

卖豆芽的，钻进了这一件事情里。另一个人，刚好和他相反。一个中年妇女，手快嘴快，眼观六路，总是掐着时令的尖，用一台农用货车，三天两头换着最新鲜的货。大棚里第一茬下来的蔬菜水果，她总是挑最出挑的装满一车，像一座傲娇的城堡，立于菜场的入口处。她历来把自己定位于整个菜场的顶峰，别人还没上的菜，她先上；别人上了的，她上最好的；别人也上，她就用满满一大车的规模来打败你。没办法，人都是贪心的，看到一小堆菜的摊子，和一个现货足足的车，人会选择后者，因为人都是要挑挑拣拣的。她事先进货时早已苛刻地筛选过，就放手让你拣，你挑不出好歹，挑的只是个信任与包容，买卖俱欢，人多如潮，越是挤不上，越是要抢货。谁偷加几棵菜，她看到了，也不言语，笑眯眯地把货包好放到人家手上。你老老实实地，不偷拿，不讲价，她称完会主动给你加点秤，告诉你，但凡不占便宜的人她都会主动添秤。她一两天就会换货，今日刚清空了一车新鲜的芸豆，明天就换成了最甜的西瓜。她不做匠人，不会执着于某一个物品，她的功夫是在心理学，出手就打人贪心的要害。

本地有一种老咸菜，是加工熟了的咸菜疙瘩，黑乎乎的，教不熟知的人很难喜欢。像每一种地方吃食，是本地人往昔岁月的味道，总有人怀旧，专门去找这一口。卖咸菜的男人像个知识分子，温文尔雅，戴着干净的口罩，塑料手套，雪白的盖布，雪白的围裙，出摊的咸菜车和不锈钢盖子都擦到锃亮，一尘不染到让人心生敬意。说话也是温和，用词准确，像是课下给你解释一道题。我总是怀疑他身份多重，从书桌前坐累了就来客串。连盛咸菜的小袋子也是质地良好的食品袋，不像是卖老咸菜，像是一种食品科研成果推介，凭空生出一种仪式感。这样一来，对这个黑到发亮的老咸菜，叫人无从疑虑在漫长腌制过程中，是不是落过苍蝇蚊虫，是不是发生过化学反应，会不会析出过量的亚硝酸盐。

人比人要死，货比货得扔。世上的事情，怕就怕一个对比。另有卖肉的夫妻两个，生生一对镇关西，男的悍，女的泼，摊子恨不得占到路中间，鲁提辖不至，血雨腥风起不来，任凭他们寒刃闪闪，手起刀落，胆小如我，只得远远绕过去，避开他们的凶相和现场。

他们在菜市，极像是在菜市口。

四

初春，乍暖还寒。

朋友介绍一台湾人开的咖啡馆，僻静，咖啡豆来源正，味醇。有书读，关键是人少，轻言轻语，不嘈杂。

每日于市井里穿梭，这个不嘈杂，具有莫大的吸引。

某个下午，坐在这间咖啡馆，一杯拿铁，一本林语堂英文翻译的《明清小品》，不懂英文，汉语原文稀疏其中，拣着读，倒也愉快。不懂吧，倒还有些质疑，明清小品这般清简传神的小文，译成英文，风神安在？

客人却渐渐多起来。

说话的声响渐渐大起来了。一杯拿铁喝到最后，咖啡馆已嘈杂如菜场。

读到清人沙张白《市声说》——

搅权者市权，挟势者市势，以至市文章，市技艺，市恩，市谄，市诈，市面首，市轚笑：无非市者。炫其所有，急其所无，汲汲然求济其旦夕之欲，虽不若市声之哓哓然，而无声之声，震于钟鼓矣。

无非市者。即使在不嘈杂的空间，该市啥的还是要市。即使没有表面上的哓哓然，无声之声照样震于钟鼓。如此说来，想找一个真正安静的去处，真的是难上又难。

张毅　**旧光焰**

大雨

北方平原。一个不安的中午，天空浓得像一个巨大的雨滴。云层遮蔽着植物组成的地平线。褐色的土坡延伸着，植物孤寂的叶子瑟缩在恐慌之中。火车正在通过一座年久失修的大铁桥。从远处即可感觉到列车经过时的震颤，汽笛尖锐而粗狂，像夏天的裸石划过皮肤。雾气中有一个车站——那是一座由德国人修建的车站，在时光中透着沧桑。我在很多影片中看过类似的车站，像是雾中的货船。我在那里度过了贫瘠的童年。现在那个车站已经废弃。

马车的出现没有触动夏天的云层。北方的马、北方的车夫。那是一辆木轮的马车，车轮如同祖父的脸。马的眼睛像一首忧伤的俄罗斯民歌，那里有很多内容：世事沧桑、人类的情感、莫测的命运……在北方有许多这样的马车，他们有时独行，有时排成长长的一排。马铃的声音温暖了我的童年。车上常常载满粮食、柴草，不断往来于村庄的土路上。我常在乡间与这些马车相遇，然后怅然地望着它们一点点远去。

那个中午，我在一棵树下看蚂蚁搬家。一群黑褐色的蚂蚁排成长长的队伍，匆忙地从一棵树下往高处移动。它们黑褐色的脊背闪着亮光。我听到母亲在远处喊我的乳名。

马蹄在响，马蹄哒哒地响着，我是说暴雨来了。

暴雨临近的北方，大地露出不安的面孔。我看见那些动物孤独地逃亡，它们的侧影加重了天空。风暴中心，一些暗淡的草影用摇动平衡自己。顺眼望去，那些草类层次感极强：近的清晰，远的模糊。暴雨以超过马车几倍的速度临近，暴雨让我想起野兽。一个往来于村庄的男孩与马车对峙着，他们相逢于同一场暴雨。他们要去不同的目的地。男孩与车夫及马相互凝视着，然后在雨中消失了。

我不知道暴雨来自哪个方向。我听到风在响。雨让世界接近黑暗。它像夜晚迅速降临,使周围的事物不经意间发生了转变。在很短时间,那棵树已不是同一棵树,那条河已不是同一条河。雨在光明与黑暗中穿行,石头被反复冲刷,露出洁白的底色,像瓷器的胎面。很远就能听到母亲打破陶罐的声音迅速被雨声覆盖了,雨声和杂物的破败声混杂着,碎片被四处冲到各个角落。大雨袭击村庄的手段清晰可辨,风暴留下倒伏的谷子,家园只是一个简单的比喻,许多东西被瞬间击破。

尘土的气息穿过夏天,在空中久久不散。这样的气味让我想起很早的早晨,想起北方圆形楼梯通向昏暗的房间,华姐从乡下来到城里,她的手指带着青草的气息。她住在一间狭窄的房间里。北方潮湿的乡下气息从窗户飘出。华姐是来逃避一场她不愿接受的婚姻。时间、暴雨、无数个虚幻的夜晚在她的心中形成一个死结,直到华姐自缢身亡。她的死隐藏着许多秘密:时代的、家族的以及性格的悲剧。华姐的死像一只烟蒂渐渐熄灭。

华姐在最后的岁月不断地抽烟。她一直想用自己的生命减轻苦难的深度,但是我的忧伤一点没有减轻家族的风暴——那是一场持续的暴雨,它不断使我的写作回到黑暗之中,并且愈加黑暗。就像我始终无法说清那辆火车是否还在时间的轨道奔跑。在我曾经住过的乡村旅馆,它带着我的梦想,和着那些油彩剥落了,落到秋天的深处。

好多事情再也回不来了。好多事情就是这个样子。

对死亡的恐惧是由一个落水男孩加深的,他是我童年的伙伴。那年夏天,那个十三岁的孩子为去铁桥下的河边捡一块煤核掉进河里。有一种声音穿过下午,穿过整个村庄的上空,我看到他的手势挣扎了一会儿,河水迅速将他吞没了,像什么都没发生。只有他用过的柴筐从铁桥下的河岸上神奇地滚回他的家门,向大人报告了孩子落水的消息。大人们没有一点惊奇,表情平静得像结冰的河面。

几天后,人们在河的下游发现了孩子尚未腐烂的尸体。

暴雨像一部推土机,所有事物都感到它轰鸣的节奏。我想起来了,那种声音来自一家工厂——那么多面孔从黑夜里涌出,让我感到眼前一阵模糊。那是一家北方的工厂。我们衣着不整地走向车间和各自的机床,背后传来下班工友疲倦的问候声、工具的碰撞声以及汗渍在夏天特有的气息。

齿轮转动。车刀在坯面上发出金属的嘶叫声。铁屑溅起的火花向四处散落,烫伤随时都会发生。在工厂,我们每天都要不断重复一个动作,然后按图纸要求,把毛坯加工成方形、圆形、菱形的部件。下班时,那些部件整齐地码放在车间的某个角落,它们在我眼前闪着铁质的青光,冰冷、僵硬。齿轮不停地转动,我的目光常被飞转的齿轮缠绕得疲倦不堪。在速度面前,我已分不清一场大雨与工厂之间的距离。那些年,我有一半时间是在黑夜与睡眠中度过的。夜班令我晕眩。

有一场大雨一直下着。从最初的转动到一场大雨,中间的机器逐渐加速。在北方寂寥的星光下,无数齿轮、无数双手重复一个动作,连续、呆滞,无数工人与机器一样在喧嚣中沉默着。后来那个车间被大雨冲倒了。那一年我二十岁,我曾在那家工厂穿着油腻的工装不停地在机器中间往返。黝黑的机床、女工忧郁的眼神以及车间不断传出的轰鸣声覆盖了我的记忆。

夏天我乘火车去岛城。海的反光。雨。货轮的淡影。汽笛声含有殖民气息。我住的地方有着黑色、潮湿、阴冷的街景,这是一所老式的日本房子。在岛城到处可以看到这样的老房子,灰墙红瓦,类似北方的民居。不远处可以看到教堂的尖顶。我熟悉这座城市。我曾在一所老房子里躲雨。那是一个风雨交加的下午,风从老房子的后面鱼贯而来,闪电、雷声、暗淡的光线。世界像进入希区柯克式的电影氛围,给人一种不真实感。我只好踏着没膝盖的雨水迅速离开。我希望远离不真实的事物。

我在潮湿、不安的心灵体验中度过了一场场暴雨,它已成为我的生活情结。对雨的恐惧由来已久,并时常在内心持续着。每次我从岛城坐火车回老家,听火车像水鸟一样在雨中尖叫着,这样的场景让我迅速转回到另一场大雨。我总是在窗口一边望着窗外,一边听美国摇滚歌手鲍勃·迪伦的《大雨将至》:我要在大雨来临之前回家去/我要走进最密的黑森林处/那里人丁繁众/可都一贫如洗/那里毒弹充斥着他们的水域/那里山谷中的家园紧挨着潮湿肮脏的监狱/那里刽子手的面孔深藏不露/那里饥饿难耐/那里灵魂被弃/那里黑是唯一的颜色/那里无是唯一的数据。

二十年后,我在海边遇到那个穿过暴雨的孩子,我问他还记得那场大雨吗?他说不记得了。

他的表情有雨的形状。

一匹马

记忆中,有一匹逃离了农耕的马,在一个大雪之夜又独自返回主人的院子……

这让我对马的理解多了一些迷茫。

北方广袤的田野经常会看到用于农耕的马。它们没有诗人和画家笔下那种奔腾潇洒的英姿，它们和主人一起日出而作、日落而息。它们毛色模糊，眼含忧伤。它们知道从出生就没有自己的生活，它们的命运只与土地有关。那些用于农耕的马是马族中低贱的品种，没有编号和固定的马槽，甚至没有自己的主人。一匹马在一生中被反复出卖：从一个乡村到另一个乡村，从一片田野到另一片田野，它们只有一个主人——土地。生命在主人和鞭子的呵斥声中一年年耗尽，一年年老去，最后把自己的骨骼留给了土地。

农耕与战事对于马意味着一个两极世界：完成与毁灭。在马的哲学里，奔驰的速度和草原梦想是一团叠加的火，可以将马的一生燃成灰烬，农耕则是马的地狱。我观察过一匹用于农耕的马：夜晚的寂静里，那些有关奔驰和草原的梦想从马的内心一点点退去，它们脱离马的身体退到黑夜的深处，那是一片没有地平线的虚无之境。在乡间，马经常被作为拉碾的工具。光线昏暗的磨坊里，马的眼睛被肮脏的旧布或麻袋蒙上，马与石磨等速运行着，时间变成一条无限延伸的黑暗之路。我想起神话中的西西弗斯，在他不断把滚下山的巨石推上山顶的同时，世界消失了。在只有起点和终点的黑暗之中，不同的马完成着同一项劳作，演绎着动物世界的“西西弗斯”神话。这种方式被后来的机器取代，如同附着农耕信息的马灯一样在夜里遁去，成为有关农业记忆的遥远影像。

那匹马是在一个上午出现在乡村的。我怀着惊喜的心情一路狂奔到马的现场：红色的鬃毛在阳光下闪着光亮，乡村被一匹马唤醒了。蓝色的天空、绿色的树、红色的马在我童年心中留下一幅永恒的画面。

那匹马没有机会接触马群，它甚至不知道自己是马。它一直混迹于牛群之中，直到最后。马驾着那辆古旧的马车在乡村生活了五年——从县城的大街到乡村的土路。我常想：那匹马应该回到“风吹草低见牛羊”的北方草原。那里草肥水美，牧歌悠扬，那里有圆圆的落日和开阔的地平线，那里才是它的故乡。有一年，一个邻居从内蒙古回到老家，他随身带来了内蒙古的奶茶、皮具和腰刀。他会唱悠长的草原民谣。我喜欢他的皮具和闪闪发光的腰刀。在他走到离村庄五里路时，那匹马突然躁动不安，前蹄高高地扬起，然后拖着装满玉米的马车一路狂奔到那位老乡面前，使劲用鼻子嗅着老乡的脸。人们被马的举动吓得四处躲藏，直到主人赶来马才变得温顺起来。后来一位老私塾说，马一定是嗅出了那位乡亲身上的草原气息。

秋天的时候，那匹马在去县城的路上遇到了自己的同类——另一匹马。接触是在主人的监督之下进行的。离别后，马的眼里多了一种月光一样的忧伤。冬天很快就到了，大雪一场压着一场，直到除夕傍晚。外出筑路的乡亲坐上马车往家赶路，整个北方白茫茫一片。一辆火车从村后呼啸着飞驰而过，留下长长的汽笛声。我在村口等待远去的马车回来。那时马车已经行驶了三天三夜。困顿的马在雪地里一步步跋涉，那是一生之中艰难的行驶。马蹄敲打雪地的声音从远处传来，又在村庄上空停下。因为长时间在雪地里行走，那匹马已经成为雪盲。马只是按记忆的路线行走，它走一会儿停下，然后再走。马的眼前一片模糊。马一步步踏入虚空。马的嘶鸣划破了寒冷的夜空。就在人们以为马会按平常路线回到村庄时，马朝一条河流走去。那天从此成为这个乡村的祭日——有三名乡亲落水而亡。

那天夜里我做了一个梦：我听到呼啸的北风深处夹杂着一阵一阵的鼓声，那是一种战鼓的声音。鼓声沿着一条大河从远古响来，哒哒的节奏中，一匹红色的战马从厚厚的雪地腾空而起，马蹄的声音在北方久久回荡着。第二天一早，人们告诉我说那匹马跑了，它在夜里挣脱了缰绳，独自离开了这个劳作多年的乡村。

那匹马跑了，乡村宁静了。这个记忆中的乡村再没有马忧伤的眼神了，马车轮子被乡亲用作柴火烧掉了。那个冬天，雪在燃烧。雪大片大片地从天空落下，在地上燃起红绸缎一般的火焰，悄无声息。我多次梦见村前的河涨水了，湛蓝的水迅速盖过我的头顶。那匹马隔着河岸朝着落水乡亲的方向不停嘶鸣着，它已经疲惫不堪。后来我多次听到有关那匹马的消息：人们说在不同的地方看见一匹流浪的马，也有人说那匹马被人卖了或者死在路上了。我一直对这些说法表示怀疑。

某个夏天的大雨之夜我看到了那匹马。它在离我大约一百米的地方一动不动地望着我，眼里含着泪水。它想对我说什么却欲言又止，然后永远飘走了。我必须强调那匹马是飘走的。它先是奔跑，不停地奔跑，然后逐渐脱离了地平线向空中飘去，最后变成一朵红色的云团。我向许多人复述过这件事，但是没有人相信我的话。我真的看见过那匹马，那不是幻觉。马在我眼前出现之后永远消失了。

后来，我离开了那个只有一匹马的乡村。我混迹在城市人群中，和许多情感冷漠的人一样，穿着裘皮服装看赛马项目，醉酒之后在午夜的大街上流浪，日子过得糊涂不堪。至于那匹马在三年后的大雪之夜重新返回那个乡村，我是后来知道的。

再后来那匹马老死了，乡亲们怎样处理那匹老死的马，没有人向我说清。这些年我一直在想一个问题：既然那匹马已经回到它梦想的北方草原，并找到了自己的马群部落，它为什么又千里迢迢再次回到乡村？它是凭着怎样的记忆和神谕？我不清楚。我只记得马在我童年留下的那幅画面：蓝色的天空、绿色的树、红色的马、美妙的上午以及马月光一样忧伤的眼神。

梦亦非　寻找河流的源头

上午十点钟左右，我们就已经抵达瀑布顶端，大瀑布从河流突然断裂处轰鸣坠下，发出震天的惊惶之响，回应在层层回环的山谷间，散逸为声音的迷宫。我们甚至没有登上河流断裂处那块巨石去打听瀑布的下落，直到十多年之后，我才登上那块长满了杂树与野草的巨石，巨石顶上光滑平坦，站在上面，瀑布在脚下反复地坠落，声音却绝不犹豫。我将头探出巨石外缘，白白的瀑布便是通往世界深渊的冲动与行动。而这个上午，我并未想象到二十多年之后，会去寻找沁河的源头。

我们执意要去寻找河流的源头，就是要与深渊对抗吗？或者借此远离深渊？我们何以又知道或预设河流的源头不是深渊？或另一种深渊？那年我二十多岁，第一次去寻找河流的源头。第二次寻找河流的源头，是我三十多岁时。四十多岁，第三次寻找河流的源头，是在山西沁源县，去寻找沁河之源。

在通往沁河源头的路上，我的回忆中猛烈地浮起第一次寻找河流源头的那个上午。那是一个夏天，阳光猛烈，我与长我二十多岁、脑部受过伤、走路平衡能力极差的堂兄，以及五十多岁的姑父，从不通公路的布依族寨子出发，去寻找苗寨湾的源头。南中国水流量最大的珠江，其主要支流中有西江，西江的主要支流中有柳江，柳江上游的主要支流有打箭河，打箭河的主要支流有苗寨湾。可是我们三个年纪各异的人为什么要去寻找一条河的源头？苗寨湾断落为五龙山大瀑布，我们从侧面的悬崖峭壁间扶着岩壁而行，不足二三尺宽的小路左侧就是深渊，战战兢兢来到瀑布顶上，每个人捧起河水喝了几口，就往河流的上游而去。

那是一次吃尽了苦头的旅程，与后来两次溯源过程的轻松相比，它的惊慌失措，它的荒谬与诗意的混合，在记忆中更为鲜明，以至于它覆盖、渗透进后来所有寻找河流源头的记忆之中。我们沿着河流上溯，没有路，河流很急陡，有时在河滩上行走，有时在巨大而粗糙的卵石间辗转，有时离开河流进入边上的密林中攀爬。阳光照在树林上空，又热又黏，林间并不疏朗，杂草丛生。姑父执着一把镰刀在前方开路，我与堂兄跟在后面，大家被投进这段行程之中，并没有谁提议我们折回，而是被命运之流裹挟般向河流的来源之处行去，狼狈不堪、疲倦而饥饿。走出密林区，两岸仍然是高耸的山峰，但坡度变得平缓，原始的森林被砍伐过，变成了次生林。在我记忆中，那时并没有发现人类曾经居住的痕迹。大约在清代中后叶，水族迁入本地，将原住民苗民驱走，苗民遁入苗寨湾这个山谷中生活，所以地方叫“苗寨湾”，但水族不知是何原因又将苗族请回台地上，划出一块地给苗民居住，于是这苗寨湾空留地名，没有寨子。走出次生林，来到一片庄稼地，山那边布依族村寨的农民到这里来开荒种玉米、小米，放羊。此时河水变成了溪水，很细小，再溯溪往上走，水流已消失在满溪的卵石间，只听见细小的水声，几乎看不见水。抬头处，离山顶已经很近了，从开荒处向上，已全部是荒草连天，连树都不长。

我们已无力再往上爬，看见离溪不远的平缓之地，有几座窝棚，这些用木头搭架野草覆盖的矮房子，是守粮人暂时的栖身之所。一个山民坐在其中一座窝棚门口抽旱烟，很奇怪地看着我们，姑父与他打过招呼，我们坐下来与他聊天，主要是姑父聊，我与堂兄已没了力气。此时已是下午两点以后，太阳西斜，那河流的源头仍然高高在上，掩藏在灰白的荒草之间，几乎看不出，事实上也看不出。守粮人生火煮了一锅白米饭给我们吃，没有任何菜。在我记忆中，那次寻找河流源头的行动就结束在这锅白米饭之中。饭后，没有人提起继续到山顶去，虽然离山顶、离河水发源地的泉眼也就二十分钟或者更近的路程，但大家似乎已经忘记了此行的意图，沿着来时路，折回了姑父家。来回八小时，没有人受伤，没有意外，也没有惊喜。

十八世纪德国浪漫派诗人诺瓦利斯说：“凡是怀着乡愁的冲动到处寻找精神家园的活动皆可称之为哲学。”那么寻找河流源头与寻找精神家园就有了近似之处，或者说，寻找河流源头亦是寻找精神家园的旅途之一。诗人荷尔德林写道：

> 在这贫困的时代，诗人何为
> 可是，你却说，诗人是酒神的神圣祭司
> 在神圣的黑夜中，他走遍大地

这“走遍大地”亦即“寻找精神家园”，在我们寻找河流源头的路途中，我们寻找的不是物质的、具体的家园，而是精神上的、形而上的家园。寻找一条河流的开端，于我们的肉身而言并无实在意义，寻找到源头，看一眼，饮一捧，随后即离开，于我们的肉体并不能构成实在的滋养，但于我们的精神，却有着仪式般的意义。

相形于第一次寻找河流源头的茫然，第二次的寻找便显得目的性很强。受广州一家媒体邀请，我与诗人世宾沿着珠江的主要支流北江走了一遍，前后花了十多天时间。此行第一站是追寻北江主要支流浈江的源头，在广东南雄市与江西信丰县交界的一座深山里，那里叫石磨湾，我们把车开到无路可走之处，再沿着一条细小的溪流往上走，土路越来越窄小，在几乎没有路的地方，碰到一群放牛的小孩。路边的溪流已细到有如一杯从山顶倒下来的白水，又如一句并不自信的柔弱的陈述句；抬头而视，密林与阴云遮天，也不知离泉眼还有多远。寻找浈江之源就结束于这欲雨的暮晚的半山间。

然后，我们去寻找北江的主要支流武江的源头，在湖南临武县三峰岭。由当地林业部门的人带路，几台车开到一个废弃的林场，再也没有路可走，也没有人家，只有一座静静的山谷在傍晚的阴蓝的天空下，不知源头有多遥远。显然，三台车上的人不可能弃车从密林中去寻找武江的第一滴水，所以，站在林场门口吸烟，默不作声地遥望空云山，然后，下山。上下山的道路与溪河若即若离，偶尔可见溪流，清澈而寒冷，水声隐隐。

所以多年来，我虽然曾三次寻找河流的源头，却从未见过一条河流第一滴水滴下的岩石或第一股水涌出的泉眼……而行文至此，我突然想到，事实上我见过许多条河流的源头，虽然并非刻意寻找——那是我们无数次抵达或路过的精神家园。但我们不能认出那就是家园，我们缺少顿悟，缺少对此刻与当下的体认，总认为远方的事物才是我们所要寻找的终极，我们所要寻找的对象在云山之外时光以远。所以，我们总是在寻找家园，总是去一个又一个远方，总是遗憾于不曾目睹过第一滴水、第一眼泉。

我的故乡，在贵州省，村子所在地海拔一千四百米，村子后面的山峰海拔一千七百米。自童时起，我一直在这座山上割草、放牛、砍柴、散步……细数起来，至少有十五条以上的河流发源于这个苗岭山脉由北而来向东转折而去的大拐弯处。这些河流的源头，都是高山草甸，我们在这些草甸上奔走，嫌弃草下全是水，一不留神脚就陷了进去，鞋子里全是泥与水。其中一条河的源头，地名叫“坟坪”，那里堆着几座坟墓，一块草地，底下浸水，水往左侧浸积出一个小池塘，长些杂草青蛙，水往右则开始形成细如手指的水流。这里不那么湿的地方长着几株松树，我每年就在不足五十平方米的小树林里采到许多野菌，四季皆有不同菌类，但我从未意识到这就是某条河流的源头。直到现在，此刻，写下这些文字的时候，这个源头方才向我灵光一现。在这座名为“大坪坡”的山上海拔一千七百米的最高处，仍然有一汪积水，从最高峰下浸出，常年不涸，这汪水分注为两条河的源头，一条注入打箭河，一条注入烂土河。四十年来，我每年都足践过十数条河流的源头，然而，我却认为我从未见过、到过任何一条河流的源头，所以，才会“在暗夜中走遍大地”，才会“怀着乡愁的冲动四处寻找家园”。

但在此之前，我仍然对任何一条河流的源头充满了好奇，包括对沁河源头的想象。第一次寻找河流，在中国西部，第二次，在中国南部，第三次，在中国北方。这是2017年秋天我去沁源县参加笔会，有机会去探访沁河的源头。沁河是黄河的一级支流，发源于山西省沁源县太岳山东麓的二郎神沟。笔会日程中，在参观过菩提寺、七里峪与灵空山之后，我们被主办方安排去探访沁河源头。三台越野车，两台商务车，正好组成一个并不专业的“探险队”。

公路的尽头是沙石路，沁河上游从沙石路边上无声而平缓地往车后流淌，河滩上长着桦树、杨树、荒草，也许很久以前河水很丰沛急促，方有这样宽阔的卵石河谷。两岸的山峰倒也不是非常陡峭，长些荒草与树。感觉上快接近河源了，道路越来越难行，其中两台商务车一路被刮擦着底盘前进。经过一个荒旧的村子，村子在河左岸的半山上，在回程中，有同行的数位作家到村里转了一圈，报告说人都搬城里去了，房屋垮塌不堪，仅有两户人家残居于此，正在包饺子。也不知住在这里的农民们是什么心境，每天对着鼻尖上的高山，听河水淡淡地流走再也不回来，如日子，如那些曾经繁荣热闹的生活。经过荒村，再往前开一二里地，就到了沁河源的景区入口。道路变得更窄小，仅容一辆马车通过。景区正在建亭台，大门尚未建成。路旁，河水欢快地向山外而去，其实只是溪水，不能算是河。

两岸的山崖变得直立起来，刀削般九十度垂直。稀落的树，傍晚的斜阳，地面背阴处，冰块仍未融化，亮闪闪地盖在积水处。离停车处不远，左侧山崖下，有一股碗口大的泉水涌出，导游说这泉水就是沁河源头了。

然而我总是心存疑惑，边上那条溪流，水量似乎比这泉水更大一些，它好像更应该算是源头吧？于是我们一干人等继续溯溪而上，沿溪一条碎石马车路，却无马车行走，也不见人行，两岸山壁似乎伸手可及，其中开阔处一片古老的桦树林，那些干瘦的树也不知多少年了，在空地上静静地冥想着时间与风的关系，把叶子都想掉了一年又一年，也没有想明白，于是枝头变得凌乱。溪水避开这片冥想的疏林，紧贴着从左边的崖壁下悄悄地流过，不出声。溪对岸有个山崖，几个山洞看起来像骷髅头，我称之为“海盗山”。过了海盗山，右手边山崖上一个山沿，像一本书被打开，诗人茱萸与庞培过去探看，并没有发现狼，也没有发现山贼，逃出山洞时庞培摔了一跤，活生生把这山洞摔进我的记忆之中。再往上溯，右边一低矮的山洞有水流出，一干诗人在洞口合了张影，宣布这里才是沁河源头。但溪水仍然从道路的远方流下来，转过一个山角，路更窄，景色看起来并不迷人，路边的溪水三心二意若有似无，于是我们原路折回停车处。

这是一次轻松的、集体寻找一条河流源头的经历，重要的并非是否寻找到了那个水文学意义的源头，而是寻找本身，哲学于是变成了追寻，它的原意是“爱智慧”。爱智慧是一个施动的过程，而不是结果，哲学是爱智慧而不是智慧，这就意味着它必须是“在神圣的暗夜中走遍大地”，意味着“四处寻找家园”，大地的某个终点或家园，只是哲学的预设，但并不以找到这个预设为终止，即使这是一个并非可能真的实现或存在的预设。如果我们曾走过或接近那个预设，我们一定也难以辨认出来或有勇气去承认，就如我们总是将源头想象得那么绝对与自然美，但真实的源头却是模糊一片，平庸而寻常，以至于被忽略。

从沁河源头返回县城的车上，我试图回忆第一次去寻找河流源头的动因，但那个动因早已埋没在时间的烟尘之后，在记忆的谬误之中。作为本地农民的姑父，绝对不会有寻找河流源头的冲动；作为行走不便的堂兄，他应该不会提议去进行那一次荒蛮之旅。而那时的我，是我说服了他们吗？我以什么说服了他们？然而我并不记得当时曾说服他们，或者有过寻找河流源头的念头。也许，许多事情本身就没有原因，我们后来忆起来的，只不过是回忆中的虚构，正如我一向所认定的：回忆即虚构。那么，人生就是一场未知的旅程，在这漫长到让人厌倦的旅程中，对一条河流的溯源，其实也可能不存在理由，它可能是好奇心与远离深渊冲动相混合的结果，也可能是荒谬的行为，在这个最后往往是未能如愿的不知所终的旅程中，唯有哲学与诗意,可以让这无趣的、荒谬的过程得到一点安慰,哪怕只是有如一滴水、一次迷途般的安慰。

尼采说:“与恶龙缠斗过久,自身亦成为恶龙;凝视深渊过久,深渊将回以凝视。”如此,对河流反复的溯源,变成一个人自身回溯自身,而我们在时间的流程中,爱智慧,也就是学会理解自己、回溯到作为赤子的自己。禅宗的明心见性,不也就是回溯到自己的源头?那里“本来无一物,何处惹尘埃”。尼采又说,人是深渊之上连在动物和超人之间的绳索,只是过程,而非目的。于我看来,这就诠释了为什么总要在神圣的暗夜走遍大地,总要怀着乡愁的冲动寻找家园,这一切的后面,目的不是最终目的,只有过程,才是真实的意图。

所以,寻找河流源头的旅程可以没有结果,河流可以没有源头,正如,人生可以没有目的,在这世界的暗夜中,人啊,学会享受这迷途般的虚无吧,也许,在溯源的过程中,你,就是自身的源头。

车前子　孛篮花【外二篇】

两个苏州人邂逅，在异乡街头说起苏州话。

“阿有格？”

没有这回事。“阿有格”，“有没有”的意思。“阿来事”，“行不行”的意思。“阿作兴”，“该不该”的意思。

“阿作兴”，“勿作兴”。

有一句“阿哭张”，已经不大说了，“没料到”的意思。

“阿铺阿铺”形容气坏了，常常前面加个“气得”——“气得阿铺阿铺”，“阿铺阿铺”，拟声词。

多年以前，我把苏州话里的拟声词，写成一首不短的诗，外人看来有些抒情有些叙事，苏州人听来，全本瞎三话四，一堆声音，没有意思。

“挨浪来呢！”，“这里来的”意思。“挨浪来呢！”可以给海滩旅游做广告语。

“挨着不是轮着”，随便吧，听天由命。

苏州人形容人矮且胖，曰：“矮冬瓜”；苏州人形容人瘦且小，曰：“剥皮猢狲”。越看越像样，隔壁张木匠。

“爱得死脱”，这爱深了。苏州人口语，不忌讳“死”字，春节期间除外。春节期间碰巧也要表达这意思，就改口为“爱得热昏”。苏州人嘴里的“爱”，专指爱情，如果这个人爱干净，不说他“爱干净”，说他“熬干净”。说这个人爱吃，不说“爱吃”，也不说“熬吃”，“熬吃”是另外意思——“希望吃到”的意思。“熬”还有希望的意思。希望的确很煎熬人的，所以我不抱希望。

大致说来，苏州人不喜欢冒险，有口“安逸饭”吃吃，就可以哉。

没有月亮的夜晚，叫“暗星夜”。

这块红烧肉有拗味，“拗味”，味道不正。苏州人见到走起路来腰肢摆动的女人，就说“拗勒拗”，腰肢摆动，当然不正。“拗勒拗”形容腰肢摆动，见到走起路来臀部摆动的女人，苏州人就说“逛勒逛”，臀部闲着也是闲着，不妨逛来逛去。

晚饭后，我睡了一会儿，刚醒。苏州人说刚醒，用词生猛，叫“掰开眼睛”。苏州人善用动词，形容吃饭，叫“坌饭”；形容喝酒，叫“扳老酒”。“坌饭”指饭量大，“扳老酒”指酒喝得神闲气定。

有一年我从皋桥经过，夏天，路边有许多摆卖咸水鹅的小摊，有个小摊让我眼睛一亮，白报纸上写了个“鹅”字，“鹅”的写法左“我”右“鸟”，这个“鹅”字左“鸟”右“我”，我说写错了吧，小贩嘿嘿一笑，说不然你怎么会注意到我。后来才知道，书法里，这样写“鹅”也是有的。

“鹅”，苏州人叫“白乌龟”。为什么苏州人把“鹅”叫“白乌龟”，我至今不解。至于乌龟，苏州人常常用来骂人，骂人“乌龟”的时候是不直说的，文质彬彬，曲里拐弯，有两说：一、十三块六角；二、背心浪相硬邦邦。苏州人把蜈蚣叫“百脚”，这个明白，十分形象。苏州人把鸡呀鸭呀这些禽类叫“扁毛畜生”，也有趣。

二十世纪七八十年代，苏州人——准确说是苏州的小纰漏们，把人民警察叫“白乌龟”，因为当时的警服一身白色。方言词典里是没有的，特记一笔。

白煮蛋，苏州话：“白焐蛋”。烧过灶头的知道，鸡蛋放汤罐里一夜天，早晨起来，焐熟了。苏州人的烹调语言里，好像没“煮”这说，我第一次从菜单上看到“煮”字，是在川味饭馆。

水乡生活在苏州话里时有出头露面，“扳艄”，扭转局面的意思。还有一些，想不起了。

“外来和尚好念经”，翻译成苏州话是：“本地辣虎辣勿煞人”。辣椒说成“辣虎”，现在还说。苛政猛于虎，辣椒亦猛于虎也。

孛篮，柳条荆条编成的篮子，叫“孛篮”。孛篮里放些洋山芋，孛篮里放些小青菜，孛篮里放些牡丹花，孛篮里放花，就叫“孛篮花”？“孛篮花”，形容时间短暂，“一个孛篮花，吾亦老吾老矣。”

“孛篮花”，多美，以此为题。

雪竹图

“快雪时晴，佳。想安善。未果为结……”这样的美妙之处，在他那里，总有哀触。王羲之《快雪时晴帖》里的“雪”字，寄籍三尺，一脚踏下，生老病死，湮灭小腿。

《苕溪诗卷》中，米芾写“雪”，一横成点，像打击乐，粗细变化极其自由，小蛮腰眼睛一眨就成大肥臀，好看也好看，和王羲之的“雪”比较，就不够丰富，只有呼气，没有吸气；和赵孟頫的“雪”比较，还是有趣。

徐渭让他的“雪”给我们跳舞，长袖甩起来，一个侧身，腰在臀那里转弯，线条情色得一塌糊涂。

那天我在陈如冬西山别墅喝茶观鱼，见匾上“听雪”两字，张充和手笔，是由小楷放大的，一点也不怯，骨骼清俊，“小生到此”，像演小生的。她的姐夫顾传玠是昆剧小生行中全才，我太年轻了，没有见过。

西山这名字，比我年轻的人，也会“没有见过”。西山几年之前改名金庭，小领导怕大领导不来，“日落西山”，有所忌讳。北京的西山也没有改名啊，乾隆皇帝在这个问题上不和他们一般见识。

坐在“听雪”下面，我想过冬挺好，客厅里有壁炉，可以烘山芋（北方人的烤白薯也）。或者摔几粒白果进去，或者摔几粒板栗进去，听响。

我一直想试试的事，是烤鸡蛋。不知道鸡蛋能不能烤？靠！有人读到这里，会说“靠”，我是知道的，呵呵。

陈如冬的太太，陈太太，前年养了几只鸡，不忍心吃，放生，放生到养鸡场去。今年养了两只灰鹅，如雁。我老婆在露台弹《平沙落雁》，半个月出门在外，无琴可弹，一阵雨吹过来，落在地板上星星点点。这琴是我向星星借的，星星姓周，据说她女儿每天临睡前会读我一篇散文随笔，我准备收她做徒弟，不教她写作，教她笑。笑是学问，博大精深。

我要把散文与随笔打通，成为新文体——“散文随笔”。有人读到这里，会呵呵，我是知道的，呵呵呵。

坐在“听雪”下面，也可以听花，院子里的白芙蓉像万寿宫叮叮响。

真是巧了，我去年今年回苏州，借住朋友家，朋友家就在万寿宫旁。万寿宫我从没进去过，门卫严谨。万寿宫正门没进去过，万寿宫偏门有个理发店，我剃过头，也算进去过了。爱过了，恨过了，进去过了，出来过了。像是段子。

杨维桢怎么写“雪”，记不起，仿佛雷声轰隆，霜色肃穆；而“竹”字拔地而起。王羲之的“竹”如慈竹，杨维桢的“竹”就是毛竹了。毛竹是搭脚手架的料。有人说启功写字是在搭脚手架，那么，潘天寿写字是不是在编芦席？倪云林不知道自己画芦画竹，徐熙肯定知道自己在画竹。

徐熙《雪竹图》最早在一本画册上见到，黑黑乎乎，细看粗看一个样，说实话有些失望，“徐熙野逸”，在我心里，大概是徐渭和八大山人的路子。在上海博物馆见到真迹，当时想法，觉得画得好，但不是我要的好。后来又见过一次。这几年，我会想起这张画，是不是徐熙所画，已不重要，这张画的野逸，野逸到骨子里了，外面看不出。

《雪竹图》，我对朋友说，要凝视，要想象后面有一束光打过来，我们在看X光片，看到的是骨骼。徐渭肉厚，八大山人皮薄，不一样的，《雪竹图》与很多画不一样。我不知道你是怎么看画的，我是——看一会儿，闭眼，突然睁开，再看。

去年七月，北京大学出版社安排我在苏州诚品书店做讲座，推广我的《苏州慢》，我讲到了另一幅《雪竹图》作者，翻出底稿，抄录片段：

> 明代苏州最好的画家不是“明四家”，是“明四家”里的一个沈周，再加陈氏父子，再加陆治。
>
> 这是我的“明四家”。
>
> 陈白阳的儿子陈栝，这字多音，一念 kuò，意思是箭末扣弦处；一念 guā，古书上指桧树（古人的名字真是难读，桧作为树，桧桂同音；作为秦桧的名，约定俗成，读如污秽的“秽”，秦桧自己都没办法）；一念 tiǎn，拨火棍。

他到底叫什么，我也不知，只有猜测。古人名的音读不准，可以通过字助阵，但陈栝字“子正”，这就困难了，因为箭也要射得正，树也要长得正。

但我有个设想，陈白阳的儿子陈——“栝”，念 tiǎn，拨火棍。这个字在陈家有继往开来的意思。

用一句话来排辈分，比如十个字排十代，总有完结时候，不吉利，于是发明五行排辈。

清代史学家钱大昕（留园有他“花步小筑”四个字）说（见《十驾斋养新录》），古人取名字用五行表示辈分的习俗，始于唐代，以后一直流通，木生火、火生土、土生金、金生水、水生木，到了木，就是末代，按照这个理论，陈白阳的儿子陈栝就是末代了。陈白阳名陈淳，字道复（他的父亲名钥——金生水；祖父名璚，字玉汝。璚也有两个读音：jué，qióng。可能读 qióng，美玉。jué 是日边光气，形状像裤腰带。他们家的名字都这么麻烦），三点水，水生木。到了陈栝，既结束旧的，又是新一轮开始，那就是拨火棍了，要把香火拨旺（栝的哥哥是树，树有一子名“灿”，即可作证）。

陈栝《雪竹图》，立轴，纸本，墨笔，纵 59.5 厘米，横 30 厘米，二尺左右，气象万千，北京故宫博物院藏品。太了不起了，徐渭的门道出自这里。

这才是厉害的苏州人！而不是文徵明什么的。

《雪竹图》可以讲三小时，暂且放下。

这一段刚才重读，《雪竹图》可以讲三小时吗？讲或许可讲，但没用，画，自己去看，不要先入为主，要后知后觉，像镜子那样照，放空了瞧。

我去绍兴玩，德洪家吃饭，他给我看他的七八张画，有一张是一根竹竿，中间蹲着滚圆一团。我说什么东西？他答“雪球”。好像是有出处的，台北故宫藏有吴镇《竹谱》，他画雪竹，雪也是用（抖动的）线条勾出。

许多年以后，一个人用昨夜被雪折断的竹枝，在他人瓦上扫雪，冰雪夹杂竹叶破碎的葱绿，似乎决意要拌出前村小酒馆里的大盘豆腐。

真干净。

在天目山听伟宏说笋干

院子里要种一株树。已经种下两株，一株是樟树，还有一株也是樟树。这回要种石榴。为什么不种芭蕉呢？一个人门口比画，四个人抬着石榴树进院子了，树根挺胸凸肚，被稻草捆成一个球，青枝绿叶恍如鞑靼人挟持的妇女马背上掉下，落入泥水。

为什么不种竹子呢？

笋多好吃。笋干多好吃。

我在北方睡午觉，醒来收到天目山笋干，伟宏所寄，并附言："笋干泡水三十分钟，拿出来，放菜油、大蒜，蒸熟即可。"

我立马回复，"大礼收到，像怀素的帖了，'苦笋及茗异常佳……'"我的回复不佳，有索取茶叶之嫌，不如杨凝式"昼寝乍兴"，而天目山笋干确有秋色。

可惜家中无菜油，我用色拉油蒸上一碗，我用麻油蒸上一碗，我用糟油蒸上一碗，蒸蒸日上，各有千秋。

看着热气在笋干间情动于中，发言是我：用色拉油蒸的笋干宜下酒，用麻油蒸的笋干宜下饭，用糟油蒸的笋干宜下粥。

个中滋味，说不清，个中滋味比个中书法更为复杂。刚才说到怀素，苏东坡不喜欢怀素，后来未必居上的王铎，不喜欢怀素，也不喜欢苏东坡。个中滋味，说不清的也。说得清的，是我仲夏饱吃天目山笋干，初秋居然就到了天目山。

第一眼见到的是有人牵牛上山，第二眼见到的是有人从禅源寺出来。离禅源寺不远，有留椿屋，旧称潘庄，上海潘姓买办为他父亲所建；周恩来游天目，到此下榻；老百姓喜欢把这座建筑称作胡蝶别墅。胡蝶拍啥子电影，借住几天。胡蝶主演的电影，我好像都没看过，以前我集烟标，美丽牌香烟壳子上的明星，有人告诉我她是胡蝶，我记住了。但有人告诉我她不是胡蝶，是吕美玉。但又有人告诉我她不是吕美玉，是蒋梅英。不要搞错好勿啦？明明是张爱玲嘛。胡蝶面目，飞我这里混鱼龙，如何长相，只有去问戴雨农，真相八卦，两枚硬币的一面之交。第七眼见到的是弱水在给留椿屋拍照，然后发微信，他把留椿屋改名蝶来斋，不小心写成胡来斋，很旧气啊，胡为乎来哉？很画面啊，胡来云尔，尔云来胡，简体字的好处。

第十三眼见到的是天，天黑了，于是六个人喝酒，于是八个人吃饭。吃饭的总比喝酒的多，君不见中峰峰上十丈莲，吃饭夜夜到诸天，并不是唯有饮者留其名，名不虚传，名要肚子吃饱的人。吃饱了而不撑，大学者，大和尚，大自然。

于是七个人夜谈。

于是第二天，看罢万年银杏，下到幻住庵，中峰和尚的营造法式。世间物物皆为幻，我把斯庵作真看。也是缘分，我临过中峰和尚的书法。中峰和尚有两位弟子，金童玉女，赵孟頫与管道升。二十世纪八十年代，城市乡镇，都有卖文学的地摊，谓之“地摊文学”，有次，我在一本地摊文学里看到——《赵孟頫与管道工的生死恋》。

下山那天上午，伟宏说起天目山笋干，我如读《天目笋干谱》。听君一席话，胜吃十年竹，我是熊猫啊？我说你要写出来呀，他说正有打算。这事就交伟宏办了，伟宏已与天目山笋干订亲，我再写它，就是抢婚，此处，不厚道！

伟宏言道，鲜笋采来，先用盐水煮，一遍又一遍，浓缩似乎酱油，名为笋卤。我想笋卤花生，山中日月，方物一时无双，亦一时无言矣。来天目山一趟，厚道之外，我总要薄写点什么吧。

2017 年 9 月 19 日，这里出现年月日，有点突兀，我就要这感觉，仿佛摸黑进山，早晨推窗，洞见青峰。下山那天下午，一路青峰，小盛开车送我，我说你姓在我家乡读如“常”，他说这里也是。我说南方人讲“胡桃”，北方人不懂，他们叫“核桃”。他们遇到山核桃，就把胡桃叫成“大核桃”，山核桃叫成“小核桃”。近来南方人都把胡桃喊为“核桃”了，我童年时候从没听人这么喊过。

山核桃加工得太诡异，当代山核桃，五味流窜，支离破碎。我喜欢传统山核桃，憨厚，不打妄语。小盛说：“很少这样做了，要把山核桃放进大锅，加足水，一点盐，一点茴香，傍晚煮起，煮到明天中午。”

想起浙江朋友说过，每年打香榧，会摔死人，所以价高。小盛摇摇头：“不会，不会，香榧树矮，架个梯子就能打完。打山核桃，才会摔死人。今天就摔死一个。”

打山核桃前，先把山核桃树周边的野草割干净，否则打下后找也难找。山核桃多生长于悬崖峭壁，打得兴起，一脚踩空，或者树枝忽断，摊上大事了。有种安全绳，用起来不方便，大家不爱用。政府近来推广一种斜网，系在树上，网上有个洞，洞下放一只桶，让山核桃自然脱落，滚进洞里，掉进桶里，大家也不爱用，山核桃在树上待得太久，会发芽，一发芽，变苦。

前几年，小盛一个人把他爸爸和哥哥打下的两万多斤山核桃从山上背到家中，来回一趟，四个小时。浙江人比江苏人能吃苦。他指指右膝盖，背山核桃背坏的，不能弯曲自如。我看了几眼，并不影响开车。

这样我就到了苏州。在别人家房间我写这篇随笔，写写停停，看别人在别人家院子种石榴树，直立起来了。我数数树上，一次数出二十三只石榴，又一次数出十九只石榴。

王威廉　关于榕树【外一篇】

为什么人总有一种欲望——喜欢把自己想象成旷野上独一无二的树，作为大地的守望者而长久存在——这是一种出自生命的本能渴望吗？还是诗人米沃什说的那句令人难以忘怀的话："我不想成为上帝或英雄。只想成为一棵树，为岁月而生长，不伤害任何人。"为岁月而生长，顺着时间的流逝而生长，将时间的印痕不露声色地镌刻在自己的内心，这就是树的生命方式。相对于人类生命的短暂，树有着近乎神一般的寿命。数百年乃至上千年的树，在地球上并不稀罕。

出生于大西北的我，小时候见过最多的树是杨树、柳树，而且普遍瘦弱、矮小。在那干旱、冷酷的气候中，树木很难长得粗大。因此，树给我留下了一种脆弱的印象。在来南方以前，我似乎是没见过榕树的，因而初来南方，对榕树的印象极深。

岭南路边最常见的树，便是榕树了。榕树似乎轻轻松松就能把自己变得格外粗大，而且还扎下那么多根须，欲把一棵树演变成一座森林。

我惊叹：榕树到底是一种怎样的生命？

走近看榕树，那粗壮的树干下面，悬挂着一根根垂下来的茂密的气根，像是人身上的体毛一般。我想，仅此一点，榕树和其他的树就从本质上区别开来。榕树更加具备某种拟人性。

那些气根在南方湿润的空气里疯狂生长，越来越粗，呈现出深褐色，像是生锈的铁线。气根顺着重力，毫不费劲地便接近了地面，然后，奇迹发生了：它竟然像锥子一般扎进土去，不但继续生长，而且摇身一变成了根须，在地下和地上同时生长。如此一来，整根铁丝样的气根又长成了粗壮的树木。这个向下伸入土壤形成的新树干称为"支柱根"。这时候，我们才会意识到，气根并非只是顺从，而是有着自己的意志。它把自己变成根须的这个过程，是一种不折不扣的质变。

——它从依赖型器官变成了吸收型器官。

就如同发辫变成了拐杖，手脚变成了内脏。这是怎样的一种魔术，又是怎样的一则寓言？

据说榕树的气根也是一味中药，可以治感冒等病症。我还从未试过，也不明白原理，但我确实觉得那看似不起眼的木须里边，蕴藏着顽强的神秘之力。

不过，正因为榕树的容易养活，也改变了它的命运。它成为盆景装饰的热门选择。它被安置在花盆里，然后设计、修剪成各种各样的形状。为了保持这种形状，还得定期修剪它那些快速冒出的枝叶。如果它是能感到疼痛的，那么它在为自己的顽强生命力付出巨大的代价；如果它是感觉不到痛苦的，那么，它就可以坦然接纳人类对于自己生命力的崇拜。

但是，这种对于榕树生命力的崇拜，似乎鲜少在重要的典籍中出现。倒是同在南方的棕榈树更得人类的青睐。《圣经》中记述，每逢军队得胜凯旋之际常带着棕树枝，人们更以棕树枝欢迎胜利军。棕榈以它奇怪的树干以及阔大的叶子，成功博取了人类的好感。

我偶然在印度的古老经典《薄伽梵歌》里找到了榕树的身影。神用榕树比喻世界的存在样态。

作为印度教诸神中最广受崇拜的一位神祇，黑天说："有一棵榕树，根向上枝向下，叶就是吠陀颂歌。认识这棵树就认识吠陀经。这棵树的枝丫上下伸展，受物质自然三形态所滋养。小枝就是感官对象。这棵树也有向下生长的根，受人类社会的业报活动束缚。这棵树的真正形体在这个世界无法知觉。谁也不知道这棵树终于哪里、始于哪里、基础在哪里。然而，意志坚定就可以脱离为武器，砍倒这棵树。如此一来，人就须找寻一个地方，到了就不用回来，而且可在那里皈依上帝。"

这段话也许要看好几遍，才能模模糊糊地想到那个世界的形态。我从中看到的是榕树的复杂性，那些盘绕的枝叶，已经分不清来龙去脉，如果人类是生活在巨大榕树上的蚂蚁，自然不可能知道这棵树终于哪里、始于哪里、基础在哪里。要用"意志"砍断这棵宇宙般的大树，实在是难以置信。但反过来说，意志的力量又被放到了一个很高的位置，让人不免想到，这难道是暗示世界的虚妄都是来自意识的想象和揣测？

这段把世界比喻成榕树的话，很长一段时间里，都被我一直铭记。我看着榕树，仿佛古人在“格物致知”。我的愚钝让我面对着榕树常常一无所获。榕树复杂的线条几乎超越了我的视觉想象力，从而牵引着我的目光，在它的周身逡巡。我想，这和佛学的“所有相皆虚妄”恰恰相反，榕树以它复杂的样态，似乎要克服虚妄，表明世界所存在着的复杂模样。这么说来，榕树像是一个证据，证明世界的真实性。

复杂性能等于真实性吗？似乎在人心中的确有着这样的潜意识。想想那些大科学家，牛顿、爱因斯坦，他们从复杂世界中提炼出了简洁优美的公式，$F=ma$ 也好，$E=mc^2$ 也好，无不令人惊叹，惊叹于那种难以企及的本质美学。因此，牛顿和爱因斯坦都相信宇宙中存在一个爱好秩序的上帝。可面对榕树，我觉得它的芜杂中没有体现上帝的智慧，只体现了生命固有的那种盲目的蛮力。它让我觉得这个世界不是靠简洁公式设计出来的，而是靠生命自身的繁衍。有榕树存在的这个世界，生命即便没有重要的位置，也至少是有一席之地的，这样的感受让我踏实。

因此，榕树给我的启发，让我更是对其心怀敬畏，甚至心生嫉妒——

那是一种怎样蓬勃的生命力啊！

榕树把自己复制成自己，又和自己聚合在一起，生命仿佛获得了完整的自足。我有一次做梦，梦见自己变成了一株巨大的榕树，我的每一根汗毛都变成了气根，它们紧密相挨，茁壮生长。我的躯体由此也开始无限延伸，有种覆盖万物的气势。我第一次觉得自己是如此恢宏有力。这种力，不是肌肉的力量，而是一种生长和蔓延的力。它不是刚性的，而是极为柔韧的，具备一种贪婪、占有和攫取的侵略性。但梦的结局让我意外，我变得极其庞大之后，布满了我能抵达的全部空间之后，我忽然感到孤独，我渴望另外一棵榕树和我的枝叶能缠绕在一起。

醒来后，我脑海里出现了一个成语：

独木成林。

汉语的魅力，只这四个字便让人回味不已。原本这个词给我一种壮阔的感受，可自从那个梦之后，我总是忍不住在“独”字上多看几眼。再能成林的独木，依然还是独木，不能完成生命的自足性。

曾在课本上学过巴金先生写的《小鸟天堂》，但早已忘却那里写的“独木成林”的树是什么树。后来得知，那棵树正是榕树，而且就在江门，离我住的广州不远。于是，我便有幸去参观了一次。那棵榕树独自生长在江心的一座小岛上，因而成为国王式的存在。那种枝叶散开的程度远超想象，很难相信那真的只是一棵树生长而成的，它突破了我对于生命的某种观念。在它的树杈间，栖息着一群群白色的鸟类，我没有刻意去记那是什么种类的鸟，只因我觉得那些翅翼修长、无拘无束的白鸟是如此美丽，美丽得不像是这世间真实存在的生命，美丽得就像是这棵巨大而孤独的榕树所渴望陪伴的虚构之梦。

我是树叶

我开始钦佩那些完全用个人经验写作的人。完全彻底的个人经验，究竟意味着什么呢？这对一个常年用小说来表达感受的人来说，甚至是一个哲学性的命题。毕竟，虚构在很大程度上，是在创造经验。而用经验来创作文字，似乎是另外一种循环的方式。

把个人对世界、对事物的持续关注反映在文字上，写作更像是一种转换的媒介。这种转换，在多大程度上真正反映了人的所思所想？会被语言的惯性所裹挟吗？人像是电脑的处理器，在将世界用另一种符号重建起来。在世界和文字之间，人有足够大的力量去弥合这两者吗？弥合不了，人会掉进这两者撕裂之后的大峡谷当中吗？

我承认，这是我孤独行走时想到的事情。我感到自己似乎行走在一道巨大的裂谷中央，左边是世界，右边是文字。那么前方是什么？我看到的这些喧闹的表象，难道不是世界的一部分？昨天被搬迁的村落，今天兴起的大厦，一切都比个体更强大，但这些巨大变化的事物，却赋予生命一种韧性，被不断绷紧、松开，绷紧、松开，时间似乎在这样的运动中拉大变长了。

我早已经历沧桑，我却只能呆立原地。如此说来，那样的沧桑到底和我有没有关系？

我有写作的欲望，总是如影随形，挥之不去。如果我写下的文字，没人阅读，我还会不会写作？如果我写下的文字，让人读了，却并不喜欢，那又该如何？我为什么写作，他们为什么写作，写作对每个人而言都是一样的吗？

我会叙事，我出入不同的时空，我分明大于我，我分明更像是我们。我总是说我是一群人，我是一个阿拉伯数字，我进入了无限不循环的序列黑洞。

我站在雨中的公交站台，周围几乎看不见平时繁多的人影，我的这些思绪让我在自己的世界里旅行。我一边旅行，一边注视着这个熟悉又陌生的外界。树干在雨水中变黑，我从未见过那样动人的黑色，忍不住伸手去摸。希望树也能感受到我的触摸。树看上去是如此不怕寂寞，而人，即便独自一人，也要一分为二、一分为三，自己与自己、自己与想象的他者，不断地对话。

什么是灵魂？如果说灵魂是神性的、不可知的，那么这种意识中的对话，我敢肯定，一定是对灵魂最大的滋养。灵魂在对话中生长变大。没有自我的对话，没有自我的辩诘，没有对自我的绝望，无法想象这样的生命是如何获得深度和灵韵的。

但一个贫弱的自我，只与自我对话，仅限于内部循环，一定不会改变这种贫弱的本质。让灵魂最受益的对话还是阅读。伟大的灵魂，把印迹留在那些字里行间，需要一点点去破译。伟大的灵魂并没有归属权，它属于每一个人。它隐藏于每一个人体内。这像是童话故事里埋藏在后院的宝藏，在绝境之中突然被挖掘出来，一切都获得了拯救。

一场伟大的对话，是自我的发现，发现自我当中隐藏的伟大灵魂，哪怕只是伟大的一部分。或者说，我们至少发现了一道血管，在接续着一个更伟大的存在。但是，这样发现的是一种怎样的自我？自我究竟是发现的，还是发明的？自我是人类整体的一部分？还是说，对话无处不在，是对话在建构乃至生产着一个个数不清的自我，灵魂成为一种人头聚集之后的虚妄背影？写作是基于这个对话的自我，还是先验的自我？前者是随笔，后者是小说吗？

天空越来越低，我抬起头，幸好路边总是有高大的树木，天空才显得没那么空洞和贫乏。我要变成树上的叶子，我要成为那样的无我存在。只是，面对着成千上万张树叶，我不知道自己应该变成哪一片，才是心甘情愿的，才是恰当的。毕竟，那每一片树叶都和我一样独特。

阿微木依萝　**两场梦【外二篇】**

我发现他的那一刻立即藏起自己的脸，最主要藏起脸上的皱纹。但来不及了。有灯光的通道里，他站在那头，是恰好从那儿路过又更像等待什么人。他向我走来。

你就是那个人吧？他问。这话说得好像此次见面早已约好。

我说是的，我就是那个人。

你在这里做什么呢？他问。

不知道怎么回答才令自己满意，我因此闭上嘴巴。仍然想着借用不明亮的灯光藏脸。

我没有脸见你。我突然对他说。这句话使我肠子都快恨断了。这是我长期隐藏给一百两金子也未必说出口的。我从不示弱，在他面前更不会。

我就知道你会没脸见我。他这么说话真够狠的，脸上挂着很淡的笑。

很多年了、很多年了……我反复地自言自语。他仍然坐在一把残破木凳上，突然变得有点可怜，有点怀念旧情的样子，眼睛总算柔和地在我这边深深看了几眼。烛火照在他的脸上。已经不是先前那个通道而是一间窄小的房子，屋里的一切除了他和面前的一张桌子，什么也看不清，也许什么都没有，风吹进来是一股空荡荡的感觉。

你怎么也到了这儿，过得好吗？我问。

他什么都不说，给我两声笑。

风吹在我的头上像翻旧账，藏得很好的皱纹被翻出来了。我记得昨天还很年轻。昨天我们刚刚从河边钓鱼回来，一大群朋友当中，我对他说，以后你去哪儿可别忘了带上我。他说好。

从河边回来我就走了另外一条道，不管谁怎么喊，我都没有停下脚步。

现在我要来赴他的约大概是要告诉他，很多年前我只是想走得远远的，并不是真的要避开像他这么好的人。

他坐在凳子上，笑越来越淡，对我说话的兴趣越来越淡。

好啦，我要走了。他说。

不，我们朋友一场，我的朋友那么少了，总要留个联系的电话吧？我几乎牵住他的手说。这个动作使我立刻知道这只不过是一场梦。在梦境里就知道自己做梦已经不是第一回。他站在我跟前带着一些光晕，只有梦里才会有的光晕。也许通道那儿的灯光和屋里烛火其实两样都没有，他只是带着陈旧的记忆亮堂堂出现而已。

既然你知道这是做梦，那就不多说了。他一边说一边朝着那条有灯光的通道那头走。我紧跟在后面，无论用什么方法都不能跟上。他身边突然出现一个年轻姑娘，互相牵着手，她冲我狠狠地瞪了一下眼睛。

我立即刹住脚步。突然醒了。醒来在房间里走了又走，像许多个晚上那样突然搬出小桌子，拿出纸笔准备写点什么。我想记下先前与他梦中相见。我对他肯定怀有两分超出友谊的感情，而他，在当时对我的心思恐怕不止两分。

如今使我感到愧疚的是，当年应该跟他道别，尤其在后来回乡的某个下午与他在街上差点相遇，我应该打声招呼而不是悄悄躲避。很久以后我才搞清楚，那次相遇的时间，正是他失去父亲没几天，也许那天他的眼睛哭得什么都看不清，才会让我从眼前不足三米的地方逃走。

我在房间里走了又走，仿佛回忆需要大量赶路，我必须加快脚步。

门口有人鲁莽地敲门。

我从不给陌生人开门。

我把门打开了。门口的人让我大吃一惊。“你就是那个人。”我说。

他点头，侧身进门。屋里灯光很暗，只要开的是小灯，亮光就像烛火一样。

听说你住在这里。他坐在我新买的茶几边，斜靠在我本来清清楚楚记得已经扔到楼下的一把旧椅子上。

很不好意思，我说，让你坐在这么破烂的椅子上。

没关系，他用手扫一扫衣袖说，有什么关系呢。

我刚才梦到你了，在一条通道或者小屋里。我感到有点不好意思，这些话说起来让人以为是在怀念旧情人。

谁说这不是梦呢。他笑说。一边笑一边往旁边看。我也扭头往旁边看。旁边站着的年轻姑娘让我心里不知什么味道。她怎么跟进来的只有门知道。我明明把门关上了，这会儿却是大大开着。门外吹来的风和先前梦里那个房间的风一个感觉。

我马上相信他说的话。眼前这些景象也是在梦中。我只是从一场梦醒来进入另外一场。

算了，他说，这回真的要走了。他起身，那姑娘立即跑去挽住他的胳膊。

总要留个联系电话吧，我抓住他的另外一只手说。这次好在早已准备了纸笔，原本用来记录上一场梦的经历，现在派上更好的用途。

我在纸上写1359……那个9怎么也写不出来，更让人着急的是笔芯里居然装的不是墨水，而是清澈无色的水，落在纸上的字难以辨别并且很快就干掉了。

你写好了没有？姑娘不停地催促。

我使劲在纸上写：1359……

他走过来看了一眼，摇摇头说，不要白费力气了。

你写快点，不要浪费时间。姑娘又继续催促。

我使劲在纸上写：1359……

汗水从额头上落下来，我怀疑自始至终我的笔芯里都是干的，没有墨汁也不是纯粹的清水，时间匆忙，我无法立即找到墨水和另外一支笔，所以蘸着额头上的汗水在写。

我使劲在写，竭尽全力在写，无可奈何在写，顾不得脸上的皱纹在写。

她在催促我。

他也在催促我。

我前面写下的歪歪扭扭的数字干了又添上，添上又干了，仿佛竹篮打水。

算了，你们走吧。我说。我放下笔。两场梦加在一起仍然不能使我写下与他联系的号码。风吹在纸上，把它吹落在地，把它吹出门去。

他们转身就走。我眼睛直直地看着前方，他们的背影在烛火的亮光下老照片那样模糊。

门外响声挺大，这回真的从梦中醒来，每到这个时间，阳光还来不及照到地面，环卫工就会早早拿着大铲子，将我分不清是东面还是西面的窗户下面垃圾箱里的东西清走。

我从两场梦中醒来，像赶了一夜徒劳的长路。

宝裤

中年女人阿枝在回家乡的火车上必定会穿一条红内裤。这事儿我也是无意中发现的。那时候我还在砖瓦厂当混混，在两个姑姑的工作地玩耍，偶尔陪她们打麻将，按照她们的说法，输点钱孝敬她们。

我挺乐意往砖瓦厂跑。那儿住着许多我的同乡是一回事，最重要的是那儿的氛围。整个厂子里净是沾亲带故的人，随便走走遇着的任何一个人都会跟你打招呼，摆笑脸，问你吃饭没有，或者你的衣服哪儿买的，鞋子哪儿买的，这么好看，那么好看。反正进了砖瓦厂，仿佛进了亲戚窝。人在他乡，图的就是热闹和亲切。

我和阿枝实际上没有半毛钱亲戚关系，但是拐几个弯之后好像又是亲戚了，得喊她一声姐。这么老的姐放在十六岁之前，我肯定不会认。但由于我在十六岁那年遇着一个智力与我持平甚至更差一些的同龄人，无论怎么提醒，她都张口喊我阿姨，从那次惨痛经历之后，我对“阿姨”这个词就过敏了。现在喊阿枝姐姐，属于再好不过的称呼。我们之间的关系也真不错。有的时候我感到非常想念家乡，想念与我一同长大的堂姐，我就会把阿枝当成自己亲堂姐看待。在她眼中我大概也是个不错的妹妹吧。不然也发现不了她的红内裤。

别想歪了。

她只不过是教我一些走江湖的经验。

她属于中年气盛的人。说到跑江湖，还能像年轻人那般激动，像只红公鸡，站起来，扬起手，描述她遇到的那些天杀的遭遇。最气愤的其中一件，莫过于反反复复好多次在火车上丢了钱。每次乘火车她都穿同一件衣服，衣服口袋里也总是装着零用钱，而且也因为顺手，钱反复放在同一只口袋。而这倒霉的口袋就每次被贼人割破。遭贼的那几年，她简直要相信世上有鬼，不然为何整个车厢平安无事，就她惹起毛贼注意。她说，现在想起来还很冒火，有些人命里有贵人相助，而有些人命里时常遭贼娃子光顾。她就是属于后者的倒霉蛋。连续几年，她的那只口袋被割破了缝上，缝上又割破。“妈卖麻花儿！”她要打着方言咒一句才解气。

我记得她如此动情地讲述江湖奇遇那天，太阳好得很。这个精力充沛的女人一边往地面上码砖,一边和我说。后来,那最重要的使我终身不忘的一幕出现了,她四周瞧了瞧,无人,便拍拍手上灰尘,低头将腰带松开,牵出裹在小肚子上的红内裤。

“看到没有哇,晓得这叫啥子?”她指了指。

“火烧儿。”我说,“有啥稀奇,不就是颜色妖艳些吗?你穿它辟邪?”

“懂个锤子。这叫宝裤。晓得不。”

我差点笑死。

她一本正经。“要不是昨天的内裤洗了没干,我一般不会闲时穿它。”

内裤还分闲时和忙时,又不是中国移动,我心里想。

“老前辈的话你要记住,这可不是普通的内裤。为啥要叫它宝裤呢?是这样的,你看看。”她牵起内裤往上提了提,我看见在那绝妙的地方缝着一个口袋,还配着一条细拉链。她从口袋里掏了一下,掏出几十块钱。抓着钱在我眼前晃了晃,又放回去了。

她说:“没有比这个更保险的。每年回家坐火车必穿。自从穿了它,这几年我一分钱都没有丢过。别的地方我感觉不到,哼,这个地方,想都不要想。你不懂。市面上这种内裤卖得翻天的好。”

她又说:“这钱骚是骚气了点,但谁会管这些。”

我十分佩服她的机智。有一年我也差点买了一条那样的宝裤。可是翻了翻又放回去了。大概穿这样的宝裤不仅需要勇气还需要幽默感,更重要的一点,我没有阿枝姐姐帅气,她这人皮囊粗糙,干的也是粗活,但性情大刀阔斧,“啪”的码一块砖是一毛钱,那么她从宝裤里掏钱的时候手势也绝不含糊。

反正,她足够勇敢,钱是汗水换来的,知道自己丢不起,便用宝裤将它保护起来。即使这做法外人看了十分好笑。但阿枝姐姐才不会管你这么多呢。

关于黄埔军校

现在回想起来,我们山区流行的东西一般是这样的,从大地方来,经过漫长旅途传到山里的时候,大地方的人已经开始时兴别的东西了。也就是说,我们总是玩人家玩剩下的。那时候还没有网络,信息闭塞,加上带“时髦玩意儿”回来的人说话也要加上自己的想象力,事情就猜不透了。就拿关于黄埔军校的事来说,这个学校其实已经不在了。来我们那儿吹牛的人非说他们村有人考上了黄埔军校。现在想来，只能说那人如果进了这个学校，必定有穿越的本事。

但我们不知道呀。我们还是孩子。我们这些孩子就在这样的流言中长大。对传说没有辨识能力，学识深的也不会留在山中，天天为我们斧正。因此我们就在浑水中呛着长大，后来简直为了掌握大量丰富知识而欢天喜地。踏入社会时，仍然自信满满。

我就是那中毒的鱼。自信的鱼。

按照那人说的，并且全村人一致肯定，黄埔军校就在上海。“黄埔军校不在黄浦江畔，在哪儿？能在哪儿！”这个印象钉子一样扎在我们脑海。我甚至很骄傲我们那儿居然有人考到上海去。那可是大都市，比我们好几座山大吧。

刚踏入社会那会儿，父母说，陌生人的话谨慎听，陌生人的东西绝不吃，小心驶得万年船。加上自己平时也看书，也知道江湖凶险，便一直小心翼翼，可总想显显身手。

比如说，跟人吹牛时，也摆出自己很有学识的样子。我们那儿的人最看重有见识的人。他们说，有见识的人走遍天下，没见识的人寸步难行。

那天，我遇到一个男生，他在那儿文质彬彬的，是我刚结识不久关系很好的女同事的表哥。我一定是对他怀着好感，觉得要和他多说几句话才会搭腔，何况他话也挺多，言语温和，声音特别好听，沉甸甸的书生气，不知怎么鬼扯的，就扯到黄埔军校上去了。结果我那句“我们村有个人前几年就考上了黄埔军校，去大上海啦！”他的眼睛就直了。问我，那人多大？我说和我一样大，也许稍大几岁。又问我，你上过学没？我说上了一点儿，初一混半学期，辍学了。他好像理解了我为何会说那些话，那种表现特别复杂，像同情又不完全是。我看见他深深地缓了两秒钟，吐出一口气，跟我说：黄埔军校早就没有了。而且，它也不在上海呀。

我当时没有想别的，很生气地问，它不在上海在哪儿？

那人说，广州。

这一场聚会不欢而散。他像逃跑似的。我也很烦躁。怎么黄埔军校不在上海，跑广州去了。也努力回想课本上到底有没有提起这方面的知识。结果是茫然的。我什么也想不起来。除了记得村里那吹牛人说的话，其他没有印象。

后来这就成了我的结。那之后吹牛，再没提过黄埔军校。

现在我明白了，那人一定也是听了某个老者吹牛（那老者也未必是第一个讲故事的人），然后加以想象，转换一下，拿来和什么也不知道的人吹。而我们这样的小孩子，就眼巴巴地将这个故事记下来了。

就是这样，我们那儿流行的东西，外面已经不再流行。刚知道世上有个黄埔军校，却被告知信息错误，地点方位都是错误的。

陈蔚文　**梦或星辰**

灯，自明，并且把其余的也都照亮。

——题记

那种路灯下往回走的感觉，是由年轻与舞蹈本身赋予的好，筋骨是有弹性的，腰身柔软，生老病死尚远。身体被音乐与舞的回响充满着，如春日河水的奔流。

中途我去上海工作，生孩子，再回到这城市生活已隔数年。公园内，这支舞蹈队仍在，女老师身姿依旧，面庞在暖黄灯光里老得并不明显。我往后退了些，竟有些怕她认出我似的，我是怕她讶异于我的变化？我领着儿子乎乎，碰上他有兴趣时，大模大样地坐在花坛边观舞，没兴趣时一下跑远了。我告诉他，妈妈以前也在这儿跳舞，乎乎热情地说，你去跳啊。

“这个舞妈妈不会跳，以后学了再跳。”我知道，是不太可能回到这支队伍中了。

跟着她跳舞的人，一直保持在十几二十人左右，有像我一样离开的，也有新加入的，总人数持衡。这支经年的驻园舞蹈队，常引得人停足观看，主要是看女老师，当她示范起舞，旁观的人中便要发出喟叹，跳得蛮像样！是的，如果你知道她如今有六十左右了，大概更要感叹。她神情严肃，卷发在脑后扎成一把，保持着二十岁的身材。

另有一个以前在小树林空地教交谊舞的男老师，也跳了多年，浓重的本地口音，总在那示范步伐，舒肩撑臂，前进步，后退步，旁移步，快慢慢……他响亮地喊着拍子，头略向后仰，在教会群众前先陶醉了自己。

当我从外地回来，小树林换了别的舞蹈组织，一些大妈在跳广场舞，音乐铿锵，但树林里似还依稀回荡着小个子男人的喊拍子声。

公园内有个大操场，有教跳健身舞的三个中年女人，她们在球台上像球场少女啦啦队一般活力无限，配合“最炫民族风”之类的流行歌，跳上一个钟头不歇一口气。中途会派其中一位下来收费，这么乌泱泱的夜色与面孔，竟记得谁交钱谁没交。

大概十元钱一人吧，教舞费，现场收钱，看去就像特务接头。

从外地回来后，我办了张健身卡。健身房的舞蹈老师比公园的教舞老师更专业，或者说，公园的教舞和他们比起来更“草根”，或用一个通俗说法，更接地气。他们使舞蹈成为人们茶余饭后的休闲运动，我不知道他们的职业、家庭，但每回在公园看到他们跳得如此忘我、固定，也会生出点疑问，他们的夜晚从不需要应酬或其他社交么？如那位女老师，七点半开始，八点半或更晚点结束，除了有次春节前她说要去上海探亲，她从未请过假。我在那支队伍中时至少是这样，她像个信念般牢固，成为那公园的一部分，由此也可推想，她的个人生活亦如信念般牢固吧？

健身房的舞蹈课，老师来来去去，跳的人则相对固定，都是些在这儿三五年以上的老会员，来健身房和吃饭睡觉一样，成为她们日常的一部分。有细眯眼的胖女一人，五十上下，站那儿凡庸，一起舞竟颇有身段，转腰扭身间，波光粼粼，其胖成一汪活水，为有源头活水来，在她体内潜伏着舞蹈因子，脂肪不能移，岁月不可摧，甭管多粗的腰多少岁数，音乐一响，那些因子毕剥作响。

另一位身段胜她的眼镜女正好相反，四肢生硬，努力想跳好，但调度不了身体，举手投足尽是不协调。这是没法的事，万物长短上天注定。反正也不是竞赛，跳得好或不好不打紧，这是自娱的一刻，释放的一刻，健身房为身体提供了一个正当的舒展机会——在我们习以为常的文化中，身体的“耻感”伴随多年，即使在一个无人空间，多数人可能也难以用舞蹈的语汇去调动身体。

健身房的教室，剔除了身份、职业，脱离了符号世界的肉体，有更单纯的指向，指向光、自转、热力、风、早春，以及一切愉悦的事物。一种僵硬在温水中渐次消融。人人近乎贪婪地盯着老师的示范——这些老师多来自高校、歌舞团或文艺团体，比起公园带舞的老师更专业，动作也抠得更精准。

男老师普遍小个头，有一位甚至可说是娇小，孩子气的面庞。在教新舞前，他通常先完整地跳一遍给我们看，舞姿柔媚，符合“轻云岭上乍摇风，嫩柳池边初拂水”之类讴歌古典舞蹈的句子。选的曲子也多悱恻，恰与他舞姿配合。也有欢快的少数民族舞，他小个头的敏捷优势尽显，鸟儿般轻巧。

他被南方某部队文工团相中，要去那边工作。最后一节课，他跳了支新编的舞，音乐是飒爽英姿的红歌，他仍跳出一波三折，硬是把红歌跳成情歌，不过还是动人的。他很少笑，一笑带点忧郁的孩子气。

另一位民舞老师，省歌舞团的，个子也不高，舞姿阳刚，抑扬顿挫，同时不乏儿女情长。我上他的第一节课是《女儿情》，舞蹈已教一半，我站在后排看他跳，有惊艳之感。曲调悠扬，歌词缠绵，“鸳鸯双栖蝶双飞，满园春色惹人醉”，这般粉面含嗔的情境，中国古典文学最得精髓，即便《西游记》这样充满妖怪莽汉的雄性世界里，一旦有情，摧人断肠。只可惜落花有情流水无意，西梁女儿国的国王终是空相思一场。

L老师，这位外形阳刚的小伙子竟将女儿国的一腔幽怨演绎得颇传神，手中如有对隐形水袖，抛甩间带出几许痴怨。而跳起《春天的芭蕾》，他却把自己一米六几的身高跳出了一米八的挺拔。腾跃旋转，透着“台下十年功”的扎实训练。

有一年，他去北京参加了“春晚”，回来教我们在春晚伴舞的那支舞，难度不小，被我们跳得活生生走样。

舞蹈的美，还在于它涵括了音乐。

音乐是提纯过的语言，去除了俗世生活带给语言的各种污染以及人工美化，只余下纯粹的部分。它不是介质，是舞蹈本身，时间的本身，它竖桅扬帆，带人抵达一个与世俗生活不同的异乡——它可能正是精神的故乡。

它注定与俗世生活相携共生，如果世上只剩音乐、舞蹈，其使人获得丰饶、欢愉的应然意义也就取消了。反之，一个没有魅影的实然世界也是不可想象的，只有用途、价值、数据、法则、律令。

我曾写过，“如果世间确有永恒，那么就在此际，此刻”。它毋须凭借对象，是一个自我对另个自我全心全意的托举、拥抱与赞颂。

我刚开始跳舞的时候，甚至不敢看镜子。真正让我打开自己的是学了一支老歌*BodyAche*，里面有段词：

I wanna dance till my body ache
Show you how I want ya
On a whole another level

一位也喜欢跳舞的人说。

我想起回到这个城市，第一次去健身房，路过走廊的一面镜子——镜中人是如此糟糕，经历了生育最辛苦的几年，镜中女人似乎退回到某个封闭的壳中，我不敢再看自己第二眼，匆匆逃离了镜子。之前，我与镜子的关系也并不融洽。正是那次，我下决心办了张健身卡，我要学习面对镜子。

没有多少时间上舞蹈课，但每一次去，仍然使我感到，它确是我生命里最喜爱的事物之一。在技艺之外，有比肉身更高的东西在飘荡。舞蹈中的身体，它使人觉得生命尚未枯萎，还有抒情的能力。无论他（她）遭遇什么，这一刻身体——无论美丑胖瘦，还陪伴着他（她），他（她）还能用肢体去感受、表达。

一枚火焰照亮，通体光明。

有若干年的岁尾，12月31号的晚上，我都在健身房的舞蹈课中度过。我觉得这是最好的迎新方式，比起泡酒吧、聚会之类，更能以一个洗礼过的整全自我进入新年——不管过去有多少旧事擦痕。

那些老会员也在，她们的脸在大镜子中很不年轻了，岁月的痕迹毫不客气地烙上印痕，但她们的背影，起承转合间，还有着对岁月热情的呼应——她们中的一个，大家叫她“何姐”，近六十岁，听说离异单身多年，走在人群中瞬间会湮灭的普通，身姿也不够“舞蹈”，可她跳了多年舞，几乎未落过一节课。有一次，她去外地看女儿，回来时从火车站径直来上舞蹈课。课后她总比别人练习更多遍，我们忘记动作时只需看她就行。

当她起舞时，那个普通女人消隐，被另一个优美的“我”置换。有次课后闲聊，她说她会跳到老，直到跳不动的那天为止。她像说起一种地老天荒，说起灵魂的伴侣。我想起有年冬天，健身房原本有节舞蹈课的，因糟糕的天气取消。我路过健身房去取一件忘在那里的衣物，大教室里有音乐声，过去一看，是何姐，她在复习上节课学的舞。旋律优美，饱含深情，何姐背对着门，跳得投入。我赶紧走了，怕打扰她，打扰这纯粹的心跳。

这庸常生活里的幸运，它使生活在某些时刻的意义高于柴米油盐，高于男欢女爱，是作家说的闪电燃烧的“枝形光弧”，或者，像是一尊佛从石头里显身。

我到她的年龄，还会不会拥有这个时刻？无论彼时俗世人生什么状况，无论腰腹松弛，乳房瘪垂，身体有着各种暗疾，我还能通过镜子走入一个时空，有振翅飞升的愿念？

舞，是肉身的语言，也是灵的语言。

“做不可能的梦，伸手向不可触及的星辰”，真的是不可触及吗？在看着一个早已不年轻的女人起舞的那刻，我想梦是有可能实现的，星辰在某个时刻也可以触及。

林渊液　红嘴鸦飞过无尽的雪

雪下得更大。我刚出来时，棚屋顶的红、经堂顶的金、远山上的散绿，都还隐约可见，这时候全都白了。整个世界被雪漂过一遍，白得没心没肺。室友劝我，上山的路不好走，别出来了，我坐不住，还是想去绕坛城。

在这里，时间已过了两旬，适应了高原，适应了素食，适应了每天听经诵经清修的生活，也适应了身边形形色色的人等，万事尘埃落定。但此时，整个人的感觉却是空的。这个空，不是佛家的色即是空。佛家的空，是万物皆空，万事无常，劝诫人不起执情，得大自在。我的这个空，却是执情满满的，只因为抓不着摸不到，心内空了。回想我所遇到过的出家人，他们虽然一直在谈空，对世事的执情也已抛下，但我发现，很多人转而执着于空，并以此为种子，种下了空之大树，向下根须庞大，向上枝叶葳蕤。于我看来，执着于空，与执着于世事并无两样。真正能够以空为常，以无常为常，不被其绑架者，其实少之又少。我现在充满执情的空，大概也是为此迷茫。

天地之间，白茫茫一片，经堂及其重檐和梁枋彩绘，连绵直至远方的红棚屋，把这个静态画面晃动起来的，是纷纷扬扬的雪。突然，有什么东西从经堂重檐飞逸出来，两个黑色的团块，在白色世界里显得醒目而孤小。很快地，看出了黑身子黑翅膀，还有小小的红色喙。是红嘴鸦。它们从东边的经堂，掠过一大片的棚屋，一路往西，往西而去，直到空蒙。冰天雪地，万物龟息，它们长途跋涉，这是要去做什么?

红嘴鸦是每天晤面的。刚到色达时，我住在觉姆棚屋，第一次站在半山腰看到高空中红嘴鸦漫舞，心内有些小惊慌，以为那是秃鹫。这种对常识的误判，其实是有缘故的，高原红嘴鸦体型之硕大，身手之矫健，超出了预想。有一段时间，每逢晴朗天气，我都会在山上撞遇它们的午后舞会，要不就是大晴天要不就是阵雨过后。规模庞大得很，到底有多少舞者那是数不清的。它们的群舞让我想起风行十八世纪欧洲的加洛普舞，这种舞蹈名称来源于马的奔跑。正是这种感觉，深冽的蓝天上，舞会中的红嘴鸦，每一只都像一匹马，迅捷、奔腾、优雅、勇敢。山间的生活简朴原始，与红嘴鸦的舞会邂逅，令我每每有种置身于高贵场域的丰足感，身上的细胞，似乎都是汁液满溢的。手上虽不曾握有酒杯，胸间驰骋的却是恣肆的酒意，这酒意可以乱人心性。后来搬到达宾馆，这是海拔更高的地方，有时在路上行走，便有一群红嘴鸦从檐间飞出，呼啦啦的，声势甚为浩大，也不飞远，就在路对面楼房上的窗牖停驻。不管生人熟人，你仰面上去它就与你对视。据说红嘴鸦是地栖鸟，我在讲经堂的梁下看到一个碗状巢，不知是不是产蛋孵雏才会用到。在我们家乡，与人如此亲近的也只有家燕了。每年春天，家燕如期而至，筑巢造爱，生儿育女，等到儿女长成便阖家弃巢而去。隔年归来的，也不知道是否故人故鸟。对候鸟，我内心一直充满敬佩。我是一个心力不足的人，如果一辈子必得是这种往返迁徙的宿命，一路上江河湖海再好，花田桑麻再好，迢递之间如影随形的，一定还是惶惑与焦虑。可是，如果一辈子只当一只留鸟，远方只待在想象和诗里，那么，不是辜负了一对能够策动的翅膀吗？究其实，这个两难抉择所折射的，还是个人内心的多欲多求。红嘴鸦们不知道是否也有类似的纠结，经堂的诵经声对于大多数人来说是有安抚作用的，或许对它们也一样。只是修为向来有深浅，红嘴鸦与红嘴鸦的不同，是否也如人与人的不同？

无尽的雪，红嘴鸦要飞往什么地方？

这是一条平缓的坡路。去坛城有几条路，陡峭的路途短，平缓的路途长，我不喜欢奋力攀登，宁可走远道，缓慢行进。不知为何，此时重又想起写作伦理的问题。来色达之前的很长一段时间，胡思乱想是不怕的，但对提笔写字我心生惶恐。这种惶恐是之前三十年的写作生涯没有过的。文学边缘化之后，写作者都以弱势者自居，从某种角度来讲，文学确是失败者之书。现实的立场太强大，漠视、奚落和碾压，当然是写作者的待遇标配。可是，我突然发现了一个真相，在远离现实的大场域，写作者其实也掌握了另一种权，由于限制在深度上或者局域里，所以它隐蔽、不起眼、不招惹谁，因此，也不受监督。而这样的一种权，如果丧失制约，也会成为一只逃脱了樊笼的兽。

路上人稀，只看到一个架了三脚架在拍摄雪景的人，羽绒服穿得臃肥笨拙，像卡通企鹅，连帽盖住了他的眼神。突然发现，红嘴鸦的出场与我往常所见不同。往常的舞会是成群的，这个大雪天，它们却是成对出行。天地一片白，只有一对红嘴鸦扑翅远行,它们飞得有些慢,不再是马的奔跑了,是鹤翔。藏区的天、山、经堂与红棚屋,即便为漫漫白雪所弥漫所覆盖,层叠突兀、明暗交错的雪境,呈现的依然是凌厉之气,这两只红嘴鸦的街舞,却是空灵剔透、婉转柔绵。我贪念顿生,光看是不行的,还得永远存留下来,打开手机咔嚓咔嚓不停地拍,却是怎么也拍不好。

"你好。帮忙拍一下红嘴鸦可以吗?"我的声音既粗重又颤抖,自顾自地把往日看到的红嘴鸦和今日看到的唠过一遍,以为这个发现足够把他打动。

臃肥的摄影人从镜头下抬起眼来,望了一下实景,又一对红嘴鸦从檐前飞出。

"嘿,真是呢。"

我对此场景有些迷醉。虽然它存在久矣,可是,美感已经历过层层推演。令人意外的是,摄影人脸上的无邪只保留了极短的顷刻,很快便严肃起来:

"我不拍鸟的。"

炽烫的火瞬间倾灭,我的笑容不自然地合拢,声音却很快恢复了常态。讪讪作别。

那个穿紫蓝棉衣的女子便是此时遇见的,我不知道她何时到来,应该是从坛城下来的。她微仰着脸,向远处的红嘴鸦深情注目,又有一对姗姗飞越而过。她头上披着玫红的羊绒大披肩,雪花飘落在其藏八宝纹案上。第一眼,美得既玄幻又肃穆。我们相互颔首致意。我对她有亲近感——如果在荒无人烟的月球,所有的人类都来自同一个故乡。

"它们要飞往哪里呢?"

她像是问我,又像是自言自语。

我的眼光追随着这一对红嘴鸦,直到尽头。当然,我也没有答案。

来自故乡的人,是不是一定会用乡音聊起自家的故事呢。

她给我讲的,有别于之前的任何人。坦白说,光从外表看来,我以为她是一个观光客人。可是,她不断给我强调她的宗教情怀。她说,他们是跟随青海的上师一起来色达的,上师是三步一顶礼,磕长头而来,已经三个月了;她说他们十来人开着三辆小轿车一直随侍左右,夜里搭帐篷,日间行驶;她说坛城是他们心目中的圣地,这一年,她已经来过三趟了。对了,她是宁波人。她说他们这帮人来自五大洲,其中有一位是法国的留学生,牵头的是一位湖北大哥,每次出行,他都会做周密的攻略。饶是这样,意外还是频频发生。她用夸张而略带得意的声调向我描述,车过玛沁时遭遇了高寒天气，下半夜起夜时撒尿成柱；他们团队里必须为其讳名的一位影视明星，曾经在高渴时喝过上师的尿；她亲眼看见的，上师在天气转暖时，微笑着纵容手臂上的蚊子吸食自己的血，那时节，他们这些在家弟子，全部围坐在上师身边，静默诵经，仿如接受了一场洗礼……如果要猎奇，我是可以循这思路追问下去的，故事和细节都会精彩纷呈。可是，故乡正在消逝，我盯着她化妆精致的脸庞懒得说话。

听说我是写作者，她倒是来了兴致，大谈仓央嘉措的情诗。“那一世/转山转水转佛塔/不为修来世/只为途中与你相见”，她望着成对飞行的红嘴鸦，把这些诗句念出来，神情陶醉。在仓央嘉措的身上，民间有太多的寄望和涂画，懂得藏古文的人都说，那些流行的情诗在他的原著里一无所见，不知道她所追随的上师是如何看待这件事的。

就在此时，我突然明白过来，大雪天出门，红嘴鸦其实是鉴于最现实的缘故，它们需要觅食。据说它们以金针虫、天牛、金龟子、蝗虫、蚊子、蚂蚁等昆虫为食，也吃植物果实、种子、草籽和嫩芽。这鬼天气，它们的食物哪里找得到？我暗暗替它们担心。

后来，我对那紫蓝衫女子什么也没说，只问了一个极世俗的问题，她是上班一族，假期怎么办呢？她说：

“这是要随大师修行啊。”

她最后的话说得极其轻巧极其优渥，大意是，论身份、论财富，他们安享优待是没问题的。

雪小了一些，她很快下山去，上师和道友还在离此五里之外的地方安营扎寨，她必须归队了。我望了她一眼，背影依然很美。紫蓝衣裳与玫红披肩的匹配，在雪境里，清新脱俗。

我往反方向走去。

坛城的顶层每天都有煨桑，我喜欢松柏焚烧时缭绕的烟霭味。这一天闻不到。绕了不到三圈，不想继续了，径往西面山脉而去。

写作伦理的问题依然困扰着我。天地就在那里，雪就在那里，红嘴鸦就在那里。画布就在那里，作画人挫笔轻重、揉色精拙、线条纤豪、刮擦肌理精疏、砌痕层次丰约、色块厚涂或是薄涂，除了这些技法的差异，更重要的，还有心情、审美、观念、思想、灵魂。如果只是写作者一个人的故事，是他内心的风起云涌抑或兵荒马乱，那么，只要逻辑自洽就行了。可是，如果涉及的是他周遭的人呢？是对弈，是共舞或者群殴……

有一段时间，我一直在为一对朋友当情感解扰器。这是一段俗世里常见的情感纠葛，不同寻常的是，男方是一个诗人。诗人的诗写得极好，疼痛和忧郁，都是胆汁毕现的。大家都知道，他曾经有过一个相爱甚深的前女友，意外分手之后他几乎走不出来，诗行里尽是她的洗发水味道。跋涉多时，终于与现任女友牵手走在一起，我更喜欢他的现任女友。她并非没有经历，却依然把清澈留在了眼眸里。我们都知道，很多清澈是没有肉质、不具包容性的。她的清澈有罕见的醇厚，我把它理解为“了解之同情”。即便疤痕还在，诗人终是开始有了由衷的笑。我们都为他庆幸。如果他不是诗人就好了。可他是诗人，依然会写诗，在诗里不止有惯性，还有表演性，他把疼痛和忧郁表达得饱满而恢宏，几乎通往极地，揪扯、撕裂、沉郁、撼动，读者无法不感动。她也同样备受感动，以极端的理解和宽容，一次又一次地，这种结果不知是她下意识的趋附，还是诗人的婉转寄望，或者两者兼而有之。在我们外人看来，近乎纵容。最后，她终于出离愤怒。诗人解释道，那只是一瞬间的感觉，一瞬间。嗯，确实只是写诗的那一瞬间，可是，它并不只是一个，而是一个又一个，它的伤害是绵长的、间断的、不断重复与加重的，还有，宽容被漠视和利用之后的反弹……作为她的姐姐，我真想给诗人扇去一记耳光，作为读者，我却愿以圣母心去揽他入怀。她备受摧残的模样与他感人肺腑的诗，隔在大河两岸，河水奔腾不息，不知去往何方。

我先生已经很多年不看我写下的文字了，这令很多朋友不解。二十多年前，他是编辑我是写作者，我们的关系藉此建立，我最初的那些文字，是需要由他出具合格证的。忘记他是何时开始拒绝看我的稿子的，莫非他在多年前已熟谙了一片叶子的全部脉络，只为了给予一只七星瓢虫最大的生命自由？

而我，竟然迟至今日，才来反思写作伦理的问题。

我不敢写，不敢写往事，不敢写亲人与邻右，不敢写陌生人，我不担保在回忆时不挟私愤，在公断时不夹杂私心，用词的筹码不太轻不过重，在观念上不带着一个人的局限和偏见。现在已经写下的，我眼里的摄影者、雪中婷婷的紫蓝衫女子、执着于空的出家人、出门觅食的红嘴鸦，我对他们无不愧疚。

雪一直下着。这是以前住觉姆的棚屋时常走的山路。垭口的北面，正是连绵起伏的山岭，草甸和藏民的村庄也都覆上了白雪。这样的天气，出门的藏民很少了，他们或许会坐在热乎乎的石头炕上，喝甜茶或者青稞酒。

我发现，我已被自己的困惑消解了，近于虚无。

这里的雪境与前面的不同，线条流畅，温暾平和。但这片白色太辽阔，太静谧，我突然觉得自己盲了，整个世界消失了。惶恐如传说中的水鬼一样攫住了我的右脚踝，魂似乎被捏成了不足盈握的一缕。就在我即将滑入水下之时，世界恢复了过来。这时，我的肉身也恢复知觉，郁塞的胸涌起了巨大的悲痛，沉闷的、喑哑的，突然地，我听到了自己号啕痛哭的声音。那些郁塞的微小因子，万万千千地奔突出去，奔向四面八方，奔向一整个白茫茫的世界。

刘照进　隐匿

是暮秋一个潦草的早晨，雨不再一味地抒情，季节的末梢挂着果子腐烂的气息。他身体的弯弓悬在门墙上，目光的箭头充满探询和焦虑。可以肯定的是，那不是一支梁山弟兄射向水泊深处报告“有朋自远方来”的响箭，它的速度在卑怯的身子后面显得迟钝而缓慢。

他说儿子已经失踪三天了，问我们的报纸能不能刊登寻人启事？怯生生的话语被舌尖拱出，断断续续穿过缺齿的牙缝，抖溅，洒落，像某种泄漏的化学药品，将空气搅和成一种令人窒息的难受气味。

在他红肿的双眼后面，日子缓缓地翻过了三页。准确地说，是三天三夜——我们习惯把白天当作生活的练习册，夜晚则被潦草地翻过去——三天，七十二个小时，他把每一秒钟都化作焦急的寻找，依然没有任何消息。他说，县城的每一处角落，每一条巷道，每一个朋友、熟人，他都像筛子一样筛滤了一遍。他甚至找遍了全城所有的公共厕所——那种老式的破旧厕所，里面爬满了硕大的老鼠，到江边打听许多熟识的与陌生的船工。他说儿子患有智障，走着走着就会丢失自己，有两次掉到江里差点被淹死，幸亏被好心人及时救起。

“下落不明”，我知道这个湿漉漉的早晨注定被一个成语击中。同时被击中的还有那个摇摇晃晃的瘦削影子。头发蓬乱，脸色菜青，目光空洞，表情呆滞……在上午和傍晚的某些缝隙，我在小城的街边看着这样的影子慢慢逡巡。很多时候，儿子被父亲慈爱的目光牵着，仿佛父亲身边的一只爱犬，蹦蹦跶跶，充满了对市井烟火的神秘好奇。偶尔也会突然停留在某个摊子前，拿起新鲜的东西比比画画，嘴里呜哇呜哇地嚷叫。孩子显然是兴奋了，仿佛发现了生活的某种秘密。遭来摊主的严厉呵斥后，父亲就会赶紧上前阻止儿子的行为，用卑怯的笑容和言语道歉。更多的时候，他们只是安静地混合在众生的脚步和身影里，像一粒微不足道的细沙，融入人流的大海，被流水接纳，又被流水淹没和忽略。

十多年前，我认识他的下午，斜阳下的江水正充满了抒情的流淌。他在江边淘米煮饭，清澈的水面映出宽厚的背影。轮船上升起淡淡的炊烟，斜晖晚照的江面波光粼粼。那时他是航运公司的职员，在江边的趸船上工作，每天将一些来往的船只和客人安全地送出或者迎回，检查一下船舶，工作清闲幽静。他和江水守着彼此的安宁。他的身后跟着残疾的儿子，跟着平常但幸福的家庭。日子很静，也很安详，像岸边的缓流，平静、舒缓、波澜不惊。

逐渐的接触让我惊讶。我发现，他和那些无所事事喜欢围成一圈吹牛打纸牌或拿着钓竿钓鱼的船员不一样，他把大量悠闲的时光都用来阅读和书写那些押韵的文字。后来我去了报社，他将手抄的厚厚一沓旧体诗词交给我，他说自己年轻时种植过梦想，文学成为他果腹的另一粒粮食。尽管那些蹩脚的文字只是潦草地生长在他自己开垦的土地上，还无法获得春天的许可，但对文学同样的依恋使我迅速获得对他情感上的认同，我以为在庸常的生活道路上他已被神圣的文学光芒所烛照。他是一名潜伏的水手，有着邈远的彼岸。

我建议他搜集当地民风民俗资料。果然没过多久，他就将一摞稿子交到我手上，是他利用休息日去乡间搜集整理的，还带着泥土的清新香味。

他在街上挑着竹篓贩卖水果的时候已经成为下岗工人。公路的快捷正将慢吞吞的河运挤到衰退的边缘，江边停泊着越来越多的铁驳船，昔日喧闹的码头鼎沸不再。他在街上的人群里穿梭，摇摇晃晃的担子和摇摇摆摆的儿子配合着眼前的生活形势。显然，他低估了现实的撞击力，他的挑子里还躺着诗歌的香蕉，那些押韵的叶片在市声的渲染里渐渐失去鲜嫩，被一杆旧秤轻易衡量出了日子的窘迫。那时，结发的妻子已经无法容忍生活的窘迫和落寞而远走他乡，甩给他一个残破的家和残疾的儿子。他说做生意老亏本，原因是自己不会耍秤。他原来住着公司的宿舍，改制后公司不让住，他和儿子搬到一处偏僻的民居。后来，他的名字紧挨着别人的名字出现在社区的公告栏里，粗黑字体醒目昂扬，在大红地子的表面不仅彰显夸张的喜气，更使某种雨露得到强调。他被聘为街道卫生协管员，整天戴着红袖套拿着铁钳在街上巡查卫生。他为此心怀感激，心生责任。别人都只是装模作样，他却把这份极其平常的工作当成文字道路上的另一种虔诚坚守。只是不久之后却又莫名其妙再次下岗。后来我看见他拿着一大沓商品小传单，对着来往的人群散发，沧桑的脸上挂着灰暗的色彩。有时看着他脚上沾着泥，行色匆匆的样子，询问才知他从乡下散发传单归来。他从早晨的寒冷里穿过时，脸上依旧挂着笑意和轻浅的满足。

在某一天深夜，现实再次对他的命运悄悄进行了修改。陡起的变故令他猝不及防。他后来总是反复向人说起自己的疏忽，泪液在他的眼角先是涓涓细流，逐渐就变成洪水，滔滔地一路从别人的心腔里淌过去，所过之处一片泛滥。他说自己在晚饭后和儿子上街，只是稍一大意，儿子就失去了踪影。他最初以为儿子只是没跟上自己脚步，走到某一条街巷的背阴处藏匿（这样的情形以前出现过多次），或者儿子是被某一出花灯戏的锣鼓吸引（那时，街头的某一块宽阔地面正在展示生活的斑斓色彩）……

他在寻找的途中隐隐听到一种议论，只是那些议论探头探脑，神秘诡异，像房檐下偷偷进行的接头暗号。传言让他感觉不可思议。儿子失踪的夜晚无疑成了焦点。夜晚的黑幕掩盖了一切，包括罪恶和肮脏。调查越来越接近传闻的真实性，一些隐秘的细节渐渐被他打开。有人看见一辆装满肮脏和痴呆面孔的卡车深夜驶出了县城。事实上，次日的大街的确变得宽敞而整洁，那些流浪的痴呆和肮脏面孔一夜间就消失得无影无踪，像是获得某种指令的集体撤退。与之相衬映的是满城的热闹和欢聚，小城因为某个人物的抵达变得严肃而神秘。

那些面孔的失踪成了小城的悬疑事件，像一起无头的匿尸案。暮秋的街头，萧索堆积，厚厚的梧桐叶子，风一吹就四处逃窜。

最初，他试图根据街头议论得来的零星线索去找有关部门提供帮助，他的脸贴在一些玻璃窗子的背面，卑琐的面孔仿佛一张破旧的树叶。从窗子里传来的声音使他明白，所有的"有关部门"，此刻，都与他"无关"。

电线杆和墙头上的寻人启事皱皱巴巴，上面的复印照片面容模糊，文字仓皇，充分显示出叙述的失败，"133××××××××"，承诺酬谢的联系电话迅速被"包治性病""房屋出租"的野广告湮没。

他固执地穿过每一个早晨或黄昏，穿过县城一如既往的聚闹和繁华，不断地走在寻觅的路上。他顺着一条条隐隐约约的线索不断奔赴过去，又不断地荡跌回来。每一场希望都在失望的身后叠加，最后变成街头越堆越厚的落叶。他开始把寻找的范围扩大到附近的县城和乡村，不放过任何一条希望渺茫的消息和线索。他坚信儿子就在某个鲜为人知的地方，被人藏起来，制造悬念，和现实捉一回迷藏。他说，时间久了，那些中巴车司机都认识他，几乎不收他的钱。只要我存在一天，就要寻找一天。他说。一条活生生的生命，总得有个来龙去脉。他说。

他还在散发商品传单，或者为某个新开张的铺面做临时宣传员。高挑的身子混杂在老年花灯队伍里面，双手舞动着金钱杆子，喧天的锣鼓，沿着人民路、幸福路、朝阳街，一路砰砰地敲打过去，一路砰砰地敲打过来。没有人留意他荒弛的表情，在时间的河流中，小城最终习惯了他的来去匆匆，习惯了他沾着黄泥的胶鞋和越来越清瘦的身影。

内莉·布莱(本名伊丽莎白)是十九世纪《纽约世界报》(The World)记者，为了探访精神病院实况，她开始在镜子前反复练习(精神错乱的表情)，然后搬进一间破旧的寄宿公寓，开始大闹装疯，扰得四邻不安，最后成功骗过医生，被送进纽约罗斯福岛的一家精神病医院，与其他女精神病人一起接受治疗。她发现了一个惊人的秘密：这里的所有女患者都相当正常，治疗人员反而才是不正常的那群。“在住进去的第一天，我就停止了装疯卖傻。”娜丽说，“我说话举止越是正常，他们越是觉得我病得厉害。”

娜丽只在里面待了十天。她逃出来了。

后来，她将自己的所见所闻写成书籍《疯人院十日》(Ten Days in a Madhouse)，这部书成为隐秘报道的经典，影响了后世。

2015年，《疯人院十日》被改编成同名电影。

世情这张纸，被轻轻捅破。

躲藏是因为我们想被发现。(赵瑜：《六十七个词》)

仿佛童稚时代笨拙迷局的复演，失踪者的面孔被寄存到远方，成为儿童世界游戏的赝品。隐身暗处的人，身披一身黑，影子被光线出卖。

隐匿是游戏制造者巧设的外衣，当那个身陷迷局的人一转身，世界便双目失明。那个先天智残的人，躲在世情的一边。他不是傻子，他住在傻子的对面。

陈丹玲　灯蛾【外一篇】

闪电，这把长柄的钥匙，“咔嚓”，已经打开天堂的大门，随后是沉闷的轰隆，沿着天阶跌落，风中仿佛有腥浓的铁锈味。路灯的一圈光晕里，有震落的碎片和磷粉飘零，弥散邪邪的恶意——灯蛾密集，大雨就要来了。天，黑得像空屋里的夜晚，没底。

世上，什么东西能让人变轻？

世上，什么东西的颜色最黑？

这是哲学课上老师的提问。至今我也还能忆起自己当时的恍惚和困惑。我的思维只能机械地翻着某一张日历，翻着白天、黑夜这两个概念，灯蛾像雪片一样也在意识里散落，那是阿婆灶屋里的灯影和烟火。

什么东西能让人变轻？世上就只有两样东西了：太阳下的影子，夜晚的梦。那些年的午后，阳光清亮，瘦瘦小小的我别在阿婆的裤腰上，上山下山、走亲赶集地别着。小影子贴在大影子上了，一点也不费力一般。我趴在阿婆背上，她一步一步上台阶，乡场还有好远呢，在山顶。阿婆问，冬子，在我背上费力不呢？我说，不呀。阿婆就气喘喘地笑。我看不见阿婆的脸，笑映在两只松塌、疲惫的乳房上，我的手指触摸到了那份温软、晃动和萎缩。这两只滋养生命的泉眼，干涸了，我苦难的阿婆，七个女儿的母亲。我像一枚骄傲的徽章，别在胸前、腰间，干瘪的阿婆就能重新充盈和鲜活，母性的光芒依旧不减，她仿佛不知道累。好长时间，我都这么去理解。是一份孤独点亮了另一份孤独，也许阿公出门的日子，那些夜晚就要光亮一些。总该来给我闹闹眼呀，该来闹闹眼呢，阿婆喜欢这样唠叨我，又恨又爱地这样唠叨。从山谷到山顶，从香树坪这个地方到罗兰溪那个地方，从祖母的重男观念到阿婆的爱怜情怀，太阳在一点点地升高，我的笑脸已经印上阿婆肩膀的衣缝，凹凸的印痕，还有梦醒时口水残留的酸味。

夜晚做梦。我小小的身子趴在阿婆肚子上睡，这样非常踏实。我到过最美的地方是在梦里，走过一片水晶树林，像被魔杖点化的灰姑娘，有一辆缓缓前行的马车，还有一双能引来王子的水晶鞋，我也许明白水晶鞋的魔咒是诱惑或者阴谋，可还是不愿醒来。我飞过，一生不能完成的动作在梦里轻松完成，我知道身体在风中的轻盈、鸟的高度、神的视角。我在梦里体会少女肉身的转折和变化，那沉默不语的王子，上升到极致的爱欲欢愉。梦，是阿婆用胸脯最后的温热和柔软给我筑起一只暖巢。突破肉体的规定性和限制，梦引领人无往不至，它祛除灵魂一切杂质的重量……变轻，变轻，梦乡是那片一直探寻的桃花源。多年以后，阿婆离去的事实随着日子一天天消逝越积越厚，会冰冻所有的情绪。最终，失眠。月亮，那盏挂在灰姑娘车前的古老马灯，给黑夜烧了一个大窟窿。窟窿边缘，灯蛾飞舞，邪邪地恶。瞌睡，醉酒的阿公一般，在天亮前，摇摇晃晃地来到了床边，没有催眠的童谣，他更说不清阿婆在哪里。梦里的天堂如果在，阿婆还会不会一把一把扯着身体里的骨头咳嗽？灯蛾密集，雨水降临，我将看不见坟墓里闪腾的磷火。村里的老人说，是鬼火呢。可我还暗自祈求，磷火能照见那张熟悉的脸。我合上沉重的眼皮。

曾有一段时间，经常失眠。僵硬地挺直在床上，从拉开的窗帘处，我可以仰望星空，谁能透过那些密集的孔隙看见世间的眼睛？或者，看看圣灯路上那些光柱下围圈飞舞的灯蛾，如何像稀疏的雪片盘旋散落？月亮打磨过的锋刃，收割满世界的光源和声响。稠浓的暗夜里，路灯光柱无精打采。远处，是极目的黑。

世界上什么东西的颜色最黑呢？煤炭、坟地还是脸颊上阎王爷打下的胎记？蝮蛇的眼睛、鲨鱼的口腔还是干涸的血迹？是那座空木屋，没有了阿婆的温热和气息的空木屋。煤炭、坟地、胎记、蝮蛇的眼睛，它们的黑都印在表面，可以被注视和抚摸。但是，没有光亮的门洞，抽空了细节的记忆，黑得令人惊慌，它沉默着向你蔓延、渗透，慢慢吸附，直到把你也变成黑暗的一部分，融成时间的秘密。

黑夜里，灯蛾只有几个小时的生命，是什么支撑它们带着赴死的激情闪动翅膀，萦绕那点光源、爱欲、信仰和不能言明的迷惑起舞？假设只是追寻火焰的一点温热，那么它们的举动是仅仅出于害怕失去，还是集体行为可以抵消死亡冷冰冰的气息？

很多个冬夜，入睡前脱去衣服时闪出噼啪的蓝火花。内衣上还沾着一层浅白的皮屑,那因衰老和挣扎而脱落的磷粉……我怀疑自己也不过是一只振翅的灯蛾。

向着希望的光源,向着内心的善,向着时间收藏的事实……

织物

舞台背后,一定有一些事情发生了。舞台总能给出迷幻效果,我们甘愿在声响、光影和肢体,还有猜测与惊叹里深陷和沉迷。

眼下的表演场地是一个铺满石板的小院。已是冬天,石板泛着冷光,迎合着四周围拢过来的寒意。人们纷纷坐在长木凳上,距离缩短,彼此身体的暖意串联起来,形成面前挡风的屏障。位置刚好,我的目光只须擦过一两个后脑勺就能与下方的舞台形成恰到好处的呼应。

是的,呼应。

比如此刻,舞台中间的姑娘双手托举十八米长的布匹,款款地,蹚着音乐的水流而来。布匹青蓝,色泽里有着高山苍天般的饱满情感,令人莫名心动。表演开始,姑娘要将十八米长的布匹缠绕在头顶。她手臂轻举,布匹之前习惯性的下垂方式在瞬间得到改善,这场景,也允许观众在这个动作里想象飞翔、舒展等美好的词语。我动心于姑娘的那份静气和细致。她神情静默,手掌摊平,布匹婉转。就这样,平铺直叙的十八米的头巾被一双手改变了方向,开掘出循环迷惑的道路——布匹重叠,形成褶皱,一道,又一道,往返轮回得惊心动魄。现在看来,舞台中的那个姑娘不管是移步还是扭身,她的身姿都会有远山的邈远,也有天空般的倾覆感。

当然,表演,只是证明了背后的遮蔽。

常常是从城内一户人家打开的木门里,我看见了真实。这是雨夜,夜色在巷道和角落里浇灌,也有风声,细雨还不至于打湿心绪,只是烘托出刚刚好的低沉格调。门口倾斜的灯光划破了靠左边的一块黑夜,细雨晶亮,斜斜地飞入光柱中,背景唯美。苗族老人就坐在背景深处,是一把有靠背的小木椅,她的头巾高耸。背着光线,我已看不清老人的脸,坐姿被光线深深剪裁,也被雨水浸染,孤岛一般轮廓清晰,仿佛她已在这里坐等了几个世纪。贸然闯入,加上山里人多禁忌,我们是不敢上前打扰的,更不敢过问太多,只是远远地看着。过了一阵,女人在雨幕和灯光中起身,自顾自地开始解头巾,一道,又一道,胳膊围着头顶画圈,手掌翻飞……皱褶,水一样的皱褶轰然泻地。布匹解完，瞬间发丝披散，银质轻盈，让我们看见了时间的尖锐和剔除，人生中这份被遮掩的明亮提醒——终究是老了。

我猜想，在每一个日常里，她都顶着这绵长的头巾过街穿巷，还要翻山越岭地走亲戚、干农活、采野菌子。不管日子的丝线怎样编织，布匹遮掩下的冷却、松弛、消耗，她是最清楚的，成天顶着时间的锋刃，她已经习以为常。也许有那么一天，她抽下木梳齿缝间的一丝白发，放在孙孙的小手心里，她希望这个能被收藏，至少被一束目光收藏。这是另一个男人和另一个女人的孩子，他们去了远方打工，老人只是守在生命的上游，独坐在木门口，看孙孙的小手似船，似帆，最好能载动关于时间遥远的讯息。当然，这是她一个人的想法。实际上，由于始终没开口，也始终没人倾听，这想法显得孤寂，显得来路不明。这么久以来，一个老女人把好多来自近处的、遥远的、额上的、心间的，还有眼底的时间讯息，都藏掖在高耸的头巾里，一层一层地折叠，成天顶着，再牵上孙孙的小手，下了木楼，过了田坎，进了树林……在日子的皱褶里被遮蔽。

皱褶，赋予事物的秘密，也赋予事件的完整，没有人在一切打开之前能擅自决定所有的结论，以及事物走向。我更愿意相信，苗族女人头顶层叠的头巾半遮半掩的形态，更容易带出心仪的期待和极致的浪漫，正如每一场绵密的爱情，每一段晕染的记忆，它们痴迷于皱褶，在静夜或者午后会一节一节地铺展和呈现。那么，苗族女人是痴迷爱情和记忆的。山寨里的人们这样说，花衣银装赛天仙，仿佛高处的美丽全部注入了一颗心脏，只够用来热爱这一季青春，这足以让人眩晕。他们还说苗族女人的一生是从一套裙子开始的。有人细数过，苗族姑娘的百褶裙有五百多个褶皱。那些褶皱有一种繁复的美，无可救药地繁复出现，层层推进、堆叠，水流一样漫延到衣服上，重新划分了日子的单位，一分一秒地，使它变得无穷小，分散成无数气韵生动的细节，像冥想一样没有止境。这将是一个女人的嫁妆，是一个女人完全的托付和体贴。

听起来，爱情变得那么简单又别致，被一条百褶裙收藏，或者成为织物全部的光芒。正是因为有了这样的绵长和反复，万物才生成光泽，才发出吟唱——月亮光光，芝麻香香，香死毛大姐，气死满姑娘——寨子里的童谣沾了月亮的银粉，声声明亮，还带着茸茸的轻盈。事实上，在童谣之外，没有人关心那一棵树影下有人在忧伤，在爱意里变得无力和无措，哀愁无限。这情况往往是歌声会比棉麻更悠长，比裙子更多了说不清道不明的折痕：

——阿哥那个哟，
想你多来心头难，
想你多来病来缠，
手拿镜子照一照，
脸色败去一半边。
——阿妹那个哟，
想你多来心头烦，
半碗米饭难吃完，
吃饭好比吞沙子，
吃酒吃肉像吃盐。
——阿妹(哥)那个哟，
哪时跟你一家坐，
冷水泡饭也香甜。

歌唱就这么发自肺腑，细琢磨了更像是一个人在自言自语，其实不需要旁人听见，吟唱就不必需要华美的装饰，反正好歹有一只耳朵能听出声音里的哀怨，也听出了日子的粗粝。这心情和场景，多像白天见着的百褶裙，棉麻质地，不光滑但无比真实，不妖艳但无比性感，更具有不可预期感，偶然中蕴含着真理。

细细回忆起来，我必须得承认，织物与女人一生有关，上面一直有她们的专注、沉静和忘我的神情。就像那道敞开着的木板排门里，一张白皙的脸，聚着微微的亮晕，整个午后，她都坐在古旧樟木打制的织布机前，低头，手中的两只梭在纱帘上穿来穿去。梭，被她的手摸得深黑发亮。阳光拉着明亮的刀刃，在板壁上一节一节切着时间，细细碎碎。很多时候，阳光跑到这里，也会不由自主地感染上她的耐性和沉静。有一会儿，阳光的刀刃都快切到巷子头的喇叭花上了，而她始终没抬头。看久了，我会突生莫名的感动，棉纱一样裹缠住内心，当然不会有她手下分明的经线和纬线，所以不会像很多人言传的那样，只要拉着纬线一抽，全部就散了。我不能，与母性有关的感动，让人久久不能自拔和撤离。

她慢慢织就一匹布。那么，我想，布应该是她最安静、最暖心的姊妹。在午后，在夜晚，布拖着长长的影子慢慢走来，脚步轻盈，带来野外阳光的香味，捎来泥土的温热，这是布给她的小小回报。随着梭子来往，布也会报以一个不出差错的微笑——妙曼的檐角、粗悍的石墙、富丽的隔断，还有某种表情、某种姿态甚至难解的乡音，这一切全都能织上去。在空寂的木屋里，布和她同时出现在每一个早晚，布和她享受这个空间里的一切，比如房梁的那张蜘蛛网，布和她时刻分担着蜘蛛会随时掉下来的恐怖。还有，在她的木屋里，布也有自己的小木床，可以躺在上面想白天的事，想那些像火热的阳光一样难忘的人。布喜欢最温存的怀抱和温热的身体，血液流淌的声音，心脏跳动的律动是布持续的听觉。布的质感可以遮掩肌肤的光泽，使她愈显神秘和性感。布让皱褶与身体的曲线形成呼应，悄悄地用一种暗语来传达她身体的魅惑。

她对布有不尽的耐心，仿佛所有的好性子都倾注到布上。布最懂她的心思，所以，布才这么懂得讨好她。当她静止下来，比如睡眠时，布，以及堆在老樟木下的布的皱褶会突然地陷入寂寞。

我忍不住，推开木门就喊她，外婆。

已经好久，无人应答。木屋依旧显得拙朴、古旧，一切看去那么素练静和。

时间的尖梭来往，青瓦、稻米、镰刀、木梯、屋檐、月光、梅雨、桃影、爱情，甚至朝代，形成宽大而磅礴的织物，皱褶肆意堆叠、起伏，某一个日子突然就变弯了、变深了，变得足以把一个人藏起来。这个人是木屋里的她，她是我忍不住喊出声的外婆，是所有母亲中的母亲，是我生命源头处的高地和深谷。

皱褶一层层堆叠出别离的坚硬。

这是织物的使命。

董华　黄鹂留下一句诗

穿绿衫的“雨滴”

榆树上，开始冒出黑骨朵儿，像数不清的雨滴枝头聚。有生命的，日日膨大的雨滴，也恰如一窝窝雏鸟儿，叫醒了天空。落下来，那就为一场春雨。这些鬼精灵，顶着帽盔，围着围脖儿，探头探脑，眼睛里充满好奇。管它们叫榆钱儿，还早呢，还没长成大哥哥、大姐姐的成色。春风阿姨把它们找来，笑吟吟召集开会，它们一个个发表儿童见识。阿姨高兴，又训导出了一群娃儿。大人心里有数，再过十天半月，它们就长大了，各自知道了美，会穿上浅绿色衫儿，扑棱棱由阿姨怀里飞起。飞过春天，飞入哥哥姐姐们往昔的栖息地，躲在温厚宅院一角，跟你耍，逗你玩。

清晨，让甜爽飞

在我居住的楼房南面，有一株柳。进入春天，我在阳台老想和她照面。看她一日比一日温和，一日比一日显绿，见了柳芽。阳光未现之时，她一副柔闲姿态，像弄毕早妆的静女。等待着，阳光如手电筒从东侧两排楼中间照过来了，对面楼墙爬满新鲜光亮的时候，这柳树就像金子塑了似的，她的肩头和发丝浮光曜金。那真挚亲切的辉煌，使人心胸陡生了活力，直觉得体内悦怿无量，涨满了亲昵。

藏在枯叶下的伙伴

在老家度过了春节，返回县城前打扫飞溅过的炮仗屑。有的碎红落在了旧畦枯叶上，才划拉几下儿，就看见了碧绿的蒿草。霎时惊异得很。咋这么快，蒿草就露头了呢？一边轻轻移动枯叶，一边思考：戋戋微物是如何获得春的信息？在所有草木中，它是微弱的一种，匍匐而生，身份仅仅高于苔藓。可是，我对这蒿草是敬重的，它虽然没有林木的高大，花卉的色彩，但它也是生命，是人类的伙伴儿。就因了它终生匍匐，最接近土地，所以才最先觉察地气的节律，听到了泥土呼吸。它的灵睿胜过了人类。无论身份大小，世间草木统一持有人所不知的灵性，长于人而人常不知。人类啊，真该收敛兀傲——在细感方面，你常常不及草木，不及春泥。

进屋做客的虫子

那一日，我离开工作室座位，偶然发现屋门口游进一条虫子。差一点踩杀。这虫子在老家叫马蔺虫，不侵犯人类，离开老家以来，经久不见了。它棕黑色的脊背，腹下有无数条腿，它行走是以厘米计算时速的。进我屋不知用了多长时间。我不禁想，我的室外有多级光滑台阶，有开阔大厅，它是怎么找到我这间房的呢？我不敢作践它，将一张纸伸平，铺在它头前，引诱它爬上纸去。可逗弄了半天，它不乐意往上爬。最后经过我努力，它爬上去了，我快步将裹在纸筒里的它抖落在大厅外花池。见它安然落地又快活地蠕动，我默诵着“积德累功，慈心于物；昆虫草木，犹不可伤”，暗暗为它祝福。

知春应恋娃儿面

春天来到，大自然给人间带来一片明媚。可是我看春，虽然喜欢公路上绿篱着了春意，小桥下河水听到了水音，可我总觉得浮泛，不能完全沉醉于其中去。我对春的认知比较特殊，我觉得肉体生命最显春的神气。人们出门的脚步俊快，豁显弹力了，穿越草坪的猫儿狗儿体态活跃了，这还不止。我最爱看娃娃们的表情，或男孩儿或女孩儿，半途上不走了，暖阳之下拽着大人的手，吊在大人的腿裆间撒娇打坠儿。一队学生娃背着书包，蹦蹦跳跳离开校园，银铃般叫喊洒满一路。傍晚了，小区里仍然气暖声喧，有孩子踢球，孩子唱歌，有比着对儿穿着旱冰鞋，如飞燕似的跑来跑去。这太美了，太动人了！我以为，这才是春的光明，春的生机无限。

娃娃和蚯蚓

一个叫董为的男娃，今年五岁。

我翻畦的时候，翻出了一条蚯蚓，喊董为来看。

“它咬人吗？”

"不咬。"

董为伸出食指，比来比去试了几次以后，轻轻捅了一下，忙又把指头收回。

"它有妈妈吗？"

"它为什么住在土里？"董为接连发问。

我告诉他：蚯蚓和人一样，有自己的妈妈。泥土里是它们的家。学习妈妈勤劳，它们从很细小时就知道劳动，一刻不停，翻耕土地。把土地翻松软了，植物根扎得更深，容易吸收养分，而且吃过的土，经过它们消化，再排泄出来，增加了土地营养物质，土地变肥沃了。树上结的果儿，地里长的菜，打的粮食，都有它们的功劳。我们都要学蚯蚓的勤奋。

董为专心地听，不知他听懂了没有。

楼房里没有蚯蚓。多少个娃娃会看书写字，会辨识国外吃食，还会打电子游戏，可是，对于泥土和泥土里生长的东西，他们还有很多不懂；因为失去了懂得的机会。

摩尔多瓦让小鸟叼走了

参观生态园，爷爷带回来两棵葡萄苗。

品种听着有点古怪：它不叫巨峰，不叫马奶，不叫玫瑰香，它叫——摩尔多瓦。

像外国人的名儿。

爷爷告诉娃娃，畦边新苗的老家在罗马尼亚。罗马尼亚在哪儿？爷爷说了欧洲，说了多瑙河，娃娃还是不知那里有多远。

从春天草木都绿了时候起，娃娃爱往葡萄架跟前跑。看葡萄藤儿长叶了，长须了，像淘气小猴子，顺着竹竿爬。

入夏，葡萄叶子下面，现出了零星果穗。绿葡萄珠像绿豆粒一样小。爷爷说，别看它暂时小，往后可快呢，会长得玻璃球儿一样大；到国庆节，成熟了，就变黑了。

娃娃天天盼望它变黑。

第一年挂果少；娃娃数了数，俩穗儿才结了五个。油亮，黢黑，像女孩子荣荣的眼眉。

娃娃摘下一个，往牙齿上一磕，哦，真甜！尝上味道，娃娃美极了。剩下的四个也想摘。他咬着舌头，举一根手指，将四个葡萄球儿挨个捅了一遍。大眼睛眨呀眨的，不知他又在想什么。

那一天晨光正好，全家人在，娃娃很神秘地把爷爷、奶奶、爸爸、妈妈拉到葡萄架前。才说出“有好事儿”，就卡住了——那四个摩尔多瓦不见了。看娃娃迷惑的样儿，爸爸笑，妈妈笑，爷爷奶奶笑。笑声惊动了柿子树上往翅羽抹嘴的小鸟，娃娃看见，小鸟迎着朝霞飞走了。

黄鹂留下一句诗

黄了麦梢，绿了桑条。麦收前桑树，有无数颗彩色星星在绿云中闪耀。

桑葚是京郊农田最早出现的鲜果。它不光甜美诱人，所含趣味更优于其他果品。

东一树，西一树，岭头，平野，哪一树结哪一色果实，黄鹂探究过了，童子也记忆深刻。

人鸟竞争，就在这桑葚熟了的初夏。

童儿们非常熟悉此种果实。吃白的、红的，不落痕迹，吃多了黑的，无法掩盖。染黑了手指，染黑了唇齿，大人一见，就知去了野地。

往往在打桑葚、捡桑葚的兴奋时候，被领土主黄鹂发现。黄鹂像箭似的赶回来，“喳喳”叫声由远而近。黄鹂捍卫自己的主权意识非常明确，到近前就勇猛地俯冲。它瞄准树上人，扇起翅膀如急骤的雨点儿。

这么发动攻击，也是试探。树上的小孩儿不怕，它就离得远一些；如果胆小，它就挨得近。无论远近，冲人扇打翅膀不离身形左右，逼迫人下树。

敢攀树的童娃，必在孩子群中胆量最大。一点儿不害怕。他摇动桑树条，左右挥舞，当防御盾牌，有时还能抽打下几根羽毛。斗了一会儿，黄鹂累了，气焰越来越小。它飞离了勇敢娃娃，登在别的树高枝上，或放缓速度，在这桑树上空盘旋。仍旧喳喳叫，但那叫声里已听不出来恐吓，特像手下留情的哀告。

遭遇黄鹂袭击，是每年都要上演的喜剧。如果没有黄鹂出席，多么甜美的桑葚也缺少滋味。黄鹂的一番表现，专为儿童助兴，他们就爱听黄鹂惊叫，就爱学黄鹂鸟语。

像黄鹂纯粹的叫，他们不会；但有古代人公冶长那样解读鸟语的本事。

“吃我桑葚红屁股——喳！”完全能够翻译。

桑树下边童儿，个个仰着下巴颏儿，眼睛追逐飞翔的鸟儿，叫喊纷纷。音腔跟黄鹂似的，前半部急，后边一字“喳——”，调门先压下去，再挑上来，拖长长尾音。放肆为美，快乐极了。

吃足了桑葚，发泄了体力，小伙伴们满意而归。桑树下落了一地胜利果实。扭回头又瞧了地上一眼，看见了大蚂蚁你叼我推、正往家搬东西。

上代人走过童年，走出了家乡，可是乡土地上风习不改，下一代人仍延续生灵气息。

小时候与黄鹂幸会，至老不会忘记其中乐趣。思来想去，觉得黄鹂“吃我桑葚红屁股”那声叫，是一句诗。

下雨嘞，冒泡儿嘞

一场暴雨渐渐小了。天空只剩下稀稀疏疏雨点儿。

门前发了小河。家家小孩儿撑不住劲了，光脚丫，举油纸伞，出来看水。

河水淹到大门口儿，小孩儿间相互观望过了，低身撸起裤腿儿，试着蹚了几下，把腿又抽回岸边。

下地做农活的大人被暴雨赶回来了，经由门口儿。孩子见他们草帽檐都被雨泥塌下了，衣裤湿淋淋，水鸡子似的。可是看不出懊恼。

大人将小河蹚出了浪花，孩子看得很羡慕。

兴趣能够很快转移。孩子看见多余的雨点儿掉入河水，打出一个一个水泡儿，觉得特别好玩儿。这时刻，兴奋感就来了，上下蹿动雨伞，光脚在湿地上蹦高儿。伴随欢喜动作，敞开了嗓子：

“下雨嘞，冒泡儿嘞，王八戴个草帽嘞！”

你一声，我一声，一时单，一时合。清脆童音让通过家门口的人，个个回头看。

大人温情地笑。笑口露出亮亮牙齿。

门前小河生真趣

华子小时候，门前小河为一处乐园。

童儿天生爱玩水，夏秋季节的水温和，蹚着合适。一阵儿跑跑跳跳，溅得水花比人还高，裤子就湿了，沉沉地贴在腿根上。尽兴倒是尽兴了，只怕回家大人骂。所以，既不惹大人生气，自己又寻到乐趣的方式，是捕捉河里的活物。

村街冲出来的水沟，浅水上下的生灵是他玩伴儿。

在门口就认识了蝌蚪、小鱼、小虾、灯油香油、黑老妈儿。

蝌蚪黑黑胖胖，像肉骨朵儿，缓慢摆动与身子等长的软尾巴。待尾巴消失，它就变成了青蛙，现时孩儿们称它“蛤蟆骨朵儿”。小鱼小虾，小得只看见黑色眼睛，身子透明，像一截白色线头儿，远不是长大以后的模样。黑老妈儿，属于蜻蜓一种，通身墨色，比其他蜻蜓腰细，比其他蜻蜓飞行机警灵活。它在水地儿扎寨，水面不很高处飞行。且动且静的是蜉蝣，土名管它叫灯油香油。身体狭长，背上两对翅膀并拢，尾部有两条或三条带骨质的丝。因为腿长，更显瘦骨伶仃。它很少飞行，惯常水上跳跃。静时纹丝不动，动起来则若蹬着滑雪板，一滑很远。姿势优雅仿佛体操运动员。华子惋惜这一种水上昆虫，寿命很短，只有数小时至一星期时间。

使华子着迷，与小生灵结为友好的表现，是无距离亲近。捉灯油香油、黑老妈儿难达目的，那就逮蝌蚪和小鱼小虾——浅水才没脚脖儿，很容易捉到。

下水行动前，先做收容准备。从河里捞细沙，捧几回，沙坑就做成了。

最好捕捉的是蝌蚪。两手并拢兜底，一捧就捧上一两个。因为坑儿水少，放入的蝌蚪肚皮朝上，它萌萌哒，像愉快接受华子抚弄。小鱼小虾就不同了，眼睛盯着，捕捉时候还须屏住呼吸，一动不动，耐心等游近，待游跟前了，眼疾手快，两掌欻地截住，一下子捧起。撂进了沙坑，它们惊恐万分，脑瓜挤着，缩在水坑边缘，一动不敢动。

沙坑儿的水渗得快，隔一小会儿就要往里撩水 。

经过一个时辰，华子兴致淡了，就把沙坑扒开一个豁口，让刚才玩伴儿重新游回河里。

在这时候，华子想起爷爷讲过的事，当年街里发水，夏天，秋天，门口游上来过白洋淀金翅大鲤鱼。他就此琢磨，这么大的鱼，沙坑怕是装不下吧？

现而今，华子胡须也白啦。眼前，村街修成了水泥路，河沟没了，手捧沙没了，雨水也少了。街道一年四季干松。小时候陪他玩的小生灵大部分不见了。他该怎样跟娃子讲明什么是“灯油香油”，什么是“黑老妈儿”呢……

汉家　此际有髯苏

鹿

张岱六岁时初见陈继儒。

两人见面的地点在杭州。

陈继儒骑着一只鹿，在杭州游玩。

两人对诗的情景，张岱到了晚年仍念念不忘。一时有一时的将心比心，一季有一季的大好天气——及时利好，张岱这小友就来得如此及时。

对诗时，眉公所指的屏风上画着李白骑鲸图。

小友定然凑近屏风，端详着李太白乘风破浪向前——啧啧，此条大鱼亦是一位顽皮老神仙。

披头散发笑话

"陶庵国破家亡，无所归止，披发入山，骇骇为野人。"开首，就是大惊动。没有杂七杂八的隐语和绕来绕去的客套，张岱一上来就披肝沥胆，赤身裸体示人。

繁华一梦，梦醒即果报。

往昔的种种奢靡，此时无有残迹，人生的孤舟远去。

时光消逝，常人多溺于物哀里，难以开化。《陶庵梦忆·自序》之所以是好文章，就在于他将此文落实到脚夫与书生的两则笑话上，此乃大实寓大虚，又大笑"虚与实"。

他笑，笑的是伤心欲绝的自我。

但张岱终能开化，他的高就高在这里。

张岱达观潇洒——达观却不苟且，潇洒但有雷霆之怒。他想过引决，却好好地活了下去——他将命与梦化为了一体，生生死死皆可消受，笑笑话话俱为悲声。

白虎回头

回过头来，是姑苏城，是一条山塘街，是虎丘的前世今生，是大明王朝的八月半——是三魂七魄里的中国之夜。

“鼓吹百十处，大吹大擂”，虎丘中秋夜，声色人间，人间生旦净末丑。

“雷轰鼎沸，呼叫不闻”，仿佛今夜要闹出人生的所有欢喜——千金散尽不算什么，仿佛今夜散尽的是人生的所有热闹。

三鼓，人渐渐散去。正是月朗时分，一夫登场歌唱，“声出如丝”，也“裂石穿云”，听者“心血为枯，不敢击节，惟有点头”。张岱写这位歌者，居然越写越安静、越写越沉默，直至无声中猛地高喝一声：“使非苏州，焉讨识者！”

苏州是中国的苏州，中秋是中国的中秋。

中秋也是张岱的中秋，张岱只是张岱的张岱——

而你呢？

茶私

在茶汤上，也要论英雄。

闵老的个性不可谓不怪——直到回了家，才想起忘记了一根拐杖。

闵老来去如风，言短性直。

张岱不死心，就等着他，等着与老人家论一论茶。

品茶要紧。闵老煮茶，“茶旋煮，速如风雨”，这煮茶的手段亦如闵老的本性：绝不啰唆。张岱论茶时的连连反问与闵老察言观色后的“不复敢隐”，真是高手之间过招，抬抬手就知对方有没有——“遂定交”，两人终成知己。

论茶，论到最后，论的都是私语。

所有高级的议论，论到最后其实都是肝胆相照的私房话，反之无非是装死、谄媚和翻脸。

明天我要早起——早早起床，看着太阳，吃一杯上好的碧螺春。

两三粒

“舟中人两三粒而已”。

两三粒，小而又小，却见着了空茫。

此空茫不使人胆寒，而有胸中暖意。

朴素的笔意里，张岱游的是除尽脂粉的西湖，赏的是洁白晶莹的雪花，吃的是应景应时的烧酒。

痴人的炉子正沸，三大白是对天地苍茫的敬意。

大雪连下了三日，史上三日，三不三，四不四——

不三不四。

两三粒等于一粒——千万粒等于一粒，或一粒也没有。

好汉孙权

选陵墓，选来选去，选了孙权的安葬之地。

一朝天子，当然朱元璋最大，挪开孙权墓即可，这有何难？太祖就是太祖，只有一代英雄方能夺得一代天下，所以太祖说：孙权亦是好汉子，留他守门。

他认孙权是一条好汉。结果不挪，守门如相伴，平时两位也可聊聊闲天。

大明江山倾覆了，孝陵荒凉，张岱“思之猿咽”。

潮来潮往，他是被滞留在岸边的一只白猿，一只孤独的涕泗滂沱的白猿。

伦理学

冰雪在《一卷冰雪文序》中，为诗文之精血。张岱的这篇文章，尽显汉语风流，既有报春先声和桃花姿态，亦有金刚怒色与白眉傲气。

张岱的本领大，所以写起文章来就能沉着稳健，下得去杀手。

他又一往情深，性灵全开，识得出文脉里的英雄。“盖诗文只此数字，出高人之手，遂现空灵，一落凡夫俗子，便成臭腐。”无冰雪之心，活该臭腐——掩鼻。

“诗文一道，作之者固难，识之者尤不易也。”识出好文之人，本就是人杰，冰雪映照冰雪——冰结冰，雪下雪。

故人相逢，是最自然的自然主义。

“噫！此岂可与俗人道哉！”说不清就不必去说，那笔墨间诞生的悬崖瀑布，可使人苍凉战栗，也可使人莫名其妙、呆头呆脑。

俗人无半点冰雪，也就读不懂冰雪的伦理学。

今夜金山寺

“月光倒囊入水，江涛吞吐，露气吸之，噀天为白。”夜戏一文写夜，只这一句，就令我肃然起敬。月光为囊中之物，来去自在；江涛豪强，吞吐畅快；露气以柔克刚，修正主义；白，我的人间大幕。

崇祯年间，路经金山寺，大殿盛灯火，演夜戏，老僧观看而不知“是人、是怪、是鬼”，如梦如幻。

张岱似信笔写来，每一笔却步步为营，亦不受拉扯与束缚，字词破壁而出，场面活脱脱地现于眼前。

夜戏演的是南宋名将韩世忠在长江黄天荡大胜金兀术，戏好，忠义勇猛之极。

姑姑

张岱写明末方物，写的是口腹里的天地精华。

我也想去明末，但我身在此生中，难以动弹。

——那就不动弹了！

吴地夏日炎炎，我先来一碗冰冻绿豆汤。绿豆、糯米、青红丝、果脯皆是我眼中的辅料，主角当是浸泡过薄荷叶的神奇汤水，清凉入喉，解热毒又解忧心。

刚出炉的鲜肉月饼，咬开喷香。

春时，我初尝老店的酒酿饼，泛起一些醉意。

炒浇面的浇头种种，我最喜蕈油和熏青鱼——松延年，鱼儿跃水。

葫芦状的煎团，外焦而胀，心是美味的肉心。

整个夏天都未见巷口卖扯篷豆腐干的大娘，不禁有些担心，突然在中秋时节见到了她，内心欢喜，急忙道：大娘，来三串扯篷豆腐干，加一个肉粽！

我以为梅花糕是米粉做的，没想到它是面粉做的：豆沙绵甜，玫瑰调情。

霜降后的青菜，入口软糯。腊月，草头领头。吃桂花糖藕，黏在嘴里的是一团清香。天凉了，我就吃碗绉纱馄饨；天热了，我就来一份冷结青菜馄饨。

一人喝光了一坛桂花酒，吃掉白鱼一条。

我曾在虞山剑门食蟹，饮绍兴老酒三杯。

初吃肉汤圆前，我忐忑，吃后则坦然并立志再吃。

入夏，老友果子送了我一箱枇杷，在沧浪亭，我得以吃下平生第一口枇杷肉。金秋，我在尚湖边请她吃了一斤水红菱。

冬日里，我吃过一道滋味悠长的慈姑猪蹄。

我的姑姑亦是一位慈姑。

柳麻子

柳麻子即说书人柳敬亭，他是江苏泰州人。

张岱说他“悠悠忽忽”，一副无所谓的样子，接着跟了一句，说他“土木形骸”。“土木形骸”——不简单。

喜怒不形于色，非常人也。

非常人，也就是一个人物了。

人物的身价几何？答：与南京名妓王月生的身价差不多，两人都是绝顶人物。

柳麻子说书不单练就了好能耐，还有“坏脾气”——“坏脾气”是说书人的尊严。

——你们若不好好听书，他就绝不再说，“故不得强”。

他说《景阳冈武松打虎》，贵在“汹汹崩屋”。他不和你说个没完没了，但在筋节处却一点儿都没有空下。

我读张岱描写柳麻子深夜说书的文字，读着读着我就醉了，魂都要丢了。

围炉吞吐，依稀残照。

曲无误

天启壬戌年，荷花生日。游人之盛，叹为观止。

张岱乘兴而来，却未见荷花，只见到如织的游人。那个年代，平时见不着这么多人——游人本身就是风景了。男女相杂，丽人靸鞋而行，这景致着实比荷花开放更有趣味。

“摩肩簇舄，汗透重纱”，不止是人挤人，更像是欢乐的群舞。

张岱写浙江扫墓风俗，是另一盛景。

走水路，戴头巾，鼓吹一路，饮酒作乐。扫墓亦是玩乐。

酒徒醉了就号叫，或不知为什么就相互厮打在了一处，这也是乐子。

明亡，扫墓时无船，都行旱路，“妇女不得出城者三岁矣”，再无水上乐园，数十里哭丧。

扫墓一文记有鼓吹之曲，名《海东青》《独行千里》，曲名让我神往。

读《苏小小墓》一文，知晓古曲《蝶恋花》又名《黄金缕》。

《黄金缕》这名，如万世无愁一般，好似我富可敌国，终于放开了手脚，一时兴起就可上山下海。

我的墓

他"好精舍，好美婢，好娈童，好鲜衣，好美食，好骏马，好华灯，好烟火，好梨园，好鼓吹，好古董，好花鸟，兼以茶淫橘虐，书蠹诗魔"，临了，"劳碌半生，皆成梦幻"。

自我的七不可解之后，是通篇的丹心烟云，极致大观，"任世人呼之为败子，为废物，为顽民，为钝秀才，为瞌睡汉，为死老魅也已矣"。

这掏心的文字，这襟怀。

不劳旁人，自造坟冢自写墓志铭，自有汉字起落的骨气，亦有梦幻一生的壮烈。张岱的放诞不羁，是风流自赏的放诞和两手空空的不羁，俱为不朽衷曲。

大觉大有，大有大空。大空，真。张岱，真人也。

雪

读罢张岱，我看到了窗外的雪花。

时代变幻，雪还是雪——雪不死。

我站在纷纷的雪中，这雪也许是刘长卿宿芙蓉山主人家时遇到的雪，"柴门闻犬吠，风雪夜归人"，一路风雪，总算是进屋了；这雪也许是白居易写"晚来天欲雪，能饮一杯无"时盼望已久的雪，友人刘十九已经来到了门外；这雪也许是王子猷雪夜访戴逵时飘扬的雪，"四望皎然"，所以"兴尽而返"；这雪也许是我的山西老乡卢纶从军时看到的塞外鹅毛，"欲将轻骑逐，大雪满弓刀"，杀！

这雪也许是张岱于湖心亭游玩时亲近的雪，人间清白贞静，"湖中人鸟俱绝"。

雪还在下着，雪还是雪，纸上的雪化成了我眼中的雪，眼中的雪化成了流水。

流水向东流去，载我一意孤行。

卷肆

表达你的发现

散文
2018
精选集

四时佳兴

SEASONS IN THOSE YEARS

散文

2018

精选集

王晓莉　地上的盐【外一篇】

异于一般循规蹈矩、按部就班生活的人,塞巴斯蒂安·萨尔加多是那样一种罕有的类型:他人生里发生的每一次重大转折,几乎都是听命于心灵召唤,而并不是依据外部种种设定的结果。仿佛他内心里有自己的庙宇,住着自己的神明。那神明平日神秘蛰伏,无须专意供养——或者说,神明以萨尔加多的日常生活为日常供养——但在某些时刻(多半是些属于人的关键性时刻)却会现身,用只有萨尔加多才能听到的默语,指引他要走的路。那是一种比传统还要清晰、比父辈还要权威的声音,神秘,然而不容置疑。因而萨尔加多每次听到后都义无反顾。而事实也证明,萨尔加多每次前往的命运,都如此有价值,如此不同凡响。

萨尔加多 1944 年出生于巴西一个普通农场主家庭。父亲殚精竭虑送他去法国学习经济学。农场主的儿子学习经济学,再正常没有了。然而 1976 年,萨尔加多即将毕业,他迷恋上摄影(有时我会认为人对某一事物的迷恋应该是来自于前世的记忆,此世只是接续与更新)。当即,他跳出既定的路线,去做摄影师。这种在寻常人那里十分艰难的选择,萨尔加多却做得十分轻松,连家人和美丽的妻子也无一反对。一条“二十世纪伟大摄影师之路”就此在他脚下展开。在一个人的年轻时代,由于精神世界的未被大面积破坏,由于体力的充沛与健康,更由于想象力的饱满,人总是能更多地听见来自心灵的召唤。而人是否呼应它完成它,却有许多制约与权衡。许多人就此选择的是听而不闻,他们随同大流前往物质世界寻宝又或者是得过且过地任由生命萎缩。而萨尔加多,如此轻松、完美地呼应,这无疑来自于他的美好天性与内心神启。

同为二十世纪伟大摄影师,萨尔加多和薇薇安·迈尔的工作方式、工作范围、工作对象完全大异其趣,仿佛在从事着截然不同的两样工作。薇薇安·迈尔几乎只在相同或相似的街区行走，观察与截取可能遇到的画面，有一种于“小”中侦察到“大”、于螺蛳壳中做盛大道场的气质。她日常归日常，摄影归摄影。愿意示人的示人，意欲遮蔽的不顾一切遮蔽。而萨尔加多则属于那种“身体力行”的摄影师，他迈开两条长腿，像羚羊那样奔跑，渴望出现在世界每一桩大事发生的地方。他对“重大”有异乎寻常的敏锐。他企图的，是以镜头记录，并以第一手照片知会、警醒、凝聚世人。他的日常即摄影，摄影即是他与世界的交谈。对于所做的工作，“缄默”是不道德的，他要发声。

有二十年，萨尔加多奔赴世界各地，记录战争、灾祸、难民及人的大规模非正常死亡。他有无与伦比的摄影技术，并且在拍摄完毕后，于世界各地举办展览，以此唤醒世人，以及进行一些实质性的诸如为灾民难民募款的工作。他成为拍摄这些题材的权威，地位越来越不可撼动。他记录萨达姆在倒台之前对五十口科威特油井的焚毁。他拍下那被石油浇得翅膀湿重、再也无法起飞的鸟，拍下前往扑火的加拿大消防员无力疲惫的脸，拍下那石油焚烧过后大地无边的荒芜。他用照片向世人说：“瞧这由凶残的个人意志摧毁的世界一隅！”他为记录1994年卢旺达难民种族大屠杀大死亡，先后三次去到那里。他见证人类最残酷的一面。一个二十五万人的难民群体，到达目的地时仅剩四万人，一条一百五十米长的公路铺满尸体，包括无穷无尽的死亡的孩子，只得用铲车来辅助下葬。还有满布世界的瘦骨嶙峋、与鬼影无异的成年人……一次又一次，他看到的都是消解正常生活的祸难，是显示人性残暴的杀戮，是随处可见的死，是无处可逃的逃。终于，这最后一次关于卢旺达难民的记录，几乎击溃了他。他边记录，也边对自己追问：即使他拍摄的照片可以对一些有良知者产生警醒，甚至可能在艺术上有震慑人心的效果，然而摄影对暴政者有用吗？摄影能够阻止任何一场屠杀任何一个无辜者的死亡吗？在一个个平民倒地身亡成为常态的地域，他越是活跃地跟踪这些，不是越会有罪恶感袭来吗？

萨尔加多感到自己的这种“活”，也成了问题。“我的灵魂生病了，我根本不相信人性的救赎。”他如是说。即使二十年过后他回忆这一切，眼角仍凝着一颗泪。无疑，他的灵魂生病，实在是在代替人类生病。他不相信人性救赎，实在是对人之残暴无底线的清醒认识。他完全拍摄不下去了。他决定放弃摄影，返回故乡巴西。此时他已有了“二十世纪最伟大的社会纪实摄影家”的头衔。一般人只要获许踏上这张名利的红毯，只要按惯性走下去，地毯就总会自动为他延展开来——世间诸多大师的生平都在诠释这个法则。然而萨尔加多完全不在乎脚下所踏的是地毯，还是荆棘。他只听命于内心。他像一个杀手，不断追索自己、追索意义。世间并不缺少摄影大师，然而一个如此像上帝一样思考的摄影师，却微乎其微。

他终于在离开家乡二十多年后，回到这个祖辈定居的巴西农场。他要休息一下疲乏的脚步与生病的心灵。但是他发现，不仅是他的灵魂生病了，他的家乡，这大地一角也"生病"了。由于干旱，由于环境的破坏，家乡已由他少年时代记忆中的一大片热带雨林，变成不毛之地。世界都在毁坏之中，他的故乡也不例外。

惯常思维是，他是回来疗伤的，休息吧。然而幸运的是，这个自我即将崩溃的人有一位智慧明眼、一直陪伴他的妻子，她深知萨尔加多乃至整个家庭需要获得改变与救赎。她所提的建议是植树，是把故居这一片空虚土地还原为从前丰茂的雨林。意味深长的是，妻子的提议对于萨尔加多只是个火引子，是个线头，也就是说只要细微的一点就足够了，就足够他再次听到内心的召唤。那召唤是一直在人体内涌动不息的生命力，也是人的智慧与思考力穿透了现实的表皮之后，发出的指引。这二者的结合，形成了萨尔加多心中姑且名之为"神明"的东西。这神明的意义，就是前望与远瞻，就是在人陷于怠惰、陷于消沉，甚至陷于绝望之地时，亮起灯塔一样的指引。当他听见妻子如此提议时，他其实就是突然听见那神明说："既是放下了摄影，那你何不种起树来，恢复这块大地本来的样貌呢？"

如此，没有停歇地，从对人的关注，他转向对一切生物栖居的大地的关注。动植物的美好、大自然的循环之美将他从对人的失望与厌倦中拯救了出来。他又行动起来。他与妻子开始一年年种树。起先树木只能存活百分之四十，第二年存活了百分之六十，终于，树的根越扎越紧，土地上的绿色越来越茂盛。最后，在这个不毛之地，他们用十年时间，种上了二百五十万棵树。他们的私家农场，现在已成为国家森林公园。

他说，"大地治愈了我的心灵"。他的声音平缓有力，与大地之辽阔一致。是的，在目睹种种"反自然"之举之后，只有"自然"能够治愈他。现在，七十多岁的他重新开始了名为"创世纪"的摄影项目，专门拍摄地球上那些人迹罕至的地方，那些濒临灭绝的种类，拍摄北冰洋、海象等等，他的用意是告诉世人：最初始的地球，是这个样子的。是这个样子的宁静，这个样子的美与动人。

他的人生印痕之动人，在于让人们见证他与灵魂的美好关系。他那一双总是在迈开的长腿、那一双总是在凝视某对象的眼睛后面，我们仿佛听得见他与自己灵魂的对话。有时灵魂走得太快，有点跟不上，他便说：等等我。有时他又比灵魂稍快一程，他便又歇住一阵，等灵魂如风追来。

而他的履历之深刻，在于他以每一次生命变化揭示出他对于“大地”“自然”以及“人”的理解是螺旋式上升的。有曲折，有波段，比一般平行的人生更为吃力。然而最终总是能够艰难地上升到一个更新的高度。因而他比一般人也总是更为坚决。

对于人，萨尔加多说：“人类是地球的盐。”这个观念当然来自于《圣经》。《圣经》里，耶稣告诫世人，你们要做地上的盐，天上的光。如何理解呢？那意思是，盐可调味，盐可防腐，盐是世上最有用的事物之一。

和大地以其生生不息、以其沉默且坚固的本性成为大地一样，萨尔加多仍然选择了相信“盐”。因为他自己就是一粒盐。且是盐中珍贵的那一粒。

安在

据说人的灵魂只有二十一克重。这轻微得等同于无的重量，若是无法安妥，必定驱使人如临火烤，一刻也不得安宁。我看过那么多人，把家装潢得漂亮、洁净，有的甚至如宫殿般豪华排场，然而他们并没有多少时间待在这身体的安顿之所里。他们到人群里去，到酒桌或是异性身旁去，他们也到山水里去——但是在山水里他们看见的也是人。他们穿得显山露水，名牌压身，然而他们的黑眼圈一直挂在脸上，他们的腿抖个不停。于是你发现他们的宅第长时间空着，他们脸上的恓惶和心里的恓惶一样多。他们抱着手机一刻也不能放下。你明白，他们的“二十一克”还在流浪。

然而奥伊瓦·考文的故事则正相反。我在一部芬兰短纪录片里遇见他。和绝大多数人一样，奥伊瓦本是个注定要被时间彻底湮灭的人，却被这个纪录片的导演所追寻。原因是导演偶然在跳蚤市场发现奥伊瓦留下的两箱八毫米胶片(他的胶片时长共二十小时，八毫米的胶片一卷才四分钟。你想想他拍了多少卷)。胶片里的内容涉及世界各地，缤纷绮丽，透露出奥伊瓦见多识广、无限丰饶的一生。正如不敏感的作家无法成为好作家一样，敏感的导演才能踏上成为好导演之途。这个购得胶片的导演不由得要开始追寻这个叫“奥伊瓦”的人。用五年时间，他拍成这个五十几分钟的短片。

世俗观念上看，奥伊瓦有一个清贫、清冷、疏离的一生。他1909年出生于芬兰，母亲是洗衣工，父亲是司炉工，两年后妹妹玛塔来到世上。奥伊瓦十几岁便去到叔叔店里帮忙。四口之家饱尝贫穷之苦。尔后他去当兵。二十几岁，奥伊瓦回到赫尔辛基，与母亲、妹妹一起生活。这时他还是一个英俊青年。“身高一米七四，不高也不矮”，他如此在一封求职信里自述。他所求之职是去一艘海轮工作，他想去看更辽阔的世界。是的，年轻的时候我们每一个人都想去看世界。有一天他真的报名成功，去了一艘海轮。他做的是在船上铲煤送煤的工作。我想，在挥动双臂、汗水涔涔之际，他偶尔透过舷窗所看见的那些风景，那辽阔的海、飞鸟，以及所到城市港口的一派繁忙，这一切一定都与他内心某块地方契合，并且激励了他。一年后通过学习，他当上轮船机械师。此后一辈子都在轮船上工作，随着海水洋流走遍世界各地。

很难说，是生活不断铸造了起初还很幼嫩的理想，还是理想在选择某一形态的生活。抑或二者一直在激战与握手，终于求得一个大的平衡。奥伊瓦渐渐确立了自己的理想，那就是看遍世界看遍人的生活。他也用了一辈子去践行。而在海轮上工作，恰是满足这理想的必要条件。这种生活实际是有象征意义的。总是动荡着，路过一个又一个港口，却并不停留，只是前往更多的景地，探求更多的惊奇。

奥伊瓦有两个爱好。一是写信，刚刚上船的头三个月，他就给母亲和妹妹写了五十封信。这源于对观看的热爱，源于分享，更是源于内心之丰饶。他更大的爱好是摄影。他是那么喜欢美的人与事物。他既敏感于细小的事物，也惊叹于宏大的美。每到一地，他都要拿起摄影机，情感饱满地记录他的所见所闻。他凝视小瓢虫爬行的庄重、浓密黑发美女的频频回眸，记录金字塔下的埃及、孩童天真烂漫的土耳其，他也留下海上日出的血色一刻、自由女神的凌厉一角。他对于色彩有着狂热的爱，绚丽的、冶艳的色调，总是最快地抓住他的目光。对于女性之美，他也非常敏感。他捕捉她们艳丽裙裾的翻飞，她们极富性别魅力的笑。一次又一次，乐此不疲。

在轮船与时光的动荡之中，奥伊瓦开始慢慢体会生之“失去”。起先是妹妹得癌症去世。过几年，母亲也离世。曾有人问他为什么不结婚，奥伊瓦曾回答说，家里已经有两个好女人了。这是一种幽默，也是真正的精神上的自足。现在，他生命中这两个好女人都离开了。他孑然一身，世上再也没有了亲密的人。

孑然一身的人，内心更需要支撑着活下去的动力。或者说，他们更具备这种能力。这能力类似于一种对生活的信仰，坚信活着必有其意义，个人的存在必有其价值——如木心，如章诒和，如去世未久的杨绛老人。奥伊瓦也是。直到七十多岁，他还在到处旅行，拍摄各种奇异景色。他七十多岁时到了南极，然而轮船发生事故，把他放在轮船底舱的所有胶片都毁了。四年后他又重新到了南极，此时他已八十一岁高龄。

他总是很想与人说话，与人分享。有一次他忍不住给一个在夏天的度假屋做过邻居的人发明信片，告知自己的行踪——然而那只不过是个擦肩的邻居，对方是否记得他都还难说。后来，他觉得还是给自己写明信片更为妥当。于是到了南极，他给自己写："嘿，这是来自世界尽头的问候。我。"

落款是"我"。把自己当作另外一个人。或者说，从自身分出一个来，给自己做伴侣，做家人。自己与自己说话，自己与自己周旋。我没有看过比这更孤寂却又更浪漫的事情。

然而孤寂并不是枯寂。他的外在生活，看起来有些像寒冷冰山，在大海缓缓流动。他的两箱胶片，却又透露了他极度的丰饶。他于九十一岁去世。人们发现，直到他死前六个月，他还在纸上研究外太空，研究飞行员的手记，研究一种叫"虫洞"的天文学理论。他的下一个目标，也许正是那里。对于世界，他的目标没有止歇。

我很孤寂。我亦很丰饶。我为世上有奥伊瓦这样的人而感佩。即使身边，这样的人也有：一个常年看守水泥工棚的人，在房屋前后种满月季与杜鹃，他盯着盛放的花朵，体会与另外一类生命同在的欣喜；一个清洁工永远把她负责的厕所打扫得像家里的卫生间一样干净，尔后她勾织毛线，低头的那刻透露她灵魂的宁静……他们都有股自生自灭的野草一样的劲头，然而却统统没有虚度此生。一次又一次，他们以自身透露出的一股"安在"感感染我。

安，即定，如树有根，如达摩面壁；在，即确认自我的存在，自我的价值。人所做的每件事，都能够证明自己的"在"，证明在这世界的来过。纵然人人身后都是一个广大的叫作"虚无"的背景，然而人生虚无，我不能虚无，人不能被虚无打败到七零八落。然而人若能安在此生，不飘忽，不分散，便也像给身体找一个舒适的家一样，安妥了自己的灵魂。这是最为紧要的一件事情。

木心老人尝有言，这世上，多数人只是"行过"，而非"完成"。我理解，他所说之"行过"，是水漫过地皮，风掠过树梢，终究形不成自己的形状。而"完成"，却是在最终处要使自己成为一枚果实，一枚人类之果。要有保护自己的皮，有甜美丰盈的汁与肉,最重要的,是要有核。而那一生凝聚而成,同时又贯穿一生的核,在我看来,即是“安在”。

如果导演没有偶然地捡拾到奥伊瓦这枚人树之果,没有将它精心呈现给我们,奥伊瓦无疑早已完全消融于时间,不为任何一个世人所知。然而这并不要紧。“安在”一如奥伊瓦一生最可靠的行李。即令遇上沉船、遇上触礁,都夺不走它。他已带着它,安然走过这世界。他已完成他自己。这个,最是要紧。

朱武英　如雪拂过

小时候看书，什么高尚看什么。父母对我很宽松，学校又大多上着半天课。所以二三年级的时候，我懵懵懂懂读完了《红楼梦》《家》《春》《秋》；四年级，认识了高老头与笑面人；五年级，我已带着傲慢与偏见，穿梭在呼啸山庄中了。中毒并自得。

上大学看书，什么高深看什么。审美的标准是越艰涩越过瘾。尼采叔本华萨特加缪地乱读。读到颓废或思路混乱时就写诗；读到目下无尘并自怜，偏说，知我者谓我心忧，不知我者谓我何求。

上班了。周树人周作人。张爱玲杨绛。王小波沈从文。梭罗卡夫卡。浓丽与恬淡兼爱。

但终究不能随意。

如今，老了。终于可以心随书安，终于可以爱看什么就看什么了。

这个世界的好文字实在太多，纵然一生都在看书，也无法读完这个世界所有的好文字。时光让人如茶叶沉淀，都往淡处去。爱张岱。爱张岱喜欢的事：深深庭院，眼神波俏的丫鬟，繁花和少年，华丽的衣裳，骏马奔跑的姿态，神奇的灯，烟花在幽蓝的夜空中绽放，还有梨园歌舞，紫檀架上的古物，雪白的手破开金黄的橘子，新绿的茶叶在白水中缓缓展开。爱看李敬泽说，人生，在张岱，是一场大静之中热闹红火的戏；是曲终人不见，江上数峰青。

有时，只是因为一句让人心生欢喜的话，而喜欢一个人。譬如弘一法师的偈语：华枝春满，天心月圆。譬如爱着飞翔的小王子而愿意与圣埃克苏佩里，今夜，一起遥望星星，在静静的夜色中，在仪式般的心境中，一起倾听那五亿个小铃铛的笑声，一起观赏那每一个开着花的星星。

下雪了。因为冷得彻底，心里便干净得紧。走过冬青树时，我会捏捏它的耳朵。

白白的、亮晶晶的小耳朵。谁让你咬耳朵来着？下雪了。躲在被窝里看书。只看自己喜欢的所谓闲书。现在在看朋友的《一日沙门》及《小忧郁》。雪夜闭门读闲书，喜欢马明博说，今朝相遇，是久别重逢；说，银碗盛雪，闲来煎茶；说，见人欢喜者，必是欢喜人。

下雪了。我愿意奔跑。鸟们被我吓了一跳，鄙夷地走开，像知道分子（不是知识分子）看一个傻子。可是，快乐的傻子与忧郁的诗人，我当然愿意做前者。奔跑，是一种多么美好的姿势。下雪了。学生低着头继续奋战。我叹了口气，说，为什么，连下雪都没感觉了呢？然后我说，趁学校广播里还没有禁止打雪仗，赶紧赶紧。Hurry! Hurry! 学生鸟一样，扑棱一下，飞出教室。下雪了。广播里，开始喊禁止打雪仗否则扣班级行为习惯分数时，我们的学生很乖地坐着。像一排挂着冰凌的雪松。我喜欢他们。

真的下雪了。而且，不小。怂恿学生出去打雪仗。然后，趁学生上课，跑到大操场上，和同事打雪仗。下雪的大地真好啊。跑到一个人喘不过气来，还是想笑。怎么看，都觉得这个世界美好。看见一个同事，跟人在谈考试分数，觉得面目可憎。从后面撮了个大雪球，对准他的后背，一掷。然后，跑开。回到办公室里偷着乐。

最得意，雪天，上张岱的《湖心亭看雪》。课结束，人书两忘，黑板上只一个"痴"字。听课的老者，原是大学时的老学者 H 教授，对我说，你上课成精了。

我，假装谦虚着，其实内心骄傲得紧：散淡而骄傲的文字，当然得散淡而骄傲的人教。

雪下过，毕竟有些地方便不一样。

雪夜，听 Andy Tubman 的 *Quiet Inside*。声音让人很疼，听得越久越疼痛。吉他随性地拨弄，和着沙哑的嗓音，低回细碎。疲倦似乎越压越近，便开始沉睡。是被侵蚀的慌乱。一种想沉陷的欲望，渐渐地沉醉下去，无可救药。

雪夜，复读川端康成的《雪国》。一时痴了。"穿过县界长长的隧道，便是雪国。夜空下一片白茫茫。"淡淡哀愁，刻骨却无望的爱情，年轻优美生命的转瞬即逝。叶子优美而近乎悲戚，在雪夜里久久回荡的声音，驹子的孤独弹拨。旋转的忧伤，像雪花一样弥漫。

那几点如雪花般的淡墨，却毕竟不是柳河东，寒江雪、孤舟、独钓。

雪落下，姑苏城里老式文人一样的才子说，那几点淡墨，就是流连光景，追忆似水流年。

似水。流年。

冰凌。它,林冲风雪山神庙时的花枪,雪夜上梁山后的丈八蛇矛。它们,秘密的冷兵器,潜藏在青灰的屋檐后,只有在这样的日子才列队亮相。

瓦片。这些青黑色的简章,在城市里被迫作为古老的伪证。偶尔的一场雪,让它闻到来自雪野的湿润与清冷,想起它们曾经应该属于的村庄。

蜡梅。蜡梅,金色的水晶鞋。雪驾着马车,会在午夜十二点整出现,金色的风铃叮当作响。

邮筒。踏雪寻梅的薛宝琴。或者,红色的邮差先生,立在白色的雪里,等待一封有温度的手写书信。

草。诗经里何草不黄的草。雪赋予它们簇新的气质。阿巴斯镜头下的草。盲人腕上的表。在雪中,停了。

树。树对自己的冬日已经习惯。仿佛静默接受命运的人。雪的到来,宛如一场突然的爱恋,让它猝不及防。

桥。我无数次走过这座桥。晴天,它眉眼清亮,雨天眼神要忧郁些。春天,这座桥畔柳树的汁液清新得让路过的异乡人直打喷嚏。夏天,桥洞下倒影清亮。仲秋桥头的月亮美得惊人。而需要多少年,这桥才能在冬日遇到雪。宛如,白素贞终于遇见许仙。而断桥边,早已人鸟声俱绝,痴相公张岱与金陵客也已强饮三大白而别了吧。

伞。南方人见到雪时的大惊小怪让经过这座城市的北方人频频摇头。而南方十年才得一见大雪,积雪十厘米足够令南方人欢呼雀跃许久。雪,或许是南方人一个温柔的梦吧。这么绮丽温柔的梦,谁舍得撑伞拒绝呢?

雪人。我在雪地里,见过多少个雪人,让我数一数,数不清。雪人让每个大人重新成为孩子。每个雪人表情不一,快乐的多一点,愁眉苦脸的也有。年轻的小情侣各自堆一个,男雪娃娃与女雪娃娃的眼睛里都有笑意。每个雪人出手不同,却也基本雷同——人们保留从古至今的基础审美:龙眼为眼,胡萝卜为鼻,小的风情藏在各式的帽子里或者香樟树叶片里。我见到的这个雪人,母猫荫庇下的三只小猫,保留对于这个世界洁白的好奇。旁边一个穿红衣的小小孩子很委屈地说,为什么不让我讲话?我一下雪就特别想说话。那声音像小狗的嘟哝,好听极了。年轻的母亲说,你再说话我就不带你玩了。我很想对小孩说,走,我带你玩儿去。

爆炒米的老人。黑色老棉袄外罩着蓝色卡其布围裙，在雪地的空白处摆开阵势。黑色的爆米花筒，巨大的黑色鱼雷，不断地转动，定时炸弹一样嘀嘀嘀嘀越来越紧迫的嘀嗒声。“爆炒米哦——”那一嗓子后是砰的一声巨响以及空气里弥漫的爆米花的味道。

雀。它们，群居于雪树上的黑色甚至橙色逗号，在我经过时，全部飞向另一棵树，在雪野掠过一群的惊叹号。

狗。落雪，狗欢喜。狗真的欢喜。我走在南下塘时，一只胖大的松狮终于忍不住在雪地上扭起了屁股。而一只小鹿犬猛地从尖叫的人群中掠过，狗的眼角都忍不住笑出了眼泪。

菜农。他们中有些或者还是沿用古老的挑着扁担的方式，有些则用相对现代的电动三轮车载货，很早便在雪里进驻菜场，然后安静或者叫嚷着各守一隅。“冻撒忒了，快点卖卖掉拉倒，”她对我说话时，还是雪豆子一样爽利，“明朝继续落雪，卖忒不来了。”

快雪时晴。快雪时晴，佳想安善，未果为结，力不次，王羲之顿首。山阴张侯有福了，千年后风雪夜归，读帖的人亦有福，顿首。

捅雪与铲雪者。香樟与桂树，曾经制造芬芳的集体，与心怀善念的人对视。他用伞柄轻轻一捅，雪落在伞上，像轻快的诗句。铲雪者在铲雪，道路黧黑，长舒一口气后的湿润抒情。

《泥与焰》。一本适合大雪纷飞时读的书。它保藏着一个陶都少年对于世界的惊讶与敬畏。白雪覆盖的世界后，是金色油菜花汇成的秘密河流。

汗漫　一卷星辰

打开书，就是漫漫长夜。

——玛格丽特·杜拉斯

湘西的教育

“我从来没让上学影响我的教育。”马克·吐温，一个美国作家似乎在用这句话，为中国的沈从文代言——湘西的山水风物、尘世纠缠，教育了一个杰出而又寂寞的人，由于湘西的寂寞和杰出。流水、鸟鸣、光线移动、母亲沉浸于劳动中粗糙的双手、女孩子的指尖、星辰、五月桃林……这些都是教育，大地是教育家。

《从文自传》，沈从文二十岁以前的青春史，从幼年入私塾起笔，经历从军，到进入北平成为一个文学青年为止。他对自己的逃学经历，叙述得津津有味。一个细节：私塾先生担心学童下河洗澡，在孩子们手心里用朱笔逐一写个“大”字，“我们尚依然能够一手高举，把身体泡到河水中玩个半天”。

“我感情流动而不凝固，一派清波给予我的影响实在不小。我幼小时较美丽的生活，大部分都同水不能分离。我的学校可以说是在水边的。我认识美，学会思索，水对我有极大的关系。”沈从文书中写下的话，像是在与马克·吐温对谈，也呼应于陀思妥耶夫斯基的一个观点：“美拯救世界。”沈从文的一生，就是在被湘西自然的美、风土人情之美，所拯救。

“我就是一个不想明白道理却永远为现象所倾心的人。我永远不厌倦的是‘看’一切。我不明白一切同人类生活相联结时的美恶。换句话说，就是我不大能领会伦理的美。”他这句话让我想起俄罗斯裔诗人布罗茨基的观点：“美先于伦理。”布罗茨基举例说明这一观点：“一个不懂事的婴儿哭着拒绝一位陌生人，或是相反要他抱——拒绝他还是要他抱，这婴儿下意识地完成一个美学选择而非道德选择。”

1931年，沈从文在友人胡也频牺牲后，陪丁玲从上海回常德乡下，一路抱着她的幼子，耗尽积蓄和心力。沈从文赤子般的行为，是美学的选择，还是道德、伦理的选择？美的，就是道德的、伦理的。湘西“挥金如土，有诺必践”的游侠精神，在沈从文的眼神和血液中汩汩不息—— 一种绵延无尽的湘西之美，使这多灾多难的世界，乃至沈从文自身，都不至于完全倾覆。

一个作家对世界和自我的认知，在早期的山野、河流、征伐之间完成了。短暂的上学经历，没有影响对沈从文的教育。

1931 年夏，沈从文在青岛完成《从文自传》，为了让认识刚刚一年的张兆和阅读——他正在为张兆和而倾心。他永远不厌倦地看着这个苏州女子。苏州也是一个流水淙淙的城市。1933 年，结婚。之后，《从文自传》出版，被周作人、老舍等激赏。

此前，沈从文的写作已小有影响，但处境困窘。郁达夫曾请初到北京的沈从文吃了一次午饭，将口袋剩下的几元钱掏给了他，在《晨报副刊》上发表的一篇文章中，对这个年轻人的未来很悲观：“去找一点事干干。然而土匪你是当不了的，洋车你是拉不了的，报馆的校对、图书馆的拿书者、家庭教师、男看护、门房、旅馆火车菜馆的伙计，因为没有人介绍，你也是当不了的。草根树根里也有淀粉。”这，其实是对一个时代的悲观。

长篇小说《边城》在 1934 年问世后，湘西的河流开始在中国乃至世界上引起回声。那是“常常可以见到白脸长身见人善作媚笑的女子”“走长路皆得住宿到桥边渡头，值得回忆的哀乐人事常是湿的”的一条河流，是两岸长满了私塾先生不认识的各种草药和树木的一条河流，是“船夫把船拉上滩后，各人伏身去喝一口长流水”的一条河流，是革命途中可以看见“前面几个兵士，中间一个十二三岁的小孩，挑了两个人头”的一条河流……

1948 年，北平围城之际，沈从文拒绝乘坐国民政府专机南下。同时，“左翼文化旗手”郭沫若，发表文章《斥反动文艺》：“我们今天打击的主要对象是黄色、黑色、桃红色的作家，特别是沈从文……”那一年多雨。沈从文站在家门前轻轻叹息：“雨愁人得很。”两个孩子就用学校里教育的新观点批评他：“翻身农民不会这样想。”一个不想关心政治却同时被台湾、大陆长时期禁书的作家，迷茫了，疯了。许多知识分子是在后来的政治运动中才被摧毁精神世界，沈从文敏感，提前疯了，这是湘西一派清波所教育的结果？

对政治的认识，土耳其当代作家帕慕克很清醒：“政治不是我们热切为自己做出的选择，而是我们被迫接受的不幸事故。”事故，无所不在的事故——空气污染、禽流感、撞车、大桥垮塌、隧道爆炸……政治在追随、逼视、叩问—— 一个作家，一个尘世里的人，怎可能与政治无关？帕慕克经历了七次政变，因一部小说而曾经陷入被暗杀的危境。

躲进小楼成一统，政治也会固执地破门而入，上楼寻人。沈从文被下放到湖北一所五七干校扫女厕所——据说，这代表了组织上对他人品的肯定。最后，躲到故宫厚重的门扉之内，安全感稍稍增强了一些。沉浸到文物和历史研究中——只有旧时光才能够安抚一个落伍的人？

考古挽救了一个作家，根本上依然是湘西、童年挽救了他。在《从文自传》中，童年时期的他已经在追问："为什么雕佛像会把木头雕成人形，所贴的金那么薄又用什么方法做成？为什么小铜匠会在一块铜板上钻那么一个圆眼，雕花时又刻得整整齐齐？"这些童年的追问和经验，落实到中年、晚年，成为《中国古代服饰研究》《中国丝绸图案》《中国瓷器研究》《中国玉工艺研究》《唐宋铜镜》《狮子艺术》……天籁与人力，并臻绝顶。

"李白的胡子是翘翘的，不是平平的。"沈从文指导一个学生如何雕塑李白。引导学生去看新出土的壁画中唐代文官的胡子，果然是翘翘的。沈从文甚至爬上梯子亲自修改塑像。为表达出李白衣襟的飘逸感，他还制作了一件宽袖圆领的长袍，用吹风机吹起来，给学生看——历经磨难，欢喜心如初，如同湘西山水，历经磨难而春风依旧。

在壁画、陶瓷、石头、丝绸、青铜等等古代器物遗存中，沈从文看到的不仅仅是工艺，更沉醉于其中的人意匠心。他把考古研究诗意化了，故被自己的学生汪曾祺命名为"抒情考古学"。他逃学，但嗜读书，尤其沉迷于读大地之书——洛阳铲下，是一个尘封了的世界，充满了前人的秘密和暗示。他那些考古著作，是可以当文章来鉴赏的，是美的。比如："宋代遇喜庆大典，佳节良辰，皇帝出行，公卿百官骑从卫士无不簪花。帝王本人亦不例外。"大概簪的是菊花吧？开封城以菊花而著名。

沈从文 1988 年去世，回归凤凰，成为湘西这部教材的一部分——关于爱，关于美。凤凰涅槃。据说，他是这一年度的诺贝尔文学奖预备人选。十九世纪俄罗斯文学理论家别林斯基说："在所有的批评中，最伟大、最正确、最天才的是时间。"

我去凤凰看过沈从文墓地。"我明白你会来，所以我等。"这是他短篇小说《雨后》开篇的一句话。墓地旁边大树上有鸟巢，像沈从文的新耳朵，听风吹雨落，但对于“时间的文学批评”并不太感兴趣吧。

我向沈先生献了一把薄荷糖。他爱吃糖。“我以前爱上一个糖坊姑娘，没成，从此就爱上吃糖。”

异日茫茫禹域，谁是乐郊

《从文自传》中谈到一个治军有方的统领官，少年沈从文在其身边做了一年的书记。

“这统领官既是个以王守仁、曾国藩自许的军人，每个日子治学的时间，似乎便同治事时间相等，每遇取书或抄录书中某一段时，必令我去替他做好。二十四个书箱的表面，书箱的秩序，全由我安排。旧画与古董登记时，我又得知道这一幅画的人名时代同他当时的地位，或器物名称同它的用处。”

“他还天真烂漫，什么是好的他就去学习，去理解。处置一切他总敏捷稳重。由于他那份稀奇精力，军队在湘西二十年来取得了最好的名誉，内部团结得如一片坚硬的铁。”

正是在这位统领官的引导下，沈从文读书、辨识书画器物，“进而对于人类智慧光辉的领会，发生了极宽泛而深切的兴味”。

当沈从文二十岁时决定去北平，“看听些使我耳目一新的世界”“多见几个新鲜日头，多过几个新鲜的桥”，这位统领官给了他三个月的薪水，还鼓励他出去读书，“一年两年可以毕业，这里给你寄钱来。情形不合，你想回来，这里仍然有你吃饭的地方”。

自始至终，沈从文没有说出这个统领官的名字，大约出于恭敬。

这位统领官就是“湘西王”陈渠珍，1936 年在长沙赋闲后写出《艽野尘梦》。此前，1931 年，沈从文在青岛完成了《从文自传》。一对类似师生关系的湘西人，大抵上在同一时期为中国现代散文史奉献出两部杰作。

《艽野尘梦》叙述了陈渠珍 1909 年率清军进藏，恰逢辛亥革命，内有哗变、厮杀，外有番人围猎，两年后率随从一百余人，“步行万余里，历时七月，其间绝食五月，绝火二月”，经青海内蒙古返回内地时只余七人的生死经历。文言笔记体，语调古雅与峻烈兼备。书名来自《诗经》：“我征徂西，至于艽野。”艽野，即艽草所生长的海拔三千米以上的青藏高原。

全书共十二章，“成都至察木多”“腊左探险”“昌都至江达”“收复工布”“进击波密”“退兵鲁朗及反攻”“波密兵变退江达”“入青海”“过通天河”“遇蒙古喇嘛”“至柴达木”“丹葛尔厅至兰州”。前七章可概括为“远征”，后五章可归纳为“逃生”。壮美河山与险恶人心，忠诚与背叛，边地风土与乡愁、爱情，绝境与求生……交织于字里行间，非亲历亲为者所难以虚构杜撰。

“内地之马，一入藏地，亦不堪用矣。”

“中夜起溲，弥望白雪，不见一牛，大异之。询之卫兵，始知牛卧雪中，雪罩牛身，望之似无数雪堆。”

“予一日设宴，请呼图克图游柳林，约全营官佐作陪。酒酣，众饮甚欢，猜拳狂呼不已。其随从喇嘛，闻喧呼声甚惊，窃往观之，则见奋拳狂呼如斗殴状。亟奔回，告其众曰：‘呼图克图危矣，急往救之。’众不及问，随之往。有曾至拉萨者，知其为猜拳，为众言志，始一笑而散。予与呼图克图，亦皆笑不可抑。”

“部队越山走，行李沿大道行，予之日记置行李箱中，途次为对河伏兵猛射，驼牛受伤坠崖，行李箱随失之矣。”

…………

陈渠珍用两个月写就的这一本书，坚持了“目见耳闻之所及”的原则，没有把自我美化成硬汉壮夫。忠实记录下自己的犹疑、愤怒、绝望、软弱。但无论怎样身处绝境，这一个湘西之子、儒将，始终秉承善意与仁爱，从而显现出人性的美与力量。

他的书写，无意间为中国文学增添了“西原”这个藏族女子的形象。不离不弃、出生入死追随于汉族丈夫左右，直到越过沙漠、进入西安却患上天花而死去——藏族女子西原，让我想到清代文人沈复《浮生六记》中的陈芸：两个人出嫁时一概幼小，长相属中姿，爱丈夫于细节处，历苦难而早夭。不同的是，西原更强悍、决绝、多智——

“忽番兵数人，傍大石绕出予后，为西原所见，急呼余。予回枪击之，毙其一，余皆退走。有石坎，高丈许，西原先予纵身跳下，以手接予，予随之下。”

“一望平沙无垠，踪迹杳然。西原乃以所乘黑骡马给予乘之，自乘一劣马以行。”

“次晨，士兵犹未起，西原即呼予同行。斜行约二里，入山谷。西原行甚速，闻訇然一声，予前视之，竟毙一野骡。乃截两腿，以带系之，牵曳回。中途来士兵数人，令急往山谷取其余肉，免为狼噬。既归，西原已汗涔涔下矣。嘱予小心看守，复匆匆去，负牛粪一包至。操刀割肉，为多数方块，以通条穿之，燃之烘热。谓予曰：‘有如许干肉，可供十日食矣。’”

“予不觉凄然。西原知余意，壮语慰之：‘时已季春，天候渐暖，死亡虽众，我辈犹存，是天终不我绝也。’予闻西原语，颇自感愧，岂真女子之不若耶。”

“断食已两日矣，饥甚，所储干肉，仅余一小块，啖其半，分西原食之，西原坚不肯食，强之再，则泣曰：‘我能耐饥，可数日不食，君不可一日不食。且万里从军，可无我，不可无君。君而殍，我安所逃死耶。’予亦泣下。”

抄录至此，我也两眼泪水了。

沈复《浮生六记》，与陈裴之《香畹楼忆语》、蒋坦《秋灯琐忆》等等名篇，一概滥觞于明末清初冒辟疆的《影梅庵忆语》。冒辟疆追忆亡妾董小宛，开辟了“忆语”这种非虚构、自叙性文体。中国古代文人的夫妻生活情状，在这类文本里得以呈现。尽管不乏自美、自炫、自辩之处，但那些难以掩饰的种种破绽与漏洞，倒也显现出写作者的诚实与勇气。

林语堂认为，中国古典文学中最可爱的女性形象，是《浮生六记》中的陈芸、《秋灯琐忆》中的秋芙。曾经真实存在于苏州、杭州的这两个女子，其可爱，在于人格的独立与爱情的朗彻。女性的美好，必系于男性美好的回应，例如沈复，例如蒋坦。《影梅庵忆语》《香畹楼忆语》中的董小宛、紫姬，之所以没有陈芸、秋芙那样动人，恰在于冒辟疆、陈裴之的凉薄与自私。

儒将陈渠珍应该读过这些才子书。正是西原，这个因其叔父出于结盟之目的而撮合成婚的异族女子的爱，才有了死里逃生的陈渠珍，也才有了《艽野尘梦》。在西安埋葬了西原，这部书的叙事戛然而止。

不知道林语堂是否读过这部书。倘若读过，也会喜爱西原，把她列入陈芸、秋芙这样美好中国女性的形象序列里来。

返湘后，陈渠珍成为湘西王，推行自治，稳定局面。抗日。亦曾与中共为敌，后和解，发起湘西和平起义。赋闲。1952年因病去世。

“异日茫茫禹域，谁是乐郊？”他日苍茫中国，哪里才是我美好的栖居之地？陈渠珍在《艽野尘梦》一书开篇亦即入藏之际，发出如此疑问。

在篇尾处，他或许能认定：西原，一个女子，一次爱，就是自己的乐郊。

贾柯　即使过着不想要的生活

阿莉娅只留下一本书。

一本回忆录,《女儿的回忆:缅怀玛丽娜·茨维塔耶娃》。

阿莉娅是小名,她的全名叫:阿里阿德娜·谢尔盖耶夫娜·艾伏隆(1912—1975),俄罗斯女诗人茨维塔耶娃的女儿。

——"我是盐柱,走在耶路撒冷的路上"

阿莉娅是白银时代遗落下的一个孤儿。

并且,只是一个不被时代记录的孤儿。

历史,从来只为不平凡的人列传。

可是,作为阅读者,多么想知道一个平凡的人如何过冬?

感谢阿莉娅自己的诚实讲述。

作为一份个人陈词,使人清晰看到阿莉娅作为沉默大多数的个别特写,它一定程度上恢复了时代历史当中被遮蔽却又不该被遮蔽的平凡者的个人史。

回忆与书信,是阿莉娅个人讲述的两种主要渠道,合起来汇成她个人的生命史,鲜活、真实,摸得到痛,触得到冷,也感受得到一个人不灭的生命力。

1939年8月27日早晨,阿莉娅被捕,1947年8月27日获释。

1949年2月22日,再度被捕,1955年3月无罪释放,平反。

十七年,最好的时光,阿莉娅被关在集中营,被丢在流放地。

梁赞,图鲁汉斯克,就是埋葬阿莉娅青春与壮年的两个荒凉地。

"一生当中的很多事情,在那个早晨突然之间都被切断了……"

当把阿莉娅这句话轻轻移出来,存进笔记草稿的某一个角落,那一下,某些时刻被惊雷打醒，颤动，恍惚，平时不被提及想起的命运拐点又直冲冲地闪回，以为自己忘了，那样的“突然之间”，那样猛然而酷冷的“切断”，自己生命中也是有过的啊。“从前的秋天，好像没有这样静的。”读木心诗《佐治亚州小镇之秋》，读到这句，一时也顿觉天地飞沙，心头色变。

节点，读阿莉娅不止一次想到这个词。

节点，类似于转折点，是命运的分界。

更多时候，愿意相信命运是一条长河，遵循的是自然法则，什么时候发端，什么时候壮大，什么时候凋零，什么时候再发，本来似乎天地玄黄都是万物有序，生死都不用惊慌。因为，一个时候与一个时候的交接，是不该犯错的。

一物有一物的季候。那么，一人也有一人的季候。不是吗?

可是，时代有时却是蛮横的。

蛮横于一切破坏，最大的破坏，无疑是让人陷入绝望。

茨维塔耶娃选择自杀，就是出于对时代彻了底的绝望。

阿莉娅的苦难远不逊于她的诗人妈妈。

早年，她就经历过小妹妹病逝的姊妹诀别，1941 年、1942 年、1944 年，她更是接连经历了妈妈、爸爸、弟弟三位至亲的非正常死亡，至此，她的原生家庭五个成员，除了她之外，其他全部过早离开她所在的人间。

这些离开都是不应该的，都必须向时代追责。

阿莉娅自己的节点，在 1939 年 8 月 27 日早晨，她的整个人生命运全部改写，连做一个平凡人的权利都被剥夺，成为语焉不详时代里个人自由遥遥无期的政治犯。

“我过的不是我想过的生活。”

这是读阿莉娅格外让我难过的一句，这也是她大半生的真实写照，而这写照是如此苦毒，含着人世间活着受罪的刑罚。可是，被罚中的并非是罪人，而是那么美好的人。多无辜!

阿莉娅经受了命运给她所有的冰山雪地，却活了下来。

零下五十二摄氏度，是读到阿莉娅流放地印象中的最低温度，这个温度，已远非生活在南方的我可以想象。除了极冷冰雪的生存环境，阿莉娅在荒凉地带永无休止劳作的生存方式，更让人惊心，不歇气地清扫、负重物、出墙报、作通讯、绘画、编辑、编剧、布景、制作服装，身体快散架了也得不到像人一样的休息，一个女人已经不能按一个女人的体力来生存，甚至也不是按一个男人的体力来生存，而是被当作一架比牛马更机械的干活机器，连生锈都不被允许。

“我是盐柱，走在耶路撒冷的路上”，阿莉娅这样写自己受难的样子，命运是如此寒凉，久久吹不来回旋的风。尽管如此，阿莉娅还是在不想要的生活中生活了十七年，直至平反。

最终，阿莉娅成为白银时代之后的一个幸存者。

她幸存的最大要素，来自她自己。

“我所有的品质当中，最突出的要数骆驼的坚韧与人的忍耐。”

又回到那句，一个平凡的人如何过冬？

阿莉娅的自我认识，是别无二致的答案。

忍耐，忍耐，忍耐到底，直到黑暗被驱走，光明重回。阿莉娅的生命韧性，是惊人的，就像瑟风中快摇成一百八十度的一根芦苇，看上去，有上千个理由死于大风，死于寒潮，死于孤独，或者死于突如其来的任何意外。可是，那根被一次次压伤的芦苇，它就是在奄奄一息中又一次次立了回来。阿莉娅，就是一根十七年流放而终没倒下的芦苇。

“在悬崖下面，让太阳晒干我湿淋淋的衣裳。”

阿莉娅在信中抄下普希金《阿里昂》的诗句，这正是她啊，在命运吞噬人的悬崖之下，寂静地晒干自己被雨雪淋透的衣裳，不言不语，又继续走向下一天的生活。这一句诗，到了阿莉娅这里再把它过一遍时，才真活了，有说不出的生命悲怆。

阿莉娅像颗星星，埋藏在苍穹之中，本性有着某种不动声色的寂然。她的性格，似乎擅于不言，且没有峰棱，至少没有眉目、言语、举止的峰棱，温顺得像一只永不发怒的白羊。即使，在最苦难的流放生涯里，她的文字讲述也习惯隐在自然与生活的背后，牢骚也发，可并不真正陷在不幸当中，就像在冷风中哈几口气，哈完了，仍默默前行。她天性跟谁都不斗，而像凝视河流结冰又等待春天雪化的沉默观察者。

茨维塔耶娃在任何环境中，都可以写作。

阿莉娅则是在任何环境下，都可以生存。

这本身就是奇迹。

——“除了妈妈，没有妈妈”

阿莉娅的回忆录，是二合一的个人史。

生活的那一部属于她自己，无所依傍的孤儿苦难史。

心灵的那一部刻满了：妈妈，妈妈，妈妈……太深的爱，找到匹配的文字表达也很艰难，反复想起的只有诗人伽姆扎托夫这句“除了妈妈，没有妈妈”。

有的情感具有极端性，母爱是一种。

孩子对妈妈的情感，还可能更极端。

因为，爱与死为邻，唯死亡带来的遗憾让爱变成世上的一种无穷。

爱并不让人孤单，想念才让人孤单。

阿莉娅不是作家，可她一直在写着一个人，小时候写，长大了写，后半生，还在写，如果墨水代表一个人的心，阿莉娅墨汁滴下的，太多太多是同一个名字：(妈妈)玛丽娜。

阿莉娅多次以字为妈妈画肖像，包括样子、头发、身材、步态、坐姿，都是那么有风采，尤其她描写妈妈眼睛时简直让人看到一双在夜空中闪亮的绿宝石。

“她的眼睛是绿色的，像葡萄一样，目光明亮，褐色的眼皮很少眨动。”

“妈妈的眼睛没有一丁点儿灰色，眼珠碧绿、澄澈、明亮，像醋栗，又像葡萄。（从来也没有变得灰暗！）”

上面第一句，是阿莉娅对妈妈自发性的回忆。

第二句，则是阿莉娅为妈妈的一种竭力辩护。

后者出现在阿莉娅给安托科尔斯基的书信中。显然，作为诗人妈妈茨维塔耶娃的孩子，阿莉娅觉得朋友眼中看到的妈妈不是妈妈，至少不如她自己看到的那么美。于是，她穷尽其辞，来形容妈妈的那双眼睛。呵，这也许是孩子气了，却真心可爱。

孩子看妈妈，不是出于眼中的美，而是心底的爱。

有时，知音不在别处。

茨维塔耶娃一生交友众多，这从诗人传记和通信中可以看出。其中，并不乏真挚的情谊。可诗人仍然时不时发出孤独的叹息，这或许源自她决绝的性格。距离，尤其时空距离，在诗人一生很多的情感关系中至关重要，甚至成为保障。因为，一旦走近，就成火烧雪，化掉了。

茨维塔耶娃曾悲哀地说，人们爱的是她的诗，而不是她。

诗人也许没想到，身边的女儿读懂了她，而且懂得如此本质，如此完整：

“爱幻想，有隐秘的激情，跟自己一样有天赋，也有明显的缺点，有自己的巅峰与深渊，所有这些都带着玛丽娜个人的特点！”

“难以发现日常生活的痕迹”，呈现“抽象的构思领域”。

“在任何环境下，她都能写作，我想强调的是：任何环境条件下。”

这就是阿莉娅眼中的茨维塔耶娃，苦难与狼狈也扼不住其光芒的茨维塔耶娃。

诗人的知音，就在身边。

“我从来没有想过，妈妈会死亡，从来没有想过，父母会离开人世……”

“假如我跟妈妈在一起，可能她就死不了。我们一起生活，她背负沉重的十字架，我能跟她分担，苦难再深重，不至于来压垮她……”

“我思念妈妈的时候就去森林，在那里觉得她还活着，活在那些茁壮的树木中间，我不是在那里‘想念’，而是整个身心意识到她仍然活着，而且离我很近。”

这样的文字，只有失去之后才让人真正读得懂。对于告别，感情深的人永远准备不好，永远措手不及，永远不肯相信。

想念，从此成为一个人心中下不完的雨、流不尽的泉，从天空向大地轰然泻下，江河不断，无处不在。没有一天不想念，就像没有一天没有晨昏。

想念，原来是世上最容易的一件事。

后半生，结束流放之后，阿莉娅几乎将全部心思放在一个行动上，那就是收集妈妈的手稿、书信，整理妈妈的诗文集，用她的话来说，就是“让手稿复活，重见天日”。

她这么说，也这么做了。

1961 年，阿莉娅历经三次努力，妈妈茨维塔耶娃的诗集终于由国家文学出版社出版。

此时，诗人已经过世二十年。

诗歌的重见天日，是对诗人悲凉之死的复仇！

诗人在天上一定看见了一切。

阿莉娅，真是诗人最好的诗。

——“写信，我是踮起脚尖走向最后的一块净土”

自己要成为什么，阿莉娅似乎没有明确说过。

不过，她倒是数次表达过不想成为什么，比如：“不想写诗”“不想写作”“不想当作家”，凡她身上所具备的素养都被她作了事业上的身份否定，她从小还擅于绘画，有不少艺术作品，还擅作手工，织绣功夫也具备，她也没说自己想成为画家，或想成为手艺人，或想成为别的什么，回忆录还真是没说过这些。

总之，不，不，不……性情温和之极的阿莉娅在表达不想成为这样不想成为那样的时候，却表现出异乎寻常的坚决。

1948 年开始，作为杰出诗人与作家的帕斯捷尔纳克开始与阿莉娅这个故人茨维塔耶娃之女通信，三年书信往来之后，他发现阿莉娅完全具备成为一个作家或诗人的天分与能力，诗人为这一发现异常欣喜，极力期望阿莉娅成为她妈妈一样的作家诗人。

“以契诃夫为典范”“切记，我指的是小说”“你是作家”，在 1951 年 3 月 26 日写给阿莉娅的信中，帕斯捷尔纳克口气急迫，拳拳之心跃然纸上。

“我当不了作家，因为我不写作。”阿莉娅写给帕斯捷尔纳克 1951 年 4 月 4 日的信，直截了当如是说。

“才华总是一种负担，永远是十字架。” 1953 年 9 月 12 日，在给帕斯捷尔纳克的信中，她继续如是说。

这种自我否决，让人百感交集，说不清什么滋味。似乎有些为阿莉娅的天分遗憾，也有些为茨维塔耶娃遗憾。同时，又觉得阿莉娅就这样，一辈子没有身份负担，也好。

有的生命，就是宁愿在不被人瞩目也不被大风吹的地方，独自寂寂盛开。

雁不留痕，也是人生。

“我能做的就是阅读。”阿莉娅进一步给自己定位。

奇特的是，阿莉娅还是一直热爱书写。只是，她不像妈妈写诗那样写，也不像帕斯捷尔纳克写小说那样写，那种冠以文学作品式的写作，她一概不写，她写她自己想写的那一两种，要么回忆，要么书信。

“书信就像是我心灵的马达最后的燃料。”

“（书信）这是我的通气孔，是我投放到外部世界的‘目光’。”

“写信，我是踮起脚尖走向最后的一块净土。”

后来，阿莉娅在苦难的流放时期成为热爱写信的狂徒。

对她而言，写信不是写作，而是一种精神上无意识的出口，这也是阿莉娅书信的一种特质。很多时候，阿莉娅写信讲述并不是为了被世人看见，她只是写信告诉亲人她是怎么过的，这样的讲述，仿佛像茂林，枝繁叶茂，任是触到生活的某一点，就晕开一片，她的所见，她的所感，通过她的所言，将人带入冰天雪地的魔境，从中让人也看到阿莉娅自己，骆驼般的隐忍，白羊般的无辜，诗人般的灵性。

写信，让阿莉娅不再平凡，生机盎然，周身发光。

尤其，阿莉娅与妈妈的诗人兄弟帕斯捷尔纳克之间的通信，是她书信中最为动人的部分。在所有原生家庭成员都不在人世的情况之下，阿莉娅将帕斯捷尔纳克视作父亲般的亲人。帕斯捷尔纳克也的确充当了类似父亲一样的角色，写信、寄书、寄汇款单，在精神与生活上都长期给予了阿莉娅珍贵有力的支持，这大约是阿莉娅后半生最温暖的精神寄托与情感财富。

“我跟你一个人说话，怀着质朴的信任，就像隐居的修道士独自面对神明。”

“我们的村庄有点像伯利恒。像《圣经》里写的一样贫穷，也许曾经有过奇迹，但是在雪中融化了……”

“其实生活当中什么都有，过去有，将来也会有，不仅仅有雨水和森林——还有别的东西。过去头上有天，脚下有地，现在是这样，将来也是这样。”

书信，是认识阿莉娅最近的一扇窗。

从精神血液上，阿莉娅继承了妈妈的灵性衣钵，诗画的艺术素养植根于她体内，相伴她一生。即使，被置于冰天冻地的孤境，她仍然保持了对阅读与书信的极度需求。可以说，流放地牛马一样的阿莉娅，体内有一部分也并没有和早年隔断，还是精神保持充沛，还是艺术细胞活跃，还是不乏诗性。

成为任何什么人什么家都不是阿莉娅想要的样子，她爱亲人，爱生活，爱阅读，任何时候都爱着，好的时代坏的时代里都在爱着，这才是阿莉娅。

那么，阿莉娅成为了什么呢？

她是谁？她到底是谁？

也许，阿莉娅就是一个地地道道的——生活者。

“度过一生——并非走过原野。”

阿莉娅曾说，这是帕斯捷尔纳克诗歌《哈姆雷特》中自己格外难忘的一句诗。也许，这句诗，唤起了她个人滔滔人生的特别体会。

即使，大半生都没有过上自己想要的生活，阿莉娅仍然不仅是幸存者，更不仅是生存者，而是真正度过一生的生活者。

因为，“爱”这件事，她从来没有停止过。

文河　衣冠风流

阮籍的哭声

《庄子》中的畸人，如果跑到了晋代，改头换面，也许就会变成竹林七贤。那么其中的一个，也就成了阮籍。

不过，这是我以前的想法。

如今，当我翻看了阮籍的集子，却发现，这个想法也不太对。阮籍之父是阮瑀。阮瑀，建安七子之一，与曹家关系密切。阮籍其实是一个很有格局，也很有功业心的人。他在《乐论》中，有自己的一套治世主张。只是到后来，他才转入老庄，佯狂避世。阮籍晚年，司马氏倾覆魏室之势已昭然若揭。即所谓，司马昭之心，路人皆知。

我在一则写嵇康的文字里曾说过，“影响力本身即是一种力量，所以，不合作，即反抗”。阮籍也是一个有影响力的人物。要想自全，光佯狂避世不行，还要合作。但，可能吗？既然避世不能避害，便不得不合作。由于心不甘，情不愿，思想的矛盾和痛苦也就出来了。

阮籍的心里有深渊和旋涡。

魏晋名士，颜值普遍很高。尤其是气质，超拔群伦。注意，这个比较，不是放在同时代，而是放在所有的时代。在所有的时代里，魏晋名士作为一组群体雕像，都是出类拔萃的。《晋书》中写阮籍，“容貌瑰伟，志气宏放”，嗜酒，善琴，还有一个绝技，就是能啸。啸，不同于号叫。情感积郁到极处，歌咏已不足以抒发了，是以长啸。陶渊明也能啸，《归去来辞》云，“登东皋以舒啸，临清流而赋诗”。陶渊明的啸声，是舒放的。阮籍的啸声呢，应该是激烈的吧。仰天长啸，壮怀激烈。

《晋书》载，阮籍登广武，观楚汉战处，叹曰：“时无英雄，使竖子成名！”楚汉英才济济，萧何、韩信、张良尤其特杰，显然并非没有英雄。他骂谁呢？

《晋书》又载，兵家女有才色，未嫁而死，阮籍不识其父兄，径往哭之，尽哀而还。《世说新语》把此事载入“任诞”条目。他的行为看似违背流俗，实则是至性至情的体现。他对美好的事物，是珍惜的。这等行为，精于算计的现代人，能做到吗？放达，如果没有真性情，其行为就变成作秀。

还是《晋书》所载，阮籍时常率意独驾，不由径路，车迹所穷，辄恸哭而返。这种哭声，太深沉了，简直具有形而上的含义。里尔克有诗句：“这世上，有谁哭泣，无缘无故地哭泣，就是在哭我。”

这种哭声，曾让我想到尼采晚年，抱着一匹被鞭打的老马的脖子失声痛哭的情景。陈子昂登上幽州台，天地无穷，怆然涕下。白发萧疏的杜甫在杀声震天的秋风中痛哭。曹雪芹在《红楼梦》中痛哭。鲁迅也在他的《野草》中痛哭。

阮籍是一个心藏大恸的人。他的《咏怀》诗，晦涩难懂，其实只不过是他被压抑住的哭声罢了。

《易经》有言：“泣血涟如，何可长也。”生命的大哀恸中，潜藏着生命的解脱之道。阮籍的率性至情，深刻地影响了后来江左的名士。

永不融化的大雪

《水浒》中，林冲英雄失路，且向草料场一步挨一步地走去。“正是严冬天气，彤云密布，朔风渐起，却早纷纷扬扬卷下一天大雪来”。这雪有杀伐之气，气势威猛，和《红楼梦》中那片白茫茫大雪自是不同。林冲胸怀大恨，正常的人世，已没有他的安身之地了。最后，他把自己也变成了一场大雪。

张岱湖心亭看雪，天地一白，人极小，极少，疏疏两三粒。人倒显得清疏孤迥起来，没有怡然自得之意。张岱看的其实不是雪，而是他自己。

“忽如一夜春风来，千树万树梨花开”，且看岑参的大雪。把一场大雪写得如此繁华热闹，把边塞奇寒写得如此富有生机，也只有唐人才能做到。唐人书法尚“法”，规整如仪。唐人性情的东西少了，这是和魏晋人比较而言。

我喜欢晋人的率性。不为外界所役。不役于物，也不役于人。只是真心真意地活着。

《世说新语》载：“王子猷居山阴。夜大雪。眠觉，开室，命酌酒。四望皎然，因起彷徨，咏左思《招隐》诗。忽忆戴安道。时戴在剡，即便乘小船就之。经宿方至，造门不前而返。人问其故，王曰：‘吾本乘兴而来，兴尽而返，何必见戴？’”

山阴这夜的大雪，对后世的美学情趣和人生态度影响深远。这个事件，成为后世一个著名的诗歌典故和绘画题材。

溪山清远，雪落无声。边界消失了，物境和心境融为一体。

人生本来如寄，我们所能做到的，应该做到的，便是安然接受生老病死，好好享受一个过程。“乘兴而来，兴尽而返”，这种人生态度，在陶渊明那儿，得到了进一步深化，“纵浪大化中，不喜亦不惧。应尽便须尽，无复独多虑”。而陶渊明，我曾经说过，其实，魏晋风度，在他身上才得到了最深刻的体现。这种时代精神，在他身上是静悄悄的，用他自己写大雪的名句来形容，就是“倾耳无希声，在目皓已洁”。这样一个又朴素又美好的人。

木心曾援引尼采之语，“在自己的身上，克服这个时代”。我读此语，首先想到，能做到这一点的即是陶渊明。一个伟大的人物，固然是自己时代的产物，但他逆风飞翔，自我超越、自我完善，从而提升或提纯了他的时代。

前段时间，看到当代画家朱新建一则轶事，说二十世纪九十年代初，有一天朱新建一觉醒来，突然想念成都的一个朋友，便出门打车径去机场。见到朋友，谈天说地，酒足饭饱，转身即返。

任何时代都有有趣的人，都有率性的人，唯独魏晋时代，率性之人众多，以至于成为一种奇光异彩的文化现象。率性的东西，有原创性，是自发的，无法靠模仿得之。模仿，从来只能得其形，不能得其神。

年年雪落，天地皆白。而总有一场看不见的大雪，飘落在我们的精神世界里。

笛声悠扬

“谁家玉笛暗飞声，散入春风满洛城”，李白春夜在东都洛阳城中闻笛，起思乡之感。“不知何处吹芦管，一夜征人尽望乡”，李益夜上受降城，也闻笛思乡。而我的故乡在哪里？我没有故乡，也没有文化乡愁。有时我什么都爱，有时又什么都不爱。有时，不得不爱。

贾母也有风雅之趣，中秋赏月，说，“须得拣那曲谱越慢的吹来越好”，曲子越慢，越抒情，越惹人兴发感应。桂香幽幽，笛声细细，贾母倒听出凄凉之意来。

嵇康被杀之后，向秀出仕，前去洛阳。途经山阳，日落天寒，忽听笛声寥亮，追思老友，感叹万端，遂作《思旧赋》。竹林青青，江山依旧，只是物是人非了。鲁迅年轻时读之，曾怪他寥寥数句便又煞了尾，后来才懂了。有些话，不能说，只好点到为止。活到一定分上，多余的情感，须有所节制。

笛声总是让人有所思，有所感。

儿时，春天，喜欢吹柳笛。有腔无调，只是把一腔朦胧的欢快心情表达出来。还没有成形的心情，莫可名状的心情，多美啊，春水一样波动。也吹过芦笛。到河边随手折一枝芦管，就吹起来。父亲有过一支竹笛，斜挂在堂屋东侧的墙壁上。但没听父亲吹奏过。我拿下来，吹着玩儿，但只能发出呜呜咽咽的声音。还有骨笛。武侠小说中，铁笛可以作为武器。

"羌笛何须怨杨柳"，羌笛，来自于异域。日本人林谦三的《东亚乐器考》中，有所考证，但很简略。

我们说魏晋风度，实际就是一个综合性的文化现象。魏晋的书法、绘画、哲学、诗歌、理论，异彩纷呈。而音乐，也成就极高。大动乱的危险时代，却有大的生机。孤绝之处，生长奇花异草。嵇康的琴声，该是何等的高旷绝世呢。

这里，我想写一写桓伊的笛声。

《晋书》载，桓伊"善音乐，尽一时之妙，为江左第一"。就像王羲之是治郡之能吏，却以书名盖世，杜预能领军打仗，却癖好研注《左传》。桓伊也并非仅以音乐才华著称。他首先是一位优秀的军士将领。累有军功，参加过著名的淝水之战，与谢玄诸人大败苻坚，以功封侯。

王子猷赴京师之召，泊舟青溪之侧，桓伊恰好从岸上经过。二人素不相识。王子猷使从人谓之曰："闻君善吹笛，试为我一奏。"桓伊时已显贵，便下车，踞胡床，为作三调，毕，上车径去。"客主不交一言"。

晋人真是清风明月，洒脱不拘。此记载，妙的是"客主不交一言"。赏乐就是赏乐，没有一丝一毫的俗套寒暄。也只有晋人才能如此。

一往情深的垂柳

嵇康在柳树下打铁。叮当叮当的声音，传得很远。一直传到历史的深处，那永恒的清脆一响。记得《阅微草堂笔记》里，也有一个好意象，"但见一位少妇骑驴从柳荫中过"。唐诗里，白衣少年郎，骑白马，春日从柳荫中昂昂驰过，也极美。

柳者，留也。折柳送别。唐诗里折，宋词里折。

我们那儿多旱柳，柳条繁密坚挺，往上生长，而不是下垂，如壮士盛怒，发尽上指。我们这儿习俗，送殡的时候，至亲好友手中要拿着截成小棍棍的柳枝。孝子贤孙，手拄柳棍，长跪不起。长子所持引幡，也是用柳树枝条做的。生死之事大也。生死遗俗，蕴含着最深的文化密码。

《世说新语》载："桓温北征，经金城，见前为琅琊时种柳，皆已十围，慨然曰，'木犹如此，人何以堪？'攀枝执条，泫然流泪。"

柳大十围，想是夸张。柳树的树干容易中空。雨水顺裂隙而下，木质就朽败了。

《晋书》称桓温豪爽有风概，姿貌甚伟，须髯开张如猬，眼如紫石棱。紫石，颜色深沉。棱，说明眼窝深，线条鲜明，有雕塑感。此种风神状貌，正可看出桓温是一个精力充沛、意志坚定、富有权力欲的人，也有威仪，气势撼人。东晋名士，神清气朗。包括谢安，都给人一种清健之感。桓温以事功见长，与江东诸子有别。孙绰评桓温曰，"高爽迈出"。高爽，也有清朗之感。以前的司马懿就显得阴鸷多了，而以后的刘裕呢，则显得粗豪。刘裕就像杜甫诗中所写的少年，来到别人的家中，"不通姓字粗豪甚，指点银瓶索酒尝"。但他后来索性坐在别人家里不走了，就这样终于把东晋给篡了。

桓温也有篡晋之念。持历史正统观念的人，可能不喜欢他。但我对他却颇有好感。我看人喜欢从审美的角度来看。甚至精致的邪恶，也有一种让人战栗的美。桓温是一个风雅的英雄。他在玄理方面，固然不精深精微，但他亲近谈玄说理的人。一个人附庸风雅，总不算坏事。附庸久了，尤其是附庸高级的风雅，日受浸润，慢慢也可能风雅起来。

桓温比东晋另一个手握重兵的权臣王敦有情致。

桓温北征，有自己的个人目的。扩大影响，巩固威势。"木犹如此，人何以堪"，但他的感慨却给人带来普遍的共鸣。中国人对节序的流转，对时光的流逝，骨子里是敏感的。这简直是整个传统文化中的一个敏感点。"攀枝执条，泫然流泪"，这么一个英武强毅的人物，其泪水格外深沉感人。就连曹操这等人物，也会对酒当歌，忧从中来。魏晋人物，阮籍、羊祜、谢安、王羲之等人，看似洒脱超然，其实对这个世界，用情极深。

岁月悠悠，杨柳依依。

孟大鸣　一条船上的句号

公元770年冬天，到底是哪一天，现在无从知晓，毕竟是一千三百多年前的事。那个冬天，有一条乌篷船从湘江进入洞庭湖后，又沿汨罗江逆流而上，它的目的地是昌平，也就是今天的湖南平江。我想，这件事情的真实性，就如同洞庭湖水流入长江，况且平江小田村还有一座举世闻名的墓可资佐证。去年，我去了一次小田村，参观了为老人修建的占地十亩的墓祠。虽然参观者不多，但墓祠的规模只有老人的地位和身份才能匹配。当地的朋友介绍说，老人去世后，他妻子和一个叫宗武的儿子，便留在小田村守墓。现在老人的后裔们成了小田村的大姓，族谱上老人的名字也一代代传了下来。

老人躺在船舱里。如果是今天，老人还不算老，五十九岁，比我还小一岁，而在现实生活中，我还不曾享受到老人的待遇。或许那个平均寿命低于今天的年代，花甲就是老人的代名词。年轻时读巴金的小说《家》，高老太爷也是五十九岁，但我对他的印象就是耄耋老人。于是，把这个五十九岁的唐朝人称老人，我觉得也合乎情理，何况他还有肺疾、头痛、风痹等五种疾病。风痹像一只饿虎，大口大口吞噬他的身体。中医说，这是风、寒、湿三邪入侵。公元768年春，老人沿长江出三峡，水上漂泊了近三年。这三年，中医说的三邪养得老虎愈加凶猛，而他的肉体却成了一株在风雪中飘摆的枯草，终日卧床才让余生得以残喘。

年岁渐长后，我愈来愈感受到生命的卑微，人类的命运仿佛被一个看不见、摸不着的主人控制，我们只能被动地接受一切指令。看到老人不可控的命运，我为自己感到庆幸，遇上了一个仁慈的主人，不但我自己，还有亲戚和朋友都如我一样走运。

屋漏偏遭连夜雨，大水单冲独木桥，这两句俗语我在读高中时就记住了，但俗语里讲的内容一直没有在我眼前出现，直到我看见这个躺在船舱里的老人。

公元768年正月，载着老人一家八口的乌篷船，从四川白帝城起航，经三峡到湖北荆州。他们计划荆州小住后便回长安。恰巧此时爆发安史之乱，商州兵马使也背叛了朝廷。长安之路战乱纷呈，老人忧虑地凝望北方，只能改变行程，沿长江南下。这年冬天，岳阳小住后，又向长沙进发。当年同僚为官的朋友韦之晋在湖南衡阳做刺史。他们亲如兄弟，曾盟誓同甘共苦、互相帮助。全家都认为只要到了衡阳，就像冰雪遇到骄阳，一切问题和困难都会融化，生活又会温暖起来。谁知，一踏上衡阳的土地，就得知韦之晋已调任长沙刺史，一家人又充满信心，带着希望调转船头，顺水赶往长沙。最后的结果，真让老人欲哭无泪，世上的背运全让他遇到了：韦之晋刚到任长沙刺史便一命归西乘鹤而去，把他这个老友丢在旅途上徒劳奔忙。

到长沙后，老人把船泊在小西门的湘江岸边，船就成为他的家。白天在长沙街上的鱼市摆个卖药材的地摊，晚上和当地一帮诗词爱好者吟诵品酒，经济虽说仍然拮据，但有诗友相伴的小日子里还是有几分欢乐。苏焕是年轻诗人，也是他的忘年之交。苏焕常去鱼市看他，有时就在鱼市诵读自己的诗词，他也去苏焕家饮酒谈诗。这样神仙般的日子没过几天，湖南兵马使和长沙刺史火拼，城里杀声一片，火焰映红了半边天，还殃及小西门，鱼市没人去了，泊在岸边的家差一点葬身火海。载着他一家八口的乌篷船不得不逃离是非之地。

妻舅是湖南郴州县令，他决定带一家八口去投奔妻舅。船至耒阳，掌握他命运的主人又开了一次玩笑，几乎把他逼到绝境。突然连降暴雨，洪水与天际相连，眼前全是汹涌波涛，他们明白，这种状态下航行等于自杀。船泊在耒阳一个叫方田驿的地方，五天无粒米下锅，四周茫茫水泽，老天连上岸找野菜的机会都不给他们。幸亏耒阳县令知道他们的处境后，托人送来大米、肉食和酒。他本欲当面感谢聂县令，无奈船靠不了岸，也不知道洪水何时可退，只好掉头往衡阳方向开。后来，这段插曲里还加入了一个千年误会。洪水退后，聂县令亲自到方田驿拜访老人，这时人船都无踪影，以为他们都葬身水底，便在耒阳建了一座空墓纪念老人。

船到衡阳老人突然怀念家乡。心向北方时，船也跟着往北走了。船出湘江进入洞庭湖，他的病情像耒阳的洪水，天天往上加码，通晚咳声不止，每咳一声胸口如割掉一块肉似的疼痛；小腿抽筋时，仿佛有一双手要把他的身躯缩成一个小团，以至无法忍受疼痛而叫出声来，而这种抽筋的频率近来也在加快，前次筋肉疼痛后的肿胀感还没消失，下一轮抽筋又开始了；头痛隔一两天就轮一回，脑袋上压了千斤重石，痛感一圈一圈朝外扩张，仿佛就要爆炸似的，每痛一次都像在鬼门关走了一圈。妻子端来汤药，他刚喝下便大汗淋漓，仿佛药水还没进入体内就在皮肤外面流走了。他有一种不祥的预感，那专司人间死亡之职的神仙已经到了洞庭湖，正躲在某处寻找机会对他下手。他必须即刻离开洞庭湖。这时，他只有一个去昌平的选择，那里的县令也是他的朋友，他相信昌平县令能帮他结束令人讨厌的水上生活。

他的生存机会在岸上。

窗外淅沥的声音密密实实的一直未停，风在江面发出一阵阵哨子一样的吼叫，木船在雨中伴着风的叫声摇晃，岸上灰雾茫茫的树影鬼魂一样游动，偶尔还有两岸居民祭鬼的鼓声。此时，一种彻寒的滋味在老人体内徘徊，他感到天一寸一寸地往下塌，仿佛离船舱只有手臂长的距离了。比天气更寒冷的还有贫困。船上又一次无米下锅，宗武每天冒雨上岸挖野菜，给他熬野菜羹；成都带来的桌子散了架，用一块黑色的旧皮子捆了起来将就使用；一家八口的衣服全部补丁摞着补丁。

此刻，乌篷船上的老人，要说内心中还有一份温暖，那就是眼下这条神一样的汨罗江。

汨罗江全长二百五十三公里，在南洞庭湖它虽有老大的尊荣，但在河流家族里，它只能做个小弟，还是那种常常被人们忽略的小弟。然而，汨罗江又是一条大江，一条影响世界的大江。春秋战国时代，楚国的三闾大夫屈原在此投江，后来，汨罗江就成了一个符号，忧国忧民的符号，数千年来的统治者都不断放大这个符号，汨罗江也就成了士大夫们的精神之江。它又像一座灯塔，忧国忧民意识如一束永不熄灭的光亮，引领着历朝历代士大夫的精神走向。

屈原也是老人崇拜的偶像。他和屈原虽相距千年，中间横亘数个朝代，他们的命运和社会现实，却惊人地相似，仿佛是屈原的命运千年后的一次重新回放。当乌篷船刚到汨罗江进洞庭湖入口时，老人便在心中默念："滔滔孟夏兮，草木莽莽。伤怀永哀兮，汩徂南土……"这是屈原一生中最后一首诗词《怀沙》，历史上称为屈大夫的绝笔词。他理解屈大夫忧郁而哀伤的心情，更认同他对理想的追求和对民间疾苦的关注。他写了一千一百多首诗，也是循着这条路线走来的。

乌篷船里的老人就是我们尊为诗圣的杜甫。

杜甫的诗词，我年轻时死记硬背过百来首，几十年过去仍完整地保留在记忆里的不到十首。以前读杜甫的诗，都是别人嚼碎再注解的，进去咋样仍然咋样。今天，当我想起杜甫躺在乌篷船里漂泊，经受饥寒交迫的苦难，他那些描写穷困的诗句就变成了形象在我的脑袋里活动起来。文学的眼睛总是盯在苦难身上，或许这就是文学的宿命。杜甫的眼睛几乎眨都不眨地盯着人间疾苦，但他笔下没有个人不幸的唠叨和诅咒，他的胸怀永远是“凭轩涕泗流”。他对人间疾苦的书写是为了唤醒当权者，以实现他报效国家报效君王的理想。如果能穿越到一千三百多年前的唐王朝，我一定要向他请教，从屈大夫到他诗圣，有多少君王被唤醒了？可惜，我穿越不了，只能想象他假如活在当今，仍会继续关注民间疾苦，但他的笔也会揭示造成苦难的真相，不再寄望于君王的觉醒，会更多地透视人性，拯救在苦难中挣扎的灵魂。

我曾经在博客上读过一篇杜甫与汨罗江的传说，最近我请百度和搜狐去浩瀚的文海里寻找那篇文章，结果，它们无所不能的神话破灭了。虽找不到原文，但我的脑海里还残留着一些零星记忆。杜甫在船上的生活起居等细节，史料里几乎是零记录，今天能从纸张上找到的，也只是民间传说，是靠想象来完成的，与物质的杜甫不能画等号。然而，精神的杜甫一直活在他建造的诗词王国里，那是真实的杜甫。他的理想、境界不需要想象和虚构。他对屈原的景仰也是他思想境界的一部分。

屈原投江的地方叫河泊潭，洞庭湖进汨罗江三里水路的位置。船刚进入河湾，宗武说估计这就是河泊潭。他挣扎着要起床，宗武扶他到甲板上。风像冰碴子一样摔打在脸上、手上。宗武要他回船舱，他却说拿香烛来。妻子拿来了香烛，他颤巍巍地将其点燃。

此刻，雨停了，风也不见，江面静止不动。他凝视远方，眼前原本若隐若现的山林、杂草，这时全部出现在他眼睛里，如他一样肃穆。泪水把眼皮浸湿了。一缕细烟，从他身边袅袅地向对岸飘去。他让宗武扶着自己的双脚跪在甲板上，向江面一连叩了三个头。宗武双膝也跪下来，从后面搀扶父亲。

他喜欢屈原的诗，也敬佩他虽流放汨罗江，但爱国之心并未流放的品质。面对汨罗江，面对屈原的投江处，他高声朗诵：“浩浩沅湘，分流汩兮。脩路幽蔽，道远忽兮……怀质抱情，独无匹兮……”《怀沙》又一次在他的内心深处引起波澜。浩浩荡荡的沅水、湘水，路阴晦，前途渺茫，诚心诚意的一腔报国之心，谁又知道呢？屈原在一千多年前就道出了他的心声。他在长安官至左拾遗，如果朝廷信任自己，怎么会弃官辗转成都？又怎么会三年前出峡，导致今天在洞庭湖和汨罗江上漂荡？离开长安他基本上过着漂泊不定、衣食无着的日子，但他的心一直挂念朝廷。“安史之乱”给国家和百姓造成的伤痛像锤子一样击打他的胸口。出峡那年冬天，他登上岳阳楼，凭窗眺望长安方向，想到北方战火还未熄灭时，眼中的泪水自然就流了出来。他多么希望战争早日结束，百姓不再流离失所，过上安稳日子；他多么希望国家兴旺发达，长治久安。

或许老天也被他一腔爱国之心和对屈原的敬仰之情感动，江面突然升起一抹晚霞，岸上的水雾一步步后退，远处的山峦和近处的树木，带着张张绿色的笑脸来到他的眼前。虽然江南山野四季常青，但一个多月的连绵阴雾，烟雨霏霏，仿佛有半辈子没见过绿色了。

宗武听从他的吩咐，把搀在他腋下的双手抽离开来。这时出现了奇迹，他能独自站立，还可以走动几步。自从宗武把他扶到甲板上，那个叫咳嗽的魔鬼也没来纠缠，双脚不再抽筋，头也不痛了。

天黑了，船像在一个黑洞里穿行。宗武从甲板上进来说，又开始下雨了，零零星星的小点点。风从船舱顶上呼呼地翻过去。不知过了多久，密集的滴答声便从头顶上响了起来。

妻子熬好野菜羹，他想起床，头上一股撕裂般的痛感袭来，咳嗽也随之而起，只得又躺下。一袋烟的时间后，他强撑着又坐起来，把妻子重新烧热的野菜羹喝完。

这时，他有一种预感，汨罗江就是他生命的最后一站。天黑之际在甲板上身体突然好转，或许就是回光返照。他还有很多话要说，必须趁还能握笔把心里话说出来。他毕生追求的理想，哪怕是面临生命的绝境也挥之不去，他必须说出来；来到湖湘后受到亲友们的接济、帮助，要说一声谢谢；让他放心不下的妻儿们，也要给他们一个交代和安排。

妻子点亮松油灯。宗武从书箱里拿出纸笔后，把他的上半身扶起来，将枕头放到他的双腿上，再坐到身后双手撑着他的腰。这时，他才感到腰上有股力量支撑。妻子把纸铺在枕头上。他提笔写下《风疾舟中伏枕书》。此刻他胸中的情感全部凝聚在笔尖上。一家人都屏住呼吸，说话的声音比蚊子的嗡嗡声还小。宗武在他身后大气都不敢出，又担忧他的身体坚持不住，几次想要父亲休息，但没敢说出来。

烛台里的松脂油燃烧了一半。

“葛洪尸定解，许靖力还任。家事丹砂诀，无事涕作霖。”写下最后一个字，两行热泪挂在了他的脸上。此刻,喉咙干得半辈子没喝水似的,胸口也堵塞了。突然一声惊天动地的咳嗽声,山炮一样响,震得船上的人发颤。宗武一愣,父亲倒在他怀里闭上了眼睛,宗武焦虑地喊:“爹……爹!”这时他已不能应答了。

我每次站在汨罗江边,对着滔滔江水,总想和那个伟大的灵魂、卑微的生命说句心里话,但最终都没说出来。我们毕竟不是一个时代,不在同一状态,怎么说?说什么呢?说理想,说诗歌?

郑亚洪 音与乐

国王在演讲，还是音乐在叙述？

音乐在电影中推动故事发展，有时候比人物独白更出彩。古典音乐在电影中起叙述作用的有两部经典片，一部是英国导演伯纳德·罗斯的电影《安娜·卡列尼娜》，音乐用了柴可夫斯基的《悲怆交响曲》；一部是意大利导演维斯康蒂执导的影片《魂断威尼斯》，用了马勒《第五交响曲》，片子里那位死于威尼斯、有同性恋倾向的艺术家是否映射了马勒和曼我们不得而知。一个导演把古典音乐如此娴熟地运用于电影中去，他不仅要对音乐熟悉，深知其内涵，而且要在电影中凸显音乐挖掘其内涵。奥斯卡奖最佳影片《国王的演讲》刚开始没有引起我的注意，我是在结巴的约克郡公爵来到语言治疗师宅邸诵读稿子的时候，听到熟悉的莫扎特歌剧《费加罗的婚礼》序曲，才注意起电影来。当公爵愿意配合医生进行口吃矫正时，竟然出来了莫扎特《A 大调单簧管协奏曲》（作品 622 号），莫扎特最优雅、最有天鹅绒般感觉的音乐！各位看官，我的手机来电铃声用的就是这段音乐。莫扎特，莫扎特，为什么又是这位天才音乐家？是他的单簧管 K.622？当年我在考场上一道试题就是《忧郁的单簧管》，从那时开始到现在，过去了多少时间？又有多少的静默宛如池塘里的水波一样漾开？

音乐跳过了理念，直接到达事物本质。叔本华说的话就是这层意思。国王在最后一场面对全英国人民发表抵抗演说时，他在话筒前面开不了口，国王也很紧张！医生站在他对面鼓励他，贝多芬的《第七交响曲》出来了，它走在国王演说之前，“In this grave hour”（在这个庄严的时刻），第二慢乐章，非常著名的有着沉重步伐的交响乐，单簧管和大管微微流动，小提琴叹息，一位彷徨的人在犹疑，在战栗，他迈出了步伐。这段音乐配合得非常默契，国王克服了口吃的毛病，成为一位流畅的演说家，去除伪装、滚烫、理性的词语朝他的子民涌去，“我们要作战！”站在他前面的医生俨然一位驾驭交响乐团的指挥家了！他只指挥着一人——国王演说。导演汤姆·霍伯选用的版本应该是罗马尼亚指挥家切利比达奇的“贝七”，这样慢速的“贝七”非切利比达奇莫属，闭上眼睛我都能说出到了哪一个节拍，那么那支交响乐团就是慕尼黑爱乐了。值得一提的是，该片开头出来为BBC英国广播公司前身、立式的弹头一样的话筒、旋转的闪闪发光的唱机，让人怀念失去的年代和旧物！

塞壬的歌声

出现在指挥家阿巴多身旁的奥地利花腔女高音安娜·浦赫斯加，穿一身红色露肩礼服，长卷发覆盖住她瘦削的前额，鼻梁高高挺立，当她的双眼逼视着你的时候，她唱着绝妙的高音，同时用一个托手的动作来增强花腔效果，在她左手臂上戴着一枚金色的花骨朵，花朵隐佩在手臂内侧，只有她深情地转过身去才能看见金属花——这绝非一个可有可无的装饰，而是强烈的性的暗示。那位给她吹奏单簧管的乐手放下手中乐器，他的眼帘朝上翻去，你只看见他的眼白，还有灰白的头发。女高音安娜·浦赫斯加站在乐手前排，与单簧管手安德列斯·奥特萨姆尔成一条线，他们的共同面部特征是鼻梁高挺。在这场莫扎特的音乐会咏叹调上，只需看他们的表演，连谦谦君子阿巴多都显得多余。但没有阿巴多，这台戏就根本不成立。

2011年DG公司为她推出了首张专辑《塞壬》(Sirène)，这个名字取得漂亮，浦赫斯加是位海妖，用歌声迷惑了大海上的水手，而我已经完全被安娜·浦赫斯加的歌声所魅惑：她的每一口深呼吸，她的因吸气而扭过去的身段，这些都是唱咏叹调所需要的，浦赫斯加与别的唱咏叹调歌手不同，她瘦，光滑的绸缎紧紧绷住苗条的身段，它只为那个滑入天际的花腔女高音而存在。从去年的圣诞节起到今天十四天时间里，我在柏林爱乐数字音乐厅里看了十几场音乐会，每天到家，连书本也不拿，打开音乐会，沉浸在视听里，从贝多芬、布鲁克纳、柴可夫斯基到瓦格纳歌剧、马勒交响种种一路听来，中意的不多，安娜·浦赫斯加演唱的莫扎特吸引了我，从上周元旦以来足足听了十来遍，我觉得我是被浦赫斯加身上的气质所吸引，她的及地红衣裙似一团火，而我的情欲在那里炙烤，她唱的就是莫扎特，除K.418咏叹调外，她还演唱了莫扎特歌剧《魔笛》里的帕米娜咏叹调。听过女高音雷妮·弗莱明演唱的《魔笛》咏叹调，我对比了一下安娜与弗莱明，但拿一个出生于二十世纪八十年代的女人同与她相差二十多岁的女人相比，这是残忍的，弗莱明在年龄和声音上都输给了安娜·浦赫斯加，当初我曾迷过弗莱明。安娜从阿巴多的一场音乐会里走出来，她走向了我，带着塞壬女妖的歌声。

安妮–索菲·穆特的中年倾诉

安妮–索菲·穆特出现在柏林爱乐音乐厅的时候五十岁了，我四十一，离我初次听她的小提琴协奏曲《四季》已有十四年了。穆特金色短发，一身红色曳地长裙，裙子将臀部和小腹裹得很紧，依然露香肩——像她的一张莫扎特小提琴协奏曲唱片封面上一样喜欢穿海蓝色曳地长裙，——只是她老了，肩和手臂上见松弛的肌肉，她拉琴的时候，这些肌肉细细微微地颤动着，她那一块长期靠在腮托上的肌肉紧张为细密的一团，可她微笑起来还是那么迷人。1999 年《四季》唱片上席地而坐的美少妇（她当时三十六岁了）金黄色的长卷发散落下来，穿黑紧身衣蓝色牛仔裤，眼睛大得出奇，特别迷离地从里面望出来，因为这张唱片我写了最初的随笔《卡布奇诺音乐咖啡——维瓦尔第的小提琴协奏曲〈四季〉》，当时我年轻，喜欢“卡布奇诺”类型，现在我偏好纯咖啡。从 1999 年后我再也没有购买过穆特其他唱片，这张《四季》成为我听得最多的一部小提琴协奏曲，它在音乐描述方面的能力远远超出柴可夫斯基、勃拉姆斯、门德尔松等“小协”。

指挥霍内克先生甫出场果然不同凡响，乐队第一个齐奏猛若雷霆、气势非凡，德沃夏克的捷克民族风情尽现眼前，穆特运弓细腻，漫长悠远，似隔着万水千山，在来回几次拉动后，明显加快了速度和力度，音色嘹亮，悲的情绪也在高亢的气氛中慢慢酝酿起来，最后一个脱弦动作相当漂亮，是弓与弦的一次短暂告别，在乐队的号召下再重新来一次，如此推移，达到一个小高潮。小提琴千肠百回，乐队汹涌滔天，他们从每一个毛细孔向我迸发。而在这场声音的搏斗中，穆特纹丝不动，脸部少有表情变化，她既在音乐之内，又在音乐之外，她产生、推动着搏斗，却与这场情感的波澜厘清界限，而让整个演奏厅，让已经远离这场音乐会达十天之久的在远东的我感染上它的强烈感情。我没办法不赞扬长笛、单簧管、圆号和其他几位顶尖小提琴手，但比起穆特来，他们都可以被忽视，穆特就是今晚的星。在德沃夏克《小提琴协奏曲》结束后穆特向观众微笑致意，这是她在音乐会上的第二次笑，与第一次一样，笑得很迷人，足见她少女时的风采。

快速的舒伯特与慢的飞云湖

如果没有当时的贝多芬《第七交响曲》第二慢乐章，绝然反映不出我离开文成时的心情。车子沿飞云湖畔往东飞驰而去，此时的湖水是安宁的，在群山下躺着，倒映着它的蓝。湖水来自它上面的珊溪水库，在别的地方没有这么完整的湖，春天雨水期还没有到来，各条河流干涸着，唯有水库下面的飞云湖水如此丰盈，因为珊溪水库将更浩大的水拦住了。造就一片湖，要有多少水？造就一片蓝，要有多少风暴？而我开大音响，到了舒伯特《第九交响曲》第三乐章谐谑曲，坚实粗犷的气氛已经开始，它的快速动感与外面湖水的宁静形成了对比。湖畔的油菜花盛开了，尽管只有小部分的花朵，它们金黄的身影一瓣一瓣地闪进来，人们看见了春天到来。又是一片油菜花，再一片油菜花，扑向湖水。我没有停车，踩下油门，笔直的柏油路让我产生汽车飞离地面的恍惚感，它在晃，超越一辆高大的挂车，沿左道行驶，再回到湖畔。湖面收起蓝色，天色阴沉下来，雨滴到湖上，雨水找寻歇脚的岸边。时光回溯到一年以前，我一个人从文成出来，当时播放贝多芬交响曲，是慢乐章，迟钝的脚步，游移不定的车速，湖泊被一层白纱似的云雾缠绕着，对岸的群山在它们身后闭合。时近黄昏，天黑下来，我鬼使神差地开错了路，在山林的道路上转来转去，差点与一座老坟墓相遇，老半天才找到高速入口。我在心里痛恨着：从今以后再也不来文成了。

冬天过完，春天刚开始，我又来到了文成，再一次地沿着飞云湖畔，慢慢进入文成县城大峃。现在我对它是熟悉的，熟悉它的被飞云江分成两半的县城，老县城在对岸，那里的一家咖啡厅，依然是临街靠玻璃窗的座位。昨晚与一位来自南田的年轻教师喝酒聊天，我们聊到了舒伯特，他的《第八未完成交响曲》从犹豫不决发展为完美的爆发。在南田，刘基的故乡，一位教语文的小伙子在黑夜里听交响曲，他的头发有点乱，仿佛刚起床还没有来得及梳理，或者故意让头发翘起。交响曲后自然聊到了十九世纪文学，乃至二十世纪几位作家。他真像二十年前的我，刚从大学毕业到了一个远离城关的偏僻中学教书，爱着诗歌，听着从大学里带来的音乐磁带，一首一首地听着，那时还不是交响乐。南田中学的小年轻消失在昨晚的夜色里，就像他突然出现在我面前，说了一次舒伯特，说了一次莫扎特(他竟然当街唱起歌剧《魔笛》中最著名的花腔女高音“夜后”)，他消失了。天亮了，地面上挂着昨夜的一场细雨，它什么时候开始下的？它停了，什么时候停的？竟然毫无知觉，天空渐渐从稀薄的云层下蓝起来，太阳出来了，投下了温暖和阴影。山谷里回荡着风，飘动着寒冷，我们来到了刘基的故乡南田。我对文成印象最深刻的是2009年的红枫古道，在大会岭几百株挺拔向上需几个人才能合抱的枫树沿山路而上，它们的枝和叶在空中弯弯曲曲，缠来缠去，枫叶红得像一把火炬，举着，燃烧着红。去年冬天我去云和县，在云和湖畔见到了枫树林，有的树木长在水里，我竟然对着它们相思了老半天，直到我离开了云和，那种情感很快消失。文成慢慢在我脑海里扎下根来，文成的色彩是丰富的，在高高的山冈上，它的红要经过最冷冽的冬天才能看出来。

我对文成了解得很少，关于它的历史，关于那位叫刘伯温的名臣则更少，尽管我去过他的故居，呼吸过他早年的空气，我也曾在一条叫作郁离子的湖面长廊上读过他的文字。但他游离于我。在一座叫作伯温泉的亭子下我短暂停留，风刮走了我的热气。“当一个女人死去时，一个男人还剩下什么呢？他将在写作中寻找她。”是让-马克·帕里西斯在《恋人》里写的话，它惊醒了我，我重新思考我曾经在文成的那些不多的日子：一个下午在铜铃山下，一个上午和下午在大会岭，一个下午在麒麟源，一个晚上在南田，一个晚上在石垟林场，一个晚上在大峃镇，这就是我所得到关于文成的所有回忆。想想，与其他县市相比，我更了解文成。从天顶湖上下来，车在半山腰上，远远望去，众多的山脉，一个山峰连接另一个山峰，延绵不绝，如果称大海为浩渺，那么眼下的文成山则完全是静止的大海，你不知道大山的深处会发生什么，它的神秘与阔大完全包容在静止下。近年来我喜爱着山，山脉在延伸，时光迟缓地滴落，“他也自问，为什么他们从来都没能完全地生活在一起……”男人是叙述者，女人是C，他们既不相同又分不开来，他们无法走在一起，我以为我遇见了，其实完全没有的。我只能在梦里，心神不定地，让沉默转过身去。

钱红莉　**皖南味道**

安庆

去安庆、徽州短暂一游。对于那里的美食恋恋难忘。

长途奔波，晕车疲倦，到得安庆，早已饥肠辘辘，正赶上饭点，来不及回酒店，坐下即食。不起眼的饭庄，热气腾空里，端上一锅汆肉汤，微火温着，热雾袅袅。汤里除了汆肉，还杂有少量金针菇、猪肝、猪血，偶尔，几粒鲜碧的毛豆米上下浮沉。

汆肉，是我童年的心水之物。

越吃越上瘾，舀了一碗又一碗。所谓的做人要节制、得体、合度，于饭桌上是不适宜的。吃到末了，与同事方才醒悟，接下来没有午休缓冲的时间，吃完饭就要工作的。午餐过饱，若不休息半小时，到时眼睛困得睁不开。同事说，算了，不吃了，免得当着众人的面饱嗝连连有辱斯文。

汆肉是安庆地区的特色菜，口感滑韧鲜嫩。全瘦肉，切成指甲盖般大小，以刀背轻剁，让肉里经络折断，但又不至于糊成泥状。刀背剁过的，表面看，还是囫囵肉块，佐以葱、姜，盐少许，裹以山芋粉，抓匀，直接下到滚开的高汤里。大音稀声，大象无形，做汆肉一点也不烦琐，就是这么简单平常。

也曾在合肥做过一次汆肉，味道差矣。只有安庆的汆肉才能饱有其独特的上佳味感。或可是材料的问题。安庆的山芋有特色，红皮白肉，洗出的淀粉糯甜糯甜。

除了汆肉，还有一盘江鸭。这种鱼，头扁嘴阔，近似于鲇鱼，无鳞，皮色黄，背上有一根尖锐的骨刺，用手捏住这根刺，它会发出“昂嗤昂嗤”的叫声。这种鱼有很多笔名，川地叫黄蜡丁；在皖地，每个地方叫法殊异——合肥人叫它江鸭鱼，芜湖人叫作昂嗤。老家枞阳人，则呼它安安丁。这种鱼适应性强，江河湖泊沟渠池塘，皆可随遇而安，当属长江野生为佳。见身边朋友不伸筷子，赶紧劝：这可不是出现在水产摊前普通养殖的江鸭鱼，是江里野生的啊。养殖的江鸭鱼，杀完清洗的时候，拿手轻轻抹一下鱼身，附着在表面的一层黄色物质立即褪掉了，露出黑褐色鱼身，非常丑。这大约是养殖户给鱼吃了一种色素的关系。野生江鸭的味道有什么不同？它的肉吃起来甜丝丝的，经过煎、煮两道工序以后，依然遍体橙黄，其色不脱，这是江鸭天然的附带色。江鸭除了红烧，也可汆汤，与嫩豆腐同煮，口感更加鲜美，鱼肉极粉嫩，抿在嘴里，婉转细腻，如风吹宣纸。

汆肉、江鸭食罢，又上来一道干锅萝卜菇子。所谓萝卜菇子，是吾乡枞阳的叫法，实则就是白萝卜切丝风干了的。干货吃油重，易与五花肉搭配，以干锅的形式做出来，香、脆、韧，嚼在口腔里，发出咕吱咕吱的脆响，这样的响声犹如雪夜归家，深一脚浅一脚踏在雪窝里，天地俱寂，只一弯残月悬于中天，清冷照着你一人静静享用这一锅烫嘴的干锅萝卜菇子。搛五六根送进嘴里，反复咀嚼，越嚼越有滋味，到末尾，香气袅然，宛如陋庙鼓声隐隐，穿过禅房，穿过泉林小径，倏忽一串串渺渺之音——萝卜菇子的余音，便是残留着的太阳馨香。

这是童年里最爱的一道菜。那时不比现今遍地猪肉的奢靡，何曾有机会与五花肉搭伴？就那么寡着烀一碗，吃在嘴里，颇柴，但馨香是同一个档次的，也就够了。

一锅萝卜菇子一直温在酒精炉上，极少人下箸——珍馐难遇知音，实在寥落。一个人的味蕾是有顽强记忆的，披风沥雨，自童年一路跟了来——童年的味蕾记忆自有它的珍贵、独一无二以及不可复制性。这道菜，下饭。可是，深恐食多犯困，只潦草吃了两口饭。

宴阑，站起来望着这一锅美味，心下怅然。

笋片与雪里蕻同烧，佐以少量肉丝，其味也佳。这道菜，用老家人的俗语讲，就是——酸不溜秋的。这种安庆风味的酸，倘若以音乐形式打个比方的话，它一定是高开低走的古典音乐，是恢宏的交响一路护送着咏叹调，最高级的酸莫过如此，酸里凸显出广阔抒情的意味，似乎不在人间，酸后仍有余韵，这余韵便是回甘的甜。

晚餐，在江上吃的。一条废弃不用的驳船，拿它改造成餐厅，泊于江边，风大，船身微晃。站在舷窗前瞻望江水，黄浪滔滔叠叠，一路向东……岸边遍布芭茅、芦苇、垂柳，独一棵蓼也不见。

江上都是新涨的秋水的气味，偶尔一只雀子自柳丛飞出，一直飞到看不见。

除了江鳗，桌上有一道最惊艳的菜——素三仙。简淡素静，如同素斋，也可叫

"炒三白"。这三白,并非植物属的茉莉、白兰花、栀子花,而是鲜莲子、秋菱、藕带。合肥也有菱角,多是褐红色或青色,口感寡得很,没有安庆地区的红菱水灵甜糯,大约是活水菱与死水菱的区别。秋菱应该老了,但我们那天吃到的,依然脆嫩。拿一只白汤匙去碗碟里舀,特意把三仙都舀到,入嘴,微微地脆响,起先是秋菱与藕带相濡以沫的甜,末了,余味里泛出丝丝苦意,如若你一直顾着与别人讲话,也是觉察不到那一分苦的。这一丝苦意,是莲子心的尾韵,静静盘旋于安静的味蕾上。秋菱吃在嘴里,尚有三分生——皖南河流的气息便藏在这三分生里,一齐来到餐桌上。这道素三仙,不过是用了少量的素油,大火炝了十几秒而已。

江鳗原本油腻,吃完一块鱼肉,正好用素三仙来清口,犹如写文章,一味浓烈倒显出盛气凌人的莽撞了,要适时平实起来收敛起来,也像沏茶,不可太酽太满,要恰到好处,要平平常常。江鳗色如浓酱,是大块文章大口吃肉,素三仙清清白白,犹如宋人小品,自带远山野畈的清气,更有陶潜布衣归耕南山的苍古怡然。

我真是太喜欢这道素三仙了。苏州地区有水八仙之说,即:茭白、莲藕、水芹、芡实、慈姑、荸荠、莼菜、菱角。除了莼菜以外,其余七仙,我们安庆地区都有。

用老菱角煮粥,也是不可多得的美味。秋菱糯如秋栗,老菱角米煮熟后,外层肉质呈紫色,衬着白粥,端一碗在手,是梦境一般的美好无两。

我有二十多年没吃到安庆老菱角了。记忆里总是仲秋之际,凉意渐深,露水渐浓,我一边放牛,一边自褂子荷包里摸出老菱角,慢慢啃,嘴唇都吃乌了,手指也是乌的。老家河里盛产红菱,皮色鲜润可爱,美不可言。菱角开白花,四瓣。叶呈革质,太阳一照,绿得发亮。梗上,布满须毛,河有多深,梗就能伸展多长,然后将巴掌大的叶盘妥帖地铺于河面,开细细碎碎的花,自酷夏一直到初冬方歇。现在已经是"松下清斋折露葵"的时节,也正是菱角上市之际。

在吾乡,秋风里,不仅有满架扁豆花可赏,更有老菱角可食。

沿途田野,遍布荷田,红花、白花间杂了巨大绿叶,莲蓬高低错落有致,满眼流溢着皖南特有的气质,烟烟水水的雾气、岚气,令人怃然。安庆市区中心菱湖里也有碧荷,偎于近岸处,蓬蓬勃勃,我们于车中一次次经过,一霎时不见了,自是难忘。

晚餐过后,韩再芬老师盛情相邀我们去她的黄梅公馆欣赏黄梅戏。儿时,我妈妈和我外婆两人一边做针线活,一边听收音机里放黄梅戏,是《七仙女》选段,或者《女驸马》《夫妻观灯》《打猪草》……是不复再来的永生的童年,永远泛着亚光。黄梅戏的动人之处，在于它的烟火夫妻平常生活，如若齐白石老头笔下的河虾、葫芦、白菜、蚂蚱，一律飘荡着蔬笋气的。

生命如许经年，来来回回风风雨雨里，到底还是平凡生活最能留得住人哇。

徽州

有一日，从安庆至芜湖，再到屯溪，似乎整个白天都处在仓促的奔波中，足足奔袭六百公里。头天夜里认生床，几乎一宿未阖眼，白日里马不停蹄，无处歇脚，六百公里下来，疲累之极，简直要瘫倒于路上。到得屯溪，天已擦黑。晚餐的桌上，端上来的，一律徽州特色菜，胡适一品锅、臭鳜鱼，自是无两。平素，最爱这两道菜，可是，那夜望着满桌珍馐，胃里一阵阵翻腾。临危之际，服务员端上一只巨大黑陶罐，里面正炖了热粥，加了肚片，大米、薏米熬成，真是救了一条命。我一共吃下四碗。五六年前，在香港晕车，黄疸都吐出来，年三十当晚，在香港酒店里也是吃的咸粥，记忆犹新。

肚片粥，真是解人于危难之中——咸味正是可以平息体内秽浊之气的独一味，也最止吐。我一边吃粥，一边瞄着别人自胡适一品锅里频繁搛出蛋饺等什物，抑或是大啖臭鳜鱼，真是满眼含恨。临了，散席之际，架不住劝，吃了一只南瓜饺。这一吃可不得了，简直惊为天人。可惜凉了，如若趁热吃，风味更佳。

南瓜饺，真是考验大厨的功夫啊。饺子皮里除了面粉，还掺有煮熟的老南瓜泥，吃起来，依然有南瓜的甜糯绵软；饺子馅则是由嫩南瓜丝及少量豆干丁制成，走的是茹素一途。如此朴质简淡，却让人一吃难忘。

这世上，但凡好的素斋，都可以把人的味蕾径直送到至境里去的。中国的好大厨犹如禅修之人，深深懂得捕捉食物的自然之味。自然之味，也就是我们所谓的本味。味道，味道，什么是道呢？道，即是万物的规律。食物的规律，不就是它一直存在的本味吗？我一直讨厌味精、鸡精、海鲜酱等调味料。一个好的大厨，是规避这些调味料的，他只把食物的本味呈现给你。

这样至诚至简的道理，适用于万物。一篇好文章，想必也是朴素的，平常的，气韵自成——纵然底子里的一派阔气，也是冲淡的阔气，废名、汪曾祺等前辈为文，莫不如是。

这是在屯溪的晚餐。

第二日，我们去了歙县。午餐在歙县西街一号大礼堂的食堂吃的。

这座建筑一望而知，建造于"文革"非常时期。人站在这样的建筑前，是一种说不清的惊骇，有一份历史的怪异在里面。好在城墙尚存，古桥犹在，也就把这份怪异的氛围冲淡了些，依旧是古城，徽州文化的气脉尚在，幽静，沉寂，又不失雍容。

午餐的土鸡汤，透鲜至顶。卤鸡蛋的咸香，勾人心魄。我们皖南鸡种一律偏小型，骨架子小，清瘦，灵动。一只老母鸡，最多两斤来重，产下的蛋也小，比鸽子蛋大一轮。

一盘红烧土鸭，乃至味。皖南鸭子同样小，只长到两三斤而已，是喝着新安江水，吃了新安江里螺蛳长大的鸭子啊。干蒸葛粉圆子，弹牙软糯。终于吃到久仰芳名的徽州菜——刀板香。将咸肉放置竹质砧板上蒸熟，肥油被砧板吸尽，吃起来不腻口。绩溪炒粉丝，自不待言。

工作结束，情绪一下放松下来，胃口也舒豁了，一轮一轮地吃开了，佐以酸梅汤，酸酸凉凉，予人此生此刻同在之感。

歙县原本是古徽州政府所在地，依旧残存一份政治文化中心的稳重妥帖。虽只认识五六位徽州人，但他们骨子里的那种优雅、温和、体贴、知礼，随时随地流淌，总是给人特别舒服的感觉，难怪民国人那么喜欢结交徽州人胡适之先生，他始终笑眯眯的，不给人压力。就连生性怯懦、敏感、害羞的张爱玲去国之后，居在美国青年救济会提供的陋室，第一个想起去拜访的，也是胡适之先生。这里面一定有着渊源的。自民国到当下，徽州人永远这么可信，可托。

临走，不认识的长辈特为跑过来告诉我，你如果在这里居上几天，一定不想走的。是的，一直想结伴几个合宜的人，带着干粮，拄着棍子，走一走徽杭古道。总是缺乏机缘，不能如愿。

我自小生长于安庆地区。安庆与徽州始终是一脉的——于文化底蕴上，可以更好地代表安徽的，只能是安庆与徽州了吧——不论是身处皖南的特殊地理位置，抑或是人文传承，都是纷繁万千首屈一指的。新文化运动的两个杰出代表人物——胡适、陈独秀，分别来自徽州与安庆，就不提更远的赫赫有名的桐城派，以及源远流长的徽学了。

当年，石涛第一次上黄山，自卑得要命，自忖怎样也驾驭不了黄山的雄宏庄严肃穆。但他也没气馁、沮丧或者一蹶不振，只默默下得山来，退至宣州，费纸泼墨地苦练内功。几年后,再上黄山,笔下山水,自然而成。这就是一个人临山川而不乱的定力,也是我们这个日新月异的时代最缺乏的工匠精神吧。

这一趟皖南之行,辛苦奔袭一千五百公里,回合肥途中,过黄山脚下太平湖,我们歇息了一小会儿。一颗心徜徉于皖南的山水之间,也算悟了一回道。

陶潜诗云:人生似幻化,终当归空无。对的,就是这个样子的——人活着,就该跟山水自然同声共气,吃本味食物,写朴素文章。

夜里,逛屯溪老街,到一个缓坡,不经意,一抬头,看见一幢建筑物,上书"披云山庄"字样……我一阵悸动,下本书,正愁没得一个好书名,此刻来得正好——就叫"披云集"了。

许俊文　一滴露珠里的行吟

秋天是我喜爱的季节，这可能暗中与我出生的时辰有着某种关联。母亲在世之时，曾不止一次埋怨自己的记性差，忘了我的生日，但她却清晰地记得我来到这个世界时，是在一个露水很重的秋晨。当时，她拖着沉重的身体走进一片成熟的晚稻地，发现前几天收割后留下的一簇簇水稻茬口上，聚集着一捧一捧的露水珠子，水银似的晃眼。她小心翼翼地蹲下身子，发现每一颗晶莹的露珠下面，都藏着一个锥形的小脑袋——次青（收割后的稻根二次发的嫩芽）。母亲的这一段鲜明的记忆，说明我是顶着秋天的寒露扑进皖东一个名叫豆村的小村庄，因而，我的第一声啼哭，想必也就自然而然地留在了露珠里。

我曾在一篇旧文里写下这样的句子：一座被树木、庄稼和野草包围的村庄，也被露水包围着。露水与朴实、怀柔的乡村，有着天然的血脉联系，它是土地孕育的孩子：质朴，纯净，又有着顽皮的天性。在露水遍地的清晨，它会以自己的方式迎接早早下地的人们，伸出微凉的小手弄湿他们的裤管和鞋子，并将微小的草籽和花粉粘在上面，对此，人们并不介意，谁家的孩子能不做出一两件淘气的事儿呢？要是在收获季节，人们最担心落雨，尤其是那种延绵不断的连阴雨，像一个泼皮无赖的小人赶都赶不走。黄透的稻子捂在地里，长期经受雨水的浸泡，眼睁睁地看着它发芽或霉烂掉。因而，此时的露水就成了治疗人们心疾的灵丹，一颗小小露珠的出现，它所给予的救援，往往要胜过千军万马。

那年代，水稻产量极低，生产队种植的主要作物只能选择红薯。人们在收获了红薯之后，除了一部分窖藏留种，大多切成薯片，撒在山坡、院坝或翻耕过的犁垡地里晾晒。这个当口，人们对天气就格外地操心，要是遭遇了阴雨天，一年的辛劳和口粮就会泡汤。这时，所有人的目光就投到了露珠上，那平时不起眼的露珠似乎突然间就变成了生死攸关的“通灵宝玉”了。我曾纳闷，不就是一颗颗小小的露珠吗，长在野地里，人踏畜践的，它们在人们心中的分量之轻，还不如那些祸害庄稼的虫子，每当地里发生了虫灾，满村的人便“虫子”“虫子”的喋喋不休，仿佛屁股上着了火似的，一片惊慌和大呼小叫；而短命的露珠显然没有这种让人诚惶诚恐的能耐。

现在该请露珠出场了。那是深秋的一个夜晚，父亲在磨好了刀片，准备切红薯之前，差我到门前池塘边的草丛里试试起没起露水。屋外黑得一塌糊涂，只有几只流萤伏在草棵上发出微微的亮光，鬼眼似的。因为恐惧，我瞄了一眼就拔腿跑回了家。父亲问我起露水了吗？我支支吾吾地语焉不详。这时他拽过我的手摸了摸，说你的手焦干焦干的，到底摸没摸草叶子？我见父亲如此郑重其事，只得实话实说。于是，父亲拉上我重新来到池塘边，他于黑暗中将手在草叶上划拉了几下，不无兴奋地说“有了有了！”这一招还真的灵验，次日果然是个朗晴的天。看，那毫不起眼的小小露珠，居然如此神奇，它不仅暗藏着天地神秘莫测的机密，还影响着一家人的生计。从此，我对露珠便另眼相看，生出一些敬畏来。其实，又何止于露珠呢？我们身边那些微小的事物（包括暗物质），都是有灵有魂的，它们虽然不言、不议、不争，但冥冥之中想必与上苍有着某种微妙的联系，它们的兴与衰，荣与枯，都不是没有缘由的。

如此神通广大的露珠，却是安静的。反正我从来没有见过露珠浮躁或失态过。露珠的安静，是那种圣哲与高僧般的大寂大静。它不像树木，树木虽说也有根，但却禁不起风的三蛊两惑，心性就开始动摇了；也不似池塘里的鱼，别看它风和日丽时悠然得像个君子，可是气压稍微高那么一点点，它就上蹿下跳，浮出水面，嘴巴唼呀唼的。露珠不，它来了就来了，静悄悄的；走了就走了，也是静悄悄的。露珠使我想起村庄里的一些人，他们一辈子守着土地和庄稼，最后连土地和庄稼也侍弄不动了，一撒手，走得多从容、多安静啊！

在我的豆村，稍有点农事常识的人都懂得，你别瞧不起与草为伴的露珠，其实，哪一茬庄稼都离不开它。这使我想起一件陈年往事。那是一个只信奉精神的蛮干时代，与我们豆村毗邻的麻岭生产队，人们用锤子和钢钎硬是将半座山头夷为平地，发誓要在上面夺高产，创奇迹。正准备下种时，曾在地主家扛过“大锹把子”的半瘸子站出来放了一炮，他说，那个地方长不了庄稼，种，也是白种。生产队长是个热血青年，当时正在积极追求政治进步，哪里听得进一个“阶级异己分子”的胡言乱语，他依然我行我素，照种不误。可是结果呢，十几亩的地，耗费了许多人工，可是到头来连老种也搭了进去。事后队长半威半就地问半瘸子，你怎么就知道那地不能种？半瘸子说，你先给我一根“大铁桥”（一毛四分钱一包的香烟），我再告诉你。队长没辙，就暂时放下架子照办了。半瘸子接过从未吃过的香烟，点燃后有滋有味地嘬了几口，陡然来了精神，竟忘了自己的身份，粗声大嗓道，那是新垦的生地，连露水珠子都不肯落脚，说明它不成熟，你让它长庄稼，不等于在锅台上撒种吗？半瘸子瞅瞅生产队长，见其人面色还算温和，又大胆补了几句：种地可不是娶新媳妇，半年不要就能怀上伢仔。要我看，那样的地，最好撂它个三年五载，等野草扎下了根，土里有了蚯蚓，蓄足了精气，把露水引来了，再种也不晚。

半瘸子说得在理，露水虽然不会说话，但它也懂得暗示，就看你能不能参透它的玄机。据我的仔细观察，凡是露水多的地方，野草和庄稼生长得都比较茂盛，道理很简单，因为那儿土壤深厚，蓄得住雨水，抱得住地气。相信风水的我祖父还有另外一种说法，他说露水是天地的造化，一块土地气血旺不旺，一茬能出多少粮食，早晨起来去地头看看露水就明白了。这话虽然说得有些玄，但管用，禁得起检验。我们豆村下禾湾有一片落淤地，种啥都发旺。为啥？露水养的呗。那一片地，如果是正常年景也看不出与其他土地有多大差异，若是遇到了大旱，别的土地上的禾苗蔫儿巴叽的，而落淤地上的庄稼却每一棵都精神，叶子油汪汪的；特别是清晨看上去，好像帝母一不小心打翻了珠宝罐子，满地的露水珠子晶莹透亮，耀得你眼睛都发晕。你看看，一个很玄秘、深奥的问题，凭几颗露水珠子就轻而易举地解决了。

豆村的“二神仙”说得就更玄乎了。他说，凡物必有用，你可别小瞧了一颗露水珠子，它如果没用，也不会空占一片草叶子的。露水这东西，没它，庄稼虽然也能长，但长得不活泛，牛羊也照样吃草，可是吃草与吃草不一样。我家隔壁的李长青老人，没儿没女，地种不动了，就靠养几头羊维持生计。每天老人总是早早地打开圈栏，把羊赶到豆青山上去吃露水草，老人也用不着照看，独自捧着个烟杆坐在门口吃他的烟。得了露水草的羊，安静得像遁入了天堂似的，只顾低头吃草，露珠和草汁把羊的嘴唇和舌头都染绿了。李大爷跟我说，羊爱吃头道草，因为头道草上有露水珠子，甜嫩着呢，养口。要是走在前边的羊把草叶上的露水珠子碰落了，后边的羊会往前赶，抢吃第一口露水草。李大爷家吃露水草的羊长得飞快，风吹也似的，瞟看着看着就起来了，身子滚圆滚圆的，李大爷曾对买羊的人说，咱的羊是喝仙露长大的，肉嫩得入口就化。

大概是出于孩童的好奇心吧，我曾仔细观察过露珠的来路，我蹲在雾气氤氲的田野上，看一颗露珠从一棵稻秧的根部缓缓升起，它像一颗挣脱黑暗的小太阳，顺着茎秆悄无声息地爬上叶片，挪一点，歇一会儿，挪一点，再歇一会儿，每一次挪动和间歇，都会壮大那么一点点，最后在叶端停止了脚步，整个过程大约需要半个钟头。这可不是一条平坦的路啊，每上升一小步，露珠都要付出极大的努力。而那棵承接露珠的稻秧也懂得感恩，它用毛茸茸的手掌托着亮晶晶的露水珠子，其专注与珍惜，并不亚于我们托着一件价值连城的古瓷器。

我的观察与发现，其实远远滞后于古人。很久很久以前，我们的先人就从微小的露珠里窥见大自然的秘密，他们在划分节气时，竟慷慨地拿出两个席位让给了卑微的露珠，一个是“白露”，一个是“寒露”。在我的故乡豆村，人们习惯于称“寒露”叫青露。也就是在我写这篇小文的一个月之前，树叶草丛里的露珠还是白色的，然而在时间的滴答声中，不知不觉就变成了青色，而它的体温渐渐地由“微凉”暗转为“轻寒”了。这一不易察觉的细微变化，也无法逃过古人锐利的目光和灵敏的感知，他们那细致入微的生命体验，远胜于今天浮躁的我们。现在，当我们遥想那片古老的深秋原野，不禁会问，是怎样的一位先民忽而觉出了今朝的露水不同于昨夜？那有别于“白露”的第一滴寒意，究竟是滴在他的脚背，项脖，还是他的舌尖呢？

宇宙浩茫，大地广袤，一滴起于黄昏、穿越长夜的露水，凝聚在芊芊的草叶上，又无声地滴落在时间的幽深里，它所传达的天地之气，弥漫在古人感喟人生、细诉世道炎凉的诗词中，经久不散。

见证一滴露水的诞生、渐变与坠落，即便你的心再硬，我相信也会变得柔软起来……

沙地黑米　**毛毛虫**

小时候不懂什么叫作孤单，只是尚不懂事，就已经深味了一种遮天蔽日的醍醐灌顶，叫作无人陪伴。爸是一两个月才回家几天的地质郎，妈是经常需要带学生去野营拉练的小学老师，他们又都是长子长女，祖父母辈那时便多半还没退休，不是被运动牵制，就是忙着“反修防修”，“疏散下放”。所以，三到五岁时的我，在幼儿园全托。

全托十足是一场地狱的历练——我完全不知道会发生什么，事情就按着唱本做足全套、滴水不漏地一一应验到我身上。首先是星期一的送托，好的时候，父母一方会抱我前往，再给我搂上一只大苹果，然后架不住我“今天下班早点来接我呀”的嫩声央求，许诺说“好的好的，一定早点来接”。后来的事实证明，我都宁可他们不要对我这么好。

英国作家伊夫林·沃说过，一个人在生活本应是地狱的年纪，经历几年地狱的生活，不管怎么说，那以后这个社会就永远不会抛弃你了。那么问题来了，三到五岁于我而言，是本应生活在地狱的年纪吗？好吧，只要想到命运这个巨灵之掌的反复无常，咱也别斤斤计较于命运所分配的地狱时段到底会在哪一段显灵，姑且用“之后就永远不会被这个社会所抛弃”的福利来安慰自己吧。反正沃用这段话描述的是英国公学，和我所要讲述的幼儿园时光，类型也差不多。

言归正传。乖乖入园不到中午，一直舍不得咬上一口的大苹果会被某老师哄走，拿去给她同在该幼儿园隔壁班入托的胖姑娘吃。女老师身着短裤衩在一口大池子里帮每个小朋友洗澡，把脱光的小孩放她光腿上，跟洗萝卜白菜似的搓得你身上青一块紫一块。记得同班小朋友像条死虾似的被摁在老师腿上，背上脊椎的小骨节，只隔着一层薄得好像就快要破掉的苍白皮肤，那些小骨节，是这段记忆里比较按秩序排列的凸起的花边。我那时跟不该这么亲近的老师,已经有了肌肤相亲的难为情和不适感。老师脾气臭,所以你还不能随便哼哼说疼,被肥皂沫子和水溅到眼睛、呛到喉咙时,也只好强忍着一声不吭。池子边缘湿滑,水边荡漾着怕是不止一个班的白色体垢。喝不惯当时结着厚厚一层奶皮的牛奶,可是每天要被老师捏着鼻子灌下一小搪瓷缸。我体质虚,受不起这补,嫌油腻,每天都想吐。白天睡不着午觉就瞪着天花板发呆,但是千万不要被老师看到,看到会招来声音超高分贝的恶骂。我从不尿床,但是讨厌课间随大流上乌泱乌泱全是小孩的厕所,喜欢晚一点再去,所以就常常迟到。

最灭绝的是傍晚吃过园里的晚饭后,有家长开始来接,把原本正和我热聊着的小红小丽们一个一个像拔萝卜一样地接走。天色渐渐暗下来,我开始盼归,跪板凳上趴窗户边,探头等大人来,大人来是来了,可那是别家的大人,比如小强的爸爸、小勇的妈妈;哪怕爸爸妈妈临时来不了,再不济,大头他家有姐来接,小梅的哥来了能把她美美扛到肩上。而我当时是家里的独女,家里人本来就少,还谁也不来,我的爸爸妈妈好像完全把我忘了,把我一个人扔在幼儿园。最早的时候,我天天都被一种上当受骗的奇耻大辱和被遗弃感捉弄得义愤填膺,小胸膛就快炸裂了。天黑透了,教室里四周靠墙围了一圈的小凳子上原本坐满了小朋友,现在凳子接二连三蒙太奇似的空了,只剩下两三个像我这样的,开始扯着破锣嗓穷哭,而老师们早就摸熟了套路,这会儿全然不理,避得远远的,让你几个哭吧哭吧哭个够。我开始时应该是加入过号哭大军的,因为记得眼泪淹透全脸的感觉;还记得眼泪鼻涕哗啦下来的时候,鼻腔里像是有一股天塌地陷的味道。后来不知从何时起我不哭了,习惯了班里哪怕有二三十号小朋友,我必定是那回不了家的极少数,瓦凉着心看窗外的暮色,边看干瘦的树枝上连只鸟都没有,边听别人号哭。我可能试图安慰过别的小朋友,然而悲伤的力量如此强大,被人胡乱推开以后,也就不再坚持。一周的全托算啥,父母临时有事,跨周末不来接我,在园里连续搁两周的时候都有过。反正当年周末只休一天,大人们一个不小心,工作周与工作周就无缝连接了。

所以必须学会无人陪伴下的自处。小小孩的精神世界还没有多少填充物,一开始的执念是在心里一遍遍问父母:你们都去哪里了?你们真把我忘了吗?你们这么容易就把我忘了,是我很微不足道吗?你们会不会悄悄搬家到什么好地方去了,也不带上我,把我扔在这儿,我这么伤心难过,你们难道都不管吗……人类的怨念都差不多，心碎的小孩，失恋的大人，全都一个德行。最疯狂的时候我以为他们全都死了，我成了没爹没娘的孩子，我甚至在心里打定主意，宁可到传说中脾气最好的老师（可惜她不带我们班）家里帮她烧水扫地让她收留我，也不跟抢我苹果的老师说一句巴结的话——虽然那老师带我们班，而且就喜欢能来事的小孩。拜儿时这段心路历程所赐，本人后来对杨门女将里的杨排风颇有好感。

一两周后把我接回家去的父母，像宫崎骏笔下的千寻父母一样，不光忘性大，而且妄自尊大。他们不知道好像也不关心一个小屁孩这一周里到底经历了怎样翻江倒海的内心忧伤，这个孩子乍见他们来接，甚至有死去活来、恍若隔世之感，但却根本无法表达。而他们在成年人的世界里高高在上，自顾不暇，甚至会在每个周一早晨一边送我入托，一边重复当晚下班就来接我的谎言。只是他们佯称来接，而我装作相信而已。天知道我已经尽了超越年龄的最大努力，要将自己从自己中拯救出来……成年以后，我觉得跟小朋友撒谎，真是天大的作孽！

长期没人接的小孩，连老师都欺侮她，更何况还要面对每天被接回家里，被家人的爱和家庭的温馨或饱饱宠溺或饱饱充电的幼儿园同学——幸福的人多少有着幸福的势利。有一阵我如同被催了眠，竟然学会了与园里的毛毛虫和平共处，它们对于我犹如《呼啸山庄》悬崖下的石楠丛，而我就像从孤单艰难进化到孤傲的希斯克利夫，蹲在园里的一棵大树下一条条专注地数从树上掉下来的各色毛毛虫，像数大大小小、金色的或黑色的花……无论什么颜色的花，前面的嘴巴都有一粒红点，想象它们爬过那么多暗黑的世界，这红点是给自己照路的吧？我饶有兴味地将它们一条条拈到掌心里，它们友好地在我手里蠕动，爬行，阳光下光辉灿烂，毛色斑斓，从没叮咬过我一口。我的小同学们远远站在院子那边，一起朝我这边看，既充满好奇，又都不敢靠近，他们显然被集体震慑住了。我看不懂他们眼里的敬畏，就像他们读不懂我脸上的平静。我要是一时兴起立起身来，捧着手里的一窝伙伴沉着地走过去，他们会霎时一哄而散，其中跑得最快、最远，最早露怯的，往往是那些爱冲人吐口水、爱胡乱掐人的家伙，他们觍着脸讪讪着四散的样子，让我从小就学会了识别人群里最是色厉内荏的品种。时间一长，我身边竟然聚集了几个最怯弱、身体最单薄瘦小的小同学，有女孩也有男孩。他们很需要我的陪伴，觉得和我在一起，超有安全感。恍惚记得我们这一伙竟然也有了阵势。有一次不知为何一起站在高墙院落、衰草枯树的黄昏里，心中升起凛然的开阔——他们围着我，那场景就像一个印戳，印证了地狱里也有过堪比欢悦的白马啸西风。

对毛毛虫混沌未开、不知忌惮的无敌开挂状态，最后被我妈终结。有一天，她领着她的学生钻完“忆苦洞”[“忆苦洞”：就是锡都矿区一些废弃的老坑道。当年为了忆苦思甜，学校会组织师生去钻这些坑道，体验旧社会矿工(又叫“砂丁”)的疾苦]，终于想起到幼儿园来接我这个貌似没人要的野孩子。我愣愣地走向她，大天光下，我却觉得自己一直处在暗黑的深处，在朝隧道口亮处一个逆光的人影走过去……远处不觉得，走到近处就听她一声惊叫，叫声凄厉而突兀……我则有如睡梦中被惊醒，着实也吓了一大跳，手一松，开始忙不迭而下意识地拍打双掌，而那些被我费心收集来的各色大小毛毛虫，此刻仿佛最后的花瓣，纷纷从我的掌心簌簌而落，各自奔爬着落荒而逃……从此以后，再见毛毛虫，我才忽然像开了天眼一样，知道了害怕。

毛毛虫事件后没多久，幼儿园里流行肝炎。怕被患儿传染，五岁的我被接回了家，开始了在外婆家的另一段江湖之旅。

草长鹰飞　葱之隐者

秋上大葱下来，壮观，奢豪，小山似的垛着，一车一车往城里拉。拿高粱秸捆，捆得腰粗。葱叶子耷拉在车厢四外，似秃噜地不秃噜地。有了专门卖葱的，街角树底下，胡同口人过处，蹚开块不碍事儿的地方，攥腿拎孩子似的，一捆一捆扔下来，卸个五六捆，顺条排着。

老爷子老太太围上，不打捆儿，掀着葱白掏，瞧瞧有夹土烂心的没有。询问重打听产地，山东的不辣，旱地的扛得住存，掏钱。

卖葱的手里攥把菜刀，"剁不剁？"

剁者，所指葱叶是也。剁过叶子的葱，刚剃完头的棒小伙子似的，少了噗噗拉拉纷披的叶子遮脸，白裤白袄脑袋上顶着那么一截饱含水汽的新绿——跨出街门预备相亲的准姑爷。

老爷子抱着车架子上一横，老太太张着瘪瘪嘴，根儿朝下戳拉车里，胖主妇干脆拦腰抄起夹着走——透着那么一股大咧咧的自傲劲头。车上的葱山眼瞧着矮下去，这儿一摊，那儿一摊，剁下的葱叶，厚起来铺一地，要把卖葱人埋了似的。半大孩子捡长的当剑耍，打个照面磕两下，葱涕流了一手，折了断了，摸俩新的回马再战。

也有日子过得精细的人家，拦着不让剁。回府大把薅下来，掐去黄尖儿，捋顺了一旁放着。发好面出门。牛肉羊肉猪肉，俩指头捏着翻，现绞。花椒大料姜碎泡水搅打，肉馅上了劲儿，盐，酱油，挤袋稀黄酱，筷子挑起凑鼻尖儿闻，添半勺盐再一顿搅打，墩一边。葱叶洗过控干水汽，过刀，能切多细切多细，撒盐杀塌了秧儿，肉馅上一铺，点一柱子香油，随包随拌。

揭锅满院子香气，汤水流到案板上，不多，淡淡的酱色泛着油光，任谁都想趴上去吸一口。捏一个尝咸淡，俩手倒着避烫，努嘴吹，一口下去，馅儿和皮儿在嘴里倒嚼，悬浮着落不实，吸着气咀两口，“嗯，成，成嘿，不赖，忒是味儿了。”

大葱唱了主角，白蟒绿靠，台下直接上，旱地拔身噌地一跳，落台面上震起银银磷磷的一层微尘——金鸡独立，稳稳当当亮相——饭桌一颤，人们的心上一紧，好——碰头彩不由自主。

贱物之贱，在于管够，在于谁都吃得起。不心疼。可着劲儿造。摊鸡蛋，一切一整棵，葱碎把蛋液糊盖得严严实实，打蛋液成了不折不扣的拌。小半碗酱油来点香油，爆腌葱叶，就什么吃都得宜。虾皮的销量眼瞅着往起拱，油锅焙焦，大把葱花攘进去，不添不加任何佐料，葱软虾焦，好酒菜儿。下水便宜，猪的牛的羊的脾脏——那种被叫作沙肝儿的东西，买回家，盐姜酒醋腌够时辰，切飞薄的片，爆油滑炒，端着案板往锅里盖葱丝，薄薄的水芡——鲜炒沙肝儿，时令菜——馆子里没有。爆羊肉，剥芯儿使；鸭油葱花饼，捡嫩的来。

葱有味自成一家，可荤可素，和事佬，跟谁都说得来。图省事的，黄瓜腌葱，小盆儿装着；肚子里素又懒的，街上转悠，奔包子铺，牛肉包子最解馋，来碗白汤羊杂，胡椒粉辣椒油，葱末堆得冒了尖儿，抓多少掌柜的不着眼瞅，够了算。摊个煎饼，捏一把葱撒上，抬头问，“够吗？”够不够的，手心里积存的小半把一扬一点也撒了上头，铲挑，煎饼翻身，葱香味从铛上往四外冒，专找人的鼻子眼钻。君臣佐使，由幕佐而临君位，谁还不做几天皇上？

和尚眼里，葱是荤物，不入食谱。庙里有种倒炝锅的吃法别具一格。熬白菜，白水煮，另备调料——姜末花椒香油酱油醋儿捏盐——碗里搅和，俟白菜开锅，合料倒入，见开离火。庙多空地，种一两株花椒树，掐芽揪粒儿，滋味都跟树要。百姓吃食不忌口，舍了花椒配伍葱花儿，有肉加点儿白酒，调料碗儿里碰头腌着等。熟了，一人一碗捧着吃，两大口，鼻翼准见汗。

民谚有“姜够本”一句，是说姜种下去，不论年景丰歉扒土见姜，至少不会比最初种下的种姜小，不亏本钱——透着那么丁点儿商人气。葱就不那样。冬储的葱解捆找地儿晾着，墙角房顶，兴许就忘了。上了冻，某天傍晚，三三五五的老鸹从四郊往城里飞，锅坐火上，门后头的葱堆仅剩一堆干皮子，再也扒拉不出东西，才想起小房顶上还趴着的那两捆。吃罢晚饭，站院里，屋里的昏黄灯光画出窗户的浅浅格子，大杨树干净的枝子夹着半牙蛋黄月亮，天交腊月，远处时不时炸俩炮仗，叼着烟卷登梯踩凳，不慌不忙拎下来扔门后头，慢慢化着。

葱上房，与新生命亦有关。添人进口，第三日，有个仪式，名曰洗三。由专业人士三姑六婆当中的稳婆导演，主角是登临这个世界刚三天的那个小肉人儿。导演称之为吉祥姥姥。孩子落草第三日的中午，近亲凑来道贺，主家以炒菜与面条招待，吉祥姥姥正座首席。吃饱喝足，产房外设香案，请来痘疹眼光碧霞元君十三位娘娘的神像，摆上香炉蜡扦，半炉小米空着等。蜡扦上挑洋油小红蜡，香炉再外，三碗五碗桂花缸炉油糕供上，碗下头压着黄钱元宝千张全份敬神钱粮。本家产妇的婆婆上场，上香叩首，姥姥陪着三拜。之后，转场到产妇的炕上来，槐枝子艾叶熬成的洗澡水早预备好，冒着好闻的青气儿，有一个算一个，家里由尊至卑，每人往澡盆里添一小勺清水，至亲至近的三姑六姨四舅妈，说几句吉祥话，往盆里添些东西，金银锞子铜钱硬币沉了底儿，大枣桂圆栗子水皮儿上一漂一冒。姥姥的嘴不闲着，添什么有一套对应的吉祥话。“长流水儿，机灵鬼儿……”“枣儿栗子，生贵子……”“核桃桂圆，连中三元……”

棒槌搅和澡盆，给婴儿洗澡，婴儿一哭，全体都笑，“响盆”。一个部位一个部位洗，一个部位有一个部位的说辞。“洗洗头，住高楼。”“洗洗腰，一辈倒比一辈高。”“洗洗蛋，当知县，洗洗屁股做知州。”“揉揉小豆儿搓搓脚，赚下金银花不了。”洗完包好孩子，拿棵大葱，照着孩子虚打三下，“一打聪明，二打伶俐，三打喝水都是蜜。”用完的大葱，转手交给婴儿的爸爸，甩房顶上，借个吉音——绝顶聪明。

天交七月，连阴雨，房顶上的大葱吸饱了雨水打着挺儿找土，葱心探着往直里立身子。孩子的哭声里，吐一段新绿。

北京这个城终归有点老了，老得掉土。住久了的人，瞧见土都有个亲热劲儿。露天里，能占上的地方随手种个花花草草的。破缸破盆装点土，种什么都活。木箱子破脸盆，甚至拐角浮搭几块砖呢——能拘住土的地方有点绿陪着才不空旷。

吃不了的夏葱，北京人习惯找点土埋起来，随吃随拔。那样的葱，纤纤瘦瘦的，葱袍松懈，须短梢干，在珊瑚豆韭菜莲草茉莉堆儿里挤着，落魄秀才一般。

从心里说，我还是不想让葱识那么多字，字识多了想法多，受点挤撞，容易钻了自艾自怜的死胡同。当个力工呢，就挺好。膀大腰圆，凭力气掏本事，到哪儿都能挣碗干净饭吃——诸物皆宜，跟谁都说得来，不用求着谁，菜伯——谁喊着都能给搭把手，窝头咸菜，豆腐海参，随叫随到。不叫呢，不挑眼，角落里安安静静待着——不逞强不败事，民间君子，挺好！

北京土话有形容人受了打击精神委顿忽然不济，曰：瞧瞧嘿，炒葱，瘪了。

王世襄老先生承继了一道家常菜，汪曾祺、张中行、扬之水等文人们的著述里多有提及。先生的公子王敦煌为此专门写了篇文字记述，据说此菜传自金北楼的长子金开藩，二十多岁就学会了。凭借这道普通菜看家守身，畅安先生在文人圈儿里赢得生前身后名。做法不复杂，海米，适量的水加酒发好，酱油姜末盐味精料酒调汁，取大葱葱白的肥硕部分切段，过温油炸软，捞出后倒调汁下海米，炸透的葱白二次入锅翻炒收汁即可。这道菜，叫焖葱。

说相声的最会打捞民间众生相。北京人管葱白与葱叶之间的连接处叫“葱裤”，《传统相声汇编》中就有一个小段儿，讽刺北京人的穷讲究。“伙计，你告诉灶上，把勺刷干净喽！要旺火。用小磨香油，炝锅不要葱白，也不要葱叶，要葱白和葱叶相接的那一块儿，叫葱裤，那个地方的味香好吃。”

葱实在太易得了，易得到谁都不在乎的程度。不在乎，又离不了。钱财极少，北京人说一壶醋钱两根葱钱。炒菜，火上锅快冒了烟，抓挠不着葱，冲街坊嚷一嗓子：“大妈，借您根葱。”老太太在屋里挑着鸡蛋羹喂孙子，头儿也不抬，“拿着吃去——”声言是借，没见有还的。大姑娘跟人吵架，脏口骂不出，专挑葱比拟——觉着自己是根葱，谁拿你蘸酱啊？装什么装，插上葱就是大象啦？

葱于北京人如一件衣服，久穿久洗撑起来自自然然。北京的春来以小葱应市为标志。春打六九头，地气浮起，成片先绿起来的，是葱。北京话里的这个“小”，有不值钱的意思，葱字儿化，表嫩。一掐子小葱，挂着春泥卖。每个菜摊都有，过日子不管买菜的主儿，瞧见了，忍不住也要买上一把，回家一瞅，桌上有，地上还有没择的。现烙的薄饼抹酱裹几棵，攥着吃，吃完来杯花茶，一餐饭。山东的煎饼北京人不大认，太费牙。家常饼，加酱裹葱的吃法四季皆宜，也有撕着饼攥着大葱杵酱碗的爷们儿吃法。小葱拌豆腐馆子里卖，当季挺好，过了立夏味道就变，甜没了嫩也没了，艮辣艮辣。

嗜食大葱，北京赶不上山东，皆因北京所产大葱赶不上山东的味儿美。梁实秋是北京人，老舍也是北京人，这两位北京人拼命赞美山东大葱。梁文以事实说话：“……潍县的大葱，粗壮如甘蔗，细嫩多汁。一日，有客从远道来，止于寒舍，惟索烙饼大葱，他非所欲。乃如命以大葱进，切成段段，如甘蔗状，堆满大大一盘。客食之尽，谓乃平生未有之满足。”老舍先生呢，抒情：“济南的葱白起码有三尺来长吧：粗呢，总比我的手腕粗着一两圈儿……最美是那个晶亮，含着水，细润，纯洁的白颜色。这个纯洁的白色好像只有看见过古代希腊女神的乳房者才能明白其中的奥妙，鲜，白，带着滋养生命的乳浆！这个白色叫你舍不得吃它，而拿在手中颠着，赞叹着，好像对于宇宙的伟大有所领悟。由不得把它一层层地剥开，每一层落下来，都好似油酥饼的折叠……一层层上的长直纹儿，一丝不乱的，比画图用的白绢还美丽。”

吃烤鸭离不开葱丝，涮羊肉少了香菜葱碎如同四四方方的城墙塌了一角儿。以北京命名的一道肉菜，京酱肉丝，名字里没葱，葱丝都在盘子底儿铺着呢。

实在应当提提北京的烤肉，那种吃法当真有燕赵豪气。烤肉用箅子——小指粗的铁条排列而成，铁条与铁条之间挤着极细的缝儿。箅子架在大火盆上，烧松木。烤肉宛的箅子，据说使了两百年，黑亮黑亮，还没放肉，干烧就能冒出香气。羊必是西口大羊，牛也固定产地，切大片儿，煨上酱油鲜姜汁。肉堆热箅子上，大把大把撒葱丝，起烟，汁水蒸流的肉滋滋作响，等肉微煳，找补些香菜，用长筷子，站着吃。烤肉所用的葱叫鸡腿葱，当地出产。根部肥大，如鸡腿倒置，葱叶硬而株棵儿挺，小孩子高矮。这种葱抗风耐寒，深秋，霜天中还能生长。

全聚德早先还兼营烧猪。四十斤上下的小猪，去头蹄挂在炉膛里与鸭子一起烧烤，鸭子先熟，猪的时间稍微长些。烤出来的猪，皮肉焦脆不腻不煳，剔骨装盘。烤猪的吃法有三，其中之一与现而今的烤鸭同——蘸甜面酱配以羊角葱。羊角葱非北京特产，根部略粗，一拳多高，株棵粗壮略弯，状似羊角。清明前后食之，微甜，浓郁的葱味儿之后，隐约着那么似有若无一层薄薄的土香。

津门有道名菜叫官烧鱼条，讲究，葱要切成细眉状。沪上的葱油拌面，味道也好，早点，连吃三碗，还不饱人。内蒙古的沙葱包子和西藏的獐肉山葱包子各有各的味儿。有一年在云南待的时间不短，市上有卖弯葱的，占了半条小街，戳边上瞅，瞅着瞅着，忽然有点想家。

周洁茹　大围有个火锅店【外二篇】

我的朋友社会学教授林小姐要去哥大待一年，我们约在大围的一个火锅店聚餐，祝愿她在纽约一年快乐。

这个火锅店是另一位朋友陈小姐去预订的，她说她是提前了一个星期就去订的，因为这是一间非常热门非常奇特的火锅店。有多奇特呢？对我来讲就是其实那儿有两间店，但是名字是一样的，里面的格局也是一模一样的，但是确实是两间店，而且紧紧靠在一起，我就先去了第一间店，上楼，没找到她们，再下楼，出门，站门外核对了店名，对隔壁一模一样的店感到困惑，又回到第一间店，找他们的服务生问个清楚。问题来了，我再次进门的时候，一个坐在第二桌的香港男人对着我喊：你把门关上！用的是非常不流利的普通话。我没有马上关门的原因是因为服务员就站在门口，我有马上转身离开的便利。我看了一眼那个香港男人，非常普通的香港男人，要不是他冲着我喊，我完全不会注意到这种男人。我用英文说了一句不好意思。完全是条件反射，就好像我从美国到香港的第一年，路人打个喷嚏我都会习惯地送上一句上帝保佑你，我自己又是不信神的，完全就是个习惯。这个第一年，我还做过为任何人开门的事情，商场的门，屋苑的门，我扶住那些门，目送男人女人老人儿童们出入，这么扶了十五分钟，一句唔该都没有听到。当然我现在不会再这么干了，我不再为任何人开门，但是我仍然会在推开门以后再多停几秒，要不然门会弹到后面的人的脸上。我有时候觉得香港的年轻人没有希望，也只是因为这样的小事。地铁上坐笑脸座不让座都不是事了，开门关门连自己都不顾也不是事了，最可怕的是我会见到那样的年轻人，一进地铁车厢就纹丝不动的，后面的人就被地铁门夹了。被地铁门夹当然是很痛的，但是更痛的是有一次走在我前面的一位年轻人，一落座还一伸长腿，绊了我一个大跟头。

我讲完英文的不好意思，退出他们的门，不免想多了一下，他为什么要跟我讲普通话？他的普通话又这么差。我意识到他的用意很深，但是我不能再想下去了，再想我的火锅就吃不好了。

我进了旁边的门，上了正确的楼梯，见到了我的朋友们，我对语言的思考马上变得不重要了。我的这三位朋友，陈小姐从法国到香港，方小姐从日本到香港，小林教授从美国到香港，又要回去美国待一下，加上我，我们聚集在这个香港大围的火锅店，热气腾腾之间，我都有了一个错觉，我们不是在香港，我们在纽约，我们是国际的，我们的海鲜新鲜到也像是国际的。

我们旁桌的食客们都在讲讲讲，讲太快声量又太高还爆笑到屋顶都要塌了，或者就打王者荣耀，一顿饭从头打到尾，不知道打不打得下来他们要的装备。

我说香港人讲的英式英文啊哈哈哈好古板，小林教授严肃地说，都讲英文也许是对的，第二语言可以消除掉更多情绪。我顿时觉得社会学太有用了，比人类学有用多了，我去年还想着去考中大（广州中山大学的那个中大）某位教授的人类学博士呢，幸好他以我超龄的理由拒绝了我。方小姐说还是讲点别的嘛，这么好吃的火锅，文坛八卦吧，北岛吧，冯唐吧，王安忆吧。陈小姐说王安忆又不是香港的真是的。

回去的路，我是一个人，望着她们三个在路灯下的背影，我拍了一张她们，快要四十了还腰板笔直，真是跟演《欲望都市》似的。但是真的很不香港，所以会有香港男人一眼看得出来我们不是香港女人，即使我们已经在香港待了十年，我们的口音也都是港岛的不是新界的。那个大围火锅店的香港男人，仍然会想用蹩脚的普通话打倒你。我讲了不好意思，他露出的错愕的表情，大概是从来没有一个女人被吼到全餐厅的人都瞪过来仍然保持礼貌吧，如果是一个港女，他肯定是要被打死的。

想起来前些天有一个新闻，《在香港生活的台湾女生教你一招：如何讲国语但是不被香港人粗鲁对待？》，我还真点进去看了，标题这么长，内文只有一句："女生们一到香港囉，第一句话必须讲清楚了啦，我是从台湾来的了啦。"

我的经验是，你讲你是从新加坡来的都蛮有用的。

但是你还是要英文更好一点，最好是加州口音的不要是德州口音的，讲英文不仅可以消除掉你的一些情绪，还可以帮助你打回去一点，尤其在香港。

回家过新年的前三天，我的牙突然坏了。非常突然，早上还好好的，到了中午吃饭，已经痛到碰都不能碰了。一口都没吃的盒饭扔进垃圾桶，开始约牙医，最快要是三天以后，也就是我搭飞机回家乡的那一天；约第二个牙医，直接跟我讲明年见，医生休了假。

我回家乡的意义，一是看父母，二是吃好吃的，我也想不出来第三个意义。

一年一次的盼望，竟然毁在一颗牙上？这么想着，请了假，直接过海关，去深圳。口岸就有诊所，入门就看得到医生。

我在这间诊所见过两位女医生，第一个生了孩子以后就再也没有出现过，第二个说是也去生孩子了，会不会回来没有人知道，现在是第三个，好像还很年轻，因为她问我，你觉得你是哪颗牙疼呢？我说不知道，一排都疼。她就又问了一遍，哪一颗呢？我就又说了一遍我不知道。她只好把每颗牙都敲了一下，真的是，每颗牙都疼。

要不洗个牙吧，我提议说。

好吧。牙医答，洗牙。

洗完牙，我说，要不把门牙中间的那个洞补了吧。

好吧。牙医答，补牙。

补完牙，我说，要不拍个片子看看吧。

我就跟着护士去拍片了。

片子看了半天，所有的根管都做得完美，牙冠的形状都像坚固的云。

白金的。我跟牙医说，比黄金还贵。

她说她知道。

那么为什么疼呢？都没有了神经的牙。

片上也看不出来，牙医说。

牙根裂了吧？我说。

可能。牙医说，发炎。

要消炎吗？

要。

我们就把那颗牙冲洗了一下。牙更疼了。

这颗牙没用了，我黯然地说。

是。牙医说，拔掉。

种一颗两万？我说。

是。牙医说，炎症下去了就来拔，拔了就种。

交完诊费过关回香港，天都黑了。我想的是一颗牙两万，那我老不到牙掉光就破产了。所以我的计划是拔了就空在那儿算了，兴许脸还能小三圈呢。

第二天早上，半边脸都肿了，肯定是消炎消得太厉害了。

所以我是一路捂着脸回我的家乡的。那天还是冬至，我家乡的习俗是吃胡葱炖豆腐，到家快要晚上十点，一锅妈妈做的胡葱豆腐热气腾腾地等在桌上，豆腐是软的，仍然吃出了眼泪。牙太疼了。

接下来的一个星期，每次吃饭都真的哭出来，什么都想吃什么都吃不了啊。

半夜都想喊一句，我要吃呀，妈妈！

米饭饼虾饼椒盐麻糕，粢饭糕绿豆糕，荠菜大馄饨韭黄春卷，红汤百叶豆渣饼塞肉，兴隆素菜馆的素面楼外楼的汤团，炒一碟乌塌菜多放油。

二十年前住在美国的时候，三五年回一次家乡，以后的日子还长，十年前搬去香港，有了回家的便利，现实却是忙东忙西各种胡乱忙。父母后来住进了养老院，我想着更要常回家看望，想着想着，等待加等待，年纪大起来，直到坏了牙。

我的母亲也是早早坏了牙，不停地看牙医，补了又拔，直到所有的牙都变作假牙。我父亲的牙倒是一直都很好，七十多岁的时候还能嚼蟹黄蚕豆。我要是牙也随他就好了，我只有长相随他，我的朋友们都说可惜，你要是长得像你妈妈就好了你就是个美女了。

我只有牙像我的母亲，初中时候一洗牙就洗出了一个大洞。我很羡慕我父亲的好牙。

可是父亲住到养老院的第二天就掉了一颗牙，他还把那颗牙摆拍给我看，一张白纸上面，一颗孤零零的牙齿，我都笑哭了。

冒菜

我一直分不太清楚冒菜和麻辣烫的区别。也许只是串起来和没有串起来的区别。串起来肯定是更麻烦一点，我是这么想的，那么多土豆片啊冬瓜片啊莴苣片啊切啊串啊串啊切啊，需要多少人工。但是麻辣烫店好像要比冒菜店多很多，我甚至在马来西亚的中国城都看到麻辣烫店，那么热的地方。

香港有没有冒菜店？我真的不太清楚，就好像有人告诉我桥底有辣蟹，可是我连桥底在哪儿都不知道。有一天在网上看到新开了小面店，在红磡，就约了人去吃。一个小时找到那里，要了一碗豆花面，快要吃完才知道豆花面不是小面，豆花是豆花，小面是小面。就好像如果有人觉得我家乡的银丝面跟脆鳝面是一回事，我也是要叫起来的，明明有多一份浇头嘛。我约的人是一位师奶，小孩上了学老公上了班，才有时间一起去找小面，她倒是要的小面，看起来也就是重庆版的银丝素面。

吃完了面往地铁站走，经过一间冒菜店，我说好可惜，应该吃这家的。她说再进去吃嘛。我说这样好吗？她说有什么不好的？吃的自由还是有的。

于是我们又坐了进去，要了一碗大大的冒菜，花菜豆皮堆到满，吃到快要哭，实在太辣了，也实在太自由了。

成为一个师奶，不用打卡上班，又有钱花，是不是一种自由？肯定不是。多数男人给家用时候的表情都不是对的。一个成功男人脚下垫的，真的是一个牺牲了的女人，常识来的，多数男人却是连这常识都不懂的。钱都是我挣的！男人吼道，你又挣了什么？这个女人说不出来话，只好继续埋头擦地，衣服不能只洗一次，饭也不能只吃一餐，总有做不完的家事，孩子还要管教，又不是竹笋，自己会长成竹子的。

走出去嘛。我说，这种男人真是不能要。

去哪里？师奶反问，四五十岁再去拼职场？

搏一把。我说，出来就是自由。

怕是以后连吃的自由都没有，师奶冷冷地说。

只好埋头吃冒菜，一边吃一边流眼泪，一边流眼泪一边大叫，再来一碟钟水饺要加辣啊！

朱成玉　旧香【外一篇】

我到了你的城市，我离往事很近。

我不奢望见你，我只在你的城市徘徊，这个城市有你的味道，飘在每一寸空气里。

我到了你的城市，在清晨。傍晚就离开，什么都不做，只在街角的咖啡店里，独坐。

我闭上眼睛，感受你的气若游丝。

咖啡店左边的那棵古槐，落下的叶子，和那一年的很像，泛着黄，披着黄昏的裳。

咖啡店右边，还是那家古玩店。门庭冷落，不知店主在靠什么维持着生意，没有倒闭关门，莫不是冥冥中等着我再来望一眼的吗？

记得你在那里拿起过一对泥偶，还想起了一首诗：

> 我讨厌男女之间门当户对/到了第二天就闹别扭的那种结合/如果你是钟楼上的钟/我愿是钟的声音/如果你是一支曲/我愿是那支曲的词/如果你是一只柠檬/我愿是镜子里的柠檬/我们静静地互相对看/在心灵的世界中/你我将永远是孩子/我们在一起玩烧饭的游戏有什么不好呢/潮湿的坐垫发出气味/屋檐像眼皮那样沉重地挂落/我们不可能住在一间屋里/这就有必要去烦恼什么吧/瞧吧我们多么像一对古装偶人/并排盘腿坐着/只有我们这儿的黄昏才高兴地停滞下来/而樱树的花瓣却在纷纷凋落

岁月，让很多东西都贬值，比如衰老下去的身体，比如很多年苦心积攒下来的几处房产。可是古玩店里的旧物，却闪烁着夺目的光焰。岁月，是给这些历久弥新的美人们描的唇彩、涂的腮红。

这么多年，这些与你有关的旧物，都还在。虽失去了勃勃生机，却也没有腐烂。认真地嗅一下，会闻到旧物里盈满的香气。哪怕随手记下的一段话、一张便笺，都能勾起回忆。

分手了，你还记得他吗？不止一次有人这样问。问我，问你，问他们自己。

网络上有很多关于"前任"的阐述，最精妙的莫过于"电线杆"之说——

"对于前任，说记得显得太花心，不记得显得太薄情，其实那个人好比走路撞上了一个电线杆，很痛，以后走路都会绕着电线杆走，可能很久以后都不记得有多痛了，可是，那个电线杆永远都在，总有一个前任是你卡在嗓子里吐不出来的。其实，真正忘记一个人，不是不允许被提起，而是敢于去回忆，即使相见也可以谈笑风生，心里都不会再起一点涟漪。"

纪念那个人，并不是因着情感悲痛而难以为继，如若再不写一些纪念的文字，时间倒要将他们冲淡，自己倒要将那些前尘往事忘记了。其实每个人也不外如此。有些以为自己可以终生铭记的，不知不觉黯然淡忘，而有些过往岁月当中的小动作、小细节，却会在某一个时候，突然清晰在目、栩栩如生。属于你们的私密对话，属于你们的一首歌，你们都爱的颜色，常常走的那条小路，甚至都喜欢的某一句成语、某一段歌词……到最后，你发现自己不自觉地在往那些东西上靠拢，一切习惯都变成对方的影子。或许一切都已时过境迁，你的世界早已不是睁眼闭眼都是他（她）了，可是偶尔地，走在路上，看到一个相仿的影子，听到一个相仿的声音，一切又排山倒海地回来了。

如是，请念及旧香，而不是旧里的腐烂气息。

我还会抵临你的城市，还会一次再一次地向往事靠近。但绝不惊扰你，即便是风，我也微微地吹，不会再碰落你的一片羽毛。

我还会去古玩店流连，在我的记忆里，你和那些青花一样，是历久弥新的美人。

句号

"老师，什么时候用句号？"

"一段话说完的时候。"

"可我还想说,想一吐为快,怎么办?"

"那就另起一段。重新开始。"

我喜欢句号,快刀斩乱麻的句号,英明果敢的句号。直达彼岸,拒绝优柔寡断。

句号,可以把大段大段冗长的故事分割,像一级级台阶,慢慢通往故事的高潮。

我喜欢句号,从一个点回到一个点,一个圆满的圈。

句号,是最完美的人生。当然,不是那种以急刹车的形式出现的句号,而是缓缓出了一口气,尘埃落定时的句号。

不喜欢省略号,不负责任的省略号,省略了很多美好,省略了很多人的年少时光。

不喜欢逗号,啰里啰唆的逗号,不得要领的逗号,往往把人领入歧途。

不喜欢叹号,煽情的叹号,只想着赚人的眼泪。当然,眼泪是某些人的救命稻草,是收视率,是票房收入,直接和物质挂钩。

不喜欢问号,故弄玄虚的问号,披着真理的外衣,却从不给人一个完整的解释。

有时候我在想,谁能在临终的时候说:我走了,拜拜。一个毅然决绝的句号,再不回头,与生命一刀两断,快意恩仇。

更多的人,走的时候,总是要用省略号的,像挥之不去的怅惘和伤感的泪滴,因为那么多的梦想还没有实现。或者,是因为你点了两盏油灯。(快掐灭一个吧,让他走得安心!)

这样的人,活着不轻松,死了也扛着扁担。

大师们都喜欢用句号。尤其是生命的晚钟敲响的时候。

叔本华用了轻巧的句号:"死亡只是回到出生以前罢了。"

奥雷勒用了俏皮的句号:"死也许仅仅是挪个地方。"

圣徒奥古斯丁用了自信的句号:"死亡只是隐身,而不是缺席。"

罗伯斯庇尔用了掷地有声的句号:"死亡是不朽的开始。"

龚古尔用了一针见血的句号:“死亡对于某些人来说不止是死亡，而且是所有身份的结束。”

乔治·桑用了很别致的句号:“被遗忘才是真正的死亡。”

诗人,什么时候用句号?

将鞋子束之高阁的时候;将翅膀卸下的时候;将爱情锁进抽屉的时候;将月光存入瓶罐的时候。

母亲,什么时候用句号?

回家的时候。

灵魂,什么时候用句号?

满目繁华但你却紧闭双眼的时候；尘嚣嘈杂但你却耳根清净的时候；时尚流行,你不再趋之若鹜的时候;不是枪响,而是放掉一只鸟的时候。

孩子,什么时候用句号?

睡觉的时候。今天的事情今天做完的时候。

“老师,什么时候用句号？”

“一段话说完的时候。”

“可我还想说,想一吐为快,怎么办？”

“那就另起一段。重新开始。”

那是我生命中接触到的最早的哲理:句号不是结束,是为了另起一段,是为了重新开始。

习习　西湖遥忆

“上有天堂，下有苏杭”，小时候，提起人世间至美的地方，父亲总会这样说。那时候的苏杭，于我而言只是薄薄的名字。

遥远而陌生的地方，如何与它生发实实在在的情意呢？

那时，苏杭在地图上，我用手指摩挲它，在纸上探究与它的距离和行进的方向。从家乡，到南京，然后，往南，往南。地图上排列着一颗颗玉珠子一样的名字：无锡、苏州、上海、杭州——父亲说的天堂。

第一次到江南，是个深冬，大西北已然荒芜干坼，但江南，湿漉漉、绿茵茵的，俨然春天。

父亲几乎一生没有离开过家乡，我常想起他每每说起“上有天堂，下有苏杭”时，伸得远远的目光。目光何依？如果不亲自去江南，谁能想到它与黄土疙瘩上的家乡有着那么大的分别。

白居易在洛阳，这样回忆江南：“日出江花红胜火，春来江水绿如蓝。”何等明艳！是我们语文课堂上谙熟的句子。即便古人评价这样的文句，亦说“非生长江南，此景未许梦见”。

——大约这就是天堂的意思吧，有着外人所不能想象的美好。

第一次去苏州，留在记忆里的是精巧的园林、一个个拱着身子跨在水上的小桥、青色的竹林，是在一个素静的桥上第一次吃脆甜的甘蔗。苏州女人说话是咿咿呀呀的“嗲”，何止女人呢？即便男人，再虎虎生气的样子，一张口，软调子就出来了。

都是叫江南的水浸的。

再说杭州吧，也走马观花了不少地方，但回想一下，想得最多的是西湖，再想想，还是西湖。

谁人又不是这样的呢？

一个地方，美得盛大，这个地方就好像盛不下它了，好比敦煌，它不再单是甘肃的敦煌了。再好比西湖，它不再单是浙江的西湖、杭州的西湖了。

想起西湖，不由会想到毗邻家乡的青海湖。高高的青海湖大到天边，是湖，被人叫成海。一样是湖，青海湖高冷，接近天空和神。但忆起西湖，扑面而来的是热腾腾喧嚷嚷的尘世气息。大约这和读过的一些古人的江南笔记有关，比如宋朝周密的《西湖游幸》，单只放眼一节，就已叫人目不暇接：

> 画楫轻舫，旁舞如织。至于果蔬、羹酒、关扑、宜男、戏具、闹竿、花篮、画扇、彩旗、糖鱼、粉饵、时花、泥婴等，谓之"湖中土宜"。又有珠翠冠梳、销金彩段、犀钿、髹漆、织藤、窑器、玩具等物，无不罗列。

古人写江南的笔记，《武林旧事》《扬州画舫录》《西湖梦寻》《陶庵梦忆》，都有繁华的俗世场景，这与江南的富足有关。

而西湖呢，就像挂在江南胸口、凝照着江南的一面镜子。

第一次游览西湖时，还不懂得如何看。徜徉于湖的这边、那边，又泛舟水上，但总归是对一个湖的浅浅的印象——对所有湖都有的印象。那时，不懂得在时空中远观。对一个地方能真正地相知相忆，原是需要内力的。但那次，一直记得这样一个情景：傍晚，将走离西湖时，有人叫我回头，说，看那边，三潭印月。这蓦地让我心动。

在甘肃河西走廊，某个深夜，我们出了嘉峪关，在关外看关内星星点点的灯火，月光朗照，有人指着远近关楼说，那就是阳关三叠。后来，但凡看着苍凉的阳关三叠，便不由想起暖软的三潭印月来。相隔着千里，一个雄奇一个妩媚，一个塞北一个江南。我也因而时常想起古琴曲《阳关三叠》和《梅花三弄》来。《阳关三叠》，弦声瑟瑟，弦上有大漠的寒意，有旷远的回音。《梅花三弄》，也弦声瑟瑟，但一下又一下会跳出明媚来，像江南冬日的粉墙上，探出的一枝又一枝寒梅。

至此，西湖就近切起来了，不像父亲说的天堂那般渺不可及了。

若单看湖，无非水、水上的物、水边的景。但事物的美，往往长有根须，并会从这根须中生长出更蓬勃的东西来，就像湖，因湖而生的根须蓬勃起来，再看湖时，湖反而只成了一个大底子，生发其上的种种的历史，种种历史的人、事、物，远远大于湖了。湖已不单是一面湖。

苏轼的“水光潋滟晴方好、山色空蒙雨亦奇”后，再无文人有超越西湖的“浓妆淡抹总相宜”这种奇美意思的文句了。再往后，这样的诗句、写诗的人和他成就的历史，已然构成了西湖的另一种美。

一个远方的人，不能日日观湖，但可日日品赏与湖相关的千古诗文和故事。

周密写西湖，有一种近切的繁复和逼真，像工笔。到了张岱，再写西湖，读到的是独属于他的西湖，是有大片留白的写意。读他的《西湖七月半》，总想笑。他写西湖上种种的世相，有些诙谐和荒诞，笔调子那般放松，处处流散着非一般文人雅士所有的底气。

> 西湖七月半，一无可看，止可看看七月半之人。

七月半的种种，张岱叫大家看尽后，人流也散尽了。这时候，他笔锋一转，你才知道，他真正想说的，都留在了后面。

> 吾辈始舣舟近岸。断桥石磴始凉，席其上，呼客纵饮。
>
> …………
>
> 月色苍凉，东方将白，客方散去。吾辈纵舟，酣睡于十里荷花之中，香气拍人，清梦甚惬。

平生看不够西湖的张岱，我老觉得，他的这番性情，都是西湖颐养的。我年少时，读他的《湖心亭看雪》，读的是他文字的妙绝，再年长时，透过文字，看到的是他湖上所见与他胸内镜像的融合。

再一次去西湖时，是一个酷热的暑天，下午，太阳当头，反而好，和友人泛舟湖上，湖上人影舟影寥落，就觉得偌大的西湖就是我们俩的。湖边的塔、寺、浓荫都格外宁静，水中栏杆上独立着一只只沉默的鱼鹰。这一次，我已不是湖水里的浮萍，即便我在舟上闭目沉想，心里的西湖也已繁花似锦。

湖边孤山，这“孤”字我喜欢，最配孤山上的林逋。而我想，大凡梅妻鹤子这样的清逸高邈之人，往往诞生于繁华喧嚷之上。孤山上的梅与鹤，即便不能亲见，但它们分明就一直明媚在孤山上。

在追求完满的中国古文化的背景里，大约只西湖的“断桥”独独拥有这样貌似破敝却又风情万种的桥名。在断桥畔，目光连点成线。那时候，看《白蛇传》，厌烦极阴魂缠身一样的法海。断桥像鹊桥，让情人相会。法海呢，镇白娘子在雷峰塔下面，恨他的人太多了，疼惜白娘子的人也太多了，所以雷峰塔后来就倒掉了。法海呢，只好钻进螃蟹里去，就像那个只好坐进鸡脑壳里的秦桧，虽然他的铜像还在孤山上的岳飞墓前长跪不起。

傍晚，去曲院风荷品茗观荷，不由就念诵起杨万里的“接天莲叶无穷碧，映日荷花别样红”来，又是明艳的“红”和“碧”，正像白居易记忆里江南的颜色。

又无端想起那首汉乐府来：“江南可采莲，莲叶何田田。鱼戏莲叶间。鱼戏莲叶东，鱼戏莲叶西，鱼戏莲叶南，鱼戏莲叶北。”

古人的民歌，赋比兴，天真通透还藏着羞涩。想这首古乐府，仿佛能看到采莲人家的女儿，她的眼睛，穿过荷叶，鱼儿一样东西南北地游动着，寻找她的情郎。

为什么会在西湖的荷塘边想起这个古乐府呢？用我一个远方人的眼睛看西湖，大约觉得，这西湖是可雅到极致的，也是能容得采莲人家的女儿的，这算不算我对“浓妆淡抹总相宜”的另一种理解呢？

毛云尔　**山坡上的糖**

在冬天的山坡上，迎着呜呜作响的北风跑来跑去，最消耗体力，跑着跑着，我们的肚子开始咕咕叫起来，不约而同停下脚步，寻找可以吃的东西。然而，山坡上空空如也。如果是春天，我们会就地坐下来，一边喘着粗气，让呼吸慢慢平缓，一边伸手摘几朵野花放进嘴里，这样的话，饥饿感很快就消失了。这种野花，叫映山红，红色的花瓣仿佛放在红色染料里染过，特别鲜艳醒目。村子里，无论大人小孩，都叫它石龙花，从这名字来看，好像这种花与某种蜥蜴之类的动物有点联系。

那么，石龙究竟是一种怎样的动物？它销声匿迹了吗？抑或，它至今还藏在我们不能轻易看见的哪个角落？我们这些孩子很好奇，询问过村子里的老人。年轻时，这些老人沿着村子前面那条石板路，去过遥远的汉口，见多识广，可他们摇摇头，回答不出我们的提问。石龙花酸中带点甜味，味道称不上鲜美，它之所以能成为我们果腹的食物，除了随处可见之外，就是这种花朵没有毒性，吃下去能保证我们的生命安然无恙。

夏天和秋天，能吃的东西就太多了，简直不胜枚举，以至我们一下子说不出这些食物的名字。不过，到了秋末，天气渐渐变凉，大地上的草木由盛转衰，那些能吃的东西便开始退潮一样，从我们的视野里消失了。这时，也正是大雁飞往南方的时候，这些个头很大的鸟儿，从我们头顶上一拨接着一拨地飞过。它们飞得很低，连张开的喙都可以看得清楚。是的，它们张着喙，不停地飞，这个样子，像极了在山坡上奔跑的孩子。我们这些喜欢张着嘴巴在山坡上奔跑的孩子，在这方面具有深切的体验。我们可以想象风如何从它们张开的喙里灌进去，可以想象因为灌进去太多的风，大雁的肺部产生了隐隐的游丝一样的疼痛。这些飞得很低的大雁，很快，就飞到了前方的山峰那里，我们担心它们撞上去。事实上，这些担心是多余的。在前面领飞的大雁，猛地将身子抬升起来，后面的大雁接到指令似的，在相同的位置上，接二连三地将身体抬起来。当这些大雁飞过了前面那些山峰，整个天空骤然沉寂下来。直到第二批大雁飞来，这种沉寂才被打破。

大雁迁徙的时候，是村子里的孩子最安静的时候。我们坐在山坡上，仰着头，我们的目光以及小小的身体，随着大雁缓慢地转动。这时候，如果从远处看，这些坐在山坡上的孩子，仿佛一丛丛说不出名字的草木，被风吹拂着，不停地倒伏下去，继而又抬起来，如此反复。或许是这些南飞的大雁吸引了我们太多的注意力，我们不再感到饥饿。偶尔，我们会从屁股底下的草地上，扯几片草叶子放进嘴里咀嚼。这是一种味道极酸、值得久久回味的草叶子。它紧贴着泥土生长，叶子极细，一片一片，仿佛麻雀的羽毛。大概是它紧贴在泥土上面，所以，渐凉的刀子一样的秋风根本吹不到它们，奈何不了它们，即使秋末了，它们的颜色依然十分碧绿。我们将叶子放进嘴里，只须轻轻咀嚼几下，便有大量的酸味从小小的叶子里奔涌而来。刹那间，我们嘴巴里，甚至整个身体里，都是这种酸味在荡漾。我们这些孩子并不知晓它叫什么名字，但是，我们都能辨认出它来，不会将它与其他草木混淆在一起。记忆里，似乎是在嚼过这种草叶子之后，辽阔的秋天便被冬天取代了。

冬天来了，我们这些喜欢奔跑的孩子，还是像过去那样奔跑，我们从一面山坡跑向另一面山坡，谁也不知道这样的奔跑到底具有什么意义，甚至可以说，这是毫无意义的奔跑，除了消耗掉多余的体力，除了将身体里的水分挤出来，好像再没有其他用途了。事实上，村子里的大人们就是这么认为的。他们会呵斥我们这些孩子，整天跑来跑去，是不是疯啦?！有时候，他们又将我们打发到山坡上去，他们挥舞着手说，去疯跑吧，跑得越远越好！因为只有我们这些爱吵闹的孩子离开了他们的视线，这些稳重的大人才可以安下心来做一些事情。比如父亲，这个时候，可以拿起毛笔，在报纸上作画，重温一个画家的梦想。比如母亲，她会利用稍纵即逝的冬日下午的时光，亡羊补牢似的继续做那些越冬的准备工作。不能不说这是皆大欢喜的事情，没有了大人的呵斥，我们的奔跑变得更加放肆，更加无拘无束。现在想来，这样的奔跑并不是无缘无故的。是的，我们这样跑来跑去，是因为我们小小的身体有一种神秘的欲望在蠢蠢欲动，在一刻不停地驱使着我们。我们当时年纪还太小，还说不出这种欲望的名字，还描绘不出它那种毛茸茸的样子。直到这些奔跑的孩子有朝一日长大了，他们才蓦然明白，他们身体中的这种欲望与飞翔有关。他们渴望着飞翔。像大雁那样飞翔。像麻雀那样飞翔。像卑微的蒲公英那样飞翔。他们的奔跑，其实就是飞翔之前的助跑。跑着跑着，说不定在某一刻，这些皮肤黝黑、身体单薄的孩子便离开了脚下的大地……

然而，我们还尚未飞起来，我们的肚子却已经咕咕叫唤起来了。我们必须寻找一点果腹的食物吃下去，将嚣张的饥饿挫败，不然接下来，我们的奔跑将无以为继。可是，这是草木衰败的冬天啊，那些为我们提供花朵、提供叶子以及果实的草木全都枯萎了。就在我们失望的时候，有一个孩子喊起来，我们可以吃草根啊。我们暗淡的目光于是重新明亮起来。我们开始手脚并用，刨开那些松软的沙土。渐渐地，茅草根从深不可测的沙土里裸露出来。饿极了的我们像牛一样咀嚼着。每一个第一次咀嚼茅草根的孩子都会惊讶不已，会在心里暗暗发出感叹，这些宛如铁丝的茅草根，这些白中泛黄俨然动物骨骼一样的茅草根，竟然像一座小小的糖的仓库。无疑，这些糖，是这些茅草用来抵御这个漫长冬天的能量，是这些茅草积攒下来的从冬天慢慢走向春天所需的粮食，可是现在，它们将这些糖无私奉献给了这些奔跑着的孩子。

在我的记忆里，从春天到冬天，我们这些孩子都在山坡上奔跑。我们的身体里，吃下了许多草木的叶子，吃下了许多草木的花朵，吃下了许多草木的根，可是最终，我们都没有飞翔起来。我们不免有些沮丧。渐渐地，我们身体里奔跑的冲动消失了，飞翔的欲望像水土流失一样从身体里消逝了。就在这时候，我们发现自己竟然长大了。长大了的我们，往往对这些草木视而不见。然而，这些记性很好的草木，还清楚地记得我们这些孩子在山坡上奔跑的情景。它们看见我们从山坡上走过，看见我们匍匐在大地上，会发出一阵阵类似叹息的喧哗声。好像它们在愧疚不已，好像它们在责怪自己没有为我们这些孩子提供足够多的糖，才导致我们最终没有飞起来。

李琬　譬如朝露

雨水纷纷不绝。萱草一夜之间开花又败落。这些纤长的明黄火焰，完全处在不引人注意、不受到重视的位置。走在大街上，人人都想买到更贵重的东西。心中那个胸无大志、无所事事的自己，也在几年间渐渐退隐到不为人知的地方，但她又呼唤着你，时时想让你把注意力从眼下的事务，转移到那无功无利的自然和艺术之上。

去法海寺时，是和南希一起。她是我一见到，就以为我已经认识的那种女孩，是如同我九岁记忆中，穿着白睡裙、蕾丝短袜，与我一起坐在地上看动画片的邻家姐姐。她是英国中部人，声音轻柔，亚麻色短发，蓝灰色的眼睛。第一次见面，我们远远地坐着，笑舞台上那个滑稽的诗歌朗诵者。我们彼此瞥见对方的笑，就因为这个而知道，我们立即就要做朋友的。

在法海寺，明代留存下来的壁画据说几乎没有修补。众人走入黑暗一片，陆续打开手提灯，光晕如烟云腾起，我和南希惊讶于仍然湿润淋漓的色彩。除了水月观音，我印象最深的是那六朵牡丹，有粉黄色也有红色的，开放程度不同，分别代表生命的不同阶段，回顾一瞥，譬如朝露。

我们曾经非常想走进那个所谓更男性的领域，通过占据男性的友谊和情感进而占有美、真知及其恒久不变。而现在，我们曾经以为了解和熟悉的东西渐渐疏远，过去的底色显露出来。我说，北京的太阳太厉害了。她说，是啊，欧洲女孩子夏天都喜欢把柠檬涂在头发上，这样可以让头发吸收更多的阳光、颜色变得更浅。我笑，褐色头发不好看么？当然也好看的，她说，还有红头发。更少见的红头发。

她和我一样，我们都不是那种罗伯特·奥特曼电影里的会竭力打扮、存钱买微波炉的女孩，因为我们并不需要这样，从小受到的教育也使得我们不会是这样。然而，我常想成为那样的女生，她们有切实的满足，并且不易为自己的任何努力而感到羞赧。

三十年前，母亲在美国时，总是看到报纸上征求照管小孩的广告，周末去别人家里看小孩。她说，这样既可以赚一点零花钱，也用来练习英语，同时打发时间。人家约好的出租车载她过去，到了时间又把她送回来，美国大城市的繁华一次次展示它多重角度的面孔。当时国内还很少见到的商场里的玻璃旋转门，不会熄灭灯光的夜晚，家家户户的花朵和银质餐具，如明灭的星火爆裂……对她而言都是新鲜，于是她用自己的第一台美能达相机留下了那么多照片。我很好奇，她怎么以前几乎不提这些细节。她说，她照顾过一个很小的小孩子，有次跟她说 pee-pee，那时她整天跟实验室打交道，还不懂这个口语，结果小孩子过了一会儿就尿裤子，她只好把又弄脏的一切再换洗一遍。

我知道，我还是多少和她相似，在完全陌生的人家却觉得安稳。多少生疏又亲切的物件，动物形状的牛奶饼干、有蓟草图案的桌布、晶晶亮的圣诞树，还有那些古旧的耳钉串珠……我摩挲着它们，从母亲的手中接过在我出生以前尚有无限青春生机的光亮世界，她所抛弃和遗忘的光亮世界。我对J师说，你看，这镂空叶片状的铜汤匙，三十年前用来盛蛋糕，多么别致。J说，那是一去不返的好年代，人人讲生活，讲情趣，过得体面，你看现在，美国又是如何光景。

去年秋天，我刚刚回到这待得有些乏味的城市，着手找工作，暂且住在一间民宿。刚入住时，一进门屋子没开灯，竟有一只八哥扑棱棱飞落我头顶，令我惊吓。不过后来，主人把它关回笼子，于是我有了一个每天发出奇怪声音的活物陪伴，只觉得很好玩。这间屋子，阳台摆满绿色植物，晴天的灿烂光线就透过叶片充满客厅。我坐在落地窗前看书，索性放弃焦虑，抱着未来随便要去哪里的放任心态，晚上照样去魏村喝咸奶茶。北京的马路宽阔到荒唐，东边更是如此。我走到商厦里，却是旧的老的面孔和物件，是我在武汉时几乎很少去过的那种老百货。转来转去，买些口粮，流下汗来，回到民宿才安心。

白天，其他住客往往不在，正好邀请朋友过来聊天喝茶。因为光线充足的缘故，也莫名其妙充满信心。回想起来，很少有睡眠比那段日子更好的时候。在民宿里，另一个客人是一位长得像东欧人的年轻男人，他总是穿着很长的呢子大衣、西装，戴着毡帽，领带一丝不苟，皮鞋非常干净，加上神色严峻、行色匆匆，我不免猜想他在何种保密行业工作。我发一会儿呆，就继续翻译，烧水泡茶，吃威化饼干。就在这样的小事上，我消磨了许多时光，于是不十分感觉到生存的焦虑。

是啊，快乐就是拥有这些无人知晓的梦。无论他们将这些事物如何改变折磨，都不会完全消除历史的细微行迹。在智化寺，坐在异常高大的丁香树下，也可以做同样的梦，如同那几张难得见到的二十世纪三十年代黑白照片，当时智化寺陷于破败荒颓，却仍然透露辉煌气氛，一切影子深刻分明，是北方常见的光线作用。门紧闭着，松散的桌椅睡着，仿佛无人留意，却又兀然高妙，帝释天和大梵天塑像上的衣饰虽然灰淡剥落，仍然见出往昔的繁复斑斓。我一遍遍笨拙描摹着这些建筑的线条，想起了孤单的十七岁，去旧书店收集些父亲不会十分赞赏的玩意儿，看被人抛弃了的明信片上的藏地擦擦泥佛。我试图把握它们的轮廓，那些笼罩其上的灰尘和汗水。我知道，它们的影像会一次次复生，而曾经在学堂里读过的干枯书本却在我心中一次次焚烧殆尽。

我走在灰白的大路上，在北方雨后的潮湿里嗅寻像似南方家里的丝丝缕缕的痕迹。一百年前的他们寓居在这里，也是如此想象的吗？多年前丢失的《世界童话故事选》最近失而复得，翻开内页，眩晕迷离的空气再次扑来。我并不知道，这些影响了我们的作者究竟为谁，对于两位译者也所知甚少，只是感激他们，将人类心灵里最无法解释的根深蒂固之物，一字一句以英汉字词相照应，镌刻于微薄的纸页。我心里也会对五妹、对南希或者德米说，你也懂得这一切，生活并不灰暗陈旧，却因过去与将来回忆掩埋的宝物而熠熠生辉。对我而言，你也是失而复得，可以让心激起波澜，又复归平静，如我每次黄昏时从武昌回到汉口，坐双层巴士经过长江大桥时见到的景象——夏日渐渐弥散的氤氲水汽中，光彩一点点移动熄灭，从小山上的长春观山门，一直到晴川阁，就在层层潮水般涌现的绿色草木之中，如迟暮的美人拢一拢她的云鬓。